황폐한 집 1

황폐한 집 1

초판 1쇄 발행 2020년 11월 19일

지은이 찰스 디킨스
옮긴이 김옥수
펴낸이 김소연
디자인총괄 이유빈

펴낸곳 비꽃
등록 2013년 7월 18일 제2013-000013호
주소 서울 강북구 삼양로16길 12-11
이메일 rain__flower@daum.net 전화 02)6080-7287 팩스 070-4118-7287
홈페이지 www.rainflower.co.kr

ISBN 979-11-85393-86-5
979-11-85393-19-3 (세트번호)

이 도서의 국립중앙도서관 출판시도서목록(CIP)은 서지정보유통지원시스템 홈페이지(http://seoji.nl.go.kr)와 국가자료공동목록시스템(http://www.nl.go.kr/kolisnet)에서 이용할 수 있습니다.
(CIP제어번호: CIP2020047759)

값 14,000원

Bleak House

황폐한 집 1

찰스 디킨스 지음 · 김옥수 옮김

· **일러두기**

· 'Oxford World Classic 1998년 판본'과 '구텐베르크 〔eBook #1023〕 판본'을 참고해서 번역했다.

· 일반명사를 따서 이름을 정하는 방식은 찰스 디킨스가 등장인물의 캐릭터를 묘사하고 규정하는 독특한 기법이다. 이번 번역에서는 일반명사를 활용한 이름을 가능하면 우리말로 번역하고자 애썼다.

목 차

우호적인 조합을 기념하며

'문학과 예술 길드'에서 일하는

동료들에게 바칩니다.[1)]

1) 찰스 디킨스는 친구 에드워드 불워 리튼 경과 함께 1847년부터 '문학과 예술 길드'를 만들어, 작가와 예술가 및 그에 딸린 식구가 어려울 때 도와주려고 애썼다. 디킨스는 실력 좋은 아마추어 극단을 만들고 연극을 공연해서 길드 기금을 모았다. 은퇴자들이 살 집을 짓고 연금을 제공하겠다는 야심까지 품었으나, 결국엔 실패했다.

들어가는 글

몇 개월 전에 어느 모임에 참석하니, 미치광이라는 의심을 안 받는 남녀 150여 명 앞에서 대법원 판사는 대법정이 대단한 편견에 시달리는 영광을 누리지만 (이 시점에서 판사가 나를 쳐다본 것 같은데) 실제로 특별한 잘못을 저지른 건 없다고 친절하게 말한 적이 있습니다. 물론 빠르게 발전하다 보니 사소한 잘못은 있을 수 있다고 인정하면서도, 대법정이 크나큰 편견에 시달리는 이유는 "인색한 대중"이 과장해서 퍼트리기 때문이라고, 대법원 판사를 늘리는 걸 죄지은 다수가 철저하게 반대하기 때문이라고 주장했습니다. 내가 보기에 리처드 2세라면 그 숫자를 당연히 늘릴 것이고, 다른 국왕이라 해도 늘릴 것 같습니다.

그 내용이 더없이 우스꽝스러워서 그 자체로는 이 책에 도저히 못 넣을 것 같으니, 켄지 변호사나 볼스 변호사에게 말하는 형식이나, 두 사람 가운데 한 명이 말하는 형식으로 넣어야 할 것 같습니다. 그 입으로 셰익스피어 소네트를 함께 인용하는 겁니다.

할 일을 하다
염색공 손에 물들듯
내 본성에 낙인이 찍혔으니
나를 불쌍히 여기고 내가 거듭나도록 기도해다오!

하지만 인색한 대중은 대법원에서 오래전부터 무슨 일이 있고 현재 무슨 일이 일어나는지 아는 게 좋으니, 이 책에서 대법원과 관련된 부분은 하나같이 사실이며 진실임을 이 자리를 빌려서 말하고자 합니다. 그리들리 사건은 본질에서 실제 내용과 안 다르니, 처음부터 끝까지 엉망진창으로 왜곡됐다는 사실이 어느 청렴한 인물을 통해서 대중에게 드러난 그대로입니다. 지금 이 순간에도 (1853년 8월 오늘도) 20여 년 전에 시작한 재판이 열리는데, 그럴 때마다 변호사가 30~40명이나 참석한 비용이 지금까지 7만 파운드[2)]에 달하지만, 법 조항에 대한 단순한 이견으로 시작한 재판은 지금까지 지나온 세월 이상을 더 보내도 안 끝날 게 분명합니다.

현재 진행 중인 유명한 사건은 대법원에 또 있으니, 지난 세기가 끝날 즈음에 시작해서 지금까지 7만 파운드의 두 배가 훨씬 넘는 비용을 꿀꺽 삼켰습니다. 이 책에 등장하는 '잔다이스 대 잔다이스' 사건 역시 그러하니, 나로선 인색한 대중에게 모조리 알려서 하나같이 분노하도록 만들고 싶을 뿐입니다.

굳이 언급하고 싶은 말이 하나 더 있습니다. 소위 '자연 발화'가 일어날 가능성은 크룩 노인이 죽을 때 부정당했다는 사실, 내가 이 사건을 정리할 때 루이스라는 훌륭한 친구가 (정부 당국이 외면하리라 추측했지만 그러지 않았다는 사실이 금방 드러난) 독특한 편지를 모으고 책으로 출판해서 '자연 발화'는 있을 수 없다고 주장했다는 사실입니다. 나는 독자 여러분을 엉뚱한 방향으로 이끌고 싶은 생각이 조금도 없다는 사실은, 그래서 모든 문제를 상당

---

2) 당시에 연 수입 3천 파운드면 상류층에 속했다. 7만 파운드면 웬만한 상류층 재산 전부라고 볼 수 있다. 실제로 이 책이 나오고 14년이 지난 1867년에 미국이 알래스카를 산 가격은 700만 파운드다.

히 공들여서 조사한 다음에 글로 옮겼다는 사실은 굳이 말할 필요는 없을 것입니다. 유명한 사건은 대략 30여 개가 있는데, 그중에서 가장 유명한 사건은 이탈리아의 '코넬리아 백작 부인' 사건으로, 이탈리아 베로나의 주세페 비안치니 신부는 그 내용을 상세히 조사해서 정리하고 다양한 편지까지 수록해서 1731년에 출간한 다음, 1731년에 로마에서 재출간했습니다. 이 사건에 대해서 합리적 의심 이상으로 파고든 내용을 나는 크룩 사건에 그대로 담았습니다. 다음으로 유명한 사건은 그보다 6년 전에 프랑스 랭스에서 일어났는데, 이 사건을 기록한 사람은 프랑스가 낳은 가장 유명한 외과의 가운데 하나였습니다. 피해자는 여성으로, 남편을 죽였다는 말도 안 되는 1심 판결을 받았습니다. 하지만 상급법원에 진지하게 항소하고, 여성이 죽은 건 흔히 말하는 '자연 발화' 때문이라는 증거를 제시하면서 무죄로 석방되었습니다. 이렇게 놀라운 사실에 대해, 법원 당국이 프랑스와 영국과 스코틀랜드의 탁월한 외과 교수들이 경험한 의견을 덧붙여서 판결한 내용을 490쪽에 담았으니, 나로선 인류가 '자연 발화'를 인정할 확실한 증거가 나올 때까지는 이 정도로 만족한다고 정리할 수밖에 없을 것 같습니다.

'황폐한 집'에서 나는 모두에게 익숙한 로맨스에 일부러 집착했습니다. 지금까지 내가 쓴 어떤 책보다도 이 책을 좋아하는 독자가 많은 것 같습니다. 다시 만나길 기대합니다!

런던에서

1853년 8월에

CHAPTER I

대법정

런던. 미카엘 축일 개정 기간이[3] 슬슬 끝나갈 무렵, 링컨 대회당에 대법관이 앉아있다. 11월 날씨가 무자비하다. 거리마다 가득한 진창은 지구 전역에 범람하던 대홍수가 이제 비로소 끝나, 길이 12m나 되는 거대한 공룡이 홀본 언덕[4]을 도마뱀처럼 어기적대며 올라간다 해도 전혀 이상하지 않을 것 같다. 굴뚝 구멍마다 연기[5]가 내리깔리면서 커다란 검댕이 눈송이처럼 떨어지고, 새까맣게 뿌리는 이슬비는 태양이 죽은 걸 애도하는 것 같다. 개는 하나같이 진흙투성이라 어떤 개가 어떤 갠지 구분할 수 없고, 눈가리개까지 진흙을 뒤집어쓴 말도 다를 게 없다. 사람들은 하나같이 짜증 난 얼굴로 우산을 밀치고, 거리 모퉁이마다 발 디딜 곳이 사라져, 날이 밝은 다음에도(날이 밝은 적이 있다

3) 미카엘 축일(Michaelmas term)은 9월 29일부터 크리스마스까지다. 영국 고등법원은 일 년에 네 차례 개정하는데, 이 기간은 마지막 개정기로 11월 2일부터 25일까지다.
4) 홀본 언덕(Holborn Hill)은 런던 시내 대로로, 관공서가 많다.
5) 19세기에는 (그리고 20세기 대부분은) 석탄을 태워서 전기와 열을 얻었기 때문에 영국 도시는 늘 매연이 가득했다. 특히 런던은 인구가 많아서 매연과 안개로 악명을 떨쳐, '매연 도시'라는 별명으로 불리기도 했다.

면) 수만 명이 미끄러지고 넘어져서 진흙탕은 진흙을 덧붙이고, 인도는 더 질척대고, 짜증은 더 늘어난다.

사방이 안개투성이다. 강 상류도 녹색 섬과 풀밭 사이로 안개가 가득 흐르고, 강 하구에도 가득 쌓인 거대한 (더러운) 도시 쓰레기와 층층이 겹친 화물선 사이로 매캐한 안개가 가득 흐른다. 에식스 습지도 안개가 가득하고, 켄트 고원지대도 안개가 가득하다. 안개는 커다란 범선 조리실로 흘러들고, 커다란 화물선 갑판에서 다양한 장비 주변을 맴돈다. 거룻배와 바지선 뱃전에도 내리깔린다. 안개는 그리니치 해군병원에 입원한 노병의 눈과 목구멍으로도 흘러들어 병실마다 불 옆에서 숨을 헐떡이고, 잔뜩 화난 선장의 오후 담뱃대에서도 흘러나와 좁은 선장실을 가득 메우고, 갑판에서 덜덜 떠는 심부름꾼 아이의 손가락과 발가락을 매섭게 할퀸다. 다리를 건너던 사람이 난간 너머로 자욱한 안개를 내려다보기라도 한다면, 주변에 자욱한 안개가 열기구를 타고 하늘에 둥둥 떠서 구름으로 들어간 기분일 것 같다.

가스등 불빛은 거리마다 안개에 잠겨서 흐릿한 게, 쟁기 가는 소년과 농부가 자주 보는, 뿌연 하늘에 떠오른 태양 같다. 상점마다 등불을 평소보다 두 시간 일찍 밝히니, 가스등도 아는지, 못마땅해서 잔뜩 찌푸린다.

으스스한 오후가 어디보다 으스스하고, 짙은 안개가 어디보다 짙고, 진창이 어디보다 심한 곳은 납빛 머리 조직 '템플 바'[6] 문턱 주변이다. 바로 옆도 똑같아, 링컨 대회당 대법정에는 안개에 휩싸인 대법관이 앉아있다.

---

6) 템플 바(Temple Bar)는 17세기에 (스트랜드 거리와 프리트 거리가 만나는 구 런던 시 서쪽 입구에) 세운 아치로, 사형수 목을 걸어놓곤 했다. 찰스 디킨스는 지배자의 잔인한 폭력을 상징하는 곳으로 템플 바를 여러 작품에서 묘사했다. 납빛 머리 조직은 런던 시청을 뜻한다.

안개가 아무리 짙고 진흙탕과 진창이 아무리 심한들, 바로 오늘, 하늘과 땅이 보기에도 더없이 극악무도한 하얀 머리[7] 죄인들이 대법정에서 질척대며 허둥대는 모습에 비할 수 있을까!

오늘 같은 오후면 대법관은 - 실제로 - 새빨간 천과 커튼 울타리를 둘러치고 짙은 안개가 머리를 후광처럼 감싼 가운데, 구레나룻이 훌륭하고 덩치가 커다랗지만 목소리는 조그만 변호사에게 장황한 설명을 지루하게 듣다, 천장에 난 채광창을 바라보며 명상에 잠기는데, 보이는 거라곤 안개가 전부다. 오늘 같은 오후면 대법정 구성원 수십 명은 - 실제로 - 끝없는 소송 수천 개 가운데 하나에 애매한 관심을 보이다 모호한 선례에 머리가 꼬이고, 전문용어에 허우적대고, 염소 털과 말총을 둘러쓴 머리[8]로 말의 성찬이 가득한 벽을 들이박고, 연극배우가 그러듯, 공평무사한 표정을 진지하게 떠올린다.

오늘 같은 오후면 소송에 참여한 다양한 사무변호사는 - 두세 명은 선친에게 업무를 물려받아서 엄청난 재산을 모았는데 - 서기가 있는 빨간 책상과 비단 법복 사이로 매트를 기다랗게 깐 변호인석에 한 줄로 앉아(우물 바닥에서 진리를 찾는 건 아무런 소용도 없겠지만),[9] 소장, 반소장, 답변서, 제2 답변서, 강제명령서, 선서진술서, 소송 쟁점서, 판사보좌관에게 보낸 설명서, 판사보좌관 보고서 등, 돈만 쓸데없이 처들인 잡동사니 서류를 산더미처럼 쌓아놓는다. 아아, 법정은 원래 어두침침한 곳이니 촛불은 여기저기서 쓸데없이 타들어 가고, 아아, 안개는 묵직하게 깔린 채 절대로 안 빠져나갈 것 같고, 아아, 색유리

7) 판사를 비롯한 법조인이 쓴 하얀 가발을 뜻한다.
8) 이것 역시 법정에서 쓴 하얀 가발을 뜻한다.
9) 변호사석을 여기에서 'well'로 표현했는데, 'well'은 '우물'이란 뜻으로 훨씬 많이 쓰이는 터라, "진리는 우물 바닥에 있다"는 영어 구절로 나아갔다. 이 구절은 고대 그리스 철학자 데모크리토스가 말한 "진리는 깊은 곳에 묻힌 터라 우리가 알 수 있는 건 없다"는 글에서 나왔다.

창문은 햇살이 없어서 색깔을 잃고, 아아, 거리마다 풋내기들은 현관문 유리창으로 훔쳐보는데, 어둡고 근엄한 풍경에, 느릿느릿한 설명은 누더기 연단에서 천장으로 늘쩍지근하게 울리고 대법관은 햇살이라곤 안 비치는 채광창만 바라보고 가발을 눌러쓴 관계자들은 하나같이 짙은 안개를 뒤집어쓴 풍경에, 안으로 들어가는 걸 단념할 것 같구나! 여기가 대법정이니, 영국 곳곳에서 건물은 무너지고 토지는 말라비틀어지고, 정신병원마다 미치광이는 녹초가 되고, 공동묘지마다 죽은 자는 가득하고, 망가질 대로 망가진 원고는 뒤축이 닳아빠진 신발에 실밥이 드러난 차림으로 사람들을 이리저리 찾아다니며 돈을 빌리거나 구걸하고, 돈 많은 부자는 판결을 마음대로 조작할 수단이 넉넉하고, 정의로운 판결을 추구하는 자는 돈과 인내심과 용기와 희망을 완벽하게 빨리다 머리가 깨지고 심장이 무너지는 터라, 고결한 법률가치고 "아무리 억울한 일을 겪더라도 법정만큼은 안 찾는 게 좋다"는 경고를 안 하는 사람이 없구나!

안개가 자욱한 오후 대법정에 앞에서 말한 대법관, 소송에 참여한 변호사, 어떤 소송에도 참여하지 않은 변호사 두세 명, 한 줄로 앉은 사무변호사 말고 또 누가 있을까? 재판장 밑에는 가발과 법복을 차려입은 서기가 있고, 사기꾼인지 조그만 가방인지 은밀한 지갑인지 모를 두세 명이 법정 복장을 하고 있다. 이들 모두 하품만 해대니, 잔다이스 대 잔다이스 소송은 오래전부터 쥐어짤 대로 쥐어짠 터라 재밋거리라곤 조금도 나올 수 없기 때문이다. 속기사, 법정 통신원, 신문 기자들은 잔다이스 대 잔다이스 소송이 등장하는 순간에 단골 청중과 함께 일제히 도망친다. 그래서 자리마다 텅텅 빈다. 구석 자리에서 일어나 커튼이 있는 성역을 열심히 바라보며 이해할 수 없는 판결이 자신에게 유리하게 나오기만 기대하는, 개정할 때부터 폐정할 때까지 법정에 안 빠지고 참석하는, 찌그러진 보닛을 눌러쓴, 정신 나간 조그만 노파가 그나마 앉아있다. 어떤 사람은 노파가 소송 당사자라 말하기도 하고, 예전에는 그랬지만 지금은 아니라 말하기도 하지만, 확실히 아는 사람은 아무도 없다. 관심 자체가 아무도 없기 때문이다. 노파는 조그만 가방에 잡동사니를 넣고 다니면서 서류라고 주장하는데, 대체로 종이 성냥과 말린 라벤더 꽃이 전부다. 얼굴이 창백한 죄수도 있으니, 감옥에 갇힌 채 "누명을 씻겠다"며 직접 항소하려고 여섯 번째로 나온 건데, 회계라는 걸 전혀 모르고 앞으로도 그럴 가능성 없이 유산을 엉망진창으로 관리했으나, 다른 유산 관리인은 모두 죽어서 누명을 벗을 길이 완전히 사라졌다. 파산한 청원자도 한 명 있으니, 슈롭셔에서 정기적으로 찾아와, 자신을 20년도 넘게 괴롭힌 대법관이 자신의 존재를 합법적으로 외면한다는 사실을 이해할 수 없어서 좋은 자리에 눌러앉아 열심히 쳐다보다, 재판장이 하루 업무를 마치고 일어서는 순간에 "재판장님!" 하고 커다랗게 불러서 항의할 준비를 단단히 하는 사람이다. 이 사람을 아는 변호사 사무실 직원과 구경꾼 몇 명도 뭔가 재미난 일이 일어나서 울적한 날씨가 조금이나마 유쾌하게 변하길 기대하며 머뭇거리긴 한다.

잔다이스 대 잔다이스 소송은 지겹게 이어진다. 많은 시간이 지나는 사이에 허울만 그럴싸하면서도 복잡하게 변해, 살아있는 누구도 뭐가 뭔지 모른다. 그중에서도 유난히 모르는 사람은 소송 당사자들이지만, 대법정 변호사들 역시 5분만 변론하다 보면 그동안 믿던 것마저 완벽하게 충돌하기 일쑤다. 아이는 셀 수 없이 태어나서 소송에 참여하고, 젊은이는 셀 수 없이 결혼해서 소송에 참여하고, 노인은 셀 수 없이 죽어서 소송을 빠져나갔다. 셀 수 없이 많은 사람이 원인도 이유도 모른 채 잔다이스 대 잔다이스 소송 당사자가 되어서 어쩔 줄 모르는 자신을 발견하고, 수많은 가정이 소송에 대한 전설적인 증오심을 물려받았다. 어린 원고나 피고는 잔다이스 대 잔다이스 소송이 해결되면 목마를 사주겠다는 약속만 듣다, 어른이 돼서 진짜 말을 사고, 저세상으로 황급히 떠나갔다. 법정에 들어서던 아름다운 여자애는 어머니가 되고 할머니가 되었으며, 대법관은 수없이 나타나다 사라지고, 엄청난 항소장 행렬은 사망통계표로 바뀌니, 톰 잔다이스 노인이 절망하고 대법정 거리 선술집에서 총으로 자기 머리를 쏜 이후로 지구 전체에 남은 잔다이스는 세 명이 안 되나, 잔다이스 대 잔다이스 소송은 대법정에 지겹게 나오고 해결될 희망은 영원히 없었다.

잔다이스 대 잔다이스 소송은 웃음거리로 전락했다. 바로 이게 잔다이스 소송의 유일한 장점이다. 많은 사람에게는 오랫동안 죽음이지만, 법조계에서는 생생한 농담거리다. 대법원 직원 모두가 이 사건을 정리했다. 대법관 모두가 법정 변호사 때 이쪽이든 저쪽이든 "변론에 참여"했다. 뭉툭한 구두를 신고 잘난 척하길 좋아하는 법학원 간부들은 대회당 만찬 이후에 특별히 여는 적포도주 위원회에서 잔다이스 소송 이야기를 꺼내며 즐거워했다. 변호사 도제는 잔다이스 소송에 빗대서 법률 유머를 자랑하는 게 전통이 되었다. 전직 대법관은 고명한 왕실 변호사가 "그런 일이 일어나려면 하늘에서 감자가 비 오듯 내려야 한다"고 말하자, "그보다는 잔다이스 대 잔다이스 소송이 끝나야 하겠지요"라고 지적하는 식으로 깔끔하게 정리했다. 사기꾼 부류와 가방 부류와 지갑 부류가 유난히 반긴 농담이었다.

수많은 사람이 부패한 손을 내밀어서 잔다이스 대 잔다이스 소송을 썩어 문드러지게 만들었다는 건 공공연한 비밀이다. 먼지만 가득하던 서류뭉치를 합치고 자르며 줄기차게 왜곡한 대법원 서기부터, 사라질 수 없는 사건 제목 아래 대법원 2절지 용지 수천 장을 직접 베낀 대법원 필사 직원까지, 잔다이스 소송을 통해 인간의 본성을 안 망가뜨린 사람이 없다. 온갖 구실을 대며 속이고 회피하고 질질 끌고 서류를 없애고 방해하니, 결코 좋아질 수 없는 근거만 가득했다. 사무변호사 밑에서 일하는 심부름꾼만 해도 치즐인지 미즐인지 뭔지 하는 변호사가 현재는 중요한 작업 중이며 나중에는 약속이 줄줄이 잡혔다고 강조하는 방식으로 가엾은 소송인을 마냥 문전박대하니, 그 도덕성은 잔다이스 소송 때문에 그만큼 더 뒤틀릴 수밖에 없었다. 소송 수익 관리인은 잔다이스 소송으로 상당한 돈을 벌었으나, 어머니에게는 불신을 동료에게는 경멸을 받아야 했다. 치즐인지 미즐인지 뭔지 하는 변호사는 잔다이스 소송에서 벗어나면 해결 못 한 소소한 문제를 살펴서 드리즐에게 – 국물을 못 빨아먹은 인물에게 – 제대로 빨아먹을 방법을 알려주겠다고 다짐하는 습관에 막연하게 빠져들었다. 불행한 소송을 진행하는 사이에 업무 태만과 사기술의 씨앗이 다양하게 싹트고, 사악한 행위에 제일 조금 참여한 사람조차 나쁜 일을 더욱 나쁘게 만들려는 막연한 충동에, 어차피 세상엔 문제가 많으니 그 소송 역시 제대로 흘러갈 순 없다는 막연한 신념에 자신도 모르게 빨려들었다.

그래서 짙은 안개에 휩싸인 진흙탕 한가운데서 대법관은 대법정 재판장 자리에 앉아있다. 그리고는 아는 게 많은 신사의 주장을 듣다 불안감을 느끼며 입을 연다.

"뒤죽박죽 변호사."

"네, 대법간님."

뒤죽박죽 변호사가 혀 짧은 어투로 대답한다. 잔다이스 대 잔다이스 소송을 누구보다 많이 알기로 유명한 변호사다. 변호사가 된 이후로 다른 사건은 들여다본 적이 없다는 소문마저 돌 정도다.

"이제 변론이 거의 끝난 건가요?"

"아닙니다, 대법관님……중요한 게 많습니다……다 말해야 합니다……대법관님"이 뒤죽박죽 변호사 입에서 흘러나온 대답이다. 그러자 대법관이 살짝 웃으며 묻는다.

"다른 변호사 몇 분이 변론하는 내용도 들어야 할 텐데요?"

뒤죽박죽 변호사의 아는 게 많은 동료 변호사 열여덟 명은 각자 요약한 서류 1,800쪽으로 무장한 채, 피아노 해머 열여덟 개처럼 불쑥 일어나서 고개를 숙이며 인사하고는 안 보이는 자리 열여덟 개로 털썩 주저앉는다.

"다음다음 주 수요일에 심리를 재개하겠습니다."

대법관이 선언한다. 지금 논의하는 문제는 비용 문제로, 커다란 나무에 달라붙은 조그만 가지일 뿐이라, 조만간 해결될 가능성이 크기 때문이다.

대법관이 일어나고, 변호사들도 일어나고, 죄수는 재판정 앞으로 급히 끌려 나오고, 슈롭셔에서 온 사내는 "재판장님!" 하고 소리친다. 사기꾼들과 가방들과 지갑들이 슈롭셔 사내한테 눈살을 찡그리며 정숙하라고 소리친다.

대법관이 다시 말하는데, 여전히 잔다이스 대 잔다이스 내용이다.

"여자애는……"

"죄송합니다만, 판사님, 사내앱니다."

뒤죽박죽 변호사가 성급하게 끼어들자, 대법관이 한층 또렷하게 말하고, 뒤죽박죽 변호사는 납작하게 찌그러진다.

"어린 두 사람, 여자애와 사내애는 오늘 출두하라는 지시를 받고 지금 사무실에서 기다리니, 직접 만나서 큰아버지 집에 살도록 명령하는 게 옳은지 살펴보겠습니다."

뒤죽박죽 변호사가 다시 일어선다.

"죄송합니다만 판사님, 죽었습니다."

대법관이 두 겹 외알 안경을 쓰고 책상에 놓인 서류를 살피며 말한다.

"할아버지 집이요."

"죄송합니다만 판사님, 강도한테 맞아서 머리를 다쳤습니다."

안개가 지독한 구석 자리에서 덩치는 작지만 목소리는 유난히 굵직한 변호사가 갑자기 의기양양하게 끼어든다.

"제가 말씀드려도 괜찮겠습니까, 대법관님? 그건 제가 담당입니다. 그 사람은 몇 다리 건너 친척입니다. 정확히 몇 다리 건넌지는 이 자리에서 정확히 말씀드릴 준비가 안 됐지만, 친척인 건 확실합니다."

조그만 변호사는 무덤 속 메시지처럼 굵직한 목소리로 천장 서까래까지 울리다, 곧바로 앉아서 안개에 파묻히니, 모든 눈이 그쪽으로 돌아가지만 누구도 찾을 수 없다. 그러자 대법관이 새롭게 말한다.

"내가 두 아이와 대화해서 친척 집에 살도록 명령하는 게 옳은지 알아보겠습니다. 이 문제에 대해선 내일 아침 이 자리에서 다시 언급하겠습니다."

대법관이 변호인단을 향해 고개를 숙여서 막 인사하려는데 죄수가 앞으로 끌려 나온다. 하지만 다양한 죄를 고려할 때 감옥으로 돌려보내라는 명령이 나올 수밖에 없고 실제로도 그런 명령이 나온다. 슈롭셔 사내도 다시 용기 내서 항의하는 어투로 "재판관님!"이라고 소리치지만 대법관은 그 사내를 힐끗 바라보며 재빨리 사라진다. 다른 사람도 모두 재빨리 사라진다. 직원들은 대포처럼 쭉 늘어선 파란 가방[10]에 묵직한 서류 폭탄을 재빨리 장전해서 집어 든 채 사라지고, 정신 나간 조그만 노파는 조그만 서류 가방을 들고서 씩씩하게 나가고, 텅 빈 대법정은 굳게 잠긴다. 지금까지 대법정이 저지른 모든 불법을, 그래서

10) 파란 가방(blue bag)은 법정 변호사가 서류·법복 등을 넣는 천 가방이다.

생겨난 고통까지, 그 속에 넣고 굳게 잠가, 장작을 잔뜩 쌓고 불을 놓아서 깨끗이 화장한다면……아아, 잔다이스 대 잔다이스 소송은 아닐지언정, 다른 소송 당사자들은 얼마나 행복할까!

CHAPTER II

상류사회

바로 이 진흙투성이 오후에, 우리가 갈망하는 상류사회는 어떤지 조금만 들여다보자. 상류사회는 대법정과 다를 게 하나도 없으니, 그 장면에서 이 장면으로 곧장 넘어가도 괜찮다. 상류사회와 대법정 모두 관습과 전통을 중시하는 사회로, 번개가 무섭게 내려칠 때 낯선 게임에 몰두하다 깊이 잠든 립 밴 윙클[11]이나, 잠자는 백설 공주를 왕자가 깨울 때 주방에서 꼼짝 못 하던 꼬챙이가 전부 신나게 돌아가며 춤추는 꼴이니 말이다!

상류사회는 커다란 세상이 아니다. 우리가 사는 세상과 마찬가지로 (국왕이 세상 끝까지 가면 그 너머에 허공이 나오는 것처럼) 상류사회 역시 한계가 있으니, 그곳은 아주 조그만 점에 불과하다. 상류사회는 좋은 것도 많고 훌륭한 사람도 많고 약속받은 공간도 있다. 하지만 문제는 비단과 보석에 둘러싸여서 커다란 세상이 달려드는 걸 들을

11) 립 밴 윙클(Rip Van Winkles). 소설 속 인물로, 산속에서 20년을 자다 깨어나 세상이 변한 걸 보고 깜짝 놀란다.

수도 없고, 태양을 맴도는 세상을 볼 수도 없다는 사실이다. 모든 게 죽은 세상이라, 그 사회가 성장하는 건 공기만 없애는 바람직하지 못한 결과를 낳을 때가 많다.

데드록[12] 귀부인은 런던 저택으로 돌아가서 사나흘을 보내다 파리로 떠나서 몇 주를 보낼 예정인데 그다음엔 어떻게 할지 불확실하다. 상류사회 소식지는 이렇게 보도해서 파리 시민을 즐겁게 하는데, 이 소식지는 상류사회에 관한 정보라면 모르는 게 없으나, 다른 정보를 파악하는 건 상류사회답지 않다고 여겼다. 지금은 데드록 귀부인이 가까운 사람들에게 "쉴 곳"이라 말하곤 하던 링컨셔 체스니 대저택에 내려와서 지내는 중이다. 그런데 링컨셔에 홍수가 범람했다. 공원에 딸린 아치 다리도 물에 완전히 잠겼다. 인근 저지대는 넓이 800m나 되는 지역이 호수로 변하고 숲이 섬으로 변한 채 온종일 굵직한 빗방울에 구멍이 송송 뚫린다. 데드록 귀부인은 끔찍하게 따분하다. 여러 날에 걸쳐서 낮이고 밤이고 빗방울만 끊임없이 내리니, 나무가 물에 흠뻑 젖어서 나무꾼이 도끼질해도 쾅쾅 소리나 뚝뚝 부러지는 소리조차 조그맣게 줄어든 것 같다. 사슴 역시 흠뻑 젖은 모습으로 진구렁을 남기며 지난다. 엽총 소리는 축축한 공기에 파묻히고, 화약 연기는 조그만 구름처럼 천천히 흘러가고, 잡목이 우거진 녹색 언덕은 빗물이 퍼붓는 배경을 이룬다. 데드록 귀부인 침실 창문에서 바라보는 전경은 납빛 경치와 먹빛 경치를 번갈아가며 떠올린다. 앞마당 대리석 테라스에는 꽃병이 빗물에 온종일 시달리고, 오래전부터 유령길이라 부르던 널찍한 판석

12) 데드록(Dedlock)은 Deadlock을 연상시키는 고유명사로, Deadlock은 ① 교착 상태 ② 이중 자물쇠를 뜻한다. 일반명사를 따서 이름을 정하는 방식은 찰스 디킨스가 등장인물의 캐릭터를 묘사하고 규정하는 독특한 기법이다. 이번 번역에서는 일반명사를 활용한 이름을 가능하면 우리 말로 번역하고자 노력했다. 앞에서 나온 '뒤죽박죽 변호사'가 좋은 사례다.

포장길은 밤새도록 빗방울이 뚝 뚝 뚝 묵직하게 떨어진다. 일요일이면 공원에 자리한 조그만 교회는 곰팡내가 피고 참나무 설교단은 식은땀을 흘리면서 무덤에 묻힌 데드록 조상의 느낌과 냄새를 물씬 풍긴다. (자녀가 없는) 데드록 귀부인은 석양이 질 때 침실에서 일꾼 오두막을 내다보며, 격자창에 어리는 벽난로 불빛과 굴뚝에서 올라오는 연기, 아이가 엄마와 술래잡기하는 모습을 구경하다 기분이 상한다. 온몸을 우비로 감싸서 반짝거리는 사내가 대문으로 들어오는 걸 보고 아이가 빗속으로 달려나갔기 때문이다. "당시에 죽을 정도로 따분했다"고 나중에 회상한다.

끝내 데드록 귀부인은 체스니 대저택을 빗물과 까마귀와 산토끼와 사슴과 메추라기와 꿩들한테 맡기고 떠난다. 하녀가 오래된 방들을 돌며 덧문을 닫을 때는 옛적에 저세상으로 떠난 데드록 가문 초상화들이 의기소침해서 축축한 벽 속으로 사라지는 것 같다. 초상화들이 언제 또 나타날지를 상류사회 소식지는 – 악마와 같아서 과거나 현재에 대해 모르는 게 없으나 미래는 아니니 – 아직은 자신 있게 말할 수 없다.

레스터 데드록은 준남작[13]에 불과하나, 그보다 강력한 준남작은 없다. 데드록 가문은 산맥만큼이나 오래되고 훌륭한 인물은 끝이 없었다. 그래서 레스터 준남작은 산맥이 없어도 세상은 굴러가지만 데드록 가문이 없으면 안 된다는 견해가 강하다. 자연과 벗하는 건 (공원 울타리 바깥은 천박할지언정) 좋은 생각이라는 데 전체적으로 동의하지만, 지방 호족이 어떻게 하느냐에 따라 다르다고 여긴다. 그는 도덕적으로 엄격하고, 인색하거나 비열한 행위를 경멸하며, 자신의 진정성을 비난받느니 차라리 죽는 편을 선택할 신사다. 한마디로 명예를 존중하며 완고하고 진실하고 기개가 높고 편견이 심한, 완벽하게 비이성적인

---

13) 준남작(baronet). 기사 위, 남작 아래. 영국 세습 위계에서 최하위로, 귀족은 아님.

인물이다.

레스터 데드록 경은 넉넉하게 잡아서 나이가 부인보다 스무 살은 많다. 그래서 예순여섯이나 예순일곱은 물론 예순다섯으로도 두 번 다시 안 보이려 애쓴다. 이따금 통풍이 발작해서 약간 절뚝이기도 한다. 머리칼과 구레나룻은 반백이고 소매 장식은 훌륭하고 조끼는 순백색이고 파란 외투는 반짝이는 단추를 채우니 풍채가 늘 당당하다. 예의가 바르고 위엄이 있고 부인에게 정중하며 부인의 매력을 최고로 높이 평가한다. 부인에게 다정한 자세는 청혼한 이후로 한 번도 안 변했으니 이는 낭만적인 환상을 품고 있음을 나타내는 좋은 사례다.

실제로 레스터는 부인을 사랑해서 결혼했다. 부인에게는 친척조차 없다는 소문이 지금껏 돌아다닌다. 그렇지만 레스터는 더없이 충분할 정도로 친척이 많다. 그러나 부인은 아름답고 자존심이 세고 야망이 있고 고집스러운 데다 다른 귀부인들에게 넉넉히 나눠줘도 될만한 감각이 있었다. 여기에 부와 지위를 더하니, 데드록 귀부인은 상류사회로 곧장 올라와, 고귀한 사회 중심에서 고귀한 나무 꼭대기를 자치할 수 있었다.

정복할 세상이 사라지자 알렉산더 대왕이 슬피 울었다는 얘기를 누구나 안다…… 혹은, 사방에서 떠들어대니 이제 모르는 사람이 없을 게 분명하다. 하지만 데드록 귀부인은 상류사회를 정복하고도 눈물이 아니라 등골이 오싹한 느낌에 빠져들었다. 기진맥진한 다음에 찾아오는 평화, 지칠 대로 지친 다음에 찾아오는 평안, 노곤할 대로 노곤한 다음에 찾아오는 평온은 어떤 이해관계나 만족감도 못 건드릴 전리품이었다. 행실도 완벽했다. 내일 당장 하늘나라로 간다 해도, 조금도 황홀한 느낌 없이 날아갈 것처럼 보일 정도다.

데드록 귀부인은 여전히 아름다워, 행여나 한창은 아닐지언정 이미 시든 모습도 아니다. 아름다운 얼굴은 원래는 아름답다기보다 예쁘다는 평을 받았으나, 상류사회 신분이 되면서 고귀한 아름다움이 생겨났다. 자태는 우아해서 키가 늘씬하게 보이는 효과가 있다. 실제로 늘씬한 건 아니나, 밥 스테이블스[14] 각하가 툭하면 강조하듯 "모든 매력을 최대한 살린" 결과다. 그는 데드록 귀부인이 완벽하게 꾸민 걸 알아채고, 머릿결을 특별히 칭찬하면서 모든 말 가운데서 손질을 제일 많이 한 암말이라는 언급까지 했다.

데드록 귀부인은 머리에 모든 매력을 뒤집어쓴 채[15] 런던 저택에서 사나흘 보내고 파리로 떠나서 몇 주 머물고, 이후 계획은 다시 세울 예정으로 (상류사회 소식지가 열심히 따라다니는 가운데) 체스니 대저택을 떠났다. 그리고 진창길에 안개가 자욱한 바로 그 날 오후에 런던 저택으로 구식 노신사가 찾아오는데, 지방법원과 대법원에서 사무변호사로 활동하고 데드록 가문 법률 자문으로 활약하는 영광을 누리는 사람으로, 데드록이란 이름을 새긴 무쇠 서류상자를 사무실에 여러 개 놓은 걸 보면, 살아있는 준남작을 마법사의 마술 동전으로 삼아 무쇠 상자 속에서 마법처럼 이동시키는 것 같다.[16] 노신사는 가발에 파우더를 뿌린 하인의 안내를 받아, 현관 홀을 지나고 계단을 오르고 복도를 여럿 따라가고 방을 여럿 지나 (손님에겐 요정 나라지만 사는 사람한테는 사막처럼 황폐한 곳을 지나, 시즌[17] 때는 화려하지만 나머지 기간에는 정말 쓸쓸한 곳으로) 귀부인 앞으로 나아간다.

---

14) 스테이블스(Stables)는 마구간이란 뜻이다. 그래서 스테이블스가 바라보는 데드록 귀부인 역시 작가는 마구간 말로 표현한다.

15) 햄릿 1막 5장 79줄, 'with all my imperfections on my head; 머리에 모든 허물을 뒤집어쓴 채'를 비틀었다.

16) 실제로, 디킨스는 자물쇠로 잠근 상자를 여러 개 놓고 마법 동전을 이리저리 옮기는 마법을 능수능란하게 시연하곤 했다.

17) 런던 사교계가 활달한 기간을 말한다. 5월부터 7월로, 지방 귀족이 런던으로 올라와서 무도회와 파티에 참석하고, 혼기를 맞이한 귀족 자녀는 배우자를 물색한다.

노신사는 옷차림이 구식이지만, 귀족들의 혼인과 유언장 처리로 재산을 긁어모은, 대단한 부자라는 소문이 자자하다. 명문가의 은밀한 비밀을 많이 알지만 말없이 가슴에 담아두는 사람으로 유명하기도 하다. 커다란 나무와 이끼가 가득한 공원 모서리에 수백 년 동안 뿌리내린 귀족 가문의 거대한 사당도 토킹혼[18] 변호사가 사람들 사이를 돌아다니며 담아두는 가슴보다 가문의 비밀을 많이 품지는 못할 것이다. 토킹혼은 흔히 말하는 구식으로 – 이 말은 젊은 시절 자체가 한 번도 없는 듯하다는 의미인데 – 리본이 달린 반바지에 각반을 차거나 스타킹을 신는다. 까만 의상과 까만 스타킹이 유난히 독특한 건, 그게 비단이든 모직이든, 조금도 반짝이지 않는다는 사실이다. 바라보는 시선에 아무런 반응도 없이 꽉 닫힌 모습이 그 주인과 똑같다. 토킹혼은 직업적으로 상담하는 게 아닌 한 누구하고도 대화를 안 한다. 웅장한 저택 만찬 식탁 모서리나 객실 입구 근처에서 말없이 편히 지내는 모습을 종종 보이는데, 상류사회 소식지가 생생하게 표현한 바에 따르면, 그곳에 참석한 사람 모두 토킹혼을 알며, 귀족 절반은 걸음을 멈추고 "안녕하시오, 토킹혼 변호사?"라며 아는 척한다. 그러면 토킹혼은 인사를 정중하게 받고, 다른 비밀과 함께 가슴 속에 묻는다.

레스터 데드록은 귀부인 곁에서 토킹혼을 기쁘게 맞이한다. 토킹혼에게는 레스터가 언제 봐도 만족스러운 분위기가 독특하게 깃들어, 레스터는 그걸 일종의 찬양으로 받아들인다. 토킹혼의 옷차림도 마음에 드니, 거기에서도 찬양하는 분위기를 느낀다. 자신을 극도로 존경하는 모습은 물론 다른 모든 점에서 제대로 된 변호사가 아닐 수 없다. 굳이 말하자면 그 모습은 데드록 가문의 법적 비밀을 다루는 집사요,

18) 토킹혼(Tulkinghorn)은 '떠버리 나팔'을 살짝 변형한 고유명사로, 인물의 이중성을 강조하는 기법이 흥미롭다.

법적 포도주 저장실을 관리하는 하인이었다.

토킹혼은 레스터 눈에 자신이 어떻게 보이는지 알까? 알 수도 있고 모를 수도 있지만, 데드록 귀부인을 귀족의 일원으로 - 조그만 상류사회의 지도자며 대표자로 - 대할 때 모든 점에서 주목할 놀라운 배경이 있다는 사실만큼은 꼭 알아야 한다. 귀부인은 자신을 신비로운 존재로, 평범한 사람이 이해할 수 없고 헤아릴 수 없는 존재로 여기는데, 거울을 쳐다보면 실제로 그런 모습이 비친다. 하지만 하녀에서 이탈리아 오페라 기획자까지 주변을 맴도는 희미한 별은 하나같이 귀부인의 약점과 편견과 어리석음과 거만함과 변덕을 알고, 재단사가 줄자로 귀부인의 몸을 재듯 정확하고 꼼꼼하게 귀부인의 머릿속을 파악해서 봉으로 삼는다. 새로운 드레스를, 새로운 맞춤옷을, 새로운 가수를, 새로운 댄서를, 모양이 새로운 보석을, 새로운 난쟁이나 거인을, 새로운 예배당을, 뭐든 새로운 것을 준비할까요? 다양한 분야에서 데드록 귀부인을 봉으로 여기면서도 그 앞에선 바싹 엎드리는 존경스러운 사람이 많다. 데드록 귀부인을 갓난아기처럼 다루는 방법을 자랑하고, 평생에 걸쳐 비위를 맞추고, 비굴하고 겸손하게 따라다니는 척하면서, 당당한 소인국의 웅장한 함대를 끌고 가는 걸리버처럼 데드록 귀부인과 그 일행을 갈고리로 확실하게 엮어서 이리저리 끌고 다니는 사람들이다. 보석상 '반짝이'와 '눈부심'은 데드록 귀부인과 그 일행을 "우리 쪽 사람"이라 언급하며 "우리 쪽 사람한테 홍보하고 싶다면, 선생님, 일반 대중과 다르다는 점을 명심해야 합니다. 제일 약한 지점을 공략해야 하는데, 제일 약한 지점은 이런저런 부분이랍니다"라고 떠벌린다. 포목상 '광택'과 '허영'은 거래하는 제조업자에게 "이 상품을 많이 팔려면, 신사 여러분, 우리한테 오셔야 합니다. 우리는 상류사회를 장악하는 방법을 알며, 그래서 대유행시킬 수 있으니까요!"라 장담하고, 도서관 사서 슬래더리 선생은 "이 책을 제가 아는 상류층 인사들 책상에 놓고 싶다면, 선생, 혹은 이 난쟁이나 거인을 제가 아는 상류층 인사들 집에 들이고 싶다면, 선생, 혹은 이번 연극에 제가 아는 상류층 인사들의 후원을 받고 싶다면, 선생, 저한테 맡겨주셔야 합니다. 저는 상류층 지도자들을 충분히 연구해서, 선생, 제 손가락처럼 자유롭게 놀릴 수 있으니까요!"라 말하는데, 슬래더리 선생은 정직한 사람이니 허풍이 아니다.

따라서 토킹혼 변호사는 레스터가 속으로 떠올리는 생각을 모를 수 있지만, 알 가능성이 훨씬 크다.

"우리 부인네 소송이 대법정에 또 올랐나요, 토킹혼 변호사?"

레스터가 말하며 한 손을 내미니, 토킹혼은 "네. 오늘 또 올랐습니다"라고 대답한 다음에 귀부인에게 인사하고, 귀부인은 벽난로 옆 소파에 앉아서 손수건으로 얼굴을 가리다 체스니 대저택의 따분한 분위기에 여전히 휩싸인 채 말한다.

"특별한 일이 있었는지 묻는 건 소용이 없겠지요?"

"관심을 끌 만한 일은 특별히 없었습니다."

토킹혼 대답에 귀부인이 말한다.

"앞으로도 그럴 거예요."

레스터는 끝없는 대법정 소송에 반대하지 않는다. 해결되는 일 없이 돈만 퍼붓는 게 영국 특유의 헌법 정신이다. 실제로 레스터는 문제의 소송에 특별한 관심이 없다. 부인 측에서 유일한 결혼 지참금으로 가져온 것일 뿐이다. 그래서 데드록이란 이름이 소송에 나오긴 해도 소송 제목으로 안 잡히는 게 어이없단 생각이 속으로 떠오를 정도다. 하지만 데드록이 볼 때, 대법정은 판결이 늦고 약간 혼란스럽긴 해도, (인간적으로) 모든 걸 영원히 해결하려고 인간의 지혜를 완벽하게 긁어모아 다양한 현실과 결합해서 만들어낸 결과물이다. 게다가 대법정으로 쏟아지는 불만을 인정하는 건 워트 타일러[19] 같은 하층민이 어디서 다시 봉기하도록 부추기는 역할만 할 것 같다!

"새로운 진술서가 서너 통 제출되었는데 모두 짧은 내용으로, 귀찮으시겠지만, 저는 소송에 새로운 사항이 나오면 고객에게 전달하는 게 원칙이라……"

토킹혼이 말하다, 불필요한 책임을 안 지려고 조심스럽게 덧붙인다.

"게다가 마님께서 파리로 가신다는 걸 알기에, 제가 주머니에 넣어서 가져왔습니다."

(레스터도 파리에 함께 갈 예정이지만, 상류사회 소식지는 눈요기를 귀부인에 한정한다.)

토킹혼은 서류를 꺼내서 양해를 구하고 부인이 팔꿈치를 얹은 황금부적 탁자에 올려놓더니, 안경을 꺼내서 갓등 불빛을 받으며 읽는다.

"대법정. 존 잔다이스……"

귀부인이 끼어들어, 형식적인 내용은 끔찍하니 최대한 생략하라고 요구한다.

토킹혼은 안경을 쓰고 훑어보며 아래로 내려가다 다시 읽는다. 귀부인은 관심도 없고 경멸스럽기만 하다는 표정으로 딴청부린다. 레스터는 커다란 의자에 앉아서 벽난로 불길을 쳐다보는데, 장황한 법률 서류가 나라를 지키는 요새라도 되는 듯 마음에 쏙 든 표정이다. 귀부인이 앉은 자리로 불길이 뜨겁게 치솟아, 값비싼 부채는 작아서 아름답긴 해도 쓸모가 없다는 게 드러난다. 귀부인은 앉은 자세를 바꿔서 탁자에 있는 서류를 보고, 자세히, 더 자세히 살피다, 충동적으로 묻는다.

19) 1381년 영국에서 발생한 대규모 민란의 지도자. 인두세에 항의하는 무리를 이끌고 캔터베리에서 런던까지 행진했다. 그해 5월에 봉기가 성공해, 런던 스미스필드에서 국왕 리처드 2세와 협상하던 도중, 국왕 장교들에게 살해당하고 봉기는 끝났다.

"저건 누가 필사했나요?"

평소와 달리 활기찬 어투에 토킹혼은 깜짝 놀라서 입을 다물고, 귀부인은 다시 무심한 표정으로 변호사를 똑바로 바라보고 부채를 만지작거리며 묻는다.

"저게 법률가들이 말하는 법률 서첸가요?"

토킹혼은 글씨체를 살피며 대답한다.

"아닙니다. 원본이 법률 서체라서 똑같이 베낀 것 같습니다. 왜 물으시는지요?"

"혐오스럽도록 따분해서요. 계속 읽으세요, 어서요!"

토킹혼이 다시 읽는다. 열기는 달아오르고, 귀부인은 부채로 얼굴을 가린다. 레스터는 꾸벅꾸벅 졸다, 갑자기 놀라서 소리친다.

"뭐? 뭐라고 했지?"

토킹혼이 이미 황급히 일어난 상태로 대답한다.

"데드록 귀부인께서 편찮으신 것 같다고 했습니다."

귀부인이 백지장 같은 입술로 힘없이 말한다.

"현기증이 이는 것뿐이에요. 하지만 죽을 것 같은 현기증이에요. 더 말하지 마세요. 종을 울려서 침실로 옮겨주세요!"

토킹혼이 다른 방으로 달려가서 종을 울리니, 바삐 움직이는 소리가 일다 침묵이 깃든다. 마침내 하인이 다가와서 토킹혼에게 조금 전 공간으로 안내하니, 레스터는 자리에 앉아서 서류를 읽으라고 손짓하며 말한다.

"이제 괜찮소. 하지만 많이 놀랐다오. 부인한테 현기증이 있는 걸 몰랐으니 말이오. 그러나 날씨가 너무 나쁜 데다, 부인은 체스니 대저택에서 죽도록 따분하게 지내다 올라왔다오."

CHAPTER III

진행 과정

저에 관한 이야기를 시작한다는 건 정말 어렵습니다. 저는 똑똑하지 않다는 걸 잘 아니까요. 저는 이걸 늘 알았습니다. 아주 어릴 적에 인형과 단둘이 있을 때는 "이제, 인형아, 너도 잘 알듯이 나는 안 똑똑하니까, 너는 사랑하는 마음으로 내 말을 잘 들어주어야 해!"라고 말하던 기억이 납니다. 제가 뜨개질하면서 비밀을 하나씩 말하는 동안, 인형은 커다란 안락의자에 앉아서 아름다운 얼굴과 장밋빛 입술로 나를 쳐다보곤 했답니다. 물론 나를 비롯한 그 무엇도 실제로 쳐다보는 건 아니겠지만요.

아아, 그리운 인형! 저는 수줍음이 많아서 다른 누구한테 입을 연 적도 마음을 연 적도 거의 없습니다. 학교에서 돌아오자마자 2층 제 방으로 올라가, "아, 믿음직한 인형아, 기다리고 있을 줄 알았어!"라 말하고, 인형이 앉은 커다란 의자 팔걸이에 몸을 기댄 채 우리가 헤어진 이후에 보고 들은 걸 모두 말하면서 위로를 얻곤 했다는 생각을 떠올리니, 당장에라도 눈물이 쏟아질 것 같습니다. 저는 무어든 열심히 살피는 편으로 - 빨리 알아채는 건 절대 아니지만! - 눈앞에서 벌어지는 일을 가만히 지켜보며, 제가 이해력이 빠르면 좋겠다는 생각을 하곤 했습니다. 저는 이해하는 게 정말 느리거든요. 어떤 사람을 진심으로 사랑하면 이해력이 빨라지는 것 같긴 하지만, 이조차 착각일 수 있어요.

저는 동화 이야기에 나오는 공주님만큼 잘 생기진 않았으며, 아주 어릴 적부터 대모님 밑에서 자랐습니다. 제가 아는 건 그분이 대모님이라는 사실이 전부였습니다. 대모님은 훌륭한 분이었습니다! 일요일이면 교회에 세 번씩 가고, 수요일과 금요일이면 아침기도에 가고, 강연이 있을 때마다 빠진 적이 없으니까요. 얼굴도 아름다워, 행여나 미소라도 떠올린다면 천사처럼 보일 거란 생각이 자주 들었지만, 실제로 미소를 머금은 적은 한 번도 없습니다. 대모님은 늘 근엄하고 엄격하셨습니다. 당신께서 너무 착한 터라, 다른 사람이 나쁜 짓을 하면 눈살을 절로 찌푸리겠다고 저는 생각했습니다. 어른과 어린애가 다른 걸 고려하더라도, 대모님과 저는 너무나 다르다고 느꼈습니다. 저는 더없이 초라하고 빈약하고 모자라서 대모님과 가까이 지낼 수 없다고, 아니, 제가 마음속으로 바라는 만큼 대모님을 사랑할 자격조차 없다고 느낀 데다, 대모님은 더없이 선량하며 저는 더없이 무가치하다고 생각하면 마음이 너무 아파, 훨씬 착한 아이가 되길 뜨겁게 갈망한 적이 많고, 이런 마음을 사랑하는 인형한테 말하기도 했지만, 저는 제가 사랑해야 마땅한 만큼, 훨씬 착한 아이가 사랑해야 마땅하다고 느낀 만큼 대모님을 사랑한 적은 한 번도 없습니다.

그래서, 감히 말씀드린다면, 저는 원래보다 수줍고 겁 많은 성격으로 변해서 마음이 편한 인형을 유일한 친구로 삼으며 의지했습니다. 그런데 이런 성격을 더욱 부추긴 사건이 일어났습니다.

저는 엄마 이야기를 들어본 적이 없습니다. 물론 아빠 이야기도 들어본 적은 없지만 엄마가 훨씬 더 궁금했습니다. 기억하는 한, 저는 상복을 입은 적도 없습니다. 엄마 무덤에 간 적도 없습니다. 엄마 무덤이 어디라는 말을 들은 적도 없습니다. 게다가 엄마 아빠를 위해서 기도하라는 가르침을 받은 적조차 없습니다. 대모님을 위해서 기도하라는 가르침만 받았습니다. 잠자리에 누울 때, 유일한 하녀 레이첼 부인에게 머릿속 생각을 한두 차례 꺼냈는데, 부인은 "에스더, 잘 자렴!"이라는 말만 하고는 등불을 들고 나가버렸습니다.

제가 다니던 마을학교에 다른 여학생 일곱 명이 있었지만, 그래서 저를 귀여운 에스더라고 불렀지만, 저는 누구 집에도 놀러 가지 못했습니다. 물론 하나같이 나이가 많고 저는 한참 어린 꼬맹이지만, 그것 말고도, 그리고 하나같이 저보다 똑똑하고 아는 게 많다는 것 말고도, 우리 사이를 가르는 게 무언가 있었던 것 같습니다. 학교에 간 첫 주에 그들 가운데 한 명이 집에서 조그만 파티를 한다며 초대해서 제가 크게 기뻐한 기억이 지금도 똑똑히 납니다. 하지만 대모님께서 초대를 거절하는 편지를 딱딱하게 써서 보내시고, 저는 파티에 못 갔습니다. 외출조차 못 했습니다.

한번은 제 생일이었습니다. 다른 아이들 생일은 학교가 쉬는 날인데, 제 생일에는 그런 적이 없습니다. 여학생들끼리 하는 말을 듣고서 알았지만 다른 생일 때는 모두 그 집에 모여서 즐겁게 지내는데, 저는 그런 적이 없습니다. 제 생일은 집에서 혼자 어느 때보다 쓸쓸하게 지내는 날이었습니다.

앞에서 말씀드렸듯이 제가 착각한 게 아닌 한(저는 정말로 모르지만, 아무런 의심 없이 착각할 수 있으니, 진짜 착각일 수도 있는데), 저는 애정을 느낄 때 이해력이 빨라집니다. 저는 애정이 많은 성격이며, 따라서 그런 상처를 다시 받는다면 생일날처럼 빠르게 느낄 가능성이

큽니다.

그날, 저는 저녁 식사를 마치고 대모님과 함께 벽난로 앞 식탁에 앉아있었습니다. 시계는 째깍거리고 장작은 탁탁대며 타오를 뿐, 거실에도 집안 전체에도 다른 소리는 전혀 없었습니다. 얼마나 오랫동안 그랬는지 모릅니다. 뜨개질하다 고개를 살짝 들어서 식탁 너머로 쳐다보다, 침울하게 바라보는 대모님 얼굴을 발견했습니다. '너한테 생일이 없다면, 아예 태어나지 않았다면, 훨씬 좋았을 텐데, 에스더!'라고 말하는 표정이었습니다.

저는 눈물을 터트리며 물었습니다.

"아, 친애하는 대모님, 말씀해 주세요, 제발 말씀해 주세요, 엄마가 저를 낳다가 돌아가셨나요?"

"아니다. 얘야, 더는 묻지 마라!"

"아, 엄마 얘기를 해주세요. 지금이라도, 친애하는 대모님, 괜찮으시다면! 제가 엄마한테 무슨 잘못을 했나요? 엄마가 왜 돌아가셨나요? 저는 다른 아이들과 왜 다른가요, 그게 왜 제 잘못인가요, 친애하는 대모님? 안 돼요, 안 돼요, 안 돼요, 그냥 가지 마세요. 아, 제발 알려주세요!"

슬프다 못해 무서웠습니다. 그래서 대모님 치맛자락을 잡고 무릎을 꿇었습니다. 그러는 동안 대모님은 "어서 놔!"라는 말만 하시더니, 급기야 꼼짝을 안 했습니다.

어두운 얼굴이 너무나 무서워, 저는 잔뜩 달아오른 흥분을 가라앉혔습니다. 그리고 조그만 손을 덜덜 떨면서 대모님 손을 잡고 진심으로 용서를 구하려 했지만, 대모님이 바라보시는 표정에 손을 거두어서 콩닥콩닥 뛰는 제 가슴에 올렸습니다. 대모님은 저를 일으키고 의자에 앉으신 다음, 저를 앞에 세우더니, 차갑고 나지막한 목소리로 천천히 말씀하셨습니다. 대모님이 지적하던 손가락과 잔뜩 찌푸린 이맛살이 지금도 또렷하게 보입니다.

"네 엄마는, 에스더, 너한테 불명예고, 너는 네 엄마한테 불명예야. 네가 모든 걸 파악해서 여자가 아니면 그 누구도 느낄 수 없는 불명예를 깨달을 때가 올 거다, 곧. 나는 네 엄마를 용서했다, 나한테 저지른 잘못을."

하지만 얼굴은 용서한 표정이 아니었습니다.

"더 말하지 않겠지만, 그건 네가 앞으로 겪을 그 무엇보다 커다란 잘못이다, 그것 때문에 고통받는 나 말고는 누구도 알 수 없는. 그래서 불행하게도 너는 세상에 태어나는 순간부터 고아가 되고 불명예가 되었으니, 성서에 쓰인 대로 다른 사람의 죄가 너한테 안 오도록[20] 매일같이 기도해라. 엄마를 잊어라. 다른 사람도 너희 엄마를 잊고 불행한 너한테 해를 안 끼치도록 해라. 이제, 가라!"

그래서 차갑게 굳은 몸으로 떠나려는데, 대모님은 저를 잡고서 덧붙이셨습니다.

"죄악으로 잉태한 삶을 살아가려면 순종하고 금욕하며 부지런히 살아야 하느니라. 너는 다른 아이랑 다르다. 에스더, 너는 다른 아이처럼 평범한 죄악과 욕정 가운데 태어난 게 아니다. 너는 완전히 다르다."

저는 방으로 올라와서 침대에 기어올라, 눈물이 축축한 뺨에 인형 뺨을 대고 문지르다 하나밖에 없는 친구를 가슴에 꼭 껴안고 울다 잠들었습니다. 제가 슬픈 이유를 충분히 이해한 건 아니지만, 제가 누구한테도 기쁨을 못 준다는 사실은, 인형이 저한테 소중한 만큼 저를 소중하게 여기는 사람이 지상에 아무도 없다는 사실은 깨달았습니다.

---

20) 출애굽기 20장 5절, '나 여호와 너희의 하느님은 질투하는 신이다. 나를 싫어하는 자에게는 아비의 죄를 그 후손 삼대까지 갚는다.'

아아, 그러고 나서 인형과 단둘이 얼마나 많은 시간을 보냈는지, 생일날을 얘기하면서 내가 짊어지고 태어난 죗값을 (저한테 책임이 있는 건 확실하지만 제가 지은 건 아닌 죗값을) 갚으려고 최선을 다하겠다고, 모든 일에 만족하고 부지런하며 다정한 마음으로 누군가에게 바람직한 일을 해서 최대한 사랑받으며 살아가겠다고 인형한테 얼마나 많이 다짐했는지 모릅니다. 이 생각을 하는 동안 흘린 눈물은 저를 불쌍히 여긴 결과가 아니길 바랍니다. 실제로 아주 고맙고 기쁘니까요. 그런데도 두 눈으로 치솟는 눈물을 막을 수 없으니까요.

자! 눈물을 말끔히 훔쳐냈으니, 원래 얘기로 돌아가겠습니다.

저는 생일날 이후로 대모님과 거리감을 훨씬 많이 느꼈습니다. 있으면 안 될 집에 있다는 느낌마저 들었습니다. 그래서 대모님에게 다가가는 게 그만큼 더 어려웠지만, 마음속으로는 어느 때보다도 고마웠습니다. 학교 친구들에게도 그렇게 느끼고, 과부로 사는 레이첼 부인에게도 그렇게 느끼고, 아, 레이첼 부인이 자랑스러워하는, 2주에 한 번씩 엄마를 만나러 오는 딸에게도 그렇게 느꼈습니다! 저는 늘 혼자 조용히 지내며 열심히 공부하려 애썼습니다.

어느 화창한 오후에 옆으로 길게 늘어선 그림자를 바라보며 학교에서 책가방을 들고 집으로 와서 평소처럼 이 층 방으로 살그머니 올라가는데, 대모님이 거실문에서 내다보며 저를 불렀습니다. 대모님 옆에는 평소와 달리 낯선 사내가 있었습니다. 풍채 좋은 당당한 신사로 온통 까만 양복에 하얀 넥타이, 커다란 금시계와 금테 안경, 새끼손가락에는 인장용 커다란 반지가 있었습니다.

"이 아이가 그 아이입니다."

대모님이 나지막한 어투로 말했습니다. 그러더니 평소처럼 엄격한 어투로 덧붙였습니다.

"이 아이가 에스더입니다."

신사는 안경을 올려서 저를 쳐다보며 "이리 오렴, 얘야!"라고 말하더니 제 손을 잡고 흔들다, 보닛 모자를 벗으라 한 다음, 저를 가만히 바라보았습니다. 제가 순순히 보닛 모자를 벗자 "아!" 하더니, "그래!" 라고 감탄한 다음, 안경을 벗어서 빨간 안경집에 넣고 안락의자 등받이에 등을 기댄 채 두 손으로 안경집을 돌리며 대모님에게 고개를 끄덕였습니다. 그러자 대모님은 "이제 올라가도 좋다, 에스더!"라 말했습니다. 그래서 저는 낯선 신사한테 무릎을 구부리며 인사하고 방으로 올라갔습니다.

그러고 대략 2년이 지나, 열네 살이 다 돼갈 즈음이었습니다. 날씨가 험상궂은 밤에 저는 대모님과 함께 벽난로 앞에 앉아있었습니다. 저는 성서를 커다랗게 읽고, 대모님은 가만히 들었습니다. 저녁 9시면 늘 내려와서 대모님에게 성서를 읽어드렸는데, 그때는 요한복음서로, 사람들이 간음한 여인을 데려오자 구세주께서는 몸을 굽혀 손가락으로 땅바닥에 무엇인가 쓰셨다는 내용입니다.

"그들이 하도 대답을 재촉하므로 예수께서는 고개를 드시고 '너희 중에 누구든지 죄 없는 사람이 먼저 저 여자를 돌로 쳐라!' 하셨다."[21]

바로 그때 대모님이 한 손으로 머리를 감싸며 벌떡 일어나시어, 성서에 나오는 다른 구절을 섬뜩한 목소리로 외쳤습니다.

"집주인이 돌아올 시간이 저녁일지, 한밤중일지, 닭이 울 때일지, 이른 아침일지 알 수 없으니, 늘 깨어있으라."[22]

대모님은 제 앞에 서서 이 구절을 되풀이하시다 갑자기 쓰러졌습니다. 저는 사람을 부를 필요도 없었습니다. 대모님 목소리가 하도 커서

---

21) 요한복음 8장 7절
22) 마태오복음 13장 35절

집 안에 울려 퍼진 건 물론이고 거리에서도 들렸으니까요.

우리는 대모님을 자리에 누였습니다. 대모님은 의식을 잃고 일주일 이상 누워서 꼼짝을 못했는데 겉으로는 조금도 변한 게 없으니, 잘생긴 얼굴은 평소대로 굳게 찌푸린 그대로였습니다. 저는 제가 속삭이는 말이 똑똑히 들리도록 대모님 옆에 베개를 베고 머리를 뉘어서 대모님 얼굴에 뽀뽀하고 대모님에게 감사드리고 대모님을 위해 기도하며, 저를 용서하시고 축복해 달라고, 제 말이 들리면 조그만 신호라도 해달라고, 낮이고 밤이고 수없이 간청드렸습니다. 아, 아, 아, 대모님 얼굴은 꿈쩍도 안 했습니다. 마지막 순간까지, 심지어 그 이후에도, 잔뜩 찌푸린 대모님 얼굴은 그대로였습니다.

선하고 가련하신 대모님을 땅에 묻은 다음 날, 까만 양복에 하얀 넥타이를 한 신사가 다시 찾아왔습니다. 레이첼 부인이 불러서 거실로 들어서니, 그분은 똑같은 장소에 똑같은 자세로 있는 게, 그 자리를 떠난 적이 한 번도 없는 것 같았습니다.

"나는 켄지[23)]라고 해. 너도 기억할 거야, 링컨 법학원에 있는 변호사 사무실, '켄지와 카보이'."[24)]

신사 말에 예전에 한 번 만난 건 기억한다고 대답했습니다.

"자리에 앉으렴, 바로 옆 여기에. 슬퍼하지 말렴. 아무런 소용이 없으니까. 레이첼 부인, 부인께 굳이 알릴 필요는 없겠지요, 고인이 되신 바바리 아씨[25)]가 얽힌 사건을 잘 아실 테니, 아씨의 잔인한 결심은

---

23) 켄지(Kenge), Keng는 '행복한' 혹은 '즐거운'이란 뜻이니 Kenge는 '즐거운 자' 정도가 되겠다.

24) 카보이(Carboy), 상자에 든 커다란 유리병이란 뜻이다. 'Kenge and Carboy'를 '즐거운 자와 커다란 유리병'으로 과감하게 번역해도 될 정도로 한글의 자존심이 살아나길 바란다.

25) 바바리 아씨(Miss Barbary)에서 Miss는 결혼한 적이 없다는 사실을 알려준다. Barbary는 아프리카 이슬람 지역을 뜻하는 단어로, 야만인을 뜻하는 Barbarian의 어원이다. 바바리 아씨의 야만적인 행위와 그럴 수밖에 없었던 배신을 암시한다.

아씨와 함께 죽었다는 걸, 여기에 있는 어린 아가씨 역시, 백모님이 사망했으니……"

"백모님이요!"

저는 깜짝 놀라고, 켄지 변호사는 거리낌 없이 이어나갔습니다.

"이제 반대하는 사람도 없으니 계속 숨기는 건 아무런 소용도 없습니다. 현실적으로 백모님이지만 법적으론 아니야. 슬퍼하지 말렴! 울지 마! 덜덜 떨지도 말고! 레이첼 부인, 우리 어린 친구도 당연히……저어……잔다이스 대 잔다이스 소송 얘기를 들었겠지요?"

"못 들었습니다."

레이첼 부인 대답에 켄지 변호사는 안경을 밀어 올리며 물었습니다.

"우리 어린 친구가 – 제발 부탁이니, 슬퍼하지 말렴! – 잔다이스 대 잔다이스 소송 얘기를 못 들었다는 게 말이 됩니까?"

저는 고개를 저으면서도 그게 무언지 궁금해하고, 켄지 변호사는 안경 너머로 저를 바라보고 안경집을 장난감이라도 되는 듯 이리저리 돌리며 계속 물었습니다.

"잔다이스 대 잔다이스 소송을 한 번도? 대법원 역사상 그 무엇보다 유명한 소송을 한 번도? 대법원에서 그 자체로 기념비적인 잔다이스 대 잔다이스 소송을? (굳이 말하자면) 대법정에서 일어날 수 있는 모든 어려움, 모든 우연성, 모든 허구성, 모든 진행절차를 끝까지 밟고 또다시 밟는 소송을? 위대하고 자유로운 영국이 아니라면 절대로 있을 수 없는 소송인데…… 감히 말한다면, 레이첼 부인……"

안타깝게도, 제가 관심을 안 보이는 것처럼 보여서 레이첼 부인에게 말하는 것 같았습니다.

"……잔다이스 대 잔다이스 소송에 들어간 비용을 모두 합친다면, 6만에서 7만 파운드는 될 겁니다!"

켄지 변호사가 말하며 등받이에 등을 기대는데, 저는 아무것도 모르니 무슨 말을 하겠습니까? 한 번도 못 들었고, 당시에도 무슨 말인지 몰랐는데요!

"그런데도 우리 친구는 그 소송을 한 번도 못 들었다니! 놀랍군요!"

켄지 변호사가 한탄하자, 레이첼 부인이 대답했습니다.

"선생님, 바바리 아씨께서는 이제 천사들 곁에 계시니……"

"정말 그렇길 바랍니다."

켄지 변호사는 정중하게 말하고, 레이첼 부인은 계속 이어갔습니다.

"……에스더에게 도움이 될만한 것만 말씀하시면 좋겠습니다. 에스더가 아는 거라곤 이 집에서 가르쳐준 게 전부랍니다."

"으음. 전체적으로 적절합니다. 핵심으로 들어가서……"

켄지 변호사가 저에게 말했습니다.

"……하나밖에 없는 친척 (사실, 법적으로는 아무런 관계가 아니란 말까지 덧붙여야 하겠지만) 바바리 아씨가 돌아가셨으니, 당연히 레이첼 부인한테는 아무런 의무가 없다는……"

"맙소사!"

레이첼 부인이 한탄하고, 켄지 변호사는 공감했습니다.

"맞아요. 이제 레이첼 부인은 우리 친구를 돌볼 의무가 없답니다. 슬퍼하지 말려무나, 이제 너는, 약 2년 전에 내가 지시받은 대로 바바리 아씨한테 말하고 거절당한 제안을, 이렇게 슬픈 일이 생긴 상황에서는 새롭게 제시하는 게 마땅한 제안을, 직접 받을 수 있단다. 나는 잔다이스 대 잔다이스 소송을 비롯해 지극히 인간적인 소송을 맡긴 하지만 동시에 독신 남성이기도 하다는 걸 솔직하게 말한다면, 내가 변호사법을 어기는 걸까?"

켄지 변호사가 등받이에 다시 기대고 우리 두 사람을 가만히 쳐다보았습니다.

켄지 변호사는 자기 목에서 나오는 소리를 즐기는 것 같았습니다. 목소리가 부드럽고 풍부해서 한마디 한마디가 중요하게 들리니, 그럴 만도 했습니다. 그는 자기 목소리를 만족스럽게 듣다, 머리를 가만히 끄덕이며 박자를 맞추기도 하고 손으로 마무리도 했습니다. 제 눈에는 정말 인상적이었습니다. 당시에는 켄지 변호사가 귀족 고객을 흉내 내는 거란 사실과 떠버리라는 별명까지 있다는 사실을 몰랐으니까요.

"잔다이스 선생께서는, 굳이 말하자면, 우리 어린 친구가 외로운 처지라는 걸 아시고, 일류학교에 보내줄 테니 공부를 계속하면서 편히 지내라고, 필요한 건 무어든 누리면서 하느님께서 내려주신 신분에 걸맞은 의무를 다할 능력을 충분히 갖추라고 제안하셨어."

켄지 변호사가 하는 말과 다정한 어투에 저는 심장이 쿵쾅거려서 아무 말도 할 수 없고, 켄지 변호사는 계속 이어갔습니다.

"잔다이스 선생께서 특별히 내건 조건은 없으셔. 우리 어린 친구가 언제든 기숙학교를 나가겠다면 미리 알리고 동의를 구할 것, 그러기 전까지는 열심히 공부할 것, 선량하고 명예로운 길을 걸어갈 것이 전부야."

저는 여전히 말을 할 수 없고, 켄지 변호사는 이렇게 물었습니다.

"자, 우리 어린 친구 생각은 어떠시나? 천천히 생각해, 천천히! 내가 대답을 기다릴게. 그러니 천천히 생각해!"

곤경에 처한 아이가 그런 제안에 뭐라고 대답했는지는 굳이 말할 필요가 없겠지요. 말할 가치가 있다면 제가 뭐라고 대답했는지 편하게 말했을 거예요. 하지만 제가 당시에 어떤 느낌이었고 앞으로 죽는 날까지 어떤 느낌일지는 절대로 말할 수 없어요.

이렇게 면담한 곳은 윈저[26]입니다. 제가 아는 한, 당시까지 평생을 살아온 곳이지요. 그리고 일주일 동안 필요한 물품을 넉넉하게 공급받다, 레딩[27]행 역마차에 올라탔습니다.

레이첼 부인은 훌륭한 분이라서 헤어질 때 슬퍼하지 않았지만, 저는 그렇게 훌륭하지 않아서 슬프게 울었습니다. 오랜 세월을 더불어 지내는 동안 레이첼 부인과 훨씬 가깝게 지내야 했다는, 그래서 저를 좋아하게 해야 했다는, 그럼 레이첼 부인도 함께 울었을 거라는 생각이 들었습니다. 레이첼 부인이 제 이마에 – 마침, 날씨가 너무 추운 터라 석조 현관에 맺힌 서리처럼 – 차가운 작별 키스를 할 때는 너무 슬픈 나머지, 레이첼 부인에게 매달려서 이렇게 쉽게 헤어지는 건 제 잘못 때문이라며 자책했습니다! 그러자 레이첼 부인이 대답했습니다.

"아니야, 에스더! 네가 타고난 불행 때문이야!"

저는 레이첼 부인이랑 안에서 기다리다 역마차가 오는 소리를 듣고 슬픈 마음으로 곁을 떠나, 조그만 정원 대문 앞에 선 역마차로 다가갔습니다. 역마차 지붕에 짐을 모두 싣기도 전에 레이첼 부인은 대문을 쾅 닫았습니다. 저는 집이 보이는 동안 창문 너머로 끊임없이 돌아보며 눈물을 흘렸습니다. 대모님은 얼마 안 되는 재산이나마 레이첼 부인에게 모두 남기고, 그래서 판매 행사를 할 예정이라, 장미무늬를 넣은 벽난로용 양탄자가, 세상에 태어나서 제일 처음 본 것 같은 느낌이 들던 양탄자가, 바깥에 걸려서 서리와 눈을 뒤집어쓴 게 보였습니다. 하루 이틀 전에 저는 사랑하는 인형을 인형용 숄로 감싸 – 말하기도 창피한데 – 정겨운 침실 유리창에 그늘을 드리우던 정원 나무 밑에 가만히 묻었습니다. 이제 남은 친구라곤 새밖에 없어, 새장에 있는 새를 역마차에 태웠습니다.

---

26) 윈저(Windsor), 런던 서부 도시, 영국 왕궁 윈저 성이 있다.
27) 레딩(Reading), 영국 남부 도시.

집이 더는 안 보이자, 새장을 밀짚으로 싸서 발치에 내려놓고 앞이 보이는 나지막한 자리에 앉아 높은 창문 너머로, 눈 덮인 모습이 기둥처럼 아름다운 나무도 보고, 간밤에 내린 눈이 하얗고 고요한 들판도 보고, 정말 빨갛지만 열기라곤 조금도 안 뱉어내는 태양도 보고, 스케이트와 썰매를 타던 사람들이 눈을 깨끗하게 치워낸 곳에 쇳덩이처럼 짙은 얼음도 보았습니다. 역마차에는 옷을 잔뜩 껴입어서 커다랗게 보이는 신사 한 분이 맞은편에 앉았는데, 저한테는 눈길을 안 주고 다른 창문만 열심히 내다보았습니다.

저는 돌아가신 대모님, 성서를 읽어드리던 밤, 침대에 누워서도 엄격하게 찡그린 채 딱딱하게 굳어버린 대모님 얼굴, 역마차를 타고 찾아가는 낯선 공간을, 거기에 가면 어떤 사람이 있을까, 어떻게 생겼을까, 나한테 뭐라고 말할까 곰곰이 생각하다, 역마차 안에서 일어난 목소리에 화들짝 놀랐습니다.

"도대체 왜 우니?"

저는 너무 무서워서 목소리가 잠겨, 조그맣게 물을 수밖에 없었습니다. 여전히 창문 밖을 보긴 해도, 옷을 잔뜩 껴입은 신사가 말한 게 분명했기 때문입니다.

"저요, 선생님?"

"그래, 너."

신사가 말하며 고개를 돌려서 쳐다보고, 저는 더듬더듬 대답했습니다.

"제가 운다는 걸 몰랐어요, 선생님."

"하지만 지금도 울잖아! 보렴!"

신사가 말하더니, 역마차 맞은편 모서리에서 앞으로 다가와, 모피가 커다란 소매로 제 눈을 (안 아프게) 문지르더니, 축축하게 젖은 소매를 보여주며 다시 말했습니다.

"자! 우는 걸 알겠지, 그치?"

"네, 선생님."

제가 대답하자, 신사가 물었습니다.

"그런데 왜 우는 거니? 거기에 가고 싶지 않니?"

"어디요, 선생님?"

"어디? 맙소사, 네가 지금 가는 곳."

"저는 거기에 가는 게 정말 좋아요."

"으음, 그렇다면 기뻐해야지!"

신사가 말했어요.

저는 정말 이상한 신사라고, 최소한 내 눈에는 그렇게 보인다고 생각했어요. 옷은 턱까지 덮어쓰고, 모피 모자는 얼굴이 안 보일 정도로 눌러쓰고 턱 아래를 널따란 모피 띠로 단단히 묶었거든요. 하지만 마음을 가라앉히니 신사에 대한 두려움도 사라졌어요. 그래서 대모님이 돌아가시기도 하고 레이첼 부인이 저랑 헤어지는 걸 안 슬퍼하기도 해서 운 것 같다고 설명했어요.

그러자 신사가 말했어요.

"레이첼 부인은 저주나 받으라고 해! 빗자루를 타고 돌풍에 휩싸여서 멀리 사라지라 하라고!"

저는 이 말을 듣고 다시 무서워, 깜짝 놀란 눈으로 쳐다보았어요. 다만 잔뜩 화난 목소리로 레이첼 부인을 욕하긴 해도, 눈빛은 선량하다는 생각이 들었어요.

신사는 잠시 뒤에 역마차 전체를 충분히 덮을 것처럼 커다랗게 보이는 겉옷을 젖혀서 한 손을 안쪽 주머니로 깊숙이 넣더니, 반듯하게 접은 봉투를 꺼내며 말했어요.

"자, 보려무나! 돈으로도 못 사는 자두 케이크란다, 양고기 갈빗살에 달라붙은 지방처럼 설탕을 두툼하게 발랐어. 조그만 파이도 있는데 크기로 보나 맛으로 보나 최상품이야. 프랑스에서 만들었지. 그런데 무얼로 만들었는지 아니? 살찐 거위 간. 대단한 파이야! 자, 먹어보렴."

"고맙습니다, 선생님, 대단히 고맙지만, 마음 상하지 않으시면 좋겠는데…… 저한테 과분합니다."

"한 방 또 맞았군!"

신사는 알아듣지 못할 말을 하고는 둘 다 창문 밖으로 던졌어요. 그리곤 아무 말도 안 하다, 마차가 레딩 약간 못 미친 곳에 이르자, 공부 열심히 하고 착하게 살라면서 제 손을 잡고 흔들었어요. 그리곤 이정표 앞에서 내렸어요. 저는 그분이 내려서 다행스럽게 여겼던 것 같아요. 하지만 다음부터 그 이정표 곁을 걸어갈 때면 그분 생각이 떠오르면서 갑자기 마주칠 것 같은 느낌이 들곤 했답니다. 하지만 실제로 마주친 적은 없었어요. 그래서 시간이 흐르는 사이에 기억도 사라졌어요.

역마차가 멈추자, 말끔한 숙녀분이 창문을 들여다보며 말했어요.

"도니 선생님."

"아닙니다, 아주머니, 에스더입니다."

"그래, 맞아. 도니 선생님."

저는 그분이 자신을 소개한 거란 사실을 알아채고는 못 알아들은 걸 사과드리고, 그분이 시키는 대로 제 짐을 가리켰어요. 그러자 옷차림 단정한 하녀가 지시하는 가운데, 사람들은 짐을 내려서 조그만 녹색 마차 바깥쪽에 싣고, 그런 다음에 도니 선생님과 하녀와 저는 마차 안쪽에 올라타서 출발했어요.

"준비는 마쳤단다, 에스더. 네가 살아갈 학교생활도 네 후견인 잔다이스 선생께서 바라시는 그대로 계획하고."

도니 선생님 말씀에, 저는 어리둥절했어요.

"제……누구요, 선생님?"

"후견인, 잔다이스 선생."

제가 어리둥절해 하자, 도니 선생님은 추위 때문에 그런다 생각하고 저한테 각성제[28] 병을 내밀고, 저는 한참을 망설이다 물었어요.

"제……후견인, 잔다이스 선생님을 아세요, 선생님?"

"직접은 아니야, 에스더. 그분 변호사를 통해서만 알아, 런던에 있는 '켄지와 카보이' 변호사 사무실. 탁월한 신사지, 켄지 변호사는. 말을 잘해. 웅장할 정도로!"

저 역시 그렇게 느꼈지만 너무 혼란스러워서 아무 말도 못 했어요. 목적지는 금방 나타나고, 저는 정신을 차리기도 전이라서 더욱 혼란스러웠어요. 그날 오후, (도니 선생님네 집) 상록수 기숙학교의 애매하고 불확실한 분위기를 평생 못 잊을 거예요!

하지만 금세 적응했어요. 얼마 안 가서 상록수 기숙학교 생활에 적응하니, 그곳에서 오랫동안 산 것 같았어요, 대모님네 집에서 산 건 실제가 아니라 꿈인 것 같았지요. 상록수 생활은 모든 게 정확하고 세세하고 질서정연했어요. 일과 시간표가 있어서 어떤 일이든 정한 시간이 있었거든요.

우리 학교는 기숙생이 열둘이고, 도니 선생님은 두 분, 쌍둥이였어요. 저는 나중에 가정교사로 살아갈 능력을 갖춰야 하는 터라 상록수에서 가르치는 과목을 모두 배워야 하는 건 물론, 다른 아이를 가르치는 조수까지 해야 한다는 사실을 깨달았어요. 모든 점에서 다른 학생과 똑같은 대우를 받지만, 다른 점 하나가 처음부터 확실했던 거예요. 많

---

28) 소금, 식초, 후추 등을 섞어서 병에 넣어, 정신을 잃은 사람이나 충격을 크게 받은 사람에게 코에 대서 냄새를 맡고 정신을 차리게 했다.

이 배우는 만큼 많이 가르치다 보니, 얼마 뒤에는 할 일이 많아지고, 저는 그 일을 정말 좋아했어요. 어린 학생들이 저를 좋아했거든요. 게다가 신입생이 와서 약간 풀 죽고 힘들어할 때마다 – 왜 그런지 지금도 모르겠는데 – 저한테 의지하다 보니, 결국엔 어떤 신입생이든 제가 보살피게 되었어요. 아이들은 제가 참 다정하다지만, 진짜 다정한 건 그들이었어요! 저는 모든 일에 만족하고 부지런하며 다정한 마음으로 누군가에게 바람직한 일을 해서 최대한 사랑받으며 살아가겠다고 생일날에 각오한 다짐을 자주 떠올렸어요. 그래서 일은 아주 조금 하고 사랑은 듬뿍 받는 게 정말, 정말 부끄러웠어요.

상록수에서 보낸 6년은 평온하고 즐거웠어요. 너는 태어나지 않는 편이 차라리 나았다는 생일날 표정을 그곳에서는 한 번도 못 봤으니, 다행이지요. 생일이 찾아올 때마다 사랑스러운 선물이 가득 쌓여서 새해 첫날부터 크리스마스까지 제 방은 언제나 아름다웠어요.

그 6년 동안 마을 축제에 참여한 것 말고는 학교를 벗어난 적이 없어요. 첫 6개월을 보낼 즈음, 덕분에 즐겁고 행복하게 지낸다는 편지를 켄지 변호사님에게 보내는 게 좋겠다는 도니 선생님의 제안을 받아들여, 선생님의 도움 아래 감사 편지를 써서 보냈어요. 그리고 "귀하께서 보내신 편지를 우리 고객에게 정확히 전달할 예정임을 알려드립니다"라는 형식적인 답장을 받았어요. 그런 다음, 제 학비가 정상대로 들어온다는 말을 두 도니 선생님께 가끔 듣고, 없는 용기를 끌어모아서 일 년에 두 번씩 비슷한 편지를 보냈어요. 그럴 때마다 똑같은 필체로 똑같은 답장을 받았지요. 밑에는 켄지와 카보이라는 서명을 다른 글씨체로 적었는데, 켄지 변호사 필체 같았어요.

이렇게 제 이야기를 모두 써내려가다 보니 참 신기합니다! 써내려가는 글이 마치 인생사 같아요! 하지만 조그만 제 몸뚱이는 이제 배경으로 밀려난답니다.

저는 상록수에서 6년을 평온하게 보내고 (쓰고 보니, 똑같은 말을 두 번이나 하네요) 어느 11월 아침에 거울이라도 들여다보듯 주변을 둘러보고, 제가 그동안 성장하며 변신한 단계를 일일이 되새기다, 이 편지를 받았어요. 날짜는 생략합니다.

링컨 법학원, 옛 광장.

귀하에게,

잔다이스 대 잔다이스.

우리 고객 잔다이스 선생님께서는 대법정의 명령에 따라, 본 소송의 피후견인을 자택으로 불러들여야 하는 바, 우리 고객께서는 적절한 말 상대가 필요하다 느끼시고, 귀하께서 그 역할을 하시면 좋겠다는 사실을 귀하께 알려드리라고 지시하셨습니다.

전부 조치해놓았으니, 귀하께서는 다음 주 월요일 아침 8시 역마차를 레딩에서 올라타, 런던 피커딜리 백마 술집 역마차 사무실로 오시면, 우리 직원이 기다리다 위에 적힌 우리 사무실로 안내할 겁니다.

귀하께 최선을
다하는 일꾼
켄지와 카보이.

에스더 아가씨.

아, 편지가 학교 전역에 일으킨 충격을 절대로, 절대로, 절대로 못 잊을 겁니다! 모든 학생이 다정하게도 크나큰 관심을 기울이니, 하느님께서 불쌍한 고아를 안 잊으시고 평온하고 행복하게 살아가도록, 그렇게 많은 학생이 저를 사랑하도록 크나큰 은총을 베푸시니, 가슴이 어찌나 벅차오르던지요. 하지만 정말 안타깝게도, 제가 그렇게 많은 학생을 슬프게 만들지 않았다는 건 아니에요. 하지만 그 기쁨이, 그 고통이, 그 자부심과 즐거움이, 안타까운 마음이 뒤섞여, 저는 엄청난 황홀경에 심장이 터질 것 같았어요.

편지는 준비할 여유를 딱 5일 주었어요. 5일 동안 매 순간 사랑과 우정의 증표가 몰려들 때는, 마침내 떠나는 날 아침이 되고 아이들 모두 마지막으로 보라며 자기네 방에 데려갈 때는, 그래서 일부가 "사랑하는 에스더 언니, 여기 침대 곁에서 작별인사를 해줘, 언니가 나한테 처음 다정하게 말하던 곳!"이라고 말하며 울 때는, 그리고 다른 일부가 "에스더가 사랑을 담아서"란 글씨와 함께 자기네 이름을 써 달라고 부탁할 때는, 모두가 작별 선물을 들고서 에워싸며 매달리다 "사랑하는 언니가, 사랑하는 에스더 언니가 떠나면 우리는 어떻게 해!"라며 흐느낄 때는, 너희 모두 꾹 참고 나한테 참으로 잘해주어서 정말 고맙다며 일일이 사례할 때는, 가슴이 얼마나 벅차던지요!

두 도니 선생님마저 헤어지는 걸 슬퍼할 때는, 그리고 하녀들이 "어디를 가든 행복하세요, 아가씨!"라고 말할 때는, 지난 6년 동안 저한테 별다른 관심이 없는 것처럼 보이던 정원사 노인이 다리를 절뚝대며 역마차를 헐레벌떡 쫓아와서 꽃다발을 건네며, 그동안 나를 보는 게 낙이었다고 말할 때는 – 노인이 정말 이렇게 말했어요! – 가슴이 얼마나 벅차던지요!

그런데 그게 전부가 아니었어요. 뜻밖에도, 가난한 아이들이 찾아와 학교 바깥에서 저한테 모자와 보닛을 흔들고, 백발 신사와 귀부인께서는 제가 따님 공부를 돕고 집에도 방문한 인연이 있어, 체면 불고하고 "잘 가렴, 에스더. 늘 행복하길!" 하고 소리치시니, 저로선 마차 안에서 허리를 깊이 숙이며 "아, 정말 고맙습니다, 정말 고맙습니다!"는 말을 하고 또 할 수밖에 없었답니다!

하지만 그동안 그렇게 많은 은혜를 입었는데 그곳까지 우는 얼굴로 갈 순 없다는 생각을 금방 떠올렸어요. 그래서 당연히 울음을 줄이려 애쓰며 "에스더, 그만 그쳐야 해! 이러면 안 돼!"라고, 평정심을 찾아야 한다고 저 자신을 타일렀어요. 마침내 기분을 쾌활하게 끌어올렸지만 생각보다 오래 걸린 것 같아서 안타까워요. 그래서 라벤더 향수로 눈을 시원하게 가라앉힌 건 런던이 보이기 시작할 즈음이었어요.

이제 조금만 더 가면 런던이라는 생각도 들고 실제로 런던에 다 왔다는 느낌도 들고, 아무리 가도 런던은 안 나타날 것 같은 느낌마저 들었어요. 하지만 마차는 드디어 포장도로를 덜거덕대며 달리고, 다른 마차는 우리 마차로 달려들고 우리 마차는 다른 마차로 달려들 것 같을 때 비로소, 저는 목적지에 거의 왔다는 확신이 들기 시작했어요. 그리고 역마차는 곧바로 멈췄어요.

젊은 사내가 실수로 잉크를 몸에 쏟은 모습으로 인도에서 저를 바라보며 말했어요.

"링컨 법학원에 있는 켄지와 카보이에서 왔습니다."

"고맙습니다, 선생님."

젊은 사내는 친절했어요. 짐을 삯마차로 옮기는 걸 감독한 다음에 제가 올라타도록 거들고, 저는 런던 어디서 큰불이 났느냐고 물었어요. 거리마다 짙은 갈색 연기가 가득해서 아무것도 안 보였거든요. 그러자 젊은 사내가 대답했어요.

"어이쿠, 아닙니다, 아가씨. 이건 런던 명물이랍니다."

저는 그런 얘기를 들은 적이 없고, 젊은 사내는 다시 말했어요.

"안개요, 아가씨."

"아, 그렇군요!"

마차는 (제 생각에) 세상에서 가장 더럽고 어두운 거리를 천천히 나아가고, 저는 저 복잡하고 번잡한 곳에서 사람들이 어떻게 살까 궁금하게 여기는데, 낡은 아치문을 지나자마자 갑자기 사방이 조용한 곳으로 접어들면서 고요한 광장을 지나다, 이상하게 보이는 모퉁이로 다가갔어요. 가파르고 널찍한 계단으로 올라가는 입구였어요, 교회 입구처럼요. 실제로 회랑 밑 바깥쪽에 교회 공동묘지도 있었어요. 계단 창문에서 비석이 보였거든요.

켄지와 카보이 변호사 사무실이었어요. 젊은 사내는 바깥 사무실을 지나서 아무도 없는 켄지 변호사 전용 사무실로 안내하고, 제가 앉도록 친절하게도 안락의자를 벽난로 앞에 갖다 놓았어요. 그러더니 벽난로 선반 한쪽에 못을 박아서 걸어놓은 조그만 거울을 가리키며 예의 바르게 말했어요.

“먼 길을 오셨으니 매무새를 다듬고 싶다면 그렇게 하세요, 아가씨. 대법관을 만나러 가야 하니까요. 하지만 거울을 안 봐도 될 것 같긴 하네요.”

“대법관을 만나러 가요?”

제가 깜짝 놀라며 묻자, 젊은 사내가 대답했어요.

“형식적인 절차에요, 아가씨. 켄지 선생님은 지금 법정에 계신답니다. 잘 모시라고 신신당부하셨는데, 다과라도 드시겠어요?”

조그만 탁자에 비스킷과 포도주병이 있었어요.

“아니면 신문을 보시겠어요?”

그러면서 신문을 건네더니, 땔감을 뒤적여서 불길이 활활 타오르도록 하다 나갔어요.

모든 게 낯설었어요. 밤 같은 대낮이나 하얗게 타오르는 촛불이나 춥고 으스스한 풍경은 더더욱 낯설어, 무슨 뜻인지도 모른 채 신문을 읽다가 같은 문장을 읽고 또 읽는다는 사실을 깨달았어요. 그런 식으로 읽는 건 아무런 소용도 없는 터라 저는 신문을 내려놓고, 거울에 비친 보닛 모자가 단정한지 슬쩍 쳐다보고 실내를 둘러보았어요. 사무실은 어둑하고, 먼지투성이 탁자는 초라하고, 서류 더미는 여기저기 쌓이고, 책장에 가득한 책은 더없이 무뚝뚝한 표정으로 많은 걸 말했어요. 그래서 저 역시 생각하고, 또 생각하고, 또 생각했으며, 불길은 타오르고, 또 타오르고, 또 타올랐어요. 촛불 역시 그렇게 두 시간을 타오르다 껌뻑이며 촛농을 흘리는데, 심지를 다듬는 가위는 없었어요. 그즈음에 비로소 젊은 사내가 더러운 가위 하나를 가져왔답니다.

마침내 켄지 변호사가 나타났어요. 그는 변한 게 하나도 없지만 내가 변한 걸 보고서 깜짝 놀라는 게, 매우 좋아하는 것 같았어요.

"지금 대법관 사무실에 있는 젊은 아가씨랑 말동무해야 하니, 에스더, 나랑 가는 게 좋겠어. 설마 대법관 앞에서 벌벌 떠는 일은 없겠지?"

"네, 선생님. 그런 일은 없을 거예요."

제가 대답했어요. 그럴 이유가 없었거든요.

켄지 변호사는 저한테 팔을 내밀고, 우리는 모서리를 돌아서 옆문으로 들어갔어요. 복도를 지나서 쾌적한 사무실로 들어서니, 활활 타오르는 불길 근처에 젊은 숙녀와 젊은 신사가 서 있더군요. 열기를 막는 차단막이 있고, 두 사람은 차단막에 기댄 채 대화하는 중이었어요.

내가 들어서자 두 사람이 쳐다보는데, 젊은 숙녀는 불빛을 환하게 받은 모습이 정말 아름다웠어요! 금발은 풍성하고, 다정한 눈동자는 새파랗고, 밝은 얼굴은 순수하고 믿음직했어요!

"에이다 클레어 아가씨, 이쪽은 에스더 아가씨."

켄지 변호사가 소개하자, 에이다 클레어 아가씨가 환하게 웃으며 다가와서 손을 내밀더니, 갑자기 마음을 바꾼 듯 저를 꼭 껴안았어요.

한마디로, 자연스럽고 매혹적으로 사람의 마음을 잡아끌었지요. 그래서 잠시 뒤에 우리는 창가 의자에 앉아서 불빛을 환하게 받으며 더없이 편안하고 자유로운 대화를 나누었어요.

마음이 정말 편안했어요! 제가 그런 것처럼 에이다 역시 저를 믿는다는 사실이 더없이 즐거웠고요! 상대는 참 다정한 성품이고, 저는 힘이 절로 났어요!

에이다 말에 따르면 젊은 신사는 먼 친척으로 리처드 카스톤이었어요. 잘생긴 젊은이로 얼굴이 순박하며 웃을 때는 매력이 가득했어요. 에이다가 부르자, 리처드는 앉아있던 자리에서 일어나 우리 곁에 서서 불빛을 받으며, 아무런 걱정 없는 소년처럼 대화에 흥겹게 참여했어요. 나이는 아무리 많아도 열아홉 살이 안 됐지만, 에이다보다 두 살이 많았어요. 두 사람 모두 고아고 (뜻밖으로 정말 신기하게도) 그전에 만난 적은 한 번도 없어요. 우리 셋 모두 그렇게 특이한 공간에서 처음 만났다는 게 너무나 신기해, 우리는 그 얘기를 하고 또 했어요. 벽난로 불길은 활활 타오르기를 멈추어 – 리처드 말대로 – 잔뜩 늙고 졸린 대법원 사자가 우리한테 빨간 눈을 깜빡이는 것 같았어요. 우리는 나지막한 어투로 대화했어요. 법복 차림에 뒷머리 주머니[29]를 단 신사가 툭하면 들락거리는 데다 그럴 때마다 멀리서 느릿느릿한 말소리가 들렸기 때문인데, 신사 말에 따르면 우리 소송에 참여한 변호사가 대법관에게 말하는 소리였어요. 신사는 켄지 변호사에게 대법관이 5분 뒤에 들어올 거라고 알리고, 곧이어 부스럭대는 소리와 발소리가 들리고, 켄지 변호사는 법정 사람들이 일어나고 대법관이 옆방으로 나오는 소리라고 했어요.

거의 동시에 뒷머리를 주머니로 감싼 신사가 문을 열고 켄지 변호사

29) 뒷머리 주머니(bag wig), 18세기 영국 법조계에서 유행했다.

한테 들어오라고 했어요. 그 말을 듣고서 우리는 켄지 변호사를 뒤쫓아, 사랑스러운 (지금은 이렇게 부르는 게 너무나 자연스러워서 이렇게 쓸 수밖에 없네요) 에이다와 함께 옆방으로 들어갔어요. 까만 옷을 수수하게 입고서 벽난로 근처 탁자 앞 안락의자에 앉아있는 사람이 대법관으로, 테두리에 금실이 아름답게 달린 법복은 다른 의자에 휙 던져놓은 상태였어요. 우리가 들어서자 대법관이 살피는 눈으로 쳐다보긴 해도, 태도는 예의 바르고 다정했어요.

뒷머리 가발을 주머니로 감싼 신사는 대법관 탁자에 서류 더미를 여럿 올려놓고, 대법관은 서류 하나를 가만히 골라서 페이지를 넘겼어요. 그러다 물었어요.

"에이다 클레어 아가씨, 에이다 클레어 아가씨가 누군가요?"

켄지 변호사는 에이다를 가리키고, 대법관은 가까이 와서 옆에 앉으라고 요청했어요. 아름다운 모습에 감탄하며 관심을 보이는 걸 저도 느낄 수 있었어요. 저렇게 젊고 아름다운 여성이 이렇게 딱딱한 관공서 사무실에 출석해야 한다는 사실이 안타까웠어요. 대법관이 아무리 잘한다 해도 부모님 사랑과 관심을 대신할 순 없으니까요.

"문제의 잔다이스는 황폐한 집에 사는 잔다이스로군요."

대법관이 말하며 서류를 한 장 넘기자, 켄지 변호사가 대답했어요.

"네, 황폐한 집에 사는 잔다이스입니다, 대법관님."

"명칭이 황량하군."

대법관이 말하고 켄지 변호사가 대답했어요.

"하지만 지금은 황량하지 않답니다, 대법관님."

"그럼 황폐한 집이 있는 곳은……"

"하트퍼드셔[30]입니다, 대법관님."

---

30) 영국 동남부 도시.

"황폐한 집의 잔다이스 선생은 결혼을 안 했지요?"

"네, 안 했습니다, 대법관님."

켄지 변호사가 대답하고 잠시 침묵이 흘렀어요.

"리처드 카스톤 군은 출석했나요?"

대법관이 물으며 힐끗 쳐다보니, 리처드가 고개를 숙이고 인사하며 앞으로 나섰어요.

"으흠!"

대법관이 서류를 한 장 더 넘기자, 켄지 변호사가 나지막한 목소리로 이어갔어요.

"황폐한 집의 잔다이스 선생께서는, 감히 알려드린다면, 적절한 말동무를 구해서……"

"리처드 카스톤 군을 위해서요?"

대법관도 마찬가지로 나지막이 말하면서 미소를 머금는 것 같았지만 확실한 건 아니에요.

"에이다 양을 위해서요. 이 아가씹니다, 에스더 양."

대법관이 따듯한 표정으로 쳐다보더니, 제가 무릎을 구부리며 인사하는 걸 정중하게 받아주었어요.

"에스더 양은 소송 당사자 어느 쪽에도 관련이 없겠지요?"

"네, 대법관님."

켄지 변호사는 이 말이 끝나기도 전에 대법관 귀에 입을 대고 속삭였어요. 대법관은 시선을 서류에 고정한 채 가만히 들으며 고개를 두세 차례 끄덕이고, 서류를 더 넘길 뿐, 우리가 떠나기 직전까지 저를 두 번 다시 안 쳐다보았어요.

켄지 변호사는 우리 예쁜이가 (이렇게 부르는 게 너무 자연스러워서 달리 표현할 수 없네요!) 대법관 옆에 앉아서 묻는 말에 대답하도록 하고, 제가 있는 문 근처로 리처드와 함께 물러났어요. 예쁜이가 나중에 말한 바에 따르면, 대법관이 물은 건 조정 내용을 충분히 고려했느냐, 잔다이스 선생네 황폐한 집에서 행복하게 지낼 수 있겠느냐, 그렇게 생각한 이유는 무어냐 등이었어요. 그리곤 예의 바르게 일어나서 예쁜이를 보낸 다음, 자리에서 일어선 채 형식을 안 따지는 편안한 자세로 리처드에게 몇 마디 묻는데, 대법관이란 높은 지위에 있으면서도 어린아이처럼 소박하게 말할 줄 아는 것 같았어요.

"그래, 좋아! 명령을 내리겠소. 황폐한 집의 잔다이스 선생은, 내가 보기에……"

대법관이 커다랗게 말하더니, 저를 쳐다보며 이어나갔어요.

"젊은 아가씨한테 훌륭한 말동무까지 골라주었으니, 조정 명령은 현 상황에서 최선인 것 같소."

대법관은 상쾌하게 마무리하고, 우리는 대법관에게 고마워하며 밖으로 나왔어요. 친절하고 예의 바른 태도가 대법관의 권위를 깎아내리는 게 아니라 오히려 더 높여준다고 생각하면서요.

기둥만 있는 복도에 이르자 켄지 변호사는 당장 돌아가서 확인해야 할 사안이 떠올라, 안개 속에 우리를 남겨둔 채 떠나고, 대법관 마차와 시종은 주인이 나오기만 기다렸어요.

"잘됐어! 다 마쳤어! 이제 우리는 어디로 가나요, 에스더 아가씨?"

리처드가 묻는 말에 제가 반문했어요.

"당신도 몰라요?"

"전혀요."

"그럼 에이다 아가씨도 모르나요?"

내가 묻자, 에이다가 대답했어요.

"몰라요! 당신도 몰라요?"

"네, 전혀!"

내가 대답하고, 우리는 서로를 쳐다보다 숲속에 버려진 아이들 같아서 웃음을 터트리는데, 조그만 노파가 보닛을 눌러쓰고 조그만 가방을 든 채 호기심 어린 표정으로 다가와서 예의를 잔뜩 차리는 기색으로 무릎을 구부려 인사하고 미소를 머금으며 말했어요.

"아! 잔다이스 사건의 피후견인들! 이리 만나는 영광을 누려서 정말 반-가워요! 어찌 될지도 모르면서 이런 곳까지 온 건 요한묵시록[31]에서 말한 여섯째 봉인이라오."

"미친 할머니군!"

리처드가 속삭였어요. 노파가 못 들으리라 생각한 거죠.

"맞아요! 미친 할머니라오, 젊은이."

노파는 곧바로 대답하고, 리처드는 얼굴이 빨갛게 달아올랐어요. 노파는 말끝마다 미소를 머금고 무릎을 구부려서 인사하며 이어나갔어요.

"나도 예전에는 피후견인이었다오. 당시에는 안 미쳤지. 나한테도 젊음과 희망이 있었다오. 미모도 있었던 것 같고. 지금은 하나도 안 중요하다오. 세 가지 모두 도움이 안 됐거든. 나는 법정에 정기적으로 참가하는 영광을 누린다오. 이 서류를 가지고. 판결이 나올 거예요. 금방. 마지막 심판 날에. 요한묵시록에서 말한 여섯째 봉인은 바로 대봉인(Great Seal)이라는 사실을 내가 알아냈다오. 봉인이 오래전에 풀렸거든! 내 축복을 받아주구려."

에이다가 겁을 먹었기에 제가 나서서 고맙다고 답례하니, 가련한 노파가 점잔빼며 말했어요.

"그으래요! 그럴 줄 알았다오. 떠버리 켄지가 오는군. 서류를 잔뜩

---

31) 요한묵시록 6장 12절~17절. 종말이 오고 새 세상이 도래한다는 예언이다.

들고! 대법관 나리께선 잘 지내시오?"

"잘 지내십니다, 잘 지내요! 이제 귀찮게 하지 마세요, 착한 할머니!"

켄지 변호사가 말하고 앞장서서 걸으며 우리를 인도하자, 가련한 노파가 에이다와 저를 따라오며 말했어요.

"말도 안 된다오. 귀찮게 하다니. 두 분한테 토지를 넘겨줄 건데, 그게 귀찮게 하는 건 아니겠지요? 판결이 나올 거예요. 금방. 마지막 심판 날에. 이건 두 분한테 좋은 징조라오. 내 축복을 받아요!"

노파는 가파르고 널찍한 계단 바닥에서 멈추는데, 우리가 올라가면서 돌아보니 여전히 그 자리에서 말끝마다 미소를 머금고 무릎을 구부리며 중얼거렸어요.

"젊음. 희망. 미모. 그리고 대법관. 그리고 떠버리 켄지! 하하! 내 축복을 받아요!"

CHAPTER IV

장거리 자선사업가

켄지 변호사는 사무실에 들어서자, 우리가 오늘 밤을 젤리비[32] 여사네 집에서 보내야 한다고 말하더니, 저를 쳐다보며, 젤리비 여사가 누군지 당연히 알 거라고 했어요.

"모르는데요, 선생님. 어쩌면 리처드 군이나 에이다 양이……"

제가 대답했지만 두 사람 역시 젤리비 여사를 모르고, 켄지 변호사는 등을 벽난로 쪽에 대고 선 자세 그대로, 젤리비 여사의 일대기라도 되는 듯 먼지 수북한 벽난로 양탄자를 훑어보며 설명했어요.

"정-말! 젤리비 여사는 정말 놀라운 의지력으로, 사회를 위해 자신을 전적으로 투신하는 여성이지. 시기마다 다양한 사회문제에 투신하는데 (관심을 끄는 사안이 새롭게 나오기 전까지) 당장은 아프리카 문제에 헌신한다네. 국내의 과잉인구를 보내서 아프리카 강마다 언저리에 나무를 잔뜩 심고 원주민과 더불어 행복한 정착촌을 만드는 식으로 인구

32) 젤리비(Jellyby); 찰스 디킨스가 '젤리'를 연상하며 만든 고유명사나, 지금은 장거리에 사는 사람한테만 관심을 기울이는 자선사업가를 뜻하는 일반명사로 쓰인다.

문제를 해결하자는 거야. 잔다이스 선생께서는 바람직한 사업에 찬조하길 좋아하시고, 자선사업가들이 많이 찾아가는 분이시니, 젤리비 여사를 높이 평가하실 거야."

켄지 변호사가 넥타이를 고쳐매고 나서 우리를 쳐다보았어요.

"그럼 젤리비 씨는요, 선생님?"

리처드가 묻자, 켄지 변호사가 대답했어요.

"아! 젤리비 씨는…… 젤리비 여사의 남편이라는 이상으로 설명할 방법이 없군."

"별 볼 일 없는 사람인가요, 선생님?"

리처드가 익살맞은 표정으로 묻자, 켄지 변호사가 엄숙하게 대답했어요.

"그렇게 말할 순 없어. 정말이지 그렇게 말하면 안 돼. 나는 젤리비 씨를 모르거든. 내가 아는 한, 지금까지 젤리비 씨를 만나는 기쁨을 누린 적이 없어. 탁월한 사람일 순 있겠지만 부인의 훨씬 탁월한 능력에, 말하자면, 묻힌 거지."

그러더니 켄지 변호사는 초저녁에 출발하기에는 황폐한 집으로 가는 길이 너무 멀고 어둡고 지루한 데다 이미 모두 먼 길을 온 뒤라, 젤리비 여사네 집에 하룻밤 묵도록 잔다이스 선생께서 직접 제안하셨다고 알려줬어요. 내일 아침 일찍, 우리를 런던 밖으로 실어나를 마차가 젤리비 여사네 집으로 올 거라면서요.

이어서 조그만 종을 울리고, 젊은 사내가 들어왔어요. 켄지 변호사는 젊은 사내를 거피[33]라고 부르면서, 에스더 아가씨 짐을 모두 "보냈느냐?" 묻고, 거피는 그렇다고, 모두 보냈다고, 우리를 태워가려고 마차가 기다리는 중이라고 대답했어요.

33) 거피(Guppy), 관상용 열대어.

켄지 변호사는 우리와 일일이 악수하며 인사했어요.

"그렇다면 이제 나한테 남은 건 오늘 일이 잘 마무리돼서 (잘 가요, 에이다 양!) 크게 다행이고, (에스더 양도 잘 가고!) 관계자들이 볼 때, (만나는 영광을 누려서 기쁘네, 리처드 군!) 행복하고 즐겁게 생활하는 결과로 나오길 기대하는 게 전부겠군! 거피, 세 분을 그곳으로 안전하게 모시게."

우리가 계단을 내려갈 때 리처드가 물었어요.

"그곳이 어딘가요, 거피 씨?"

"멀지 않아요. 법학원을 돌아가면 바로예요."

"윈체스터에서 방금 온 터라 런던이 낯설어, 어딘지 모르겠군요."

"모서리만 돌면 바로예요. 대법정 거리를 올라가다, 홀본을 따라 가로지르는, 4분밖에 안 걸리는 거리랍니다. 런던 명물이 또 나오네요, 그죠, 아가씨?"

거피가 말하는데, 저 때문이라는 듯 즐거운 표정이었어요.

"안개가 정말 짙네요!"

제가 말하니, 거피가 마차 발판을 내리며 대답했어요.

"하지만 괜찮습니다. 겉모습으로 판단하건대, 아가씨한테는 오히려 잘된 것 같네요."

좋은 뜻으로 하는 말 같아, 저는 얼굴이 붉어지는 걸 가볍게 웃어넘기고, 거피는 문을 닫고 마부석에 올라탔어요. 그래서 우리 세 사람 모두 경험은 적고 런던은 정말 이상하다며 웃고 떠드는 가운데, 마차는 아치를 지나서 목적지에 도착했어요. 높은 주택이 양옆으로 늘어선 좁다란 도로가 안개를 머금은 직사각형 저수지 같았지요. 그런데 사람들이, 주로 어린애들이, 우리가 멈춘 집 앞에, 젤리비라는 글씨를 새긴 색바랜 놋쇠가 입구에 걸린 집 앞에 모여서 어쩔 줄 모르는 거예요.

그러자 거피가 역마차 창문으로 들여다보며 말했어요.

"겁내지 마세요! 이 집 아이 한 명이 난간 사이에 머리를 집어넣은 거예요!"

"아, 불쌍한 아이. 괜찮다면 저를 내려주세요!"

제가 말하자, 거피가 경고했어요.

"조심하세요, 아가씨. 꼬맹이들 장난이 정말 심하답니다."

제가 다가가니, 불쌍한 아이는 여태 본 누구보다도 지저분한 모습으로 쇠 난간 사이에 목이 낀 채 겁에 질려서 마구 울어대고, 우유 배달부와 하급관리는 다리를 잡아당기면 머리가 쪼그라들어서 빠져나오겠다는 생각으로 하나씩 잡고 최대한 조심스럽게 당기는 중이었어요. 제가 아이를 달래고 나서 가만히 살피다, 어린애는 당연히 몸집이 머리보다 작아서 머리를 당기면 몸뚱이도 따라 나올 것 같아, 아이를 빼내는 제일 좋은 방법은 앞으로 미는 거라고 말했어요. 우유 배달부와 하급관리는 제 말을 바람직하게 받아들인 나머지, 아이를 지하주방[34] 입구로 곧장 밀려고 해서, 저는 아이 가슴 앞자락을 잡은 채 버티고, 리처드와 거피는 아이가 풀려서 밑으로 떨어질 때 잡으려고 주방 입구로 급히 내려갔어요. 마침내 별다른 사고 없이 풀려나자, 아이는 굴렁쇠 막대기를 움켜잡고 거피를 미친 듯이 때렸어요.

집 안에는 아무도 없는 것 같았어요. 나막신을 신은 여자 한 명만 밑에서 빗자루로 아이를 찔러대고 있었거든요. 하지만 왜 찔러대는지 모르겠는데, 당사자 역시 또렷한 목적이 있지는 않은 것 같았어요. 그래서 저는 젤리비 여사가 집에 없다고 생각했는데, 밑에 있던 여자가 지하주방으로 들어가서 나막신을 벗고 현관 입구로 나타나, 에이다와

34) 거리에 접한 주택은 현관 계단 옆에 지하주방으로 내려가는 계단을 두어 하인은 그곳으로 출입했다.

저를 이 층 뒷방으로 안내한 다음 "젊은 아가씨 두 분이 오셨습니다, 젤리비 마님!" 하고 말할 때 깜짝 놀랐습니다. 우리는 계단을 오르면서 아이를 여러 명 지나쳤는데, 너무 어두워서 안 밟고 지나는 게 정말 어려웠어요. 그런데 젤리비 여사 앞으로 나아갈 때는 어린애 한 명이 계단에서 넘어져, (제가 듣기에는) 계단 전체를 우당탕 구르며 떨어졌어요.

소중한 아이가 계단마다 머리를 부닥치며 구르는 소리에 – 리처드가 나중에 말한 바에 따르면 계단에 일곱 번, 바닥에 한 번 부닥쳤는데 – 우리 얼굴은 걱정스러운 표정이 가득한데도, 젤리비 여사는 아무렇지 않다는 듯 완벽하게 평화로운 표정으로 우리를 맞이했습니다. 얼굴은 예쁘고 자그마한 몸집은 통통한, 40세에서 50세 사이로 보이는 여인인데, 두 눈이 예쁘지만 아주 먼 곳을 쳐다보는 듯한 묘한 습관이 있었습니다. 리처드 말을 다시 인용하자면, 아프리카보다 가까운 곳은 절대 안 보는 것처럼요! 그런 젤리비 여사가 상냥한 목소리로 말했습니다.

"여러분을 맞이하는 기쁨을 누려서 정말 좋네요. 나는 잔다이스 선생을 더없이 존경하며, 따라서 그분께서 관심을 보이는 분한테 조금도 소홀할 수 없답니다."

우리는 고맙다 말하고, 문 앞에서 금방 부서질 것처럼 절뚝거리는 소파에 앉았어요. 젤리비 여사는 머리칼이 풍성하지만 아프리카 업무에 너무 깊이 빠져들어, 빗질할 시간조차 없었어요. 우리에게 다가오려고 일어설 때 느슨하게 덮은 숄이 의자에 그대로 떨어져서 그걸 집으려고 돌아서는 순간, 우리는 드레스 등 부분이 안 닫힌 걸, 그래서 코르셋 끈이 서로 겹치며 묶인 걸 그대로 볼 수밖에 없었어요, 피서지 별장처럼.

바닥에 각종 서류가 널리고 커다란 책상 역시 서류가 널린 건 마찬가지라, 실내 공간은 극히 지저분할 뿐 아니라 극히 더러웠다고 말할 수밖에 없네요. 우리는 그런 장면을 눈으로 바라보면서도 귀로는 불쌍한 아이가 계단 밑으로 구르는 소리를, 그래서 주방까지 구르다 누군가한테 입이 틀어막히는 소리를 쫓아가야 했어요.

하지만 더욱 커다란 충격은 쇠약한 모습이 핼쑥해 보이지만 못생긴 얼굴은 절대 아닌 여자애가 책상에 앉아서 펜 깃털을 씹으며 우리를 빤히 쳐다본다는 사실이었어요. 지금 생각해도, 잉크를 그렇게 뒤집어쓴 사람은 어디에도 없을 것 같아요. 잔뜩 헝클어진 머리칼부터 예쁜 발까지, 하지만 예쁜 발도 닳을 대로 닳아서 찢어진 비단 슬리퍼를 뒤꿈치로 내리누르느라 볼꼴 사나우니, 머리에 꽂은 핀부터 슬리퍼까지 제대로 되거나 제자리에 있는 건 몸뚱이 전체에 하나도 없는 것 같았어요.

그런데 젤리비 여사는 양철 촛대에 꽂은 커다란 사무용 촛불 두 개에서 길쭉한 심지를 적당하게 잘라, 실내에 뜨거운 기름 냄새를 강하게 풍기며 말했어요. (벽난로 불은 벌써 꺼지고 다 타고 남은 재와 장작 한 묶음과 부지깽이만 있었어요.)

"내가 평소처럼 매우 바쁠 때 찾아왔군요. 하지만 용서하세요. 당장은 아프리카 개발사업에 시간을 쏟아붓거든요. 아프리카 원주민 복지에 열심인 다양한 공공단체 및 개인 후원자와 서신을 전국 단위로 주고받아야 하거든요. 다행히도 개발사업에 진척이 있답니다. 내년 이맘즈음이면 건강한 가족 150에서 200세대가 니제르 강 왼쪽 기슭에 나무를 심고 보리오부라-가 원주민 교육을 시작할 수 있기를 우리는 바란답니다."

에이다가 아무 말 없이 저만 쳐다보아, 저는 참 잘된 것 같다고 대답했어요. 그러자 젤리비 여사가 말했어요.

"그래요, 참 잘됐어요. 그래서 지금처럼 모든 에너지를 쏟아부어야 한답니다. 하지만 힘든 일도 아니니만치 꼭 성공하겠지요. 실제로, 성공한다는 확신이 매일 꾸준히 늘어난답니다. 나는 여러분이 아프리카에 관심을 기울인 적이 없다는 걸 정말 의아하게 여긴다는 거 아세요, 에스더 아가씨?"

그 문제를 이렇게 응용할 수 있다는 예상은 전혀 못 한 터라, 저는 너무 당혹스러워서 아무 말도 못 했어요. 그래서 날씨 얘기로 돌리려 하니……

"날씨는 여기가 세상에서 제일 좋지요!"

젤리비 여사 말에 제가 물었어요.

"정말요, 여사님?"

"당연하죠. 조심만 하면. 홀본에서는 조심하지 않으면 마차에 치이거든요. 조심만 하면 그런 일은 절대로 없고요. 아프리카도 마찬가지예요."

"그렇겠네요."

제가 말했어요. 홀본이 그렇겠다는 뜻이었어요.

그러자 젤리비 여사가 우리에게 자료를 여럿 내밀며 말했어요.

"그걸 언급한 글이나 일반적으로 다룬 글이 사방에 돌아다니니, 보고 싶으면 보세요. 그동안 나는 서기 역할을 담당하는 큰딸한테 구술하던 편지를 마무리할 테니까요."

책상에 앉아있던 여자애는 펜을 씹던 걸 멈추고 우리 시선에 답례하는데 수줍기도 하고 짜증도 나는 표정이고, 젤리비 여사는 다정한 미소를 머금으며 덧붙였어요.

"그러면 당장 급한 일은 끝나요, 작업은 영원히 안 끝나도. 어디까지

했니, 캐디?"[35)]

"스왈로우 선생께 고맙다 하고, 자세히 알려주세요……"

캐디가 읊어주자, 젤리비 여사가 다시 구술을 시작했어요.

"자세히 알려주세요, 아프리카 개발사업을 문의한 편지에 대해……"

"안 돼, 피피![36)] 그러면 안 돼!"

피피는 (이름을 스스로 정했다는데) 계단 밑으로 구른 불행의 주인공으로, 편지 작업을 무시한 채, 이마에 붙인 반창고와 무르팍 상처를 보여주려고 지금 막 나타난 거예요. 에이다와 저는 무얼 더 불쌍히 여겨야 할지 몰랐어요. 다친 것도 그렇지만 더러운 것도 심했거든요. 하지만 젤리비 여사는 언제나 그런 것처럼 차분한 자세로 "저리 가, 버릇없는 피피!"라고 가볍게 타박하곤, 예쁜 눈을 다시 아프리카 쪽으로 돌렸어요.

그래서 다시 구술하고, 저는 방해할 수 없어, 가련한 피피가 밖으로 나가는 걸 가만히 잡아서 꼭 껴안는 모험을 했어요. 피피는 내 포옹과 에이다 뽀뽀에 크게 놀란 표정이지만, 제 품에 안긴 채 금방 곤하게 잠들어, 흐느끼는 소리도 점차 줄어들다 완전히 사라졌어요. 저는 피피를 돌보느라 구술 내용을 자세히 못 들었지만, 아프리카는 정말 중요한 반면에 다른 곳은 조금도 안 중요하다는 느낌을 받아, 그동안 제가 아프리카 생각을 거의 안 했다는 사실이 부끄러웠어요. 그런데 젤리비 여사가 갑자기 말하는 거예요.

"여섯 시야! 우리가 저녁 식사를 아무 때나 들긴 해도, 원칙은 다섯 시라고! 캐디, 에이다 클레어 아가씨랑 에스더 아가씨한테 방을 알려주렴. 옷을 편하게 갈아입고 싶겠지요, 아마도? 나한테 할 일이 너무

---

35) 캐디(Caddy), 심부름꾼이란 뜻이다.
36) 피피(Peepy), 훔쳐보는 아이란 뜻이다.

많아서 미안해요. 아, 지겨운 놈! 내려놓으세요, 에스더 아가씨!"

저는 하나도 안 힘들다고 진심으로 말한 다음, 피피를 데리고 있어도 된다는 허락을 간청하고 제가 쓸 방으로 데려가서 침대에 누였어요. 에이다와 저는 중간 문으로 이어지는 방 두 칸을 배정받았으나, 가구가 없어서 휑하고 난잡했어요. 유리창 커튼을 포크로 묶어놓을 정도였으니까요.

"따듯한 물이 필요하겠지요?"

젤리비 여사가 물으며 손잡이 달린 물동이를 찾느라 이리저리 둘러보았지만 소득은 없었어요.

"힘들지 않으시다면."

우리가 말하니, 여사가 대답했어요.

"아, 힘들지는 않답니다. 문제는 따듯한 물이 있느냐는 거예요."

저녁 날씨는 춥고 방은 눅눅한 냄새가 심해, 솔직히 고백하건대 저는 약간 비참하고, 에이다는 금방이라도 울 것 같았어요. 그러나 곧바로 웃으면서 짐을 열심히 푸는데, 젤리비 여사가 다시 나타나서 미안하게도 따듯한 물이 없다고, 하지만 커다란 주전자는 찾을 수 없고 물 끓이는 통은 망가졌다고 알려주었어요.

우리는 신경 쓰지 말라고 대답한 다음, 급히 서둘러서 짐을 풀었어요. 벽난로가 있는 거실로 어서 내려가고 싶었거든요. 그런데 침대에서 잠자는 피피를 보려고 꼬맹이들이 문 앞으로 잔뜩 모여들어서 문에 찡을 수도 있는데 코와 손가락을 툭하면 밀어 넣는 바람에 우리로선 도저히 집중할 수 없었어요. 양쪽 방 모두 문을 닫을 수도 없었고요. 내 방문은 손잡이조차 없어서 어서 고쳐달라는 표정으로 쳐다보는 것 같고, 에이다 방문은 손잡이가 있지만 빙글빙글 돌아가기만 할 뿐, 문을 닫는 기능은 전혀 없었어요. 그래서 저는 아이들한테 안으로 들어와서 탁자 옆에 얌전히 앉으면 내가 옷을 갈아입으면서 '빨간 모자'[37] 이야기를 해주겠다고 제안했어요. 아이들은 제안을 받아들여서 쥐죽은 듯 조용히 듣고, 다행히 피피도 늑대가 나타나기 직전에 깨어나서 함께 들었어요.

우리가 아래층으로 내려가니 '턴브리지 웰즈[38]에서 보낸 선물'이란 글씨가 있는 머그잔에 불붙인 양초를 띄워서 계단 유리창을 밝히고, 젊은 하녀 한 명은 (방문을 열어놓아, 젤리비 여사가 있는 방과 연결되는) 거실에서 잔뜩 부어오른 얼굴을 붕대로 감은 채 계속 콜록대며 입으로 호호 불어서 벽난로 불을 지피는 중이었어요. 그래서 연기가 순식간에 잔뜩 피어올라, 우리 모두 30분 동안 창문을 몽땅 열어놓고 앉아서 기침을 콜록대며 눈물을 흘리는데도, 젤리비 여사는 여전히 상냥한 분위기로 아프리카에 관한 편지를 구술했어요. 젤리비 여사가 다른 일에 열중하는 게 저로선 차라리 다행이었어요. 리처드가 파이 그릇에다 손을 씻고 자기 방 옷장에서는 물동이가 나왔다고 말해서 에이다를 웃기고, 저도 배꼽을 잡으며 웃었거든요.

7시가 되자, 우리는 저녁 식사를 하러 젤리비 여사가 충고한 대로 조심스럽게 내려갔어요. 계단에 양탄자를 고정하려고 박은 못이 느슨한 데다 곳곳이 찢어져서 올가미처럼 변했거든요. 저녁 식사로는 신선한 대구와 쇠고기 찜, 얇게 저민 고기, 푸딩이 나왔는데, 제대로 익혔다면 정말 맛있겠지만, 거의 날것 그대로였어요. 얼굴을 붕대로 감은 하녀가 시중을 드는데, 무어든 식탁에 툭툭 내려놓을 뿐 계단으로 내갈

---

37) 빨간 모자(Little Red Riding Hood), 프랑스에서 처음 나온, 어린 소녀가 늑대를 만나는 유명한 동화로, 국내에는 '빨간 모자', '빨간 두건', '빨간 모자 꼬마 아가씨' 등, 다양한 제목으로 번역되고, 만화로도 많이 나왔다.

38) 턴브리지 웰즈(Tunbridge Wells), 영국 잉글랜드 동남부, 켄트 주 서남부 관광도시로, 온천(Wells)이 유명하다.

때까지 다시 손대는 법이 없었어요. 나막신을 신던 여자는 요리사 같은데, 툭하면 문가에 나타나서 젊은 하녀와 다투는 걸 보면 사이가 매우 안 좋은 것 같더군요.

저녁 식사 내내 - 감자 요리를 석탄 상자에 잘못 놓기도 하고 병따개 손잡이가 튀어서 젊은 하녀 턱을 때리기도 하는 바람에 시간이 길어졌는데 - 젤리비 여사는 차분한 분위기를 유지했어요. 보리오부라-가 및 원주민에 관해 흥미로운 이야기를 끊임없이 하고, 바로 옆에 앉은 리처드가 편지 네 통이 한 번에 왔다며 감탄할 정도로 많은 편지를 받았어요. 젤리비 여사가 우리한테 읽어준 바에 따르면 일부는 부녀회 진행절차와 부녀회 결의에 관한 편지며, 일부는 나무를 가꾸는 사업과 원주민 사업에 다양한 흥미를 느낀 사람들이 보낸 신청서고, 일부는 당장 답장해야 하는 거라, 식탁에 앉은 큰딸을 책상으로 보내서 답장을 쓰게 한 게 서너 번이나 되었어요. 젤리비 여사는, 직접 말한 것처럼, 아프리카 개발사업에 할 일이 너무 많아서 끝없이 헌신하는 게 분명했어요.

안경 차림에 머리는 벗겨진 온화한 신사도 있는데, 누군지 살짝 궁금했어요. (상석이나 하석 같은 것 없이) 의자에 있는 생선을 치운 다음에 털썩 앉는데, 보리오부라-가 정착지 얘기를 어쩔 수 없이 듣긴 해도 관심은 없는 것 같았거든요. 아무런 말도 안 하는 게, 피부 색깔만 아니면 원주민으로 착각할 정도였어요. 우리는 식탁을 벗어나고 리처드와 그분이 단둘이 남을 때 비로소 젤리비 씨일 수 있다는 생각이 문뜩 떠올랐어요. 그런데 젤리비 씨가 진짜 맞았어요. 그리고 양쪽 관자놀이에 커다란 혹 같은 게 반짝이고 머리는 올백으로 넘기고 말은 정말 많은, 퀘일이라는 젊은 사내가 저녁에 나타나서 에이다에게, 자신은 박애주의자라 말하고, 젤리비 여사와 젤리비 씨의 결혼동맹은 마음과 물질의 결합이라고 알려주기도 했어요.

젊은 사내는 아프리카에 관해, 그리고 나무를 키울 정착민에게 피아노 다리 깎는 법을 가르쳐서 이들이 원주민을 가르치게 하고 자신은 무역회사를 차릴 계획에 관해 엄청 많이 말한 건 물론, "제가 알기론 아프리카에 관한 편지를 하루에 수백 통씩 받는다던데, 아닌가요, 젤리비 여사?" 혹은 "제 기억이 맞는다면, 젤리비 여사, 예전에 한 우체국으로 한 번에 안내문을 오천 통이나 보냈다고 하셨지요?" 같은 말을 끌어내서, 젤리비 여사가 대답할 때마다 통역관처럼 되풀이했어요. 젤리비 씨는 저녁 내내 모서리에 앉아서 머리를 벽에 기댄 표정이 정말 울적해 보였어요. 저녁 식사 뒤에 리처드와 단둘이 있을 때는 입을 몇 차례 열려다, 무슨 생각이라도 떠오른 듯 매번 아무 말 없이 다물어, 리처드로서는 크게 당황할 수밖에 없었고요.

젤리비 여사는 저녁 내내 하얀 종이가 가득한 곳에 둥지처럼 틀고 앉아서 커피를 마시다 큰딸한테 간헐적으로 구술했어요. 제가 제대로 이해했다면, 여사는 인류애를 주제로 퀘일과 토론하면서 훌륭한 인류애를 드러내기도 했어요. 저 역시 토론 내용을 듣고 싶어도, 에이다와 함께 거실 구석에 있을 때 피피를 비롯한 아이들이 몰려와서 또 얘기해 달라고 조르는 바람에 '장화 신은 고양이'를 해주느라 자세히 못 들어, 또 어떤 내용이 나왔는지 모르는데, 갑자기 젤리비 여사가 아이들을 떠올리곤 침실로 모두 보냈어요. 피피는 저한테 데려가라며 떼써서 제가 안고 올라가니, 붕대를 감은 하녀가 아이들 침실로 용처럼 돌진해서 아이들을 무찔러 요람에 전부 넣었어요.

그런 다음에 저는 방을 조금이나마 정돈하고, 벽난로에 불이 붙긴 했는데 너무 시원찮아서 불길을 살리는 데 열중하다 마침내 성공해, 불길이 활활 타올랐어요. 거실로 내려가니 하찮은 일에 열중한 걸 젤리비 여사가 한심하다는 표정으로 쳐다보는 것 같아서 후회하기도 했지만, 저는 그렇게 훌륭한 사람은 아니란 사실도 깨달았답니다.

자정이 다 돼서 우리는 침실로 올라갈 기회를 얻었는데, 그렇게 늦은 시간까지 젤리비 여사는 서류 사이에 앉아서 커피를 마시고, 캐디는 펜 깃털을 잘근잘근 깨물었어요.

침실로 올라오자 에이다가 말했어요.

"정말 이상한 집이야. 우리 친척 잔다이스 아저씨가 우리를 이런 집으로 보낸 이유가 궁금해!"

"에이다, 너무 혼란스러워. 제대로 이해하고 싶은데 도무지 이해할 수 없어."

내가 말하자, 에이다가 예쁘게 웃으며 물었어요.

"무얼?"

"이 집 전체를. 젤리비 여사가 원주민을 도울 계획을 세우려고 고생하는 건 분명 훌륭하지만…… 피피와 집안일은!"

제가 물끄러미 서서 불길을 바라보니, 에이다가 제 목에 한쪽 팔을 올린 채, 차분하고 다정하고 선량한 성품이 마음에 든다면서 말했어요.

"너는 사려가 깊으면서도 쾌활해, 에스더! 많은 일을 하면서도 잘난 척하는 기색이 없어! 너라면 이 집을 사람 사는 집답게 만들 수 있을 거야."

소박한 친구! 그렇게 말하는 건 자신이 그만큼 선량하고 훌륭하다는 증거란 사실을 모르다니!

저는 에이다와 불길 앞에 가만히 앉아있다 물었어요.

"한 가지만 물어도 돼?"

"오백 가지라도."

"너희 친척, 잔다이스 선생님. 나는 그분한테 빚이 많아. 어떤 분인지 알려줄 수 있니?"

에이다가 금발을 흔들며 고개를 돌려 깜짝 놀란 표정으로 쳐다보면서 웃어, 저 역시 깜짝 놀랐어요, 에이다가 아름답기도 하고 깜짝 놀라기도 해서요.

"에스더!"

"에이다!"

"우리 친척 잔다이스 아저씨가 어떤 사람인지 알고 싶어?"

"그래, 한 번도 못 봤거든."

"그런데 한 번도 못 본 건 나도 똑같아!"

세상에, 이럴 수가!

맞아요, 에이다는 잔다이스 선생을 한 번도 못 봤어요. 아주 어릴 적에 어머니가 돌아가셨는데, 잔다이스 선생 이야기를 하실 때, 고결하고 관대한 성품이라면서 두 눈에 흘리던 눈물을, 세상에서 누구보다 믿음직한 사람이라고 하신 말씀을 에이다는 똑똑히 기억하고 믿었어요. 잔다이스 선생은 몇 개월 전에 에이다에게 "소박하고 솔직한 편지"를 보내서 우리가 이제 막 새롭게 시작할 생활을 제안하며 "함께 지내다 보면 비참한 대법원 소송으로 받은 상처도 대체로 치유할 수 있을 거"라고 주장했어요. 에이다는 답장을 보내서 제안을 기쁘게 받아들이고요. 리처드도 비슷한 편지를 받고 비슷한 답장을 보낸 거예요. 그는 잔다이스 선생을 만나긴 했지만, 5년 전에 윈체스터 학교에서 딱 한 번 만난 게 전부였어요. 그래서 벽난로 앞 차단막에 기댄 두 사람을 제가 처음 봤을 때, 리처드는 에이다에게 잔다이스 선생을 "솔직하고 낙천적인 사람"으로 기억한다고 말했다는 거예요. 이게 에이다가 저한테 알려줄 수 있는 전부였어요.

저는 이 말을 듣고 많은 생각이 떠올라, 에이다가 잠잘 때 벽난로 앞에 남아서 황폐한 집에 대해 감탄하고 또 감탄했으며, 어제 아침이 매우 오래된 것처럼 느껴진다는 사실에 감탄하고 또 감탄했어요. 이렇게 밑도 끝도 없는 생각에 빠져들다, 방문을 두드리는 소리에 정신이 번뜩 들었어요.

방문을 가만히 여니, 캐디가 깨진 촛대에 동강 난 양초를 한 손에 들고 다른 손엔 에그 컵[39]을 들고 추워서 덜덜 떨다 부루퉁하게 말하는 거예요.

"안녕!"

"안녕!"

제가 대답하자, 캐디가 부루퉁한 어투 그대로 뜻밖의 말을 했어요.

"들어가도 돼요?"

"물론이지. 에이다 클레어 아가씨는 깨우지 말고."

캐디는 의자에 앉으려 하지 않고 벽난로 앞에서 잉크가 까만 가운뎃손가락을 에그 컵에 담그더니, 거기에 든 식초를 묻혀서 얼굴에 묻은 잉크 자국에 문지르는데, 계속 찡그리는 얼굴이 정말 울적해 보였어요. 그러다 불쑥 말했어요.

"아프리카가 죽어버리면 좋겠어요!"

제가 반박하려고 하니, 캐디가 다시 말했어요.

"정말이에요! 나한테 말하지 마세요, 에스더 아가씨. 증오하고 혐오하니까. 지겨워 죽겠으니까!"

저는 많이 지쳐서 그런다고, 마음이 아프다고 말했어요. 그리고 캐디 이마를 한쪽 손으로 짚으며, 지금은 열이 있지만 한숨 자고 나면 괜찮을 거라고 했어요. 캐디는 여전히 가만히 서서 입술을 삐쭉 내밀고 잔뜩 찡그린 얼굴로 쳐다보긴 해도, 에그 컵을 금방 내려놓고 에이다가 누워

39) 에그 컵(egg-cup). 삶은 달걀을 담는 그릇.

있는 침대를 물끄러미 바라보다, 무례한 어투 그대로 눈살을 찌푸린 채 말했어요.

"아름다워요!"

저는 미소로 동의했어요.

"고아죠, 저분도?"

"그래."

"하지만 많은 걸 알겠죠? 춤추는 법, 피아노를 연주하는 법, 노래하는 법도 알고? 불어도 알고 지리도 알고 천체도 알고 뜨개질도 알고, 모든 걸 알겠지요?"

"당연하지."

"나는 못해요. 나는 글쓰기 말고는 무엇 하나 할 수 없어요. 언제나 엄마가 시키는 대로 글을 받아적지요. 당신네 두 사람이 오늘 오후에 들어와서 내가 아무것도 할 수 없는 걸 보고 창피하게 여겼을 것 같아요. 그건 정말 심술궂은 거예요. 그런데도 자신들이 잘났다고 생각하겠지요!"

가련한 여자애가 금방이라도 울 것 같아, 저는 아무 말 않고 제 의자로 돌아가서 마음속으로 느낀 만큼 안타까운 눈으로 가만히 쳐다보고, 캐디는 다시 말했어요.

"정말 창피해요. 당신도 알아요. 집안 전체가 창피해요. 동생들도 창피해요. 나도 창피해요. 아빠는 비참한데, 당연히 그럴 수밖에요! 하녀 프리실라는 술을 마셔요…… 늘 마셔요. 오늘 프리실라한테서 술 냄새를 못 맡았다면, 그건 창피한 거짓말이에요. 저녁 식탁에서 시중드는 게 선술집 같았잖아요. 당신도 충분히 느꼈잖아요!"

"아니야, 나는 몰랐어."

내가 말하니, 캐디가 무뚝뚝하게 받아쳤어요.

"알았어요. 몰랐다고 하지 마세요. 알았잖아요!"

"아, 얘야! 내 말을 끝까지 듣는다면……"

"지금 말하잖아요. 당신도 알잖아요. 거짓말하지 마세요, 에스더 아가씨."

"얘야, 내 말을 끝까지 안 듣는다면……"

"끝까지 듣고 싶지 않아요."

"아니야, 끝까지 듣고 싶을 거야. 그래야 말이 되거든. 저녁 식사 때 하녀가 가까이 안 와서 나는 네가 지금 말한 걸 몰랐어. 하지만 네가 한 말을 의심하지는 않아. 그래서 안타까운 마음이 들어."

"그것 가지고 잘난 척하지 마세요."

"그러지 않아, 얘야. 그건 멍청한 짓이거든."

캐디는 침대 옆으로 가만히 다가가 허리를 숙여서 (하지만 여전히 불만이 가득한 얼굴로) 에이다에게 키스했어요. 그러고 나서 가만히 돌아와서 내 의자 옆에 섰어요. 가슴을 고통스럽게 들썩이는 모습이 더없이 안타깝지만, 저는 아무 말 않는 게 좋겠다고 생각했어요.

"내가 죽어버리면 좋겠어요! 우리 식구가 죽어버리면 좋겠어요. 그러는 편이 우리 식구한테 훨씬 좋아요."

캐디가 불쑥 말하더니 내 옆에 무릎을 꿇고서 내 치맛자락에 얼굴을 묻은 채 미안하다고 사과하며 흐느꼈어요. 저는 조용히 달래다 일으키려고 했지만, 캐디가 싫다고, 싫다고, 그대로 있고 싶다고 울부짖었어요. 그러면서 말했어요.

"당신은 여자애들을 가르쳤어요. 당신이 가르쳤다면 나도 많은 걸 배웠을 거예요! 나는 너무나 비참해요. 그런데 당신이 너무나 좋아요!"

옆에 앉으라고 설득할 수 없어서 무릎 꿇은 곳으로 낡은 걸상을 가져오니, 캐디가 거기에 앉아서 내 치맛자락에 얼굴을 똑같이 묻었어요.

불쌍한 여자애는 지칠 대로 지쳐서 그대로 잠들고, 저는 캐디 머리를 들어서 제 무릎에 편히 기대게 하고, 숄 두 장으로 우리 몸을 덮었어요. 불길은 사그라지고 캐디는 재만 남은 벽난로 앞에서 밤새 그렇게 잤어요. 처음에는 잠이 안 오는 게 너무 힘들어, 눈을 감고서 하루 동안 겪은 장면을 떠올리는 식으로 잠들려 했으나 소용이 없었어요. 한참을 그러다 보니, 천천히, 모든 게 애매하게 뒤섞였어요. 내 무릎에 기댄 채 잠자는 사람이 누군지도 잊어버렸어요. 에이다였다, 하루 전에 헤어졌다는 게 도저히 안 믿기는 학교 친구 가운데 한 명이다, 조그맣고 초라하게 미친 모습으로 웃으며 무릎을 구부려서 인사하던 노파로 변하기도 하고, 황폐한 집에 사는 누군지 모를 인물로 변하기도 했어요. 그러다 모두 사라지고 저 역시 사라졌어요.

어스름한 태양이 안개와 힘없이 싸울 때 저는 눈을 떠, 더러운 꼬마 유령이 뚫어지게 바라보는 시선과 마주쳤어요. 피피가 잠옷에 수면 모자 차림으로 요람에 들어갔다 그 차림 그대로 내려온 터라, 너무 추워서 이를 딱딱 부딪쳤어요, 이가 당장에라도 깨져나갈 듯이.

CHAPTER V

아침에 겪은 모험

아침 날씨는 으스스하게 춥고, 안개는 여전히 짙은 것 같지만 - 짙은 것처럼 보인 이유는, 창문마다 더러운 게 덕지덕지 붙어서 한여름 햇살이라도 어스레하게 보였기 때문인데 - 저는 이른 시간에 집 안에 있으면 불편한 일이 생길 걸 충분히 깨닫기도 하고 런던 풍경이 궁금하기도 해, 캐디가 산책이나 하자고 제안할 때 그러는 게 좋겠다고 생각했어요. 캐디는 이렇게 덧붙이고요.

"엄마는 한참이나 안 내려올 테고, 내려오고도 아침 식사를 차리는 데 한 시간은 걸릴 거예요, 하나같이 꾸물대니까요. 아빠는 아무거나 챙겨 먹고 사무실로 나가지요. 아침다운 아침은 먹어본 적이 없어요. 프리실라가 빵 쪼가리랑 우유를 놓아둬요, 간밤에 먹다 남은 게 있으면. 그런데 우유가 없을 때도 있고 고양이가 마셔버릴 때도 있어요. 하지만 피곤한 것 같으면, 에스더 아가씨, 잠이나 더 자세요."

"피곤하지 않아. 산책하는 게 좋겠어."

제가 대답하자, 캐디가 말했어요.

"그렇다면 옷을 입고 올게요."

에이다도 산책하고 싶다면서 바로 일어났어요. 저는 피피한테 딱히 해줄 게 없어, 얼굴을 씻겨줄 테니 세수하자고, 그러면 내 침대에 다시 누여주겠다고 제안했어요. 처음에는 내가 마음대로 해도 되나 망설였지만, 집안 식구 누구도 관심을 안 기울일 거란 생각이 들었거든요. 피피는 얌전하게 따르고, 얼굴을 씻기는 내내 저를 물끄러미 쳐다보는 게, 이런 적은 예전에도 없고 앞으로도 없을 놀라운 기적이라고 여기는 것 같았어요. 동시에 비참한 표정도 떠올렸지만 불평은 조금도 안 하다, 세수가 끝나자마자 잠자리로 기분 좋게 들어갔어요.

저는 피피를 급히 재우고서 나갈 채비를 마치고 에이다까지 거드느라 몸이 후끈 달아올랐어요. 우리가 내려가니, 프리실라는 글 쓰는 방 벽난로에서 잔뜩 그을린 거실 촛대로 불을 붙인 다음에 활활 타오르도록 양초 조각까지 던져넣고, 캐디는 그 불에 몸을 데우려 애썼어요. 모든 게 간밤에 남겨놓은 상태 그대로인데, 언제나 그렇게 두는 게 분명했어요. 저녁 식탁보도 안 치운 게 아침 식탁에 그대로 쓰려는 것 같았어요. 빵 부스러기, 먼지, 휴지가 곳곳에 가득했어요. 밖으로 나가니, 지하주방 앞 난간에는 놋쇠 그릇 몇 개와 우유통 하나가 걸려있고,[40] 주방 문은 열린 상태였어요. 그런데 모서리를 돌아가다 술집에서 나오는 요리사랑 마주쳤답니다. 요리사는 우리를 지나치면서 몇 시인지 알아보고[41] 오는 중이라고 변명했어요.

하지만 우리는 요리사랑 마주치기 전에 리처드와 마주쳤어요. 발바닥을 데우려고 깡충깡충 뛰며 주변을 거니는 중이었어요. 리처드는 우리가 일찍 일어난 게 대단하다며 놀라더니, 같이 산책하겠다고 했어

40) 놋쇠 그릇은 인근 술집에서 수거하고, 우유통은 우유 배달부가 채운다.
41) 당시는 술집마다 벽시계를 설치하는 게 법이었지만, 요리사는 당연히 술을 마시고 나오는 길이다.

요. 그래서 리처드는 에이다와 걷고, 저는 캐디와 앞에서 걸었어요. 굳이 언급하고 넘어가자면 캐디는 부루퉁한 태도로 벌써 돌아가, 좋아한다는 말을 사전에 못 들었더라면, 저는 캐디가 그렇게 좋아한다는 생각을 조금도 못했을 거예요.

"어디로 가고 싶어요?"

캐디가 묻고, 저는 대답했어요.

"아무 데나."

캐디가 걸음을 멈추고 나무랐어요.

"아무 데나 가고 싶다는 건 어디에도 안 가고 싶다는 말이에요."

"그럼 어디든 좋은 데로 가자."

제가 대답하자, 캐디가 빠르게 잡아끌며 말했어요.

"나는 관심이 없어요! 내가 관심이 없다고 분명히 말했으니 에스더 아가씨가 증인이에요. 그 사람이 반짝이는 여드름 얼굴로 밤이면 밤마다 늙어 죽을 때까지 우리 집에 온다 해도, 나는 그 사람한테 아무 말도 안 할 거예요. 멍청한 놈이 엄마랑 못된 짓을 꾸미거든요!"

"얘야! 자식으로서 의무를 다해야……"

너무 험한 말을 나무라자, 캐디가 반발했어요.

"맙소사! 그런 말은 하지도 마세요, 에스더 아가씨. 그럼 부모로서 엄마의 의무는 어디로 갔나요? 사회와 아프리카로 모조리 보냈겠지요! 그러니 자식으로서 의무는 사회와 아프리카한테 하라고 하세요. 그건 내가 아니라 그들 문제니까요. 충격을 받았군요! 좋아요, 나도 충격을 받았으니, 우리 둘 다 충격을 받은 거로 치고 얘기를 끝내요!"

그리곤 저를 훨씬 급하게 잡아당기며 말했어요.

"아무리 그런다 해도, 다시 말하겠는데, 오고, 또 오고, 또 온다 해도, 나는 그 사람한테 아무 말도 안 할 거예요. 정말 지겹거든요. 내가 세상에서 제일 증오하고 경멸하는 게 있다면, 그건 그 사람과 엄마가 말하는 내용이에요. 우리 집 앞 도로에 깔린 돌멩이들이 말도 안 되는 소리를 듣고 엄마 살림살이까지 보면서도 제자리에서 그대로 버틴다는 게 신기할 정도라고요!"

저는 캐디가 말하는 사내를 어제 저녁 식사 뒤에 나타난 퀘일로 짐작할 수밖에 없었어요. 하지만 리처드와 에이다 덕분에 불쾌한 주제를 이어갈 필요는 없었어요. 뒤에서 웃으며 바삐 쫓아와서 지금 달리기 시합을 하느냐고 물었거든요. 그래서 캐디가 제 옆에서 입을 꾹 다물고 우울하게 걷는 동안, 저는 계속 이어지는 풍경과 다양한 거리, 벌써 거리를 오가는 사람들, 지나고 또 지나는 마차들, 상점 앞을 빗자루로 청소하고 진열창에 물건을 내놓으며 바쁘게 움직이는 모습들, 누더기 차림으로 핀 같은 폐물을 찾으려고 쓰레기를 몰래 뒤지는 이상한 사람들을 열심히 바라보았어요.

그런데 뒤에서 리처드가 에이다에게 말하는 상쾌한 목소리가 들렸어요.

"역시나 우리는 대법정을 못 벗어나는군! 어제 우리가 만난 곳을 다른 길로 왔는데도…… 맙소사, 그 노파가 또 나타났어!"

진짜로 노파가 우리 앞에 나타나서 어제처럼 무릎을 구부리며 인사하고 미소를 머금으며 윗사람 같은 분위기로 말했어요.

"잔다이스 사건의 피후견인들이로구먼! 정-말 반가워요!"

노파가 저한테 무릎을 구부리며 아는 척해서 제가 말했어요.

"일찍 나오셨네요, 할머니."

"맞-아요! 여기로 일찍 산책을 나오곤 한다오. 법정이 열리기 전에. 조용하거든. 그러면서 하루 동안 할 일을 정리한다오. 하루 동안 할 일을 엄청 많이 생각해야 하거든. 대법정 판결은 정-말 어렵다오."

노파가 점잔빼며 말하자, 캐디가 내 팔을 잡아당기며 물었어요.

"누구예요, 에스더 아가씨?"

조그만 노파는 귀가 정말 좋았어요. 직접 대답했거든요.

"소송 원고란다, 얘야. 언제든 물어보렴. 나는 법정에 정기적으로 참여하는 영광을 누려. 이 서류를 가지고. 잔다이스 소송에 참여한 또 다른 젊은인가?"

노파가 말하더니, 무릎을 구부린 자세에서 똑바로 펴며 머리를 한쪽으로 기울였어요.

리처드가 어제 분별없이 한 말을 벌충하려고, 캐디는 소송과 상관이 없다고 친절하게 설명하자, 노파가 말했어요.

"흥! 판결을 기대하지 않나요? 하지만 저 애도 나이를 먹는다오. 지금은 어려도. 그럼, 그렇고말고! 여기는 링컨 법학원 정원이라오. 나는 여기를 내 정원이라고 부르지요. 여름철에는 그늘이 아주 좋거든. 새들도 흥겹게 노래하고. 나는 기나긴 휴정기[42]를 대부분 여기에서 보낸다오. 휴정기가 너무 길거든요, 그죠?"

노파가 그렇다고 대답하길 기대하는 것 같아서 우리는 그렇다고 대답했어요.

"나무에서 잎사귀가 떨어지고, 대법정에 가져갈 꽃다발을 만들 꽃봉오리가 사라질 즈음이면 휴정기가 끝나고 요한묵시록에서 말한 여섯째 봉인이 다시 열린다오. 부탁이니 내가 사는 곳을 구경하러 가요. 나한테 좋은 징조가 될 거예요. 젊음과 희망과 미모는 안 찾아오거든. 셋 중 하나라도 찾아온 건 정말 오래되었다오."

노파가 제 손을 잡고 저와 캐디를 데려가면서 리처드와 에이다에게 따라오라고 손짓했어요. 저는 어떻게 사양해야 좋을지 몰라서 도와달

42) 당시에 영국 법원은 8월 10일부터 10월 28일까지 하계휴가였다.

라는 눈빛으로 리처드를 쳐다보았어요. 그런데 리처드는 재밌기도 하고 호기심도 생긴 데다 노파를 불쾌하지 않게 떨쳐낼 방법이 안 떠올라서 에이다와 함께 따라오고, 이상한 안내자는 미안한 표정으로 웃으면서 자기는 바로 근처에 산다고 계속 말했어요.

정말이었어요, 사는 집이 금방 나타났어요. 얼마나 가까이 살던지, 할머니 마음을 되돌릴 사이도 없이 집이 나왔어요. 노파는 우리를 데리고 조그만 쪽문으로 살그머니 나가더니, 법학원 담장 너머 좁은 뒷골목에서 갑자기 멈추며 말했어요.

"내가 사는 곳이 여기라오. 자, 들어가요!"

노파가 멈춰선 고물상 입구에는 '크룩, 헌 옷과 헌 병 도매점'이란 커다란 글씨가 있었어요. '크룩, 선박용품 거래'라는 가느다란 글씨도 있었고요. 한쪽 창문에는 제지공장 마차에서 헌 옷 보따리를 잔뜩 내리는 광경을 빨갛게 그린 그림이 있고, 다른 창문에는 '뼈다귀 삽니다'란 글씨가 있고, 또 다른 창문에는 '주방용품 삽니다', 또 다른 곳에는 '고철 삽니다', 또 다른 곳에는 '폐지 삽니다', 또 다른 곳에는 '여성복, 신사복 삽니다'라고 적었어요. 무엇이든 사기만 하고 파는 건 없는 것 같았어요. 창문 곳곳에 더러운 병, 광택 약병, 병원 약병, 맥주와 소다수 병, 채소 절이는 병, 포도주병, 잉크 병이 잔뜩 쌓였어요. 잉크 병을 보고 생각났는데, 그곳에는 법조계 특유의 더러운 협잡꾼이나 법률하고 인연을 끊은 독특한 분위기가 곳곳에 있었어요. 잉크 병이 수없이 많고, 입구 앞 기우뚱하는 벤치에는 '법률 서적, 모두 9펜스'라는 딱지를 붙인 누더기 책이 가득했거든요. 지금까지 언급한 글씨 대부분은 제가 '켄지와 카보이 변호사 사무실'에서 본 서류 그리고 저한테 오래전에 보낸 편지와 똑같은 법률 서체였어요. 그 가운데 하나는, 똑같은 글씨체로, 고물상과 상관없이, '나이 45세, 훌륭한 분이 법률 서류를 깔끔하고 신속하게 정서하거나 필사합니다, 크룩 사장님 밑에서 일하는 니모에게 연락하세요'라고 홍보하는 내용도 있었어요. 파란색과 빨간색 중고 가방도 몇 개 걸려있었고요. 고물상 입구에서 조금 더 들어가니, 빠삭빠삭 금 간 양피지 두루마리와 모서리가 닳고 색바랜 법률 서류가 곳곳에 무더기로 쌓이기도 했어요. 잔뜩 녹슬어서 고철 용도로 쌓아놓은 열쇠 수백 개는 예전에 변호사 사무실 금고나 입구나 방문을 열었을 게 분명하단 생각도 떠오르고요. 추조차 없는 한 쪽짜리 나무 저울에 구겨 들어가기도 하고 삐져나오기도 한 누더기 속에는 한때나마 법률가들이 법복이나 넥타이로 사용하던 것들도 있을 게 분명했어요. 우리가 물끄러미 서서 구경하는 동안, 리처드가 에이다와 저한테 말한 것처럼, 깨끗하게 발라서 맞은편 모서리에 말끔하게 쌓아놓은 뼈들이 소송을 당한 사람들 뼈라면 그림이 완벽하다는 상상이 절로 떠올랐답니다.

안개는 여전히 짙고, 고물상은 링컨 법학원 담장에 가려서 반짝이는 주변 불빛까지 막힌 터라, 안경 차림에 털모자를 쓴 노인이 고물상을 이리저리 돌면서 들고 다니는 등잔 불빛이 아니면 우리는 아무것도 못 보았을 거예요. 노인은 입구 쪽으로 돌아서다 우리를 발견했어요. 키는 조그맣고 몸뚱이는 시체처럼 말라비틀어졌으며 머리는 옆으로 기울어서 어깨 사이에 파묻히고, 숨을 쉴 때마다 입에서 나오는 연기는 머리끝까지 몸속에 불이라도 난 것 같았어요. 목과 턱과 눈썹은 백발이 뒤덮고 정맥은 이리저리 뒤틀리고 살갗은 주름이 가득해, 가슴부터 그 위쪽으로 수북이 내린 눈에 파묻힌 채 말라비틀어진 나무뿌리처럼 보였어요. 그런 노인이 입구로 다가오며 말했어요.

"어서 오시오, 어서 와! 팔만한 게 있소?"

당연히 우리가 뒤로 주춤하며 안내인을 쳐다보니, 안내인은 주머니

에서 꺼낸 열쇠로 현관문을 열려고 애쓰는 중이었어요. 그래서 리처드는 할머니가 사는 곳을 보는 기쁨을 누린 데다 시간이 없으니 그만 떠나겠다고 말했어요. 하지만 노파는 쉽게 보내줄 인물이 아니었어요. 계단을 제발 올라가서 자신이 사는 숙소를 잠시라도 보라고 독특하고 절박하고 진지하게 간청하면서 자신이 갈망하던 좋은 징조의 일부로 저를 데려가려고 악의 없이 애쓰는 바람에, (다른 사람이야 어쩌든) 저는 거기에 따를 수밖에 없었어요. 게다가 우리 모두 다소 호기심을 느낀 것 같았어요. 어쨌든, 노인까지 "그래요, 그래! 말을 들어주구려! 일 분도 안 걸린다오! 들어와요, 들어와! 그 문이 안 열린다면 상점 안으로 들어와!"라고 말하며 거드니, 리처드가 자신만만하게 웃는 소리에 용기도 생기고 믿음도 생겨, 우리는 안으로 모두 들어갔답니다. 그리고 노파는 높은 사람이 아랫사람에게 겸손한 듯한 자세로 노인을 소개했어요.

"집주인, 크룩. 마을 사람 사이에서는 대법관이라 불린다오. 고물상은 대법정이고. 괴짜거든. 아주 괴팍해. 아, 내가 분명히 말하는데, 저 노인은 정말 괴팍하다오!"

노파는 고개를 젓고 손가락으로 자기 이마를 톡톡 치면서 우리 모두 노인을 이해해야 한다는 표정으로 "저 노인은 여기가……약간 돌았거든……머리가!"라고 엄숙하게 말하니, 노인이 엿듣다 웃고는 등잔을 들어서 우리를 안내하며 말했어요.

"마을 사람들이 나를 대법관이라 부르고, 내 가게를 대법정이라고 한다는 말은 정말이라오. 그런데 그 사람들이 나를 대법관이라 부르고 내 가게를 대법정이라 부르는 이유를 아시오?"

"당연히 모르지요!"

리처드가 아무렇지 않게 대답하자, 노인은 걸음을 멈추고 돌아서며 말했어요.

"여러분도 알다시피, 그 사람들은…… 이야! 머리칼이 사랑스럽기 그지없군! 여자 머리칼[43]이 지하에 세 자루는 있지만 이리 아름답고 고운 머리칼은 처음이야. 색깔도, 촉감도!"

에이다 클레어 머리칼을 노인이 노란 손으로 쓸어내리는 모습에 리처드가 반감을 강하게 드러내며 나무랐어요.

"그만 하세요, 영감! 우리처럼 감탄하는 건 좋으나 무례하게 굴지는 마세요."

갑자기 노인이 리처드를 무섭게 쏘아보아, 에이다 클레어는 깜짝 놀라면서 빨갛게 물들인 얼굴이 놀라울 정도로 아름다워, 조그만 노파조차 방황하던 시선을 고정하는 것 같은데, 저로선 시선을 떼어내고 노인을 쳐다볼 수밖에 없었답니다. 하지만 에이다 클레어는 진심 어린 칭찬에 감사한다면서 웃는 얼굴로 끼어들고, 노인은 발끈한 만큼이나 빠르게 가라앉아선 등잔을 추켜들며 다시 말했지요.

"여러분도 알다시피, 나는 여기에 온갖 물건을 - 마을 사람들이 (실제로는 뭣도 모르면서) 보기에 망가지고 찢어진 쓰레기를 - 쌓아놓아서, 나랑 내 가게를 그렇게 부르는 거라오. 그런데 우리 가게에는 오래된 양피지와 서류가 가득하다오. 나는 녹슬고 곰팡내 나고 거미줄 낀 걸 좋아하거든. 하나같이 내 그물에 걸린 물고기거든. 그래서 손에 넣은 걸 무어든 안 버리거든. (최소한 우리 마을 사람들 눈에는 그렇게 보이겠지만, 그들이 무얼 알겠소?) 무얼 바꾸거나 빗자루로 쓸거나 걸레로 문지르거나 청소하거나 수리하는 것도 싫어하고. 그래서 대법관이란 오명을 뒤집어썼다오. 괜찮아요. 박학하고 고상한 형제가 대법정에 앉아있을 때 하루에도 몇 번이고 보러 가니까. 그는 나를 못 알아보

43) 가발을 만드는 용도로 썼다.

지만, 나는 그를 알아보거든. 우리 둘은 정말 비슷하거든. 진흙탕을 파헤치는 게. 안녕, 제인 아가씨!"

커다란 회색 고양이가 근처 선반에서 노인 어깨로 풀썩 뛰어내려 우리 모두를 놀라게 하고, 노인은 다시 말했어요.

"안녕! 할퀴는 모습을 사람들한테 보여주렴. 어서! 찢어발겨, 제인 아가씨!"

고양이가 풀쩍 뛰어내려서 누더기 꾸러미를 호랑이 같은 발톱으로 찢어발기는 소리에 저는 소름이 돋고, 노인은 다시 말했어요.

"저 아가씨는 내가 시키면 누구라도 찢어발긴다오. 나는 고양이 가죽도 취급하는 터라, 저 아가씨를 예전에 샀다오. 여러분도 보다시피 가죽이 정말 좋거든. 하지만 가죽을 벗기지 않았다오! 대법관답지 않다고 여러분은 말하겠지만!"

이즈음에 노인은 고물상을 가로질러서 뒷벽에 있는 문을 열더니, 노파가 사는 집 입구로 다가갔어요. 그래서 자물쇠에 한쪽 손을 대자, 조그만 노파가 노인에게 우아하게 말했답니다.

"이제 됐다오, 크룩. 당신은 선의겠지만, 말이 너무 많아요. 우리 어린 친구들은 시간이 없다오. 나도 시간이 없고. 이제 법정에 나가야 하거든. 우리 어린 친구들은 잔다이스 피후견인들이라오."

"잔다이스!"

노인이 깜짝 놀라자, 세입자가 대답했어요.

"잔다이스 대 잔다이스. 엄청난 소송, 크룩."

"아! 그렇군!"

노인은 깜짝 놀라서 감탄하며, 눈을 동그랗게 뜨고 깊은 생각에 잠겼어요. 그러면서 호기심 가득한 표정으로 쳐다보아, 리처드가 입을 열었어요.

"맙소사, 박학하고 고상한 대법관 형제가 맡은 소송에 걱정이 많은 것 같군요!"

노인은 깊이 생각하는 어투로 대답했어요.

"그래, 맞아! 당신 이름은……"

"리처드 카스톤."

"카스톤."

노인이 중얼거리며 그 이름 몫으로 집게손가락을 천천히 접었어요. 그리고 다른 이름을 하나씩 말하면서 손가락을 하나씩 접었어요.

"그래. 바바리란 이름도, 클레어란 이름도, 데드록이란 이름도 있었어."

"봉급을 받는 진짜 대법관만큼이나 그 소송을 많이 알아!"

리처드가 크게 놀라며 에이다 클레어와 저한테 말하고, 노인은 깊은 생각에서 천천히 빠져나오며 덧붙였어요.

"그래! 맞아! 톰 잔다이스……미안하오, 당신네 친척인데. 하지만 톰 잔다이스는 재판정 주변에서 다른 이름으로 불린 적이 없는 데다, 꽤 유명했다오……지금 저 노파가 그런 것처럼."

노인이 살짝 고갯짓해서 세입자를 가리키며 이어나갔어요.

"톰 잔다이스는 여기에 자주 왔다오. 재판 일정이 잡히면 주변을 끊임없이 돌아다니면서 조그만 상점 주인한테 말하는 습관이, 무슨 일이 있더라도 대법정 소송은 피하라고, '그건 천천히 돌아가는 맷돌에 온몸을 갈아대는 것과 똑같으니까. 천천히 타오르는 불길에 온몸을 태우고, 벌침에 한 방씩 물리며 천천히 죽어가고, 하나씩 떨어지는 물방울에 익사하고, 조금씩 미쳐가는 것과 똑같으니까'라고 말하는 습관이 있었거든. 어린 아가씨가 지금 서 있는 바로 그곳에서 하마터면 그대로 자살할 번했지."

우리는 공포에 휩싸이고, 노인은 손가락으로 고물상 통로를 천천히 가리키며 이어갔어요.

"톰 잔다이스가 자살한 날에 바로 저 문으로 들어왔다오. 결국엔 자살할 게 분명하다고 마을 사람 전체가 몇 달 전부터 염려하던 참에, 바로 그날 저 문으로 들어와서 쭉 걸어와, 저기에 있는 벤치에 털썩 앉더니 포도주 한 병만 사다 달라고 했다오. (당시에는 내가 훨씬 젊었다오.) '왜냐하면, 크룩, 지금 나는 기운이 하나도 없거든. 소송이 또 잡혔는데 이번에는 판결이 나올 것 같아'라면서 말이오. 나는 톰 잔다이스를 혼자 놔둘 수 없었다오. 그래서 길 건너 (대법정 거리를 말하는 건데) 선술집으로 가도록 설득했다오. 그리곤 뒤쫓아가다 선술집 창문으로 들여다보니, 벽난로 옆 안락의자에 편히 앉은 데다 술친구까지 있더라고. 그래서 여기로 돌아오자마자, 법학원 건물을 울리는 총소리가 일어났다오. 나는 당장 달려가고, 스무 명이나 되는 마을 사람도 동시에 '톰 잔다이스!'라고 소리치며 달려왔다오."

노인이 말을 멈추고 지그시 쳐다보다, 등잔불을 바라보고 불을 끄더니 등잔 뚜껑을 닫았어요.

"우리 예측이 맞았다는 말은 여러분한테 할 필요도 없겠지. 그럼! 그날 오후에 소송을 진행하는 재판정으로 마을 사람이 모두 몰려갔다는 사실도! 박학하고 고상한 형제도, 소송에 참여한 다른 모든 법조인도 평소처럼 진흙탕을 열심히 파헤칠 뿐, 자기네는 지금 막 일어난 사건에 대해 한마디도 못 들었다는 표정을, 설사 들었다 해도 - 하느님! - 설사 그 사건을 우연히 들었다 해도 자기네는 어쩔 방도가 없다는 표정을 억지로 떠올렸다는 사실도!"

에이다는 혈색이 완전히 사라지고, 리처드도 창백한 건 마찬가지였어요. 소송 관계자도 아닌 제가 받은 충격으로 판단하건대, 많은 사람

마음속에 끔찍한 기억으로 남은 고통을, 끝없이 이어지는 고통을 물려받았다는 사실이 아무것도 모르는 두 사람에게 거대한 충격으로 다가온 건 너무나 당연했어요. 또 다른 불안 요소는 그 끔찍한 이야기가 우리를 그곳으로 데려온 반쯤 정신 나간 노파에게 미칠 영향인데, 놀랍게도 노파는 아무것도 모르는 듯, 다시 앞장서서 계단을 오르며, 탁월한 인물이 못난 인물을 너그럽게 이해한다는 어투로, 집주인이 "머리가 약간 돌았다오!"라는 말만 되풀이했어요.

노파가 사는 곳은 꼭대기 층으로 공간이 상당히 넓어, 노파는 창밖으로 링컨 대회당 지붕을 슬쩍 보았어요. 애초에 이곳에 사는 제일 커다란 이유가 바로 그것 같았어요. 노파 말에 따르면, 밤이면, 특히 달빛이 밝을 때면 대회당을 내려다볼 수 있거든요. 실내는 깨끗하지만 가구가 없어서 휑했어요. 꼭 필요한 가구만 조금 보이는데, 대법관과 법정 변호사 사진을 책에서 찢어내 벽에 풀로 붙인 게 서너 장, 바느질 도구와 반짇고리 몇 개가 보이는데, 노파는 "서류를 넣어두었다"고 알려주었어요. 벽난로에는 타다남은 재도 석탄도 없고, 어딜 봐도 옷 한 벌, 음식 하나 없었어요. 열린 찬장 선반에 접시 한두 장, 컵 한두 개가 있지만 모두 바싹 마른 채 텅 비었어요. 저는 주변을 둘러보면서 노파 모습이 옹색한 데는 다 그만한 이유가 있었다고 생각했어요.

방주인은 가난해도 쾌활하게 말했어요.

"잔다이스 사건 피후견인들이 찾아오다니 크나큰 영광이구려. 좋은 징조도 감사하고. 한적한 곳이라오. 살 곳이 한정되었다는 걸 고려하면. 대법정에 참석해야 하거든. 여기에서 오랫동안 살았다오. 낮에는 법정에서, 초저녁과 밤에는 여기에서 보내지요. 밤이 정말 길어요, 잠은 적고 생각은 많거든. 물론 피할 수 없겠지, 대법정에 나가야 하니까. 초콜릿조차 대접을 못 해서 미안해요. 조만간에 판결이 나올 테니, 그러면 한턱 내리다. 잔다이스 사건 피후견인이니 (커다란 비밀을) 솔직히 고백하는데, 당장은 점잖게 차려입는 자체가 어려울 때도 잦다오. 이 방은 몹시 춥고. 추위보다 매서운 것도 많다오. 문제 될 건 없어요. 쓸데없는 얘기를 해서 미안하구려."

노파는 낮고 기다란 다락 창문 커튼을 옆으로 젖혀서 거기에 매달린 새장 여러 개를 보여주는데, 대체로 새가 여러 마리씩 들어있었어요. 종달새, 홍방울새, 오색방울새 등, 최소한 스무 마리는 되는 것 같았어요.

"피후견인이라면 금방 이해할 이유로 저 새들을 기르기 시작했다오. 판결이 나오면 자유롭게 풀어줄 요량으로. 맞-아요! 그런데도 감옥에서 죽는다오. 대법원 소송 절차에 비하면 목숨이 너무나 짧아, 불쌍한 것들, 한 마리씩 한 마리씩, 모조리 죽고 또 죽는다오. 여러분도 알다시피, 저 새들은 아직 어리지만, 자유롭게 풀려날 때까지 살 수 있을까 의심스러워요! 정-말 화가 치밀어요, 그죠?"

노파는 질문을 던져도 대답을 기대하지 않는 듯, 혼자 있을 때 그러는 게 습관이라도 되는 듯 말을 두서없이 이어갔어요.

"정말이지, 분명히 말하지만, 문제를 조금도 해결하지 못하는 사이에 여섯째 봉인 혹은 대봉인이 그대로 있을까, 저 새들이 수없이 그런 것처럼 나 역시 뻣뻣하게 누워서 죽은 상태로 발견되는 날이 오지 않을까[44] 의심스러울 때가 있다오."

리처드는 에이다가 동정하는 눈빛을 보더니, 아무도 안 볼 때 벽난로 선반에 상당한 돈을 살그머니 내려놓았어요. 우리는 새장으로 다가가

---

44) 요한묵시록에 나오는 여섯째 봉인은 '종말이 오고 새 세상이 도래한다'는 예언이다. 노파는 새 세상이 오기만 갈망하는데, 노파한테는 소송이 끝나서 자유롭게 풀려난 게 새 세상이니, 소송이 계속되는 동안은 지옥이었음을 알 수 있다.

서 새들을 살펴보는 척하고요.

"나는 저 애들이 노래를 못 하게 한다오. (이유가 궁금할 텐데) 내가 법정 논쟁을 이해하려고 애쓰는 동안, 저 애들이 노래하면 머리가 꼬이거든. 여러분도 알다시피, 나는 머리가 맑아야 한다오! 나중에 저 애들 이름을 알려주리다. 이번은 아니고. 오늘은 좋은 징조가 찾아온 날이니 저 애들한테 마음껏 노래하도록 하리다. 젊음을 기념하며……" 정중한 인사와 미소, "희망을 기념하며……" 정중한 인사와 미소, "미모를 기념하며……" 정중한 인사와 미소. "됐어요! 이제 빛이 가득 들어오게 합시다!"

새들이 퍼덕이며 노래를 시작했어요. 실내가 답답해서 자주 환기하면 훨씬 좋을 것 같은데, 조그만 노파는 이렇게 말했어요.

"하지만 문을 마음껏 열어놓을 순 없다오. 아래층에서 본, 제인 아가씨라는 고양이가 저 애들을 노리거든. 바깥쪽 난간에 몇 시간이고 웅크리고 앉아서."

노파가 갑자기 속삭이는 어투로 덧붙였어요.

"조만간에 판결이 나와서 저 애들이 자유롭게 풀려날까 두렵기도 하고 시샘도 나서 잔인한 고양이 성격이 더욱 잔인하게 나타난다는 사실을 내가 알아차렸다오. 원한이 가득한 데다 정말 교활하거든. 고양이가 아니라 옛날얘기에 나오는 늑대라는 확신마저 들 정도로. 고양이를 멀리 쫓아내는 게 정말 어렵거든."

곳곳에서 이는 종소리가 불쌍한 영혼에게 9시 반이 됐다는 사실을 알려주어, 우리가 할 수 있는 이상으로 커다란 역할을 해내며 이번 방문을 마무리했어요. 노파가 안으로 들어올 때 탁자에 놓았던 조그만 서류 가방을 급히 집어 들고, 우리도 법정으로 가겠느냐고 물은 거예요. 아니라는, 하지만 굳이 붙잡을 생각도 없다는 우리 대답에, 노파는 문을 열어서 우리를 데리고 계단을 내려가며 말했어요.

"이렇게 좋은 징조가 있으면 평소보다 일찍, 대법관이 나타나기 전에 법정으로 들어가는 게 좋다오. 내 소송을 제일 먼저 시작할 수 있거든. 대법관이 오늘 아침엔 내 소송을 제일 먼저 꺼낼 거란 예감이 든다오."

노파는 계단을 내려가다 중간에 멈추더니, 집주인이 끊임없이 사기만 할 뿐 팔 생각은 없는 잡동사니가 온 집에 가득하다고, 머리가 살짝 돈 거라고 속삭였어요. 그게 2층 계단이었고, 그보다 먼저 3층 계단에도 멈추어서 어두운 문을 은밀하게 가리켰는데, 인제 와서 그걸 조그맣게 설명했어요.

"나 말고 유일한 세입자, 법률 서류를 베끼는 사람. 골목 아이들은 저 사람이 악마한테 영혼을 팔았다고 한다오. 영혼을 판 돈으로 무슨 짓을 하는지는 모르겠지만. 쉿!"

2층인데도 3층 세입자가 들을까 의심스러운지 노파는 다시 "쉿!" 하더니, 자신이 한 말을 발소리가 폭로라도 하는 듯, 우리 앞에서 까치발로 살금살금 걸었어요.

안으로 들어올 때 고물상을 지난 것처럼 나갈 때도 고물상을 지나다, 우물[45] 같은 곳으로 폐지 다발을 무더기로 넣는 노인을 발견했어요. 이마에 땀이 송골송골한 채 열심히 일하는 것 같은데, 한 손에는 분필을 들고 있다, 다발이나 꾸러미를 하나씩 내릴 때마다 판자벽에 갈고리 표시를 하나씩 했어요.

리처드와 에이다와 캐디와 조그만 노파는 그 옆을 차례대로 지나고 그래서 제가 지날 때, 노인이 제 팔을 툭 쳐서 멈춰 세우고 벽에다 분필로 'J'라는 글씨를 쓰는데, 끝으로 시작해서 글자 모양을 만들어내

45) 17쪽 주해 9번은 '우물 바닥에서 진리를 찾는다'고 했는데, 여기서는 '우물 같은 곳에 폐지를 무더기로 넣는다'.

는 독특한 방식이었어요. 필기체 대문자는 아니지만, 켄지와 카보이 변호사 사무실 직원들이 쓸 것 같은 글씨체였어요. 노인은 날카로운 눈빛으로 슬쩍 쳐다보며 물었어요.

"읽을 수 있소?"

"물론이죠. 간단하잖아요."

"뭐라고 읽소?"

"제이."

노인은 저를 또 슬쩍 쳐다보고 입구 쪽을 슬쩍 보더니 'J'를 지우고 그 자리에 'a'를 쓴 다음에 (이번에는 대문자가 아니었어요) 물었어요.

"이건?"

제가 대답했어요. 노인은 그걸 또 지우고 'r'를 적더니 똑같이 물었어요. 노인은 그런 식으로, 글자를 거꾸로 쓰는 독특한 방식으로, 벽에 두 글자를 한 번도 안 남기며 'Jarndyce'라는 단어를 빠르게 썼어요. 그리고 물었어요.

"다 합치면 뭐라고 읽지?"

제가 대답하자, 노인이 웃었어요. 그리곤 똑같은 방식으로, 게다가 똑같이 빠르게, 한 글자를 쓰고 지우면서 'Bleak House'라는 단어를 만들었어요. 이 단어도 제가 깜짝 놀라면서 읽자, 노인이 또 웃으면서 분필을 옆에 내려놓고 말했어요.

"그래! 보시다시피 머릿속 기억을 그대로 쓰는 능력은 있지만, 아가씨, 나는 글을 읽는 법도 쓰는 법도 모른다오."

노인은 정말 불쾌하게 쳐다보고 고양이는 꼭대기 층에 사는 새의 친척으로 여기는 것처럼 무섭게 쳐다보아, 저는 문가에 나타나서 이렇게 말하는 리처드가 너무나 고마웠어요.

"에스더 아가씨, 머리칼을 팔려고 흥정하는 건 아니면 좋겠어. 유혹에 넘어가지 마. 크룩 노인한테는 저 밑에 있는 세 자루로 충분하니까!"

저는 노인에게 안녕히 계시라 재빨리 인사한 다음에 바깥 일행과 합류하고 그곳에서 조그만 노파와 작별했는데, 노파는 격식을 엄청나게 차리며 우리를 축복한 다음, 에이다와 저한테 부동산을 주겠다고 어제 한 말을 다시 했어요. 우리가 골목길을 완전히 벗어나기 전에 마지막으로 돌아보니, 노인은 고물상 입구에 서서 안경을 쓴 채 우리를 쳐다보는데, 고양이가 어깨에 앉아서 털모자 옆으로 꼬리를 추켜올린 모습이 높다란 깃털 같았어요.

"런던의 아침치고 대단한 모험이었어! 아, 대법정이라는 말이 너무 끔찍하군!"

리처드가 한숨을 내쉬며 말하자, 에이다가 맞장구쳤어요.

"나도 그래, 아주 어릴 적부터 쭉. 내가 수많은 친척한테 적이 되어야 한다는 사실이, 그들 역시 나한테 적이 되어야 한다는 사실이, 그래서 이유도 과정도 모른 채 평생을 의심하고 다투면서 서로를 망가뜨려야 한다는 사실이 정말 슬퍼. 뭔가 좋은 방법이 있을 텐데, 정직하고 성실한 판사라면 방법을 충분히 찾아낼 텐데, 오랜 세월 동안 못 찾았다는 사실이 너무나 이상해."

리처드가 공감했어요.

"아, 에이다 아가씨! 이상해, 정말! 잔인한 체스 게임을 계속하면서 모든 걸 파괴하는 게 정말 이상해. 어제 재판정에서 평온하고 느긋하게 재판하는 광경을 보고서 체스판 말은 얼마나 고통스러울까 생각하니, 머리가 아프고 마음이 아파. 머리가 아픈 건 인류가 멍청하거나 사악하지 않다면 어떻게 그런 일이 일어날 수 있을까 궁금해서고, 마음이 아픈 건 인류가 양쪽 다일 수 있겠다는 생각이 들어서야. 하지만 여하튼, 에이다……앞으로 에이다라고 불러도 될까?"

"당연하지, 리처드."

"여하튼, 대법정은 우리 둘한테 나쁜 영향을 결코 못 미칠 거야. 다행히도 좋은 친척 덕분에 이렇게 만났으니, 이제 우리 둘을 절대로 못 갈라놓을 테니까!"

"그러길 바라, 리처드!"

에이다도 기분 좋게 대답했어요.

캐디는 내 팔을 꽉 잡고서 의미심장한 표정으로 쳐다보았어요. 나는 미소로 대답하고, 우리는 남은 길을 상쾌하게 걸으며 돌아갔어요.

우리가 돌아가고 삼십 분 뒤에 젤리비 여사가 침실에서 나오고, 그러고 한 시간 뒤에 아침 식사에 필요한 음식이 식당으로 하나씩 산만하게 들어왔어요. 젤리비 여사는 잠자리에 들었다 일어났어도 평소처럼 옷을 갈아입은 흔적은 조금도 없었어요. 여사는 아침 식사를 하는 동안에도 엄청나게 바빴어요. 오늘 하루도 숨 가쁘겠다고 말할 정도로 '보리오부라-가'와 관련된 편지가 엄청나게 왔거든요. 아이들은 여기저기 넘어져서 사고 흔적을 다리에 새기니, 다리마다 고통을 기록한 완벽한 증거물이었어요. 게다가 피피는 한 시간 반이나 사라졌다 경찰이 뉴게이트 시장에서 집으로 데려오고요. 그런데 젤리비 여사는 피피가 사라졌을 때도 집으로 돌아왔을 때도 평상심을 한결같이 유지한다는 사실이 우리 모두 너무나 놀랐어요.

젤리비 여사는 구술하는 작업에 벌써 빠져들고, 캐디는 우리가 처음 본 모습 그대로 온몸에 잉크를 묻힌 상태로 순식간에 빠져들었어요. 오후 한 시에 우리를 태워갈 무개 마차와 우리 짐을 싣고 갈 화물 마차가 왔어요. 젤리비 여사는 좋은 친구 잔다이스 선생께 안부를 전해달라며 신신당부하고, 캐디는 작별인사를 하려고 책상에서 벗어나 복도에서 제 볼에 키스하더니 계단에 물끄러미 서서 펜 깃털을 잘근잘근 씹으며 흐느끼고, 다행히도 피피는 (행여나 저를 찾으려고 뉴게이트 시장까지 간 건 아닌가 하는 안타까운 마음이 없지는 않았는데) 모자란 잠을 자느라 이별하는 고통을 피하고, 다른 꼬맹이들은 사륜마차 뒤에 매달리다 떨어져서 도로 곳곳에 나뒹구는 모습을 우리는 걱정스러운 눈으로 바라보며 링컨 법학원 구역을 떠났어요.

CHAPTER VI

편안한 집

날씨가 정말 화창한데, 서쪽으로 갈수록 더욱 화창해졌어요. 우리는 햇살과 신선한 공기를 마음껏 즐기고, 갈수록 널찍한 도로와 화려한 상점들, 엄청나게 오가는 마차, 상쾌한 날씨를 즐기려고 총천연색 꽃 무리처럼 거리로 몰려나온 인파를 놀란 눈으로 구경했어요. 놀라운 대도시에서 조금씩 벗어나며 근교로 접어드는데, 그곳 역시 제 눈에는 아름다운 대도시로 보였어요. 마침내 진짜 시골길로 다시 접어드니, 풍차, 건초를 쌓아 올린 들판, 이정표, 농부의 짐수레, 오래된 건초 냄새, 흔들리는 표지판, 여물통이 나오다, 나무와 들판과 쭉 늘어선 울타리가 나왔어요. 앞으로는 녹색 풍경을 구경하고 뒤로는 거대한 대도시를 구경하는 게 참 즐거웠어요. 그러다 아름다운 말을 여럿 매단 짐마차가 빨간 장식에 종을 쭉 달아서 맑은 소리를 내며 지나갈 때는 우리 세 사람 모두 기분이 너무나 좋아서 종소리 박자대로 노래라도 부르고 싶었어요.

"이 길로 접어드니 휘팅턴[46]이라도 된 기분인데, 저 짐마차가 화롱점정이군!"

리처드가 감탄하다 깜짝 놀라며 물었어요.

"맙소사! 무슨 일인가요?"

우리 마차는 이미 멈추고 짐마차도 멈췄거든요. 말들이 멈추면서 종소리 선율도 부드럽게 딸랑이는 소리로 가라앉았어요. 어떤 말이 머리를 추켜들거나 고개를 흔들거나 몸을 흔들 때만 소낙비처럼 울리는 정도였어요.

"우리 마부가 짐마차 마부를 쳐다보고, 짐마차 마부는 우리 쪽으로 돌아와. 좋은 날씨네요, 친구!"

리처드가 말하더니, 우리 마차 문 옆으로 다가온 짐마차 마부를 자세히 쳐다보며 덧붙였어요.

"맙소사, 정말 놀라운 일이야! 저 사람 모자에 네 이름이 있다고, 에이다!"

마부 모자에는 우리 이름이 다 있었어요. 모자 끈에 쪽지 세 장을 찔러넣었는데, 에이다 것 한 장, 리처드 것 한 장, 제 것 한 장이었어요. 짐마차 마부는 이름을 커다랗게 읽으면서 한 장씩 나눠주었어요. 누가 보낸 거냐고 리처드가 묻는 말에는 "주인님이요, 나리"라고 짧게 대답하고, (부드러운 사발처럼 생긴) 모자를 다시 쓰고 채찍으로 찰싹 때려서 흥겨운 선율을 다시 일깨우며 떠나갔어요.

"잔다이스 선생 댁 짐마찬가?"

리처드가 커다랗게 묻자, 심부름꾼 아이가 대답했어요.

"네, 나리. 런던으로 가는 거예요."

---

46) 리처드 휘팅턴은 런던 시장을 세 번이나 한 인물이다. 가난한 시골집에서 태어나, 런던으로 돈을 벌러 왔다가 고생만 잔뜩 하고 낙향하는 길에, 런던에 쥐가 많았다는 사실을 떠올리고 고양이를 잔뜩 데려가 쥐를 잡아서 성공하겠다는 계획을 세웠다고 한다.

우리는 쪽지를 펼쳤어요. 내용은 셋 다 똑같고 필체는 단호하고 또렷했어요.

> 아무런 부담 없이 편한 마음으로 만나길 학수고대할게. 지난 일은 흘려버린 채 좋은 친구로 만나자고. 그러면 여러분도 마음이 놓이고 나 역시 그럴 테니, 여러분에 대한 내 사랑도 그럴 테고.
>
> 존 잔다이스

두 사람도 놀랐겠지만, 저도 많이 놀랐어요. 오랫동안 은혜를 베푼 후원자에게 고맙다고 말할 기회가 여태껏 한 번도 없었거든요. 고마운 마음을 전달할 방법을 여태껏 생각조차 할 수 없어, 마음속 깊이 새기기만 했답니다. 그런데 이제 비로소 만나게 되었으니 고마운 마음을 전달할 방법을 떠올리는데, 쉽지 않을 것 같았어요.

리처드와 에이다가 쪽지를 보고서 똑같은 기억을 뜬금없이 떠올렸거든요. 존 잔다이스 선생은 자신이 베푼 친절에 고마워하는 걸 조금도 못 견디는, 그런 말이 조금이라도 나오면 곧바로 피하거나 도망치는 성격이라는 거예요. 에이다는 아주 어릴 적에 어머니한테 들은 기억을 어렴풋이 떠올리는데, 잔다이스 선생이 큰 도움을 주어서 어머니가 고마운 마음을 전하러 갔는데, 당사자는 어머니가 대문으로 다가오는 모습을 창문에서 우연히 보고, 그 즉시 뒷문으로 도망쳐서 소식을 삼개월이나 아예 끊었다는 거예요. 이야기는 비슷한 주제로 이어졌어요. 가끔 다른 얘기로 빠지기라도 하면 곧바로 돌아와서, 집은 어떻게 생겼을까, 잔다이스 선생이 우리를 곧바로 만나줄까 아니면 뒤로 미룰까, 그분은 무슨 말을 하고, 우리는 무슨 말을 할까 등등, 온종일 수다를 떨었으니까요. 우리 모두 하나같이 궁금하고, 또 궁금하고, 또 궁금했거든요.

큰길은 말이 마차를 끌기에 너무나 가파르지만 작은 길은 대체로 좋아, 우리는 언덕이 나올 때마다 마차에서 내려 걸어가는데 그 느낌이 정말 좋았어요. 꼭대기에 다 올라서 평지가 나와도 더 걸어갈 정도였어요. 바네트[47]에서는 다른 말이 우리 마차를 기다렸지만, 먹이를 이제 막 먹기 시작한 터라, 다 먹을 때까지 기다려야 했어요. 그래서 마차에 새 말을 묶을 때까지 공유지와 옛날 전쟁터를 걸으며 긴 산책을 즐겼어요. 어쨌든, 출발 시간이 늦어지면서 짧은 해는 저물고 기나긴 밤이 찾아온 다음에 비로소 우리는 세인트 올번스[48]에 들어섰어요. 우리가 알기론, 황폐한 집이 있는 마을과 가까운 도시였어요.

그즈음에 우리는 어찌나 초조하고 불안하던지, 마차가 낡은 도로를 덜컹대며 지날 때는 리처드조차 왠지 그대로 돌아가고픈 마음이 든다고 고백했어요. 밤 날씨가 너무나 매섭고 추워서 에이다와 저는 온몸을 담요로 덮고도 머리끝부터 발끝까지 덜덜 떨었어요. 세인트 올번스를 곧바로 벗어나고, 한참 전부터 안타깝게 쳐다보던 심부름꾼 아이가 마침내 뒤를 돌아보며 고개를 끄덕인다고 리처드가 말할 때는 우리 둘 다 마차 안에서 벌떡 일어나(리처드는 에이다가 마차 밖으로 안 떨어지도록 꼭 붙잡고), 드넓은 들녘과 별빛이 반짝이는 밤하늘을 둘러보며 목적지를 찾아보았어요. 불빛은 언덕 꼭대기에서 반짝이고, 마부는 채찍으로 가리키며 "저게 황폐한 집입니다!"라 소리치고, 달리는 속도를 꾸준히 줄이며 나아가, 언덕길인데도 바퀴에 밟힌 돌멩이가 물레방아 물방울처럼 우리 머리 옆으로 튀었어요. 불빛은 사라지다 다시 나타나고 또 사라지다 나타나고, 우리는 가로수가 쭉 늘어선 큰길

47) 런던 북쪽 중소도시. 현재는 런던 광역시 북부로 편입됐다.
48) 세인트 올번스(St. Albans), 런던 동서쪽 약 39km 거리로, 1851-2년 사이에 부정부패가 심해서 세간의 주목을 끌다, 결국에는 시민 전체가 권리를 박탈당했다.

로 접어들어 불빛이 환하게 반짝이는 쪽으로 천천히 달렸어요. 불빛은 창문에서 나오고, 지붕은 봉우리가 세 개나 되고 현관으로 이어진 길은 반원을 그리는 고풍스러운 주택 같았어요. 우리가 다가가며 종소리를 묵직하게 울려서 정적을 깨뜨리는 가운데, 멀리서 개들이 짖어대고, 열린 문에서 불빛이 쏟아져나오고, 뜨겁게 달아오른 말은 입과 몸으로 하얀 김을 뱉어내고, 우리는 심장이 쿵쾅거리는 가운데 얼떨떨한 기분으로 마차에서 내렸어요.

"사랑하는 에이다, 친애하는 에스더, 모두 환영한다. 만나서 반갑구나, 리처드! 손이 남는다면 네 손마저 잡을 텐데!"

또렷하고 밝고 자애로운 목소리로 말한 신사는 팔 하나를 에이다 허리춤에 감고 다른 팔 하나를 제 허리춤에 감은 채 아빠처럼 우리 이마에 뽀뽀한 다음, 그 상태 그대로 우리를 데리고 복도를 가로질러, 벽난로 불이 활활 타오르며 이글거려서 빨간빛이 감도는 조그만 거실로 들어섰어요. 그래서 우리 이마에 다시 뽀뽀하고 허리를 놓더니, 벽난로 앞으로 미리 끌어다 놓은 소파 양옆에 나란히 앉혔어요. 저는 우리가 고마운 마음을 드러내면 신사가 곧바로 도망칠 것 같아서 조심스럽기만 하고요.

"자, 리처드! 이제 손이 자유롭구나. 솔직한 한 마디가 열 마디보다 훌륭하지. 이렇게 만나서 정말 기쁘구나. 이제 집에 온 거야. 언 몸을 녹이렴!"

잔다이스 선생이 말하자, 리처드는 신사가 내민 손을 두 손으로 움켜잡고 존경심과 솔직함을 본능적으로 드러내며 "정말 친절하시네요, 선생님! 우리 모두 선생님께 크게 고마운 마음입니다!"라고만 말하고 (하지만 너무나 솔직해서 잔다이스 선생님이 금방이라도 사라질 것 같아, 정말 두려웠답니다) 모자와 외투를 옆에 내려놓고서 불 옆으로 다가갔어요.

“그래, 마차를 타고 오는 길은 어땠니? 젤리비 여사는 마음에 들던?”

잔다이스 선생이 물어서 에이다가 대답하는 동안, 저는 (당연히 호기심이 가득한 눈으로) 잔다이스 선생 얼굴을 살짝 쳐다보았어요. 영리하고 잘생긴 얼굴에 활기가 가득하고 감정이 풍부하며 머리칼은 짙은 회색에 은빛이 감돌았어요. 나이는 오십보다 육십에 가깝게 보이지만, 몸이 곧고 튼튼하며 건강했어요. 선생님이 우리에게 처음 말하는 순간부터 저는 어디서 들은 목소리 같은 느낌에 시달리다, 그 태도와 유쾌한 눈빛을 보는 순간, 6년 전에 레딩으로 떠나던 운명적인 날에 역마차에 함께 탄 신사가 갑자기 떠올랐어요. 동일 인물이 분명했어요. 그 사실을 깨달은 순간, 저는 더할 수 없이 두려웠어요. 그분께서 제 시선을 쳐다보더니, 머릿속 생각마저 읽은 표정으로 출구를 쳐다보는 게 그 길로 도망칠 것 같았거든요.

하지만 다행히도 그분은 그대로 남아서 저에게 젤리비 여사를 어떻게 생각하느냐고 물었어요.

“아프리카를 위해서 온 힘을 다하세요, 선생님.”

“고상하군! 하지만 대답이 에이다랑 똑같아.”

저는 에이다 말을 못 들었고, 잔다이스 선생은 계속 말했어요.

“너희 둘 다 다른 생각이 있을 텐데.”

그래서 제가 리처드와 에이다를 흘낏 바라보니, 둘 다 대답하라는 눈빛으로 쳐다보아, 마침내 입을 열었어요.

“저희는 그분이 집안일에 소홀하다고 생각했습니다.”

“아니야, 아니야!”

잔다이스 선생이 소리치고, 저는 다시 불안했어요.

“아아! 나는 진짜 생각을 알고 싶어. 내가 너희를 일부러 보낸 걸 수도 있잖아."

이 말에 저는 주저하며 대답했어요.

"저희는 집안일부터 성실히 하는 게 옳다고, 집안일을 외면하고 소홀히 하는 건 다른 어떤 일로도 대신할 수 없다고 생각했습니다, 선생님."

"그 집 꼬맹이들은 정말이지, 저로선 이렇게 말할 수밖에 없는데 선생님, 끔찍한 상태에서 살아간답니다."

다행히도 리처드가 거들고, 잔다이스 선생은 황급히 마무리했어요.

"그래도 뜻이 좋잖아. 동풍이 부는군."

"저희가 마차를 타고 올 때는 북풍이었습니다, 선생님."

리처드가 말하자, 잔다이스 선생은 벽난로를 뒤적여서 불길을 살리며 대답했어요.

"친애하는 리처드, 내가 장담하는데, 지금 동풍이거나 앞으로 그럴 거야. 나는 동풍이 불 때마다 몸이 불편하거든."

"관절염인가요, 선생님?"

"그런 것 같아, 리처드. 분명해. 그런데 그 집 꼬맹이들이…… 나도 의심은 했는데…… 그런 상태에서…… 아, 하느님, 맞아, 동풍이야!"

잔다이스 선생이 한탄했어요. 모호하게 한탄하면서도 선량한 마음이 아파서 한 손엔 부지깽이를 들고 다른 손으론 머리칼을 문지르는 모습이 묘하게 사랑스러워, 우리 모두 어떤 말로도 표현할 수 없을 만큼 잔다이스 선생을 좋아하게 되었다고 저는 확신해요. 선생은 에이다에게 한쪽 팔을 저에게 또 다른 팔을 내밀고 리처드에게 촛불을 들린 채, 우리를 다른 데로 데리고 가다, 갑자기 돌아서며 말했어요.

"그 집 꼬맹이들. 혹시……혹시……그래, 맛있는 사탕이나 삼각 딸기파이 같은 게 잔뜩 생긴다면!"

"아, 아저씨……"

에이다가 입을 열자, 잔다이스 선생이 말했어요.

"그래, 귀여운 아가씨. 아저씨라고 부르니까 좋군. 하지만 존 아저씨가 더 좋겠어."

"그렇다면, 존 아저씨……"

에이다는 웃으면서 다시 말문을 열고, 잔다이스 선생은 매우 즐거워하며 말했어요.

"하하! 듣기 좋군! 자연스러워. 왜, 우리 아가씨?"

"그보다 좋은 게 생겼어요. 에스더가 있었잖아요."

"그래? 에스더가 어떻게 했길래?"

잔다이스 선생이 묻자, 에이다는 두 손으로 그 팔을 꼭 잡고 그 너머로 저에게 머리를 저으면서 말했어요. 제가 말하지 말라는 신호를 보냈거든요.

"아아, 존 아저씨, 에스더는 아이들이랑 곧바로 친구가 됐어요. 아이들을 보살피고, 잠도 재우고, 얼굴을 씻겨서 옷도 입히고, 옛날이야기도 해주고, 조용히도 시키고, 선물도 사주고……"

아아, 소중한 친구여! 피피를 되찾은 다음에 밖으로 데려가서 조그만, 아주 조그만 장난감 말 하나를 사준 것뿐인데!

"존 아저씨, 그 집 큰딸 불쌍한 캐디도 달래주고, 저한테도 사려가 깊어서 정말 즐거웠답니다! 아니야, 아니야. 부정하지 마, 친애하는 에스더! 사실이라는 건 너도 알잖아!"

마음이 따듯한 친구는 존 아저씨 너머로 상체를 기울여서 제 뺨에 뽀뽀한 다음, 그 얼굴을 다시 올려다보며 "어쨌든, 존 아저씨, 저한테 좋은 친구를 소개해주셔서 정말 고마워요"라고 노골적으로 말했어요. 도망치려면 도망쳐 보라는 식으로.

"바람이 어떻게 분다고 했지, 리처드?"

잔다이스 선생이 물었어요.

"우리가 올 때는 북풍이요, 선생님."

"자네 말이 맞아. 동풍은 안 불어. 내가 착각했어. 자, 아가씨들, 집을 구경하러 가자꾸나!"

독특하고 파격적인 구조가 참 쾌적한 집이었어요. 계단을 오르내리면 다른 방이 나오고, 방을 다 봤다 싶으면 또 다른 방이 나오고, 조그만 거실과 복도는 곳곳에 있고, 생각도 못 한 위치에 아담한 방이 있어서 아름다운 격자창 사이로 나뭇가지가 들어왔어요. 제 방에 제일 먼저 들어갔는데, 바로 이런 방이었어요. 지붕이 겹쳐서 모서리가 많은데, 숨은 모서리도 나중에 많이 찾아냈어요. 벽난로에는 장작이 활활 타오르고, 굴뚝은 안쪽을 하얀 타일로 덮어서 활활 타는 불길을 환하고 귀엽게 머금었어요. 이 방을 나가서 계단 두 개를 내려가니 꽃밭이 내다보이는 귀엽고 아담한 거실이 나오는데, 에이다와 제가 쓸 공간이었어요. 여기에서 계단 세 개를 올라가면 에이다 침실이 나오는데, 창문이 예쁘면서도 널찍해서 전경이 아름답고(그래서 우리는 별이 반짝이는 밑으로 광대한 어둠을 바라보고), 그 밑으로 움푹 들어간 자리에는 용수철 잠금쇠까지 있어, 에이다가 세 명이라도 숨어들 것 같았어요. 여기를 나오면 조그만 베란다가 나타나서 다른 훌륭한 방 두 개를 연결하고, 얕은 계단 조그만 층계참 모서리 옆에 계단이 여러 개 있는데, 그 길이로 판단하건대 현관 거실로 내려가는 계단 같았어요. 하지만 그곳으로 내려가는 대신에 제 방으로 돌아가, 조금 전에 들어왔던 문으로 나가서 굽은 계단 서너 칸을 올라가면, 계단이 독특하게 갈라지고 복도가 사라지면서 새로운 공간이 나타나고 모서리 세 곳에 놓은 탁자와 인도에서 들여온 물건이 보이는데, 대나무로 커다란 새장처럼 만들어, 의자로도 소파로도 상자로도 침대로도 사용할 것 같은 모양으로,

인도에서 누가 언제 들여온 건지는 아무도 몰랐답니다.

여기에서 리처드 방이 나오는데 일부는 서재로, 일부는 거실로, 일부는 침실로 여러 용도를 합쳐서 편안해 보였어요. 여기를 나와서 조그만 복도를 곧장 나아가면, 잔다이스 선생이 침실로 쓰는, 일 년 내내 창문을 열어놓고 침대를 한가운데 놓고 모든 장식을 없애서 공기가 잘 통하는 방이 나오고, 옆에는 냉수욕하는 조그만 욕실이 딸렸어요. 여기를 나와서 다른 복도로 들어서면 뒷계단이 나오는데, 마구간 앞에서 말들을 목욕시키는 소리와 "가만있어", "어서 움직여"라는 목소리가, 말들이 울퉁불퉁한 돌길을 지나는 소리까지 들렸어요. (방마다 문이 최소한 두 개라) 다른 문으로 나가서 여섯 계단을 내려가고 나지막한 아치를 지나서 곧장 가면 현관 거실이 다시 나와, 처음으로 돌아오는 과정도, 안에서 그곳으로 나오는 과정도 신기했어요.

건물 구조와 마찬가지로 가구도 오래되었기보다는 고풍스럽고 독특하며 파격적이었어요. 에이다 침실은 온통 꽃 천지로 커튼과 벽지도 벨벳도 자수도 꽃무늬고, 벽난로 양옆에 높은 등받이 의자가 하나씩 우뚝 서서 양옆에 조그만 걸상을 시종처럼 하나씩 거느린 모습이 우아한데, 그 의자 덮개도 꽃무늬였어요. 에이다와 제가 함께 쓰는 거실은 녹색으로, 화려한 새들이 벽마다 걸린 그림 액자 속에서 신기하다는 표정으로 고깃국물 소스라도 뿌린 것처럼 갈색으로 반짝이는 어항 속 진짜 송어도 쳐다보고, 최후를 맞이하는 쿡 선장[49]도 쳐다보고, 중국 예술가가 그린 게 분명한, 중국에서 차를 준비하는 과정 모두 쳐다보았어요.

제 침실에는 한 달 한 달을 다양하게 묘사한 타원형 동판화가 있는

49) 제임스 쿡(1728~79), 영국의 유명한 탐험가. 폭풍우를 피해 하와이로 갔다가 원주민에게 살해당했다.

데, 유월은 여성들이 짧은 상의에 커다란 모자 차림으로 건초를 만드는 풍경이고, 시월은 매끈한 다리를 뽐내는 귀족 남성들이 삼각모로 마을 뾰족탑을 가리키는 풍경이었어요. 크레용으로 그린 상반신 인물화도 많은데 뿔뿔이 흩어놓아, 마음에 쏙 드는 젊은 장교는 도자기 진열창에서, 옷에 꽃을 꽂은 모습이 아름다운 젊고 어여쁜 신부는 거실에서 찾아냈어요. 제 침실에는 천사 네 명이 앤 여왕 시대에 행복한 표정을 떠올린 신사를 꽃 줄로 묶어서 천국으로 힘겹게 데려가는 그림, 과일과 주전자와 알파벳이 들어간 자수 그림이 있었고요. 옷장부터 탁자와 의자, 벽걸이 천, 유리그릇, 심지어 바늘겨레,[50] 화장대에 향수마저 독특한 느낌이 다양했어요. 공통점이 있다면 하나같이 완벽하게 깔끔하고, 하나같이 새하얀 아마포를 바닥에 깔고, 서랍이 있는 곳은 어디든, 크든 작든 여유가 있는 만큼 장미꽃과 라벤더를 충분히 넣어서 향긋하다는 거예요. 환한 창문은 커튼 그림자에 부드럽게 안기며 별빛이 가득한 밤하늘로 은은하게 반짝이고, 실내는 환하고 따듯하고 아늑하고, 멀리서 저녁을 준비하며 짤랑짤랑 대는 소리는 상쾌하고, 자애로운 주인 얼굴은 우리 눈앞에 있는 모든 걸 환하게 밝히고, 바람 소리마저 나직한 선율처럼 들린다는 게, 황폐한 집에 대한 첫인상이었어요.

잔다이스 선생은 우리를 에이다 거실로 다시 데려가서 말했어요.

"너희가 좋아해서 다행이구나. 자랑하는 건 아니지만 편안하고 아늑한 집인데, 너희처럼 멋진 젊은이들이 살면 더욱 편안하고 아늑한 곳이 될 거야. 앞으로 삼십 분이면 저녁 식사를 들겠구나. 여기에 머무는 사람은 너희 말고 한 명이 더 있단다, 세상에서 가장 깨끗한……어린애가."

50) 바늘을 꽂아 두는 조그만 물건. 바늘방석.

"어린애가 또 있어, 에스더!"

에이다가 감탄하고, 잔다이스 선생은 계속 설명했어요.

"진짜 어린애는 아니란다. 다 자란 어른이야. 나이는 최소한 나만큼 먹었으니까. 하지만 단순함, 신선함, 열정, 세속적인 일에 조금도 안 어울리는 순수함이란 관점에서는 완벽한 어린애[51]지."

우리는 흥미로운 사람이겠다 느끼고, 잔다이스 선생은 계속 이어나갔어요.

"그는 젤리비 여사도 알아. 음악을 하는데, 아마추어지만, 전문가 수준이야. 미술도 그리는데, 아마추어지만, 전문가 수준이고. 재능도 많고 장점도 많단다. 인간관계에 미숙하고 일상생활에 미숙하고 가족 문제에 미숙해. 하지만 그는 신경 쓰지 않아……어린애거든!"

"그분한테 자녀가 있다는 뜻인가요, 선생님?"

리처드가 묻자, 잔다이스 선생이 대답했어요.

"그래, 리처드! 대여섯 명. 아니, 열 명은 될 거야! 하지만 자녀를 돌본 적은 한 번도 없지. 어떻게 돌보겠어? 자신이 돌봄을 받아야 하는데. 자신이 어린앤데!"

"그럼 자녀는 자기네끼리 알아서 살아가나요, 선생님?"

리처드가 묻자, 잔다이스 선생은 갑자기 울적하게 변했어요.

"아, 자네가 상상하는 대로야. 가난한 집 자녀는 키가 크는 게 아니라 키를 잡아당기는 거라는 말이 있지. 해럴드 스킴폴네 아이들도 키를 어떤 식으로든 잡아당겼단다. 안타깝게도 바람 방향이 바뀌는 것 같구나. 느낌이 또렷해!"

---

51) 찰스 디킨스가 만들어낸, 영영사전에 나올 정도로 유명한 캐릭터 '해럴드 스킴폴'을 말한다. 나중에 저자가 인정한 바에 따르면, 그 모델은 신문기자며 문필가로 활동한 레이 헌트(1784-1859)였다.

건물이 밤바람에 그대로 노출된 것 같다는 리처드 말에, 잔다이스 선생이 대답했어요.

"그래, 맞아. 그런 게 분명해. 황폐한 집이란 이름도 노출되는 느낌이 잖아. 이리 오렴. 그만 가자꾸나!"

드디어 짐이 도착해서 주인 손으로 모두 넘어와, 저는 제 방에서 옷을 곧바로 갈아입고 세속적인 물건을 정리하는데, 하녀가 (에이다를 시중드는 하녀가 아니라, 처음 보는 또 다른 하녀가) 바구니를 들고 찾아와서 열쇠마다 이름표를 붙인 꾸러미 두 개를 보여주며 말했어요.

"아가씨 거예요."

"제 거요?"

"가사용 열쇠랍니다, 아가씨."

제가 놀라 보였나 봐요. 하녀도 놀라면서 덧붙였거든요.

"혼자 계실 때 갖다 주라는 지시를 받았어요, 아가씨. 그런데 에스더 아가씨가 아닌가요?"

"아니에요, 맞아요."

"커다란 꾸러미는 가사용이고 조그만 꾸러미는 지하 창고용이에요, 아가씨. 내일 아침에 편한 시간을 정하시면, 제가 어느 열쇠를 어디에 쓰는지 알려드릴게요."

저는 여섯 시 반이 좋겠다 말하고, 하녀가 떠난 다음, 저를 이토록 믿는다는 것에 망연자실해서 바구니를 가만히 쳐다보았어요. 에이다가 그런 나를 찾아와서 제가 열쇠꾸러미를 보여주며 설명하자, 잘됐다면서 너라면 충분히 잘할 거라며 좋아해, 저도 용기를 냈어요. 물론 에이다가 착해서 하는 말이란 건 알지만, 그래도 기분 좋게 속아 넘어가는 쪽을 택했어요.

우리가 아래층으로 내려가니, 스킴폴 선생이 있었어요. 벽난로 앞에서서 리처드에게 자신이 학창시절에 축구를 얼마나 좋아했는지 말하는 중이었어요. 머리는 크지만 표정은 밝고 얼굴은 순박하고 목소리는 듣기 좋아, 온몸으로 완벽한 매력을 풍겼어요. 어떤 말이든 즉자적으로 자연스럽게 뱉어내고 더없이 쾌활하게 말해서, 듣다 보면 흠뻑 빠져드는 것 같았어요. 잔다이스 선생보다 몸매가 날씬하고 혈색이 좋고 머리칼도 짙은 갈색이라, 훨씬 젊어 보였어요. 정말이지, 젊어 보이는 노인보다는 늙어 보이는 젊은이라는 느낌이 강했어요. 행동거지는 무심하며 차림새 역시 그래서 (자화상에 담긴 화가처럼, 머리칼은 아무렇게나 흩어지고 넥타이는 느슨하게 묶어서 축 늘어진 게) 낭만적으로 독특하게 망가진 젊은이라는 인상을 떨쳐낼 수 없었어요. 세상을 평범하게 체험하고 살아오며 나이를 먹는 모습과 태도는 아니었어요.

대화를 통해서 파악한 바에 따르면, 스킴폴 선생은 의사 공부를 마치고 독일 공작 가문 담당 의사로 사회생활을 시작했어요. 하지만 선생 말에 따르면, 중량과 분량에 관한 한 자신은 단순한 어린애에 불과한 터라, 중량과 분량에 대해서 (자신을 싫어한다는 점 말고는) 아는 게 하나도 없어, 처방전 품목을 정확하게 못 적었어요. 무얼 구체적으로 정리하는 머리 자체가 없었다는 거예요. 그래서, 스킴폴 선생이 정말 유쾌하게 말한 바에 따르면, 공작 몸에서 피를 빼야 하거나 그 가족을 치료해야 할 때마다, 자신은 침대에서 뒹굴거나 신문을 읽거나 연필로 패션 그림만 그릴 뿐, 치료하러 안 갔어요. 마침내 공작이 항의했는데, 스킴폴 선생이 솔직하게 평가하길 "그건 공작이 정말 잘한 거"고, 그래서 계약은 끝나고, 스킴폴 선생은 (흥겹고 유쾌하게 덧붙이길) "사랑 말고는 먹고살 방법이 없어서 사랑에 빠져들어 결혼하고, 급기야 갓난 아이들 사이에 파묻혔어요." 잔다이스 선생을 비롯한 좋은 친구들 여럿이 좋은 기회를 연속으로 혹은 띄엄띄엄 소개하며 도왔으나 소용은 없었는데, 직접 고백한 바에 따르면, 세상에서 가장 오래된 결점 두 가지 때문이에요. 하나는 시간관념이 없다는 것, 또 하나는 돈에 대한 관념이 없다는 것. 그래서 어떤 약속도 못 지키고 어떤 업무도 처리를 못 하고, 뭐가 얼마나 중요한지 조금도 몰랐어요! 아아! 그러다 나이를 먹고 여기까지 온 거예요! 스킴폴 선생은 신문 읽는 걸 좋아하고, 연필로 패션 그림 그리는 걸 좋아하고, 자연과 예술을 좋아했어요. 사회에 바라는 건 살게만 해달라는 게 전부였어요. 대단한 것도 아니라면서요. 필요한 것도 거의 없다는 거예요. 신문과 대화와 음악과 양고기와 커피와 좋은 풍경과 제철 과일, 빳빳한 도화지 서너 장, 프랑스산 적포도주만 조금 주면 된다면서요. 세상일에는 어린애에 불과하지만, 달을 따달라는 것도 아니라고 세상에다 소리쳤어요.

"각자 하고 싶은 대로 편하게 사세요! 빨간 군복도 입고, 파란 군복도 입고, 사제복도 입으세요. 펜대를 귀에 꽂고, 앞치마를 두르세요. 명예든 재산이든 신성한 거든 장사든 무역이든 마음대로 추구하세요. 딱 하나, 해럴드 스킴폴을 살게만 해주세요!"

스킴폴 선생은 이런 이야기를 비롯한 많은 이야기를 즐겁고 재기발랄할 뿐 아니라 생생하고 솔직하게 – 다른 사람 얘기하듯, 자신이 제삼자라도 된다는 듯, 자신이 괴팍하긴 해도 살 권리는 있다는 듯, 바로 그게 공동체 책임이니 소홀하면 안 된다는 듯 – 말하고 우리는 흠뻑 빠져들었어요. 제가 평소에 (실천은 못 하고) 생각만 하던 의무와 책임이란 관점에서 스킴폴 선생 얘기를 듣고 처음에 조금이라도 혼란스러웠다면, 그건 스킴폴 선생이 그 모든 것에서 벗어난 이유를 정확히 몰랐기 때문이에요. 하지만 스킴폴 선생이 그런 것에서 벗어난 건 확실했어요. 자신 입으로 또렷하게 말했거든요.

"나는 아무것도 탐내지 않는다오. 소유는 나한테 아무것도 아니거든. 우리 친구 잔다이스는 여기에 멋진 집이 있으니, 나는 이 집을 소유한 친구한테 고마움을 느낀다오. 나는 이 집을 스케치할 수도 있고 변경할 수도 있으니 말이오. 음악으로 작곡할 수도 있고. 여기에 있으면 이 집을 충분히 소유해도 나는 고생하거나 돈을 쓰거나 책임질 게 하나도 없다오. 나한테 잔다이스는 한마디로 집사인데, 나를 속일 것도 없다오. 우리는 젤리비 여사 얘기도 했답니다. 눈이 아름답고 의지가 강하고 추진력이 막강한 여인으로, 온몸을 바쳐서 놀라울 정도로 열심히 일하지요! 하지만 온몸을 바쳐서 놀라울 정도로 열심히 일할 의지와 추진력이 나한테 없다는 걸 나는 그다지 아쉬워하지 않는다오. 나는 아무런 부러움 없이 그 여인을 숭배할 수 있다오. 그 사업에 공감할 수 있다오. 꿈도 꿀 수 있다오. 나는 좋은 날씨에 파란 풀밭에 누워서 아프리카 강변을 떠돌며 깊은 침묵을 만끽하다 마주치는 원주민마다 꼭 껴안을 수도 있고, 나무에 줄줄이 매달린 열대과일을 정확히 스케치할 수도 있다오. 이러는 게 구체적으로 어떤 도움이 될지 모르지만, 그건 내가 할 수 있는 전부, 내가 완벽하게 할 수 있는 전부라오. 그러니, 여러분에게, 온 세상에, 실용적으로 일하는 습관을 지닌 모든 사람에게 간곡히 부탁하니, 해럴드 스킴폴이, 남을 쉽게 믿는 어린애가 이대로 살면서 인류애를 찬양하도록, 흔들 목마에 올라탄 고통을 참아내면서 어떤 식으로든 찬양하도록 해주시오!"

이러한 간청을 잔다이스 선생은 외면하지 않은 게 분명해요. 스킴폴 선생이 그 집에서 차지하는 위치를 보면 충분히 알 수 있는 데다 담담한 어투로 이런 말까지 했으니까요.

"내가 부러워하는 사람은 여러분, 너그러운 사람뿐이라오. 나는 그렇게 하는 여러분 능력이 부럽다오. 바로 그게 내가 부족한 능력이라오. 나는 여러분한테 고맙다는 천박한 감정을 못 느낀다오. 아니, 여러분한테 베푸는 사치를 즐길 기회를 내가 주었으니, 오히려 여러분이 나한테 감사해야 한다는 느낌마저 든다오. 나는 여러분이 그러는 걸 좋아한다는 사실을 잘 안다오. 많은 점을 고려할 때, 내가 세상에 나온 건 여러분한테 특별한 행복감을 베풀려는 목적일 수 있다오. 내가 세상에 태어난 건, 살짝 어려운 나를 시시때때로 거들게 하는 식으로 여러분한테 은혜를 베풀려는 목적일 수 있다오. 이렇게 바람직한 결과로 나아가는데, 구체적인 문제와 세속적인 문제를 해결할 능력이 없는 걸 왜 안타깝게 여겨야 하겠소? 그래서 아쉬워하지 않는다오."

스킴폴 선생이 농담조로 (하지만 속마음을 담아서) 한 말 가운데서 잔다이스 선생은 이 말을 제일 좋아하는 것 같았어요. 그런 다음부터, 저는 아무리 조그만 도움에도 누구보다 고마워할 것 같은 분이 다른 사람이 고마워하는 건 피하려 애쓰는 게 실제로 이상한 건지, 아니면 저한테만 이상한 건지 따져보고픈 충동을 종종 느꼈답니다.

우리 모두 마법에 빠졌어요. 처음 만나는 자리인데도 스킴폴 선생이 아무런 거리낌 없이 자신을 적나라하면서도 기분 좋게 드러낸 건 에이다와 리처드의 매력과 품격을 인정한 거라고 저는 느꼈어요. 당연히 두 사람 역시 (특히 리처드가) 똑같은 이유로 기뻐하며, 매력적인 신사에게 은밀한 이야기를 자세히 듣는 걸 대단한 특권으로 여겼어요. 우리가 열심히 듣는 만큼 스킴폴 선생은 신나게 말했어요. 흥겨운 어투와 솔직한 매력, 자신의 약점을 가볍게 툭툭 던지는 방식은 "여러분이 알다시피, 나는 어린애다! 나에 비하면 여러분은 속이 까맣다(스킴폴 선생은 실제로 저 자신을 이런 관점에서 바라보게 했어요). 하지만 나는 순수하고 쾌활하다. 세속적인 흉계를 모두 잊고 나랑 놀자!"고 말하는 것 같고, 그 효과는 완벽하게 황홀했어요.

스킴폴 선생은 감성이 넘쳐흐르고, 아름답거나 가냘픈 것에 너무나 예민해, 이것 하나로도 사람 마음을 사로잡을 것 같았어요. 초저녁에 저는 다과를 준비하고, 에이다는 옆방에서 피아노를 만지작대며 부드럽게 흥얼대는 선율을 리처드에게 들려주는데, 스킴폴 선생이 나타나서 제 옆 소파에 앉더니, 에이다 얘기를 이런 식으로 꺼내서 저는 더없이 기뻤어요.

"에이다는 아침 햇살 같다오. 황금빛 머리, 새파란 눈동자, 환하게 피어난 뺨을 보면 여름철 아침 햇살이 그대로 떠오른다오. 새들도 에이다를 보면 아침 햇살로 착각할 거예요. 그렇게 사랑스럽고 아름다운 소녀는 인류에게 기쁨이니, 고아라고 부르면 안 된다오. 에이다는 우주가 낳은 딸이라오."

언제 나타났는지, 잔다이스 선생이 우리 뒤에서 뒷짐 쥐고 살포시 웃으며 말했어요.

"안타깝게도 우주는 부모 역할을 못 한다네."

"아! 그런 건 모르겠고!"

스킴폴 선생이 기운차게 대답하자, 잔다이스 선생이 말했어요.

"나는 알 것 같아."

"으음! 자네는 세상을 (자네한테는 이게 우주겠지만!) 알고 나는 조금도 모르니, 마음대로 말하게. 하지만……"

스킴폴 선생이 에이다와 리처드를 힐끗 쳐다보며 계속 말했어요.

"내 방식대로 말한다면, 저런 길에는 탐욕스러운 현실이라는 가시나무가 없어야 해. 장미만 가득해야 한다고. 봄도 가을도 겨울도 없고, 여름만 영원한 길에 나무 그늘이 쭉 깔려야 한다고. 세월과 변화가 저 길을 시들게 하면 안 돼. 돈이라는 천박한 말이 저 근처에서 살랑대지 말아야 한다고!"

잔다이스 선생은 정말 어린애라는 듯 미소를 머금고 상대 머리를 쓰다듬더니, 한두 걸음을 떼다 순간적으로 멈추고 어린 친척 두 명을 힐끗 쳐다보았어요. 깊이 생각하는 표정이지만, 제가 보고 또 보고, 그래서 오래전에 가슴에 깊이 새긴 자애로운 표정이었어요. 두 친척이 있는 공간은 잔다이스 선생이 선 곳과 통하는데, 벽난로 불빛이 환했어요. 에이다는 피아노 앞에 앉고 리처드는 그 옆에서 허리를 숙이고 내려다보았어요. 벽에는 두 사람 그림자가 겹치고 주변엔 이상한 형상이 에워싸는데, 한 자리에 가만히 있는 물체에서 나온 그림자가 춤추는 불길에 유령처럼 움직였어요. 에이다는 건반을 부드럽게 건들며 나지막이 노래하고 먼 산에서 불어오는 산들바람은 배경음악처럼 깔렸어요. 미래의 신비를 현재의 목소리로 살짝 드러내는 광경이 그림 한 폭에 담긴 것 같았어요.

하지만 제가 이 광경을 떠올리는 건 이런 환상을 언급하려는 게 아니에요. 첫째, 그쪽을 말없이 바라보는 시선과 그동안 꾸준히 흘러나온 말 사이에, 의미와 의도란 관점에서, 차이가 있다는 걸 저는 조금도 몰랐어요. 둘째, 잔다이스 선생이 시선을 거두면서 저를 가만히 쳐다보는데, 그때 저는 그분이 은밀한 말을 털어놓고 저는 의미를 이해한 느낌이, 에이다와 리처드가 언젠가는 사랑하는 관계로 발전하길 바라는 마음을 저에게 은밀히 털어놓는 느낌이 들었어요.

스킴폴 선생은 피아노도 연주하고 첼로도 연주하고 작곡도 하는 터라 – 예전에 오페라를 절반쯤 작곡하다 지겨워서 관둔 적도 있는 터라 – 자신이 작곡한 선율을 맛깔나게 연주했어요. 차를 마신 뒤에 우리는 조그만 연주회를 열어, 리처드는 에이다 노래에 푹 빠져든 채 지금까지 나온 노래를 전부 아는 것 같다고 저한테 말하고, 잔다이스 선생과 저도 즐거이 감상했어요. 그러다 스킴폴 선생이 먼저 자리를 비우고 다음에 리처드가 자리를 비워, 저는 에이다 노래를 그렇게 좋아하던 리처드가 자리를 왜 이렇게 오랫동안 비울까 궁금했는데, 저한테 열쇠 꾸러미를 건넨 하녀가 문가에서 들여다보며 물었어요.

"실례지만 아가씨, 잠시 시간 좀 내실 수 있나요?"

그래서 복도로 나가니, 하녀가 두 손을 추켜들며 말했어요.

"아, 실례지만, 아가씨, 리처드 카스톤 선생께서 스킴폴 선생님 방으로 올라오라고 하셨어요. 큰일이 났거든요, 아가씨!"

"큰일이요?"

"네, 갑자기 큰일이 났어요, 아가씨."

저는 스킴폴 선생이 갑자기 큰 병에 걸린 건 아닐까 걱정스러우면서도, 행여나 방해받는 사람이 없도록 조용하라 부탁하고 정신을 가다듬은 다음, 계단을 빠르게 뒤따라 오르면서 발작이라도 일으킨다면 어떻게 해야 하는지 곰곰이 생각했어요. 이윽고 하녀는 방문을 활짝 열고 저는 안으로 들어서는데, 어이없게도, 스킴폴 선생은 침대에 눕거나 바닥에 엎드린 게 아니라 벽난로 앞에서 웃는 얼굴로 리처드를 쳐다보고, 리처드는 당혹스러운 표정으로 소파에 앉은 인물을 쳐다보았어요. 하얗고 커다란 외투 차림에 숱이 적은 머리칼은 윤기가 번지르르한데, 손수건으로 광택 크림을 닦아내서 숱이 줄어들게 하는 중이었지요.

"에스더, 와주어서 고마워. 너라면 좋은 방법을 알려주겠지. 우리 친구 스킴폴 선생님이 - 놀라지 마! - 채무 관계로 체포됐어."

리처드가 황급히 말하자, 스킴폴 선생이 솔직하고 상쾌하게 덧붙였어요.

"정말이지, 친애하는 에스더 양, 나는 십 분만 어울리는 은총을 누린 사람이라면 누구나 느낄 수밖에 없는 그대의 탁월한 감각과 분별력과 판단력이 지금 이 순간에 절실하다오."

소파에 앉은 인물은 머리에 감기라도 걸렸는지, 콧방귀를 커다랗게

날려서 저를 깜짝 놀라게 했어요.

"금액이 많나요, 선생님?"

제가 묻자, 스킴폴 선생이 머리를 흥겹게 저으며 대답했어요.

"친애하는 에스더 양, 나도 몰라. 몇 파운드, 몇 실링, 잔돈 몇 푼이라고 들은 것 같아."

"24파운드, 16실링, 7페니 반. 갚아야 할 액수."

낯선 인물이 끼어들자, 스킴폴 선생이 물었어요.

"그러면 적은 액수 아닌가?"

낯선 인물은 아무 대답도 안 하고 다시 콧방귀만 날렸어요. 소파에서 몸뚱이가 튕겨 나올 것처럼 강력한 콧방귀였어요.

"스킴폴 선생님은 잔다이스 선생님께 빌리는 걸 꺼리셔. 최근에 빌린…… 제가 제대로 들은 게 맞죠, 선생님, 최근에 빌린……"

리처드가 저한테 말하다 묻자, 스킴폴 선생은 환하게 웃으며 대답했어요.

"물론이지! 하지만 언제 얼마나 빌렸는지는 잊어버렸다네. 잔다이스라면 또 기꺼이 빌려주겠지만, 새로운 인물한테 도움을 주는 것도 좋겠다는 쾌락주의자 느낌이 드니……"

스킴폴 선생이 리처드와 저를 쳐다보며 계속 말했어요.

"……새로운 땅에서 새로운 꽃을 피우도록 자비심을 길러주는 게 좋을 듯하네."

"어떻게 해야 좋을까, 에스더?"

리처드는 바로 옆에서 묻고, 저는 용기를 내서 대답을 미룬 채 돈을 못 만들어내면 대체로 어떻게 되는지 물었어요. 그러자 낯선 인물이 옆에 내려놓은 모자에 손수건을 넣으며 쌀쌀맞게 대답했어요.

"교도소. 아니면 채무자 감옥."

"그게 무언가요, 선생님?"

"채무자 감옥? 교도소."

낯선 인물이 대답하고, 리처드와 저는 서로를 다시 쳐다보았어요. 이번 문제는 우리가 해결할 문제지 스킴폴 선생 문제는 아니라는 느낌이 정말 이상했어요. 스킴폴 선생은 관심 어린 표정으로 우리를 상냥하게 바라보는데, 너무나 황당한 모순을 감히 평가하자면, 이기적인 느낌은 없었어요. 자신은 어려운 상황에서 깨끗하게 벗어났으니, 이제 우리 문제가 되었을 뿐이에요. 그래서 좋은 마음으로 도와주려는 것처럼 제안했어요.

"많은 재산이 관련된 대법정 소송 당사자라니, 리처드든 아름다운 친척이든 아니면 둘 다든 적절한 서명을 하거나 적당한 걸 양도하거나, 보증이나 담보나 채권 같은 걸 넘길 수 있지 않을까? 정확한 명칭은 모르겠지만, 두 사람한테 해결할 수단이 충분히 있을 거야."

"어림 반푼어치 없는 소리."

낯선 인물이 핀잔을 주자, 스킴폴 선생이 대답했어요.

"정말? 하기야 이상하기도 하겠지, 이런 걸 모르는 사람 눈에는!"

"이상하든 안 이상하든, 내가 말하잖아, 어림 반푼어치 없다고!"

낯선 인물이 벌컥 화내자, 스킴폴 선생은 책을 펼쳐서 면지에 상대편 얼굴을 그리며 부드럽게 달랬어요.

"화내지 말게, 친구, 화내지 마! 일 때문에 성질 내지 마. 우리는 자네가 하는 일과 자네를 따로 본다네. 자네라는 인물과 자네가 하는 일을 분리한다고. 그래서 우리는 자네한테 아무런 편견이 없어. 이런 일을 안 할 때는 자네도 모르게 시인의 감성이 돋보이는, 존경스러운 인물일 수 있거든."

낯선 인물은 또다시 힘차게 콧방귀 날리는 기로 대답할 뿐, 존경스러운 인물이란 말을 받아들이는지 경멸하며 거부하는지는 안 드러내고, 스킴폴 선생은 머리를 한쪽으로 기울인 채 자신이 그린 그림을 감상하며 순진무구한 표정으로 흥겹게 이어갔어요.

"친애하는 에스더 양, 그리고 친애하는 리처드 군, 나는 어쩔 도리가 없으니 두 사람 손에 달렸네! 내가 바라는 건 자유가 전부야. 나비는 자유롭잖아. 나비한테도 허락하는 자유를 해럴드 스킴폴한테서 빼앗을 순 없어!"

"에스더, 켄지 변호사가 건넨 10파운드가 나한테 있어. 그걸로 해결해야겠어."

리처드가 저에게 속삭였어요. 저도 15파운드 몇 실링이 있었어요. 몇 년에 걸쳐 분기별로 받은 용돈을 조금씩 모아놓은 돈이에요. 친척도 재산도 없는 처지에, 언제 어떤 일이 일어나서 길거리에 나앉을지 모르니, 땡전 한 푼 없는 신세를 피하려면 돈이라도 조금 있어야 한다는 생각을 늘 떠올렸거든요. 그래서 리처드에게, 나 역시 얼마 안 되는 돈이 있는데 당장은 쓸 데가 없으니 그 돈을 가지고 오는 동안, 우리가 기꺼이 갚아드리겠다는 말을 스킴폴 선생이 상처받지 않도록 조심스럽게 전하라고 부탁했어요.

제가 돌아오니, 스킴폴 선생은 제 손에 키스하는 게, 크게 감동한 것 같았어요. 자신은 자기 문제를 조금도 인식할 수 없고 오로지 우리 일이 잘 풀린 걸 기뻐하는 표정을 보면, 자기 문제가 아니라 우리 문제를 해결했기 때문이에요(독특하고 복잡하게 얽힌 모순을 저는 여기에서 또다시 느꼈답니다).

리처드는 이왕 돕는 김에 (스킴폴 선생이 익살맞게 부르던 별명대로) '채무자 감옥'하고 정산하라 사정하고, 저는 돈을 세서 건네고 필요한 영수증을 받았어요. 스킴폴 선생은 이것 역시 좋아했죠.

스킴폴 선생이 너무나 미묘하게 칭찬해서 저는 얼굴을 덜 붉히며, 하얀 외투를 입은 사람과 별 실수 없이 정리했어요. 그분은 돈을 주머니에 넣으며 무뚝뚝하게 말했지요.

"으음, 그렇다면, 좋은 시간이 되시길 바라겠소, 아가씨."

스킴폴 선생은 스케치를 절반 정도 그리다 포기한 뒤, 벽난로 앞에서 등을 데우다 말했어요.

"친구여, 묻고 싶은 게 있다네, 나쁜 감정 없이."

대답은 "그럼 빨리해!"였던 것 같아요.

"이번 일로 찾아오리란 걸 오늘 아침에 알았나?"

"어제 오후 다과 시간에 알았네."

"다과가 제대로 먹히던가? 불편하지 않았어?"

"딱히. 오늘 못 만나면 내일은 만날 테니까. 하루 차이는 별 게 아니거든."

"하지만 여기에 올 때 날씨가 좋았어. 태양은 반짝이고 바람은 산들산들 불고 햇살과 그림자는 들판을 오가고 새들은 노래했지."

"안 그렇다는 말은 아무도 안 했네."

"그래. 하지만 오는 길에 무슨 생각을 했나?"

스킴폴 선생이 묻는 말에 '채무자 감옥'이 벌컥 화내며 경멸스럽다는 어투로 으르렁댔어요.

"무슨 뜻인가? 생각이라니! 일은 죽도록 하고서 봉급은 쥐꼬리만큼만 받기 때문에 생각할 여유도 없어. 생각이라니!"

"그렇다 해도 이런 생각은 안 했나? 해럴드 스킴폴은 반짝이는 태양과 산들바람이 부는 소리와 햇살과 바뀌는 그림자와 새들이, 자연이라는 거대한 대성당 합창대가 노래하는 걸 좋아한다. 그런데 혹시 내가 지금 해럴드 스킴폴한테 그런 기쁨을, 유일하게 타고난 권리를 빼앗는 건 아닐까? 이런 생각은 조금도 안 했나?"

"조금도-안-했어!"

'채무자 감옥'이 대답하는데, 그럴 가능성 자체를 완고하고 강렬하게 부정하려다 보니, 단어를 하나씩 끊어서 딱딱하게 내뱉고, 목이 떨어질 것처럼 힘차게 고개를 돌릴 수밖에 없었어요.

그러자 스킴폴 선생이 깊이 생각하며 말했어요.

"자네처럼 일하는 사람들은 정신구조가 참 이상하면서도 신기해. 고맙네, 친구. 잘 가게."

우리가 자리를 오래 비운 걸 아래층에서 이상하게 여길 것 같아, 제가 급히 내려가니, 에이다는 벽난로 옆에 앉아서 뜨개질하며 잔다이스 선생과 대화하고 있었어요. 스킴폴 선생도 금방 내려오고, 리처드도 바로 다음에 내려왔어요. 저는 남은 초저녁 시간을 잔다이스 선생에게 주사위 놀이를 배우는 데 몽땅 썼어요. 잔다이스 선생이 주사위 놀이를 워낙 좋아하는 터라, 최대한 빨리 배워서 좋은 놀이 상대가 없을 때 저라도 상대하는 조그만 역할이나마 하고 싶었거든요. 하지만 스킴폴 선생이 직접 작곡한 일부를 피아노와 첼로로 연주하고, 우리 탁자에서 더없이 즐거운 기분을 마음껏 드러내며 시원시원하게 말하는 바람에 리처드와 저는 남 대신 체포당한 느낌이 저녁 식사 이후에도 여전했는데, 기분이 정말 이상했어요.

우리가 헤어진 건 아주 늦은 시간이었어요. 11시에 에이다가 올라가려고 하니까 스킴폴 선생이 피아노로 가서 '하루를 늘리는 제일 좋은 방법은 밤에 몇 시간을 훔치는 거라네, 친구여!'[52]라고 흥겹게 노래했거든요. 그러다 12시가 지난 다음에 비로소 촛불을 들고 환한 얼굴로 떠났는데, 지금 생각하니 행여나 안 졸렸다면 우리를 새벽녘까지 잡아

52) 토마스 무어 시집 '5월의 초승달'에 실린 '아일랜드 선율'의 일부.

두었을 것 같아요. 에이다와 리처드는 벽난로 앞에 잠시 머물며, 젤리비 여사가 하루 치 구술작업을 다 끝냈을까 못 끝냈을까 궁금해하는데, 아까 나간 잔다이스 선생이 기분 좋게 화난 표정으로 돌아와서는 머리를 벅벅 긁으며 이리저리 서성이다 말했어요.

"아, 맙소사, 이게 뭐야, 이게 뭐야! 사람들 말이 다 뭐냐고? 리처드, 에스더, 도대체 무슨 짓을 한 거니? 왜 그랬어? 어떻게 그랬어? 각자 얼마씩 냈니? 바람이 방향을 또 바꾸는군. 온몸으로 느껴져!"

우리 누구도 뭐라고 대답할지 몰랐어요.

"어서, 리처드, 어서! 잠자리에 들기 전에 해결해야겠어. 네 주머니에서 얼마나 나왔니? 너희 둘이 돈을 만들었잖아! 왜 그랬니? 어떻게 그랬니? 아, 하느님, 맞아, 동풍이야……분명해!"

"정말이지, 선생님, 그걸 말씀드리는 건 명예롭지 않은 것 같아요. 스킴폴 선생님이 저희를 믿고서……"

리처드가 말하는데, 잔다이스 선생이 갑자기 걸음을 멈추고 머리를 박박 긁으며 반박했어요.

"하느님 맙소사! 그 친구는 누구나 믿어!"

"정말요, 선생님?"

리처드가 되묻자, 잔다이스 선생이 벌써 꺼진 촛불을 손에 들고 성큼성큼 걸으며 대답했어요.

"그래, 누구나! 다음 주면 똑같은 곤경에 처할 거고! 언제나 똑같은 곤경에 처하니까. 아마 태어날 때부터 똑같은 곤경에 처했을 거야. 모친께서 아들을 낳고 신문에다 '지난 화요일, 모모 건물 침실에서 스킴폴 부인이 난산 끝에 아들을 낳았습니다'라고 광고했을 게 분명하다고."

리처드는 실컷 웃으면서도 이렇게 말했어요.

"그래도 선생님, 저는 그분 믿음을 흔들거나 깨뜨리고 싶지 않습니다. 훨씬 많은 걸 아시는 선생님께 감히 말씀드린다면 저는 그분의 비밀을 지켜야 마땅하다고 생각합니다. 그러니 저를 압박하시기 전에 다시 한번 생각해 주세요. 그래도 압박하시겠다면 선생님, 당연히 저로선 잘못이란 걸 알면서도 말씀을 드려야 하겠지요."

그러자 잔다이스 선생은 걸음을 멈추고 양초를 주머니에 쓸데없이 넣으려고 여러 차례 애쓰며 한탄했어요.

"아아! 나는…… 여기! 그럼 네가 수습해. 어찌해야 좋을지 모르겠으니까. 다 동풍 때문이야……동풍이 불면 항상 이런다고…… 더 압박하지 않으마, 리처드. 네 말이 맞을 수도 있으니까. 하지만 정말이지…… 너랑 에스더를 볼모로 잡는 건……그래서 맛좋은 오렌지처럼 부드럽게 쥐어짜는 건……! 아, 돌풍이 밤새도록 불어대겠구나!"

잔다이스 선생은 두 손을 주머니에 번갈아 넣는 모습이 오랫동안 주머니에 넣어두려는 것 같다가도 금방 빼내서 머리를 박박 긁었어요.

제가 기회를 안 놓치고 용기 내서, 스킴폴 선생은 그런 문제에 완벽한 어린애라고 넌지시 암시하니, 잔다이스 선생이 그 말을 안 놓쳤어요.

"응? 뭐라고?"

"완벽한 어린애요, 선생님. 그래서 다른 사람과 다를 수밖에……"

제가 대답하니, 잔다이스 선생이 훨씬 밝아진 얼굴로 감탄했어요.

"네 말이 맞아! 여성적인 지혜가 정곡을 찔렀어. 그 친구는 어린애야……완벽한 어린애. 처음에 말했지, 그 친구는 어린애라고."

맞아요! 맞아요! 우리 모두 대답하니, 잔다이스 선생이 훨씬 더 밝아진 얼굴로 물었어요.

"그래, 그 친구는 어린애가 맞아. 그렇지 않니?"

정말 그렇다고 우리 모두 대답했어요.

"생각해보니 그 친구를 잠시나마 어른으로 여긴 건 너희가 - 아니, 내가 - 너무 어렸던 거야. 그 친구는 책임질 수 없어. 해럴드 스킴폴이 구상하고 계획하고 결과를 예상하다니! 하하하!"

구름이 걷힌 표정으로 크게 기뻐하는 모습을 다시 보는 것도 그렇고, 기뻐하는 이유가 남을 나무라거나 불신하거나 비난하는 게 고통스러운데, 이제 그럴 필요가 없어서 선량한 마음을 되찾았기 때문이라는 사실을 누가 보더라도 확연하게 알 수 있어, 에이다는 기뻐서 눈물을 글썽이며 함께 웃고, 저 역시 마찬가지였어요.

"맙소사, 그걸 이제야 깨닫다니, 내가 딱 바보 멍청이야! 이번 일 자체가 처음부터 끝까지 어린애라는 사실을 그대로 보여주는데! 어린애가 아니고선 너희한테 빌붙겠다는 생각 자체를 못할 텐데! 어린애가 아니고선 너희한테 돈이 있다는 생각조차 못 할 텐데! 액수가 천 파운드라 해도 결과는 똑같을 텐데!"

잔다이스 선생이 한탄하는데, 얼굴은 더없이 즐거운 표정이었어요.

이번 일을 겪고 보니 우리 생각도 정말 그렇다고 모두 공감했어요.

"맞아, 맞아! 하지만 리처드, 에스더, 그리고 너, 에이다도, 그 친구가 너무 어려서 얼마 안 되는 너희 지갑조차 거덜 낼 수 있으니…… 이런 일이 두 번 다시 없도록 하겠다는 약속을 받아야겠구나. 두 번 다시는! 땡전 한 푼이라도."

우리는 진심으로 약속하고, 리처드는 흥겨운 눈으로 저를 힐끗 쳐다보며 자기 주머니를 툭 치는 게, 이제 우리가 약속을 어길 위험은 없다고 말하는 것 같았어요.

"스킴폴은 인형 집에 돈을 빌려줄 양철 인형 서너 개만 있으면 평생을 즐겁게 살아갈 사람이란다. 지금은 어린애처럼 곤하게 자겠지. 나도 복잡한 머리를 세속적인 베개에 뉘어야겠구나. 잘 자렴, 얘들아. 하느님 축복이 가득하길!"

잔다이스 선생이 나가더니, 우리가 각자 촛불에 불을 붙이기도 전에 웃는 얼굴을 빼쭉 들이밀며 말했어요.

"아! 풍향계를 보고 왔어. 내가 바람 방향을 잘못 알았더구나. 남풍이거든!"

그러고는 콧노래를 흥얼대며 멀어졌어요.

에이다와 저는 우리 방에서 잠시 대화하다, 바람을 툭하면 핑계 대는 건 누구한테 잔뜩 실망해서 갈무리할 수 없을 때 상대를 추궁하거나 비난하거나 경멸하고픈 욕망을 다른 데로 돌리려는 노력의 일환이라는 데 공감했어요. 화를 잘 내는 사람은 까다롭고 비관적인 성격을 숨기려고 날씨와 바람 탓을 하는 게 일반적인데, 잔다이스 선생은 완전히 다른 목적으로 바람 탓을 한다는, 괴팍하면서도 다정한 성격이 잘 드러난다는 말도 나왔어요.

실제로 저는 그렇지 않아도 고마운 마음이었는데 이날 저녁에 색다른 감동까지 넉넉하게 더하니, 뒤얽힌 감성을 뚫고서 잔다이스 선생을 서서히 이해하기 시작했다는 느낌마저 들었어요. 스킴폴 선생과 젤리비 여사에게서 보이는 모순을 실용지식도 경험도 거의 없는 제가 이해할 순 없었어요. 아니, 이해하려는 노력조차 안 했어요. 혼자 있을 때 에이다와 리처드를, 제가 두 사람한테 받는 신뢰를 떠올리느라 바빴거든요. 저 역시 바람 탓에 약간 흥분했는지, 최대한 억누르려 했으나 공상의 나래는 다른 사람으로 끝나지 않았어요. 그래서 대모님 집까지 돌아가다, 이런저런 길을 좇아가고, 내 어릴 적 모습을 잔다이스 선생이 알 수도 있다는, 그분이 내 아버지일 수도 있다는, 가슴 속 깊이 꿈틀대던 공상으로 아련하게 나아갔지만, 마침내 꼬리를 내리고 멀찌감치 물러났어요.

공상이 전부 사라진 다음에 비로소 벽난로 앞에서 일어선 기억이 나요. 저한테 필요한 건 지난 일을 떠올리는 게 아니라 감사한 마음과 활달한 정신으로 현재를 열심히 살아가는 거였어요. 그래서 속으로 "에스더, 에스더, 에스더! 맡은 일을 잘하자!"고 다짐하며 열쇠꾸러미가 든 조그만 바구니를 흔드니, 종소리 같은 게 조그맣게 일어서 저를 상쾌한 마음으로 잠들게 했어요.

CHAPTER VII

유령길

에스더가 잠자는 동안에도 에스더가 깨어난 동안에도 체스니 대저택에는 비가 꾸준히 내린다. 널찍한 판석으로 포장한 유령길에도 밤이고 낮이고 빗물이 쭈룩쭈룩 떨어진다. 체스니 대저택은 날씨가 너무나 궂다 보니, 상상력이 아무리 좋은 사람이라도 날씨가 화창하게 변하리라는 생각을 못 떠올린다. 아니, 그 저택에는 상상력이 넘치는 생활 자체가 없다. 레스터 데드록 경이 우리 귀부인과 함께 떠나서 파리에 머무니, 링컨셔 체스니 대저택에는 외로움이 웅크리고 앉아 어스름한 날개를 펼칠 뿐이다.

하지만 링컨셔 체스니 대저택 가축들 사이에서는 상상력이 꿈틀댈 수도 있다. 풀 한 포기 없이 빨간 벽돌만 깔린 안마당에는 커다란 종을 매단 탑과 얼굴만 큼지막한 벽시계가 있어, 근처 비둘기들이 추녀 밑에 웅크리고 앉아서 늘 상담하는 것처럼 보이고, 안마당 기다란 마구간에는 말들이 쾌청한 날씨를 머릿속으로 가끔 떠올리며 하인들보다 훌륭한 상상력을 발휘할 수도 있다. 크로스컨트리 경주로 유명한 밤색 얼룩

말은 여물통 옆 격자창으로 커다란 눈망울을 굴리며, 화창한 날에 반짝이던 싱그러운 잎사귀와 그윽하게 흘러들던 향기나 사냥개들과 신나게 달리던 광경을 떠올릴 수도 있지만, 거기서 일하는 인간은 청소만 하느라 갈퀴와 자작나무 빗자루 이상을 못 떠올린다. 입구 맞은편 회색 말은, 문이 열릴 때마다 마구를 덜거덕대며 귀를 쫑긋 세운 채 머리를 돌려, 문을 연 사람이 "워워, 진정해, 진정해! 오늘 너를 찾을 사람은 아무도 없어!"라며 달래는데, 그 말 역시 그 사실을 그 사람만큼이나 잘 알 수 있다. 마구간에 있는 말 여섯 필 모두 표면적으로는 아무런 소통도 할 수 없어서 완전히 단조롭게 보이지만, 사람이 나가고 문이 닫히면, 하인 휴게실이나 마을 술집보다 활발하게 대화하며 기나긴 우기를 보낼 수도 있고, 우기를 핑계 삼아 모서리 칸막이에 있는 망아지를 훈련할 수도(어쩌면 타락시킬 수도) 있다.

안마당에서 커다란 머리를 앞발에 누인 채 꾸벅꾸벅 조는 커다란 사냥개는 햇살이 뜨거울 때를, 마구간 건물에서 생겨난 그늘이 서서히 줄다 사라져, 한낮에는 뙤약볕을 피할 수 없어서 결국에는 자기 집으로 들어가 쭈그려 앉아 숨을 헐떡이며 짧게 짖으며, 자기 몸뚱이나 쇠사슬 말고도 새로운 걱정거리를 갈망하던 때를 떠올릴 수도 있다. 그래서 반쯤 깨어나 눈을 껌뻑이는 지금은 저택에 사람들이 가득하고, 마차 차고에 마차가 가득하고, 마구간에 말이 가득하고, 바깥 건물에 말을 돌보는 하인이 가득하던 장면을 떠올리다, 지금은 어떤가 궁금해서 바깥을 살필 수도 있다. 그러다 짜증이 나서 온몸을 흔들어대며 하늘에 대고 "비, 비, 비! 비밖에 안 와…… 사람은 없고!"라면서 으르렁대다, 안으로 들어가서 다시 우울하게 하품하며 쭈그려 앉을 수도 있다.

공원 건너편 개집에서도 개들이 초조하게 서성이며 구슬프게 울어대니, 바람이 끈질기게 불 때는 그 소리가 위층이든 아래층이든 귀부인 침실이든, 저택 안으로 이리저리 파고든다. 이들은 끊임없이 퍼붓는 빗방울에 갇혀서 꼼짝을 못하는 동안, 들녘을 마구 달리며 사냥하는 꿈을 꿀 수도 있다. 그래서 나무뿌리 옆 구멍으로 꼬리를 훤히 드러내고 들락거리던 토끼들은 산들바람에도 귀를 쫑긋쫑긋 세운 채 막 자라서 갉아먹기 좋은 뿌리가 사방에 가득하던 계절을 떠올릴 수도 있다. (크리스마스라는) 계급적 고민에 늘 빠져들던 양계장 칠면조는 나무가 여기저기 쓰러진 오솔길로 엉뚱하게 접어들다 보리로 가득한 헛간을 우연히 발견한 여름철 아침을 떠올릴 수도 있다. 불만이 가득한 거위는 높이가 6m나 되는 낡은 문 아래를 뒤뚱뒤뚱 지나다, 행여나 우리가 알아들을 수만 있다면, 문이 땅바닥에 그늘을 드리우던 날씨가 뒤뚱대며 걷기에 훨씬 좋다며 시끄럽게 떠들어댈 수도 있다.

실제든 아니든, 이런 것이 아니면 저택에 꿈틀댈 상상력은 많지 않다. 설사 아주 가끔 상상력이 꿈틀댄다 해도 메아리만 가득한 저택에서 하찮은 소음처럼 멀리 벗어나, 유령과 신비만 가득한 곳으로 합류하기 일쑤다.

비가 너무나 오랫동안 퍼붓다 보니, 체스니 대저택 늙은 하녀장 라운스웰 부인은 안경을 툭하면 벗어서 빗방울이 안 묻은 걸 확실히 하려고 안경알을 닦는다. 비가 오는 소리를 확인하면 충분할 테지만, 라운스웰 부인은 귀가 잘 안 들리고, 자신이 그렇다는 것 역시 결코 안 믿으려 한다. 부인은 곱게 늙은, 잘 생기고, 품위 있고, 놀라울 정도로 깔끔한 여인으로, 허리춤과 가슴받이가 어찌나 꼿꼿한지, 대나무가 아니라 집에서 쓰던 쇠막대를 버팀목으로 사용한 사실이 죽은 다음에 드러난다 해도 놀랄 사람은 아무도 없을 것 같다. 날씨는 라운스웰 부인의 관심사가 아니다. 저택은 어떤 날씨에도 그대로 있으니, 부인 표현을 빌리자면 "자신의 관심사는 저택이 전부다." 이런 부인이 자기 방에(저택 일층 복도 옆이라 벽 너머로 안뜰이 있어, 아치 모양 창문 너머로 부드러운 잔디에 아담하고 동그란 나무와 아담하고 동그란 돌덩이가 일정하게 늘어선 모습은 나무들과 돌덩이들이 공놀이라도 할 것 같은데) 앉아있고, 온 집안은 그 마음속에 깃든다. 일이 있으면 그 마음을 열어서 바삐 움직이겠지만, 지금 당장은 꼭 닫힌 채 부인의 단단하면서도 널찍한 가슴에 기대어 고요히 잠잔다.

라운스웰 부인이 없는 체스니 대저택은 상상할 수도 없지만, 부인이 저택에 들어온 지는 실제로 50년밖에 안 된다. 비가 추적추적 내리는 오늘, 얼마나 오래됐느냐고 묻는다면, 부인은 "하느님 덕분에 이번 화요일까지 산다면, 오십 년 삼 개월 하고도 보름"이라고 대답할 것이다. 남편은 옛적에, 돼지 꼬리 머리 유행이 사라지기도 전에 사망해, (아직도 있는지 모르겠지만) 돼지 꼬리 머리를 곰팡내 나는 현관 근처 공원묘지 모서리에 얌전하게 숨겼다. 남편은 시장이 있는 읍내에서 태어나고, 어린 과부도 마찬가지였다. 저택에 들어온 건 선대 주인이 살아있을 때로, 처음에는 잔치 때 술과 음식을 준비하는 구석방에서 일했다.

현재의 데드록 가문을 대표하는 주인은 탁월한 인물이다. 밑에서 일하는 사람은 인격과 의지와 의견을 모조리 박탈당한 반면에, 자신은 하인에게서 그런 게 있을 필요성을 깨끗이 없애려고 태어난 거라 확신한다. 그게 완벽한 착각이라는 사실을 깨닫는다면, 그 자리에 그대로 쓰러져서 다시는 회복을 못 한 채 숨만 헐떡이다 죽을 가능성이 크다. 그래도 그는 여전히 탁월한 주인이며, 그걸 자신에게 주어진 의무로 여긴다. 그래서 라운스웰 부인을 대단히 좋아한다. 존경스럽고 믿음직한 여인이라고 칭찬할 정도다. 그러니, 저택으로 내려오거나 떠날 때면 라운스웰 부인과 늘 손잡고 악수한다. 행여나 심하게 아프거나, 사고를 당해서 쓰러지거나, 마차에 치이거나, 데드록 가문에 해가 될 상황에 부닥치면, 그래도 말할 수 있다면, "어서 라운스웰 부인을 불러와라!"고 말할 게, 이런 상황에서는 다른 사람이 아니라 라운스웰 부인이 있어야 존엄성을 지킬 수 있다고 느낄 게 분명하다.

라운스웰 부인은 많이도 고생했다. 아들이 둘인데, 둘째는 제멋대로 자라 군인이 되겠다며 나가서 두 번 다시 안 돌아왔다. 지금 이 순간조차, 둘째 얘기를 할 때면 잔뜩 흥분해서 가슴에 평온하게 기대던 두 손을 들어 머리 위로 흔들며, 정말 착하고 믿음직하고 훌륭한 아이였다고, 성격도 좋고 상냥하고 똑똑한 아이였다고 자랑한다. 첫째 아들은 다 자라면 저택에서 일하다 적당한 시기에 집사가 되었겠지만, 초등학교 학생일 때 냄비로 증기기관을 만들고, 새들이 먹을 물을 스스로 간편하게 길어 올리도록 하는 작업에, 수압을 정교하게 활용해서 카나리아가 목마를 때 날갯죽지로 물레바퀴를 가볍게 건들면 물이 올라오도록 하는 작업에 푹 빠져들었다. 이런 성향이 워트 타일러처럼 반역하는 방향으로 나아갈 것 같아서 라운스웰 부인은 크게 불안했다. 증기나 높다란 굴뚝을 중시하는 기술은 그런 방향으로 나간다는 게 레스터 데드록 경의 견해[53]라는 걸 잘 알기 때문이다. 하지만 저주받은 젊은 반역자는 (다른 점에서는 온순하고 성실하지만) 나이를 먹으면서 하느님 은총에 기댄다는 느낌 대신, 동력 직기 모델까지 만드니, 라운스웰 부인은 눈물을 펑펑 흘리면서 준남작에게 아들이 타락했다는 사실을 알릴 수밖에 없었다. 그러자 레스터 데드록 경은 이렇게 말했다.

"라운스웰 부인, 그대도 알다시피 나는 논쟁하지 않소, 누구하고도, 어떤 문제로도. 아들을 내보내는 게 좋겠소. 공장에나 보내시오. 머나

---

53) 영국 산업혁명 초기에 나타난 지주와 자본가의 갈등이 나타난다.

면 북쪽 지방 철강 공장이라면 그런 경향이 있는 아이한테 딱 좋을 것이오."

끝내 첫째 아들은 머나먼 북쪽으로 가고 거기서 성장했으니, 행여나 레스터 데드록 경이 어머니를 만나러 온 아들을 보거나 나중에 떠올리기라도 했다면, 불법을 자행할 목적으로[54] 일주일에 두세 번씩 깜깜한 밤에 수천 명이 모여서 횃불을 들고 거리를 누비는 사악한 깡패 가운데 하나로 여겼을 게 분명하다.

그런데도 첫째 아들은 기술을 익히며 성장해서 자리 잡고 결혼해 라운스웰 부인 손자까지 낳았으니, 손자는 도제 기간을 마치고 머나먼 나라를 돌아다녀서 견문을 넓히며 새롭게 살아갈 준비를 하다 돌아와, 바로 이날 라운스웰 부인 방에서 벽난로 선반에 몸을 기대고, 라운스웰 부인은 이렇게 말한다.

"그래, 몇 번이나 말하고 또 말하지만, 너를 만나니 기쁘구나, 와트! 그래, 또다시 말하지만, 너를 만나서 정말 기뻐, 와트! 멋진 젊은이가 되었구나. 불쌍한 조지 삼촌을 똑 닮았어. 아!"

이 말을 하는 순간, 부인이 늘 그런 것처럼 두 손을 불안하게 움직인다.

"사람들은 제가 아빠를 닮았대요, 할머니."

"아빠도 닮았지, 우리 손자. 하지만 불쌍한 조지 삼촌을 더 많이

---

54) 인민헌장 운동, 혹은 차티스트 운동(1837-48)을 말한다. 영국에서 의회민주주의 실시를 요구한 최초의 노동자 운동이다. 보통 선거와 비밀 선거, 선거구 평등화, 매년 의회 소집, 하원 의원 유급제, 피선거권의 재산 자격 제한 폐지 등이 주요 내용이다. 지금 보면 당연한 내용이지만, 당시 기득권층에게는 충격과 공포였다. 차티즘, 차티스트라는 한글 번역은 '번역의 계급성'을 잘 나타낸다. 차티스트라는 명칭 자체가 노동자들이 제기한 인민헌장(People's Charter)에서 유래하는데, 그걸 어려운 영어 발음으로 그대로 번역해, 한국인한테서 그 역사성과 계급성을 제거했기 때문이다. 당시 분위기를 찰스 디킨스는 '골동품 상점'에서 특히 자세히 언급한다.

닮았단다! 그래, 아빠는 잘 지내니?"

"네, 할머니, 모든 점에서 잘 지내요."

"다행이로구나!"

라운스웰 부인은 첫째 아들을 좋아하지만, 이미 적진으로 넘어간 명예로운 병사인 듯, 애처로운 느낌이 깃들기도 한다.

"그래, 아빠는 행복한 것 같니?"

"많이요."

"다행이로구나! 그래서 너도 자기처럼 기술을 배우게 하다 외국으로 보낸 거니? 그래, 너희 아빠는 아는 게 많아. 이 저택 너머에는 내가 모르는 세상이 있겠지. 하지만 나는 젊지 않아. 여기에서도 꽤 많은 사람을 보고!"

부인이 말하자, 손자가 화제를 돌리며 묻는다.

"할머니, 방금 만난 아가씨가 참 예쁘더군요. 로사라고 했나요?"

"그래, 우리 손자. 마을에 사는 홀어미 딸이란다. 요새는 하녀를 가르치는 게 너무 어려워. 그래서 어릴 때 곁으로 데려왔단다. 배운 것도 적당하니 앞으로 잘하겠지. 저택 안내를 벌써 잘한단다. 이 방에서 함께 살아."

"저 때문에 밖으로 나간 건 아니겠죠?"

"가족끼리 할 말이 있다고 여겼을 거야. 겸손한 여자애거든. 여자애한테는 좋은 품성이지. 이런 애가 드물어."

라운스웰 부인이 가슴받이를 최대한 늘리며 덧붙인다.

"예전에는 많았는데!"

손자는 자신도 들어서 안다는 듯 머리를 기울이고, 라운스웰 부인은 귀를 쫑긋 세우다 말한다. 손자 귀에는 아까부터 들리던 소리다.

"마차 소리야! 이런 날씨에 무슨 마차람?"

잠시 뒤에 방문을 두드리는 소리.

"들어와!"

까만 눈, 까만 머리칼, 잔뜩 수줍어하는 시골 처녀가 들어온다. 불그레한 뺨은 활짝 펴서 더없이 싱그럽고, 머리칼에 떨어진 빗방울은 막 따온 꽃에 앉은 이슬방울 같다.

"이번엔 누구니, 로사?"

"젊은 사내 두 분이 이륜마차를 타고 오셔서 저택을 구경하길 바라세요…… 네, 저도 그렇게 말했어요!"

로사는 안된다는 하녀장의 몸짓에 재빨리 대답하며 덧붙인다.

"현관으로 나가서 지금은 안 된다고 말씀드리니, 마차를 몰고 온 분이 비가 오는데도 모자를 벗고서 이 명함을 건네며 꼭 전달해달라고 하셨어요."

"우리 손자가 읽어보렴."

로사가 너무 수줍어하는 바람에 명함을 건네다 중간에 떨어뜨려, 서로 그걸 주우려다 하마터면 이마를 부닥칠 뻔하니, 로사는 한층 더 부끄러워한다.

명함에 인쇄된 정보는 "거피"가 전부라, 라운스웰 부인이 중얼거린다.

"거피! 거피라! 말도 안 돼, 처음 듣는 이름이야!"

"실례합니다만, 그분도 저한테 그렇게 말했어요! 그러면서, 자신과 동료는 간밤에 런던에서 우편 마차를 타고와서 15km 거리에 있는 치안판사를 오늘 아침에 만났는데, 업무가 일찍 끝났다고, 그런데 훌륭한 저택이 있다는 말을 예전에 들은 데다 따로 할 일도 특별히 없어서 여기를 구경하려고 빗속을 뚫고 일부러 왔다고 했어요. 두 사람은 변호사예요. 토킹혼 변호사 사무실에서 일하는 건 아니지만, 필요하다면 토킹혼 변호사 이름을 대도 괜찮을 거라고 했어요."

로사는 비로소 말을 마치면서, 자신이 너무 길게 말했다는 걸 깨닫고 얼굴을 더욱 붉힌다.

토킹혼 변호사는 대저택 소속으로 볼 법한 사람인 데다, 라운스웰 부인의 유언장까지 작성했다고 볼 수도 있다. 부인은 태도를 누그러뜨리고 호의를 보여서 두 방문객을 들여보내는 걸 허락하고 로사를 보낸다. 하지만 손자 역시 저택을 둘러보고픈 욕구를 갑자기 느끼고, 자신도 함께 둘러보겠다고 제안한다. 할머니는 손자가 저택에 관심을 보이는 게 기뻐서 함께 일어서지만, 손자로서는 할머니가 그대로 계시길 바라는 마음이 굴뚝 같을 뿐이다.

"고맙습니다, 부인! 우리 같은 변호사는 런던을 벗어나기가 쉽지 않아서 이런 기회가 오면 최대한 활용하려고 애쓴답니다."

거피는 현관 복도에서 말하며 축축한 우비를 벗고, 늙은 하녀장은 엄숙하면서도 우아한 태도로 웅장한 계단을 향해 손을 흔든다. 거피와 동료는 로사를 따라가고, 라운스웰 부인과 손자는 그 뒤를 따라가고, 젊은 정원사는 앞에서 바삐 움직이며 덧문을 연다.

대저택을 관람하는 사람들이 흔히 그러듯, 거피와 동료 역시 제대로 시작하기도 전에 녹초가 된다. 엉뚱한 곳으로 가고, 엉뚱한 곳을 구경하고, 꼭 봐야 할 곳은 제대로 신경을 안 쓰고, 새로운 방이 열릴 때마다 입을 쩍 벌리면서 하품하는 등, 활력이 하나도 없는 걸 보면 완전히 지친 게 분명하다. 새로운 방으로 들어설 때마다 라운스웰 부인은 저택만큼이나 꼿꼿한 자세로 멀찌감치 떨어진 창가 의자나 구석 자리에 앉아서 로사가 설명하는 말을 인정하는 표정으로 품위 있게 듣는다. 하녀장 손자까지 열심히 들으니, 로사는 한층 더 수줍어…… 한층 더 예쁘다. 일행은 방에서 방으로 그렇게 넘어가고, 젊은 정원사는 불을 켜서 데드록 조상들 초상화를 몇 분 동안 살려내고, 불을 다시 꺼서 무덤 속으로 돌려보낸다. 지칠 대로 지친 거피와 동료에게는 데드록 가문 초상화가 끝없이 나타나는 것 같은데, 온 가족을 이리도 대단하게 진열한 이유는 지난 700년 동안 두드러진 업적을 세운 인물이 하나도 없기 때문인 것 같다.

기다란 응접실도 거피에게 활력을 되살릴 순 없다. 거피는 기운이 너무나 없어 문턱에서 고개를 푹 숙일 뿐, 안으로 들어설 마음조차 없다. 하지만 매우 훌륭한 미술가가 그려서 벽난로 선반 위에 걸어놓은 초상화가 부적처럼 작용한다. 갑자기 정신을 차리고 흥미진진한 얼굴로 쳐다보는 게, 황홀경에 빠져들어서 그대로 못 박힌 것 같다.

“맙소사! 저 사람은 누군가요?”

거피가 묻자, 로사가 대답한다.

“저 선반 위에 걸린 그림은 현재의 데드록 귀부인 초상화입니다. 거장이 그린 최고의 작품이며, 실물과 완벽하게 똑같다는 평가를 받습니다.”

거피가 당혹스러운 표정으로 동료를 바라보며 말한다.

“나는 저 부인을 본 적이 없어. 그런데 눈에 익어! 저 그림을 판화로 복제하나요, 아가씨?”

“저 그림은 판화로 복제한 적이 없습니다. 레스터 데드록 경께서 절대로 허락하지 않으시거든요.”

로사 설명에, 거피가 중얼댄다.

“으음! 그런데 내가 저 얼굴을 어디서 보았을까? 정말 이상해! 그렇다면 저 얼굴이 데드록 귀부인이로군!”

“오른편에 걸린 초상화는 현재의 레스터 데드록 경입니다. 왼편에 걸린 초상화는 선대 레스터 데드록 경이고요.”

거피는 두 거물 어느 쪽으로도 눈길을 안 준 채, 귀부인 초상화만 계속 쳐다보며 중얼댄다.

"내가 저 얼굴을 안다는 걸 도무지 이해할 수 없어!"

그러더니 주변을 둘러보며 덧붙인다.

"꿈에서 본 게 아니라면 저주를 받은 거야!"

자리에 있는 누구도 거피가 꾼 꿈 이야기에 관심이 없어, 그 얘기는 그걸로 끝난다. 하지만 거피는 초상화에 흠뻑 빠져든 채 꼼짝도 안 하다, 젊은 정원사가 덧문을 닫을 때 비로소 넋 나간 표정으로 나오더니, 새로운 방으로 들어설 때마다 색다른 관심을 보이며 열심히 둘러보는 게 데드록 귀부인을 다시 찾으려고 애쓰는 것 같다.

하지만 데드록 귀부인은 더 안 보이는 대신, 그 내실이 나타난다. 마지막에 보여주는 우아한 공간으로, 거피는 귀부인이 얼마 전까지 궂은 날씨를 내다보며 죽도록 지겨워하던 창문을 내다본다. 무엇이든 끝이 있으니, 사람들이 구경하려고 무한한 고통을 감내하다 제대로 둘러보기도 전에 지쳐 떨어지는 저택 역시 마찬가지다. 거피도 이제 끝으로 치닫고, 상큼한 시골 처녀도 늘 하던 말로 설명을 마무리한다.

"저 아래 테라스는 경관이 정말 대단합니다. 가문에서 오랫동안 내려오는 전설에 따라 유령길이라고 부르는 곳이지요."

"정말요? 어떤 전설인가요, 아가씨? 초상화랑 관계가 있나요?"

거피는 호기심 가득한 어투로 묻고, 와트는 살짝 속삭인다.

"우리한테 얘기해주세요."

"저는 몰라요."

로사가 한층 더 수줍어하자, 하녀장이 앞으로 나서며 말한다.

"방문객한테 할 이야기가 아닙니다. 거의 잊어버리기도 했고요. 가문에서 내려오는 괴담에 불과하답니다."

"행여나 초상화와 관계가 있는지 다시 물어도 되겠습니까, 부인? 아까 그 초상화를 떠올리면 떠올릴수록 아는 사람이란 생각이 드는데, 이유를 도무지 모르겠거든요!"

그 이야기는 초상화와 아무런 관계도 없다. 그건 하녀장이 보장한다. 거피는 대답해주어서 고맙고, 다른 많은 것도 고맙다. 그래서 동료와 함께 물러나 젊은 정원사를 따라 다른 계단으로 내려가고, 곧이어 마차 소리가 멀어진다. 이윽고 땅거미가 진다. 라운스웰 부인은 남은 두 젊은이라면 믿어도 된다 생각하고, 테라스에 괴상한 이름이 붙은 이유를 알려주고자 마음먹는다. 그래서 쏜살같이 어두워지는 창가 커다란 의자에 앉아서 두 사람에게 말한다.

"얘들아, 찰스 1세[55] 폐하의 사악한 시절에 – 물론 내 말은 반역자들이 훌륭한 국왕에 맞서 싸워서 사악한 시절이란 뜻인데 – 이곳 주인은 모베리 데드록 경이셨다. 그 전에도 이 가문에 유령 이야기가 있었는지는 모르겠지만, 있을 가능성이 크다고 나는 생각한단다."

라운스웰 부인이 이렇게 생각하는 이유는 전통이 깊고 중요한 가문에겐 유령에 대한 권리가 있다고 여기기 때문이다. 유령은 상류 가문의 특권이며, 평민과 구별되는 훌륭한 가치 가운데 하나라고 받아들이는 거다.

"모베리 데드록 경은 말할 필요도 없겠지만, 은총이 가득하신 순교자 편에 가담하셨다. 하지만 그분 부인은 가문의 피가 한 방울도 안 섞인 터라 반역자 쪽 주장을 좋아하신 것 같아. 게다가 반역자 쪽에 친척도 있어서 서신을 주고받으며 정보를 넘겨주었다는 거야. 폐하를 따르는 지역 신사들이 여기에서 만날 때면, 귀부인이 회의실 문 쪽으로 바싹 다가서곤 했다는 소문도 돌았어. 지금 테라스를 걷는 발소리 같은 게

55) 1625~49년까지 영국을 통치하다, 크롬웰 반란으로 단두대에서 처형당했다.

들리니, 와트?"

로사는 하녀장 옆으로 바싹 다가가고, 손자는 대답한다.

"판석에 떨어지는 빗방울 소리는 들려요. 이상한 메아리도 들리는데 - 메아리 같은데 - 멈칫대며 걷는 소리랑 정말 비슷하네요."

하녀장은 엄숙하게 고개를 끄덕이며 계속 말한다.

"이런 갈등도 있고 다른 이유도 있어서 모베리 경과 귀부인은 자주 다퉜어. 귀부인 성격이 정말 거만했거든. 두 사람은 나이도 안 맞고 성격도 안 맞는 데다 서로를 중재할 자녀도 없었어. 제일 좋아하던 동생이, 젊은 신사가, 내전에서 (모베리 경하고 가까운 친척한테) 살해 당하자, 귀부인은 감정이 격한 나머지 시집 쪽 식구와 친척 전체를 증오했어. 데드록 사람들이 말 타고 나가서 국왕을 편들려 할 때마다, 귀부인이 깜깜한 밤에 마구간으로 살그머니 들어가서 말이 다리를 절뚝거리게 만들곤 했는데, 한번은 똑같은 시간에 계단을 몰래 내려가는 광경을 남편이 보고서 뒤를 쫓으니, 자신이 제일 좋아하는 말이 있는 마방으로 들어가더래. 남편은 부인 팔목을 그대로 움켜잡았지. 그래서 싸우다 그랬는지 그냥 넘어져서 그랬는지 아니면 무서워서 날뛰는 말한테 맞았는지, 부인은 엉덩이에 금이 가고, 그때부터 몸이 마르기 시작했어."

하녀장이 목소리를 떨어뜨려서 나지막이 속삭이듯 이어나간다.

"원래는 몸매가 좋고 풍채가 당당했거든. 그런데도 불평 한마디 안 했어. 다리를 전다는 말이나 아프다는 얘기 역시 누구한테도 하지 않았어. 그러면서도 테라스를 매일 걸었어, 지팡이를 짚기도 하고 석제 난간을 잡기도 하면서 오르내리고 또 오르내리고 또 오르내렸어, 비가 오나 해가 뜨나, 매일 엄청 힘겹게. 어느 날 오후에 남편은 남쪽 커다란 창문 앞에 서 있다, (그날 밤 이후로 아무리 설득해도 입 한번 안 열던)

부인이 테라스에서 쓰러지는 모습을 봤어. 급히 내려가서 일으키려 했지만, 부인은 자신한테 상체를 숙이는 남편조차 거부하고 차가운 눈으로 뚫어지라 쳐다보며 말했어. '나는 매일 걸어 다니던 이 자리에서 죽겠어. 그리고 무덤에 들어가서도 여기를 걸어 다니겠어. 가문의 자부심이 무너질 때까지 걸어 다니겠어. 이 가문에 불행이 달려들 때마다, 불명예가 몰려들 때마다, 내 발소리를 들려주겠어!'"

와트가 쳐다보니, 로사는 무섭기도 하고 부끄럽기도 해서 새빨갛게 달아오른 얼굴을 숙인다.

"귀부인은 그때 그 자리에서 죽었어. 그날 이후로 유령길이란 이름이 내려오는 거야. 발을 내딛는 소리가 메아리라면, 그 메아리는 어둠이 깔린 다음에 비로소 들리는데, 오랫동안 안 들리기도 해. 그러다 다시 나타나. 누가 아프거나 죽을 때면 더더욱 확실히."

"할머니, 불명예도요……"

와트가 덧붙인다.

"이 저택에 불명예는 절대로 없어."

할머니가 반박하니 손자는 "맞아요, 맞아요"라며 사과하고, 라운스웰 부인은 의자에서 일어난다.

"이게 그 이야기야. 저 소리가 무어든, 신경 쓰이는 소리는 분명해. 더더욱 확실한 건, 저 소리가 '꼭 들린다'는 거야. 우리 귀부인께서는 무엇도 무서워하지 않으시는지라, 저 소리가 나타나면 '꼭 들린다'는 걸 인정해. 저 소리를 차단할 순 없어. 와트, 네 뒤에 커다란 프랑스 벽시계가 있는데, 일부러 저기에 놓은 거란다. 움직일 때는 소리가 커다란 데다 음악 소리까지 나오거든. 너는 저 시계가 움직이는 원리를 아니?"

"물론이죠, 할머니."

"그럼 움직이게 하렴."

와트가 만지작대자, 시계가 움직이고 음악 소리도 나온다.

"이리 오렴. 이리, 우리 귀부인 베개 옆으로. 어둠이 충분히 깔렸는지 모르겠다만, 들어보렴! 테라스를 걷는 소리가 음악 소리랑 시계 소리 사이로 들리니?"

"네, 들려요!"

"우리 귀부인께서도 그렇게 말씀하시지."

CHAPTER VIII

허다한 죄를 용서하고[56]

해뜨기 전에 옷을 입고 창문을 쳐다보니 제 방 촛불 두 개가 새까만 유리판에 횃불처럼 어리고 그 너머로 간밤의 어둠이 모든 걸 에워싼 광경이, 그러다 태양이 떠오르면서 하나씩 드러나는 풍경이 흥미로웠어요. 시야가 조금씩 트이면서 바람이 어둠 속에서 방황하던 경관을 드러내는 게 제가 살아온 과거를 떠올리는 것 같아, 저는 잠자는 사이에 주변을 에워싼 미지의 풍경을 바라보는 게 즐거웠어요. 처음에는 하나같이 안개에 묻혀서 희미하고 그 위로 새벽 별이 반짝였어요. 흐릿한 순간이 지나자, 그림이 점차 커지는 듯하다 순식간에 들어차, 다시 쳐다볼 때마다 나타나는 풍경이 한 시간을 봐도 모자랄 것 같았어요. 새로운 아침에 안 어울리는 건 마침내 촛불만 남고, 밤에 깔린 어둠은 눈 녹듯 사라지고 태양은 환하게 비추는데, 낡은 수도원 성당이 유난히 돋보였어요. 거대한 탑이 누추한 모습에 안 어울리는 그림자를 부드럽고 기다랗게 드리웠거든요. 우툴두툴한 겉모습에 고요하고 온화한 분

56) 베드로 전서 4장 8절. '사랑은 허다한 죄를 용서합니다.'

위기도 가득하고요.

집 곳곳이 질서정연하고 사람마다 친절해, 저는 열쇠꾸러미 두 개의 용도를 어렵지 않게 익혔으나, 저장실 조그만 서랍과 찬장에 든 내용물을 암기하고, 잼, 절인 오이, 절임 식품, 다양한 병, 유리잔, 도자기 등 다양한 물품을 석판에 기록하고, 무어든 체계적으로 꼼꼼하게 정리하려다 보니, 너무 바쁘게 일하느라 종소리가 들릴 때는 아침 식사 시간이란 사실조차 못 믿을 정도였어요. 하지만 저는 급히 달려가서 차를 준비했어요. 찻주전자를 담당해야겠다고 벌써 마음을 먹었거든요. 그런 다음, 사람들이 늦잠을 자는지 아무도 안 내려오기에, 정원을 살짝 둘러보아야겠다고 생각했어요. 정원은 정말 상쾌했어요. 우리가 어제 마차를 타고 달려온 (마차 바퀴에 자갈이 많이 패여서 정원사에게 바닥을 다지라는 부탁까지 한) 가로수길은 참 예쁘고, 뒤편 꽃밭에는 사랑하는 친구가 창가에 있다 활짝 열고 환하게 웃는 모습이, 그 거리에서 제 뺨에 뽀뽀라도 하는 것 같았어요. 꽃밭 너머는 조그만 채소밭, 그 너머는 방목장, 그 너머는 건초를 쌓아둔 포근하고 아담한 마당, 그 너머는 조그만 농장이었어요. 건물 자체는 지붕에 봉우리가 셋이고 모양이 다양한 창문은 큰 것도 있고 작은 것도 있는데 하나같이 아름답고, 남쪽 벽면에 댄 격자 시렁에서는 장미와 인동덩굴이 소박하면서도 편안하게 반기는 모습이, 나중에 에이다가 집주인과 팔짱하고 나와서 한 말대로 '우리 잔다이스 아저씨'만큼 훌륭했어요. 하지만 이렇게 대담한 말에도 잔다이스 선생은 에이다의 귀여운 볼을 살짝 꼬집는 게 전부였어요.

스킴폴 선생은 아침 식사 때도 간밤처럼 명랑했어요. 식탁에 벌꿀이 있어서 꿀벌에 대한 담론으로 나아갔지요. 자신은 벌꿀은 반대하지 않지만(꿀벌을 좋아하는 걸 보면 정말 그런 것 같은데), 벌꿀을 가지고 교만한 억측을 펴는 건 반대한다. 바쁘게 일하는 꿀벌을 모델로 삼아야 하는 이유를 도통 모르겠다. 자신이 볼 때, 꿀벌은 꿀 만드는 걸 좋아한다. 꿀을 만드는 게 싫다면 안 만들 거다. 꿀벌은 자신의 취향을 그렇게 자랑할 필요가 없다. 모든 인간이 온 세상을 윙윙대며 날아다니다 무어든 길을 막는 물체에 부닥치고, 자신은 일하러 가니까 방해하지 말라고 소리친다면 세상은 제대로 돌아갈 수 없다. 게다가 꿀벌은 꿀을 다 만드는 즉시 연기를 맡고서 쫓겨나는 신세가 아니더냐. 맨체스터 노동자가 면직물을 짜는 목적이 하나밖에 없다고 생각한다면, 그건 잘못 생각한 거다. 자신이 볼 때 수벌이야말로 누구보다 명랑하고 현명한 사상을 실천한다. 수벌은 있는 그대로 말한다. '미안합니다. 나는 아무런 일도 할 수 없습니다! 세상엔 볼거리가 널리고 구경할 시간은 짧으니, 나는 자유롭게 돌아다니며 구경하다, 돌아다니길 싫어하는 분에게 먹을 걸 구걸하겠습니다.' 나는 수벌 철학을 아주 좋은 철학으로 여긴다. 수벌은 꿀벌과 좋은 관계를 맺으려고 늘 애쓴다. 그래서, 자신이 아는 한, 늘 간편하게 산다, 상대가 꿀만 내준다면, 그리고 꿀이 얼마나 있는지만 안 속인다면!

스킴폴 선생은 이런 식으로 다양한 공상을 경쾌하게 풀어가며 모두를 즐겁게 하는데, 이번 역시 진지한 의미가 담긴 것 같았어요. 사람들이 여전히 열심히 듣는 가운데, 저는 그곳을 떠나서 새로 맡은 업무를 처리하러 갔어요. 그래서 몇 시간을 정신없이 보낸 다음, 열쇠 바구니를 팔에 끼우고 돌아가려고 복도를 지나는데, 잔다이스 선생이 불러서 당신 침실 옆 조그만 방으로 데려갔어요. 책과 서류를 보관하는 서재 같기도 하고, 장화와 구두와 모자 상자를 넣어두는 조그만 방 같기도 했어요.

"얘야, 앉으렴. 너도 알아야 하겠지만, 여기는 나만의 비밀방이란다.

속풀이 방. 몹시 화날 때면 와서 고함을 지르지."

"그렇다면 매우 띄엄띄엄 오시겠네요, 선생님."

"아, 넌 나를 몰라! 사기를 당하거나 잔뜩 실망했을 때…… 바람한테, 동풍한테, 여기로 온단다. 내가 이 집에서 제일 많이 사용하는 방이지. 너는 내 성질을 절반도 몰라. 얘야, 왜 그렇게 부들부들 떠니?"

저는 안 떨 수 없었어요. 애써 참았지만, 이렇게 도와주신 은인과 단둘이서 다정한 눈길을 받다니, 더없이 행복하고 영광스러워서 가슴이 벅차올랐거든요.

저는 그분 손에 키스했어요. 제가 무슨 말을 했는지, 아니, 말이란 걸 했는지조차 모르겠어요. 그분은 크게 당황하며 창가로 가고, 저는 그분이 당장에라도 뛰어내리지 않을까 조바심내는데, 마침내 돌아올 때 그 눈을 보고 그곳으로 가서 숨기려 한 게 무언지 깨닫고 안심했어요. 이윽고 그분은 제 머리를 가만히 쓰다듬고 저는 의자에 앉았어요.

"그래! 그래! 그만 울어. 아! 바보처럼 울지 말렴."

"안 울겠어요, 선생님. 하지만 방금은 너무 벅차서……"

"말도 안 돼! 진정, 진정해. 못할 것도 없잖아. 나는 착하고 귀여운 고아 여자애한테 보호자가 없다는 소리를 듣고서 보호자가 되기로 마음먹었어. 여자애는 다 커서 내 생각이 옳았다는 걸 증명했고. 그래서 나는 후견인이자 친구로 남았어. 이것 말고 또 뭐가 있니? 그래, 그래! 이제 우리는 옛날 빚을 모두 청산했으니, 신뢰하고 신뢰받는 유쾌한 얼굴로 돌아가자꾸나."

저는 속으로 "사랑하는 에스더, 정말 놀라워! 너한테 이렇게 멋진 일이 있을 줄은 정말이지 상상도 못 했어!"라고 말했어요. 그러자 효과가 있어, 마음을 가다듬고 두 손을 모아서 열쇠 바구니에 얹었어요. 잔다이스 선생은 흡족한 표정으로 쳐다보다, 저에게 은밀하게 말하는데, 오래전부터 아침마다 그러는 습관이라도 있는 것 같았어요. 하지만 저 역시 비슷한 느낌이었답니다.

"당연히, 에스더, 너는 이 대법정 소송을 모르겠지?"

당연히 저는 고개를 끄덕이고, 잔다이스 선생은 다시 말했어요.

"도대체 누가 이 지경으로 만들었는지 모르겠구나. 법률가들이 엉망진창으로 헝클다 보니 원래 소송 내용은 지상에서 옛적에 사라졌어. 유언장이랑 유언장에 근거한 신탁에 관한 거였어…… 최소한 예전에는. 그런데 지금은 모두 사라지고 소송비용을 둘러싼 소송만 남았단다. 그래서 우리는 툭하면 법정에 출두하고 퇴정하고 맹세하고 심문받고 송장을 제출하고 반대 송장을 제출하고 변론하고 도장을 찍고 이의를 제기하고 심사를 의뢰하고 보고서를 제출하고, 대법관과 그 하수인 주변을 맴돌고 법에 이리저리 휘둘리다 죽어서 흙 속에 묻힌단다, 소송비용 문제 때문에. 이게 제일 커다란 문제야. 다른 문제는 희한하게도 모두 사라졌단다."

잔다이스 선생이 머리를 긁기 시작해서 저는 본론으로 돌아가려고 물었어요.

"하지만 처음에는 유언장을 둘러싼 소송이었잖아요?"

"그래, 그래, 처음에는 유언장에 대한 소송이었지. 잔다이스 한 분이 흉흉한 시기에 엄청난 재산을 벌고 엄청난 유언장을 썼어. 그런데 유언장에 근거한 신탁재산 처리 방식을 둘러싸고 다투느라 유언장으로 남긴 재산을 몽땅 탕진했어. 유언장에 언급된 상속자들은 그 돈을 가지려고 아무리 많은 범죄를 저질렀다 해도 이미 충분한 벌을 받았다고 할 만큼 비참한 상태로 전락하고, 유언장 자체는 사문서로 전락했지. 안타까운 소송을 진행하는 동안, 딱 한 사람만 빼고, 거기에 관여한 모든 사람이 그 사실을 깨닫고 그걸 모르는 딱 한 사람한테 모든 걸 떠넘겼어. 안타까운 소송을 진행하는 동안, 짐마차 몇 대 분량에 달하는 서류를 모든 사람이 소송 절차에 따라 필사하고 또 필사할 수밖에 없고, 따라서 그 비용을 내야 하는데, 그 서류를 바라는 사람은 당연히 하나도 없으니, 마녀의 안식일[57]이 최고조로 치닫는다 해도 꿈조차 못 꿀, 엄청난 서류 비용과 소송비용과 허튼짓과 부정부패로 악마의 춤에 깊숙이 빠져들고 빠져나와야 했어. 형평법원[58]은 지방법원에 질문하고, 지방법원은 형평법원에 다시 질문하고, 지방법원은 이걸 할 수 없다, 형평법원은 저걸 할 수 없다, 어느 쪽도 해결 방법을 제시할 수 없으니, 인물 A를 대신해서 이 사무변호사는 통지하고 이 법정 변호사는 출두하고, 인물 B를 대신해서 저 사무변호사는 통지하고 저 법정 변호사는 출두하고, A부터 Z까지 이어지는 애플파이 동요처럼, 알파벳을 전부 훑는 식으로 수많은 변호사가 등장했지. 이런 식으로 해를 거듭하고, 많은 생명이 태어나서 스러지고, 처음부터 다시 시작하고 또다시 시작하면서 모든 게 그대로 흘러갈 뿐, 끝날 줄을 몰라. 그런데 우리는 어떤 조건으로도 소송을 벗어날 수 없어. 바로 우리가 소송 당사자가 되고, 될 수밖에 없거든, 원하든 원치 않든. 하지만 소송을 생각하는 건 아무런 소용도 없어. 불쌍한 톰 잔다이스 작은할아버지 역시 소송을 떠올린 게 종말의 시작이었지!"

"사람들이 말하는 톰 잔다이스 선생님이요?"

잔다이스 선생은 우울하게 고개를 끄덕였어요.

"나는 그분의 상속자고, 이곳은 그분 집이었어, 에스더. 이 집에 처음

57) 안식일은 하느님이 천지창조를 하고 하루 쉰 것을 기념하며 유대인들이 쉬는 날인데, 중세 유럽에서는 이를 '마녀의 안식일'이라 부르고, 악마가 주최하는 마녀들의 축제로, 그래서 마녀들이 악마 엉덩이에 입맞춤해서 충성을 맹세한 다음, 떠들썩한 향연과 섹스를 즐기며 춤춘다고 여겼다.

58) 형평법원(Equity)은 억울한 채무자를 구제 목적으로 하는 법률 기관이다.

올 때만 해도 굉장히 황량했지. 비극과 고통의 징표가 곳곳에 파고들었거든."

"그렇다면 지금은 많이 바뀐 거군요!"

"그분 이전에는 '봉우리 집'이라고 불렸단다. 그분이 현재의 이름을 붙이고 틀어박혀, 산더미 같은 사악한 소송 서류에 낮이고 밤이고 파묻혀 살았지, 없는 희망을 부여잡은 채, 엉망진창으로 뒤엉킨 매듭을 풀어서 마무리하려고. 그러는 사이에 이 집은 곳곳이 무너져, 금 간 벽 사이로 바람이 들이치고, 깨진 천장 사이로 빗물이 떨어지고, 썩어 문드러진 현관문 입구는 잡초가 틀어막았어. 내가 그분 시신을 갈무리해서 여기로 처음 오니 이 집 역시 그분 머리처럼 총에 맞아서 깨져나간 것 같았지. 곳곳이 무너져서 황량했거든."

잔다이스 선생이 부르르 떨면서 말하더니, 이리저리 거닐다 저를 쳐다보고, 밝아진 얼굴로 돌아와서 두 손을 주머니에 찌른 채 다시 앉았어요.

"이 방은 속을 털어놓는 비밀방이라고 했잖아. 내가 어디까지 말했지?"

저는 잔다이스 선생님이 황폐한 집에 처음 왔을 때라고 대답했어요.

"황폐한 집. 맞아. 런던에는 우리들 집이 몇 채 있는데, 오늘날까지 당시의 황폐한 집과 상태가 비슷하지. 우리들 집이란 소송 당사자들 집이란 뜻이지만, 소송비용 채권자들 집이라고 보는 게 옳아. 그 집에서 눈병과 심장병 말고 무어든 빼낼 건, 당장도 그렇고 앞으로도 그렇고 지상에 딱 하나, 소송비용밖에 없거든. 하나같이 눈먼 채 망가져 가니까. 창문마다 돌덩이에 깨져나가선 유리창이 없는 건 당연하고 창틀조차 거의 없어. 덧문은 경첩에 매달린 채 덜렁대거나 바닥에 나뒹굴고, 철제 난간은 녹슬고, 굴뚝은 가라앉고, 현관문마다 (죽음으로 나아가는 문이니) 석제 계단은 썩어 문드러진 녹색이고, 폐가를 떠받친 버팀목은 벌레가 파먹지. 황폐한 집은 대법정으로 안 넘어가도 집주인은 넘어갔으니 낙인이 찍힌 건 똑같아. 바로 이게 영국 전역에 미치는 대봉인의 힘이란다…… 아이들도 아는!"

"그런데도 훌륭하게 변했네요!"

제가 다시 말하니, 잔다이스 선생이 훨씬 명랑하게 대답했어요.

"그래, 맞아. 너는 밝은 면을 바라보는 지혜가 있구나."

저한테 지혜가 있다니요!

"비밀방이 아니면 나는 이런 말을 절대 안 해, 생각조차. 리처드랑 에이다한테 말하는 게 좋겠다고 여긴다면……"

잔다이스 선생이 진지하게 바라보며 덧붙였어요.

"말해도 좋아. 네 판단에 맡기마, 에스더."

"저는, 선생님……"

"얘야, 앞으로 아저씨라고 부르는 게 좋겠구나."

잔다이스 선생이 다정하게 생각한 결과가 아니라 일시적인 변덕인 척하며 가볍게 하는 말에 목이 다시 메는 걸 느끼고, 저는 속으로 '에스더, 또 왜 그래!'라고 나무랐어요. 그리고 집안 살림용 열쇠꾸러미를 살짝 흔들어서 제 처지를 되새기고 두 손을 바구니에 훨씬 단호하게 올리고선 선생님을 차분하게 바라보며 말했어요.

"저는, 아저씨께서 제 판단을 너무 믿지 않으면 좋겠어요. 저는 지혜롭지 않으니 제가 솔직하게 고백하지 않더라도 실제 모습을 금방 깨달으실 터인데, 과대평가하시다 실망하실까 두려워요."

그래도 아저씨는 실망한 표정이 아니었어요. 정반대였어요. 환한 미소를 머금으시고, 당신은 저를 잘 안다고, 당신이 볼 때 아주 지혜롭다고 말씀하셨어요.

"저도 그러면 좋겠지만, 자신이 없어요, 아저씨."

제가 걱정하자, 아저씨가 장난스럽게 대답했어요.

"얘야, 너만큼 지혜로우면 우리 집 꼬마 아줌마는 충분히 될 수 있어. 동화에 나오는 꼬마 아줌마.

'꼬마 아줌마, 왜 그렇게 높이 올라가나요?
하늘로 올라가서 거미줄을 청소하려고.'

네가 집안일을 돌보면서 우리 집 하늘에 덮인 거미줄을 말끔하게 청소하면, 에스더, 결국엔 이 비밀방도 필요가 없어서 방문에 못을 박게 되겠구나."

이때부터 저는 '꼬마 아줌마', '거미줄', '쉬프턴 부인', '허버드 엄마', '더든 아줌마'[59] 등 다양한 별명으로 불리다 보니 얼마 뒤에 제 이름은 완전히 사라지고 말았어요.

어쨌든, 잔다이스 아저씨가 다시 말했어요.

"하지만 본론으로 돌아가자꾸나. 리처드는 장래가 창창한 젊은이야. 앞으로 어떻게 해야 좋을까?"

하느님 맙소사, 이런 조언까지 물으시다니!

잔다이스 아저씨는 두 손을 주머니에 넣고 두 다리를 편하게 쭉 뻗으며 이어갔어요.

"그래, 리처드, 에스더. 전문지식을 쌓아야 하니, 리처드 스스로 선택하는 게 좋아. 세상이 요지경 속이라 쉽지 않겠지만, 꼭 그래야 돼."

"요지경 뭐요, 아저씨?"

"요지경 속. 이런 상황에선 그 표현밖에 안 떠오르는구나. 리처드는

59) 하나같이 동요에 나오는, 좋은 인물이다.

대법관이 정한 피후견인이라 '켄지와 카보이'에서도 관심을 보일 테고, 법원 지역 끝에 있는 뒷방에서, 대법정 소송에 유리한 걸 찾아 무덤을 파헤치는 멍청한 묘지기 같은 법원 주사 나부랭이도 관심을 보일 테고, 변호사도 관심을 보일 테고, 대법관도 관심을 보일 테고, 대법관 하수인들도 관심을 보이면서 하나같이 그 대가를 톡톡히 챙기려 들 테니, 모든 게 지극히 형식적이고, 논쟁을 일으키고, 불만스러운 가운데 돈만 많이 드니까 요지경 속이라는 거란다. 인류가 그런 요지경 속으로 어떻게 빠져들었는지, 도대체 누가 잘못했기에 젊은이들이 그런 구렁텅이에 빠져야 하는지 도무지 모르겠지만 말이다. 하지만 현실이 그래."

잔다이스 아저씨는 머리를 다시 긁으면서 바람이 변하는 것 같다는 암시를 했어요. 하지만 머리를 긁든 이리저리 거닐든 아니면 둘 다 하든, 저를 보는 순간에 자애로운 표정으로 돌아온다는 사실이, 그래서 다시 편안한 표정으로 두 손을 주머니에 찌르고 두 다리를 쭉 뻗는다는 사실이 저를 아끼는 증거 같아서 기분이 좋았어요.

"리처드가 어떤 일을 하고 싶은지는 당사자한테 직접 물어보는 게 좋겠어요, 아저씨."

"맞아, 내 말이 바로 그 말이야! 앞으로는 네가 재치를 발휘해서 리처드랑 에이다와 차분하게 대화하는 식으로 좋은 방법을 찾도록 하렴. 그러면 핵심으로 바로 들어갈 수 있을 거야, 꼬마 아줌마."

저는 비밀방에서 들은 내용도, 이렇게 중요한 역할을 맡는 것도 두려웠어요. 그렇게 말한 건 잔다이스 아저씨께서 리처드한테 직접 물어보라는 의미였거든요. 하지만 저는 당연히 최선을 다하겠다고 대답했어요. 저를 실제보다 지혜로운 사람으로 여기시는 것 같아서 두렵다는 말도 했어요. 다시 짚어야 할 것 같았거든요. 그러나 잔다이스 아저씨는 더할 나위 없이 쾌활하게 웃으시더니, 의자를 뒤로 물려서 일어나며 말했어요.

"이리 오렴! 비밀방에서 오늘 할 말은 끝난 것 같아! 마무리 말 한마디만 더. 얘야, 에스더, 묻고 싶은 게 있니?"

잔다이스 아저씨가 다정하게 쳐다보아서 저 역시 다정하게 마주 보았어요. 무슨 말인지 충분히 이해할 것 같았어요.

"저에 관해서요, 아저씨?"

"그래."

저는 갑자기 차가워진 손을 잔다이스 아저씨 손에 용감하게 올리며 대답했어요.

"아저씨, 하나도 없어요. 알아야 하거나 알 필요가 있다면 굳이 묻지 않아도 말씀하실 테니까요. 아저씨를 전적으로 믿고 의지하지 않는 건 은혜를 모르는 짓이니까요. 저는 묻고 싶은 게 없어요, 단 하나도."

잔다이스 아저씨는 제 손을 잡아서 팔짱을 끼우게 하고, 우리는 에이다를 찾으러 갔어요. 그 시간 이후로 그분 곁에 있는 시간은 편안하고, 든든하고, 만족스럽고, 행복했답니다.

처음에는 우리 모두 황폐한 집에서 바쁘게 지냈어요. 잔다이스 아저씨를 아는 마을 주민과 다양하게 어울려야 했거든요. 에이다와 제가 볼 때, 잔다이스 아저씨를 아는 사람은 누구나 다른 사람 돈으로 어떤 일이든 하려는 것 같았어요. 우리는 잔다이스 아저씨가 받은 편지와 보낼 편지를 아침에 비밀방에서 정리하다, 편지 보낸 사람 대부분이 위원회를 만들어서 돈을 끌어들이고 돈 쓰는 걸 인생 최고의 목표로 여긴다는 사실을 발견하고 깜짝 놀랐어요. 여자들도 남자들만큼이나 필사적이었어요. 아니, 제 눈에는 더한 것 같았어요. 위원회에 정열적으로 투신해서 기부금을 모으려고 온갖 노력을 다하니까요. 개중에는 우체국 주소록 전체로, 1실링 용지나 반 크라운 용지, 1페니 용지 등, 기부금 용지를 보내는 일에 삶을 바치는 것처럼 보이는 인물마저 있었어요. 그들은 모든 걸 구걸했어요. 입던 옷도 구걸하고, 누더기로 변한 아마포도 구걸하고, 돈도 구걸하고, 석탄도 구걸하고, 수프도 구걸하고, 관심도 구걸하고, 서명도 구걸하고, 플란넬 천도 구걸하는 등, 잔다이스 아저씨께 있는 거라면, 아니 없는 것까지, 무어든 구걸했어요. 그 목적은 구걸하는 종류만큼이나 다양했어요. 건물을 새로 지을 예정이다, (판화 그림에 나오는) 아름다운 건물에 '중세 마리아 수녀회'[60]를 설립할 예정이다, 젤리비 여사에게 감사장을 수여할 예정이다, 사무총장 초상화를 그려서 오래도록 헌신한 그 장모님에게 선물할 예정이다, 등등, 정말이지, 팸플릿 50만 부 찍을 종이부터 연금까지, 대리석 기념비부터 은제 찻주전자까지 무어든 받는다고 했어요. 명칭도 다양했어요. 영국 부녀회, 영국의 딸, 온갖 덕목을 내세운 여성회, 미국 여성회 등, 부녀회 이름이 수백 가지였어요. 이들은 온갖 유세와 선거에도 열심인 것 같았어요. 뭘 모르는 우리 눈에도 그렇고, 직접 설명한 내용도 그렇고, 수만 명을 동원해서 끊임없이 투표하는데도 자기네 후보자를 당선시키는 경우는 한 번도 없는 것처럼 보였어요. 전체적으로, 하나같이 열정적으로 살아가는 모습은 생각만 해도 머리가 지근거릴 정도였지요.

탐욕스러운 자선가 가운데서도 가장 두드러지는 사람으로는 파디글 여사가 있는데, 잔다이스 아저씨께 보낸 편지 분량만 보면 젤리비 여사

60) 중세 마리아 수녀회(the Sisterhood of Mediaeval Marys)는 사회가 중세 가톨릭 질서로 회귀해야 한다고 주장하는데, 찰스 디킨스는 이런 움직임에 1845년부터 크게 반대한다.

만큼이나 열심인 것 같았어요. 파디글 여사가 대화 주제로 떠오르면 바람 방향이 꼭 변하고 말아, 잔다이스 아저씨가 입을 다문 채 더 말하지 않는 걸 우리는 알아챘는데, 한번은 그 입에서 이런 말까지 나왔어요. 자선하는 사람은 두 유형이다. 한 유형은 자선을 조금 하고 엄청 떠벌리는 사람이고, 또 한 유형은 자선을 많이 하고 조용히 있는 사람이다. 그래서 우리는 파디글 여사에게 호기심이 일었어요. 첫 번째 유형이란 의심이 들었거든요. 그런 차에 하루는 당사자가 아들 다섯 명을 데리고 집으로 찾아오겠다고 해서 우리는 기쁘게 허락했어요.

파디글 여사는 단단한 체구에 안경을 쓰고 콧대는 높고 목소리는 커다란 사람으로, 차지하는 공간이 아주 널찍할 것 같았는데, 실제로도 그랬답니다. 꽤 멀찌감치 있는데도 조그만 의자를 치맛자락으로 몇 개나 쓰러뜨렸거든요. 그런데 집에는 에이다와 저뿐이라, 우리는 파디글 여사가 두려웠어요. 당사자는 매서운 날씨처럼 들어오고, 아이들은 새파랗게 질린 표정으로 뒤따라 들어왔거든요.

첫인사를 마치자마자 파디글 여사는 엄청난 수다를 늘어놓기 시작했습니다.

"다섯 아이 모두 제 아이랍니다, 아가씨들. 존경하는 친구 잔다이스 선생께 (한 번 이상) 보내드린 기부자 명단에 우리 아이들 이름이 적힌 걸 두 분도 보았을 거예요. 큰아들 에그버트는 열두 살인데 용돈을 모아서 5실링 3페니나 되는 돈을 토파후포 인디언 부족한테 보냈답니다. 둘째 아들 오즈월드는 열한 살인데 '대영제국 가문 추천장 위원회'에 2실링 6페니를 보냈답니다. 셋째 아들 프란시스는 9살짜리가 1실링 6펜스 반 페니를, 넷째 아들 펠릭스는 7살짜리가 8펜스를 '노령 미망인 모임'에 보내고, 5살짜리 막내 알프레드는 '기쁜 유년단'[61]에

61) 실제로 '기쁜 유년단'은 1852년 2월, 런던 본부 대강당에 어린애 6,000명을 모아놓고,

자발적으로 가입해서는 평생에 걸쳐서 담배는 손조차 안 대겠다고 맹세했답니다."

그런데 우리는 그토록 불만이 가득한 아이들을 본 적이 없었어요. 잔뜩 눌려서 움츠러들긴 했지만 불만 때문에 금방이라도 폭발할 것 같았거든요. 토파후포 인디언 부족을 언급할 때는 에그버트야말로 더없이 사나운 인디언 부족 가운데 한 명인 것처럼 인상을 무섭게 찡그리고요. 각자가 낸 돈을 언급할 때마다 모든 아이가 어두운 얼굴에 원망어린 표정을 머금었지만, 큰아들이 제일 심했어요. 하지만 '기쁜 유년단'에 입단한 막내만큼은 아니었어요. 늘 슬픈 표정을 변함없이 애매하게 머금은 게 전부였으니까요.

"젤리비 여사댁에 방문했다고 들었는데요?"

파디글 여사가 물어서 우리는 그렇다고, 하룻밤을 보냈다고 대답했어요. 그러자 여사가 다시 말하는데, 이번에도 말투가 크고 단정적이고 딱딱한 게 얼굴에 걸친 안경과 똑같다는 인상을 받았는데, 말한 김에 덧붙이자면, 그 안경조차 에이다가 "숨이 막힐 것 같다"고 평가한 눈에는 전혀 못 미쳤답니다.

"젤리비 여사는 대단한 자선사업가로, 많은 도움을 받을 자격이 충분하지요. 그래서 우리 아이들은 아프리카 사업에도 기부했답니다. 에그버트는 1실링 6페니, 9주 용돈 전부를, 오즈월드 역시 똑같이 모은 1실링 1페니 반을, 나머지도 각자 용돈을 줄여서 기부했답니다. 하지만 내가 젤리비 여사 방식에 모두 공감하는 건 아니에요. 아이 키우는 방식은 특히 그렇답니다. 그 집 아이들은 엄마가 헌신하는 사업에 참여할 수 없다는 말이 있거든요. 물론 그 방법이 옳을 수도 있고 틀릴 수도 있어요. 하지만 옳든 틀리든 우리 가족 방식은 아니랍니다. 우리

술과 담배는 평생 손대지 않겠다고 맹세하도록 했다.

아이들은 모든 사업에 동참하니까요."

저도 그렇고 에이다도 그렇고 나중에 자세히 생각하니, 상태가 안 좋은 장남이 바로 그 순간에 날카로운 비명을 내지른 게 분명해요. 곧바로 하품으로 변하긴 했지만, 처음에는 비명이 확실했어요.

"우리 아이들은 아침 여섯 시 반에 나랑 교회에 간답니다. 한겨울을 포함해서 일 년 열두 달을 안 빠지고요. 그 뒤로 온종일 나랑 다닌답니다. 나는 학교 위원회 위원이고, 가정방문 위원회 위원이고, 독서 위원회 위원이고, 배급위원회 위원이며, 지역 차원에서는 아마포 상자 위원회를 비롯한 다양한 위원회에 참가하며, 유세하는 지역도 아주 넓답니다……나보다 넓은 지역을 유세하는 사람이 없을 정도로요. 하지만 어디를 가든 우리 아이들도 함께 가고, 가난한 사람에 대한 지식과 자선사업 일반에 대한 능력을 - 한마디로, 그런 일에 대한 취향을 - 갖추니, 나중에 이웃에게 봉사하면서 만족하는 삶을 살 수 있게 되는 거지요. 우리 아이들은 경솔하지 않아요. 용돈을 전부 기부하거든요, 내 감독 아래. 게다가 다 자란 어른도 힘들 정도로 많은 공공집회에 참석하고 많은 강연과 연설과 토론을 듣거든요. '기쁜 유년단'에 자발적으로 입단했다는 다섯 살짜리 알프레드는 의장님이 두 시간이나 열정적으로 연설한 다음까지 정신을 안 잃은 몇 안 되는 아이 가운데 하나랍니다."

알프레드가 그날 밤의 고통은 도저히 용서할 수도 없고 용서하지도 않겠다는 듯 우리를 노려보았어요.

"존경스러운 잔다이스 선생님이 가지고 계신다고 내가 아까 언급한 기부자 명단에서 우리 아이들 이름 옆에 'O. A. 파디글 왕립학사원, 1파운드'란 서명이 나란히 있는 걸 보았겠지요, 에스더 아가씨. 아이들 아빠랍니다. 우리는 언제나 똑같은 순서를 지킨답니다. 내가 얼마 안 되는 돈을 제일 먼저 내면, 우리 아이들은 각자 나이와 용돈에 맞춰서 내고, 남편은 제일 뒤에 등장합니다. 그래서 얼마 안 되는 기부금이나마 즐거운 마음으로 내지요, 내 감독 아래. 그래서 우리 가족만 즐거운 게 아니라 다른 많은 사람도 즐거워한답니다."

파디글 여사 남편이 젤리비 여사 남편과 저녁 식사를 한다고 가정한다면, 그래서 식사를 마친 다음에 젤리비 여사 남편이 속마음을 털어놓는다면, 파디글 여사 남편도 속마음을 털어놓을까? 저는 이 생각이 머릿속을 비집고 올라와서 혼란스러웠어요.

"여기는 위치가 참 좋네요!"

파디글 여사가 말해서, 우리는 화제가 바뀌는 걸 반기며 창가로 가서 아름다운 전경을 손으로 가리키는데, 안경에 비치는 눈빛에는 별다른 관심이 없는 것 같았어요.

"구셔 선생님을 아세요?"

여사가 물어, 우리는 그런 분을 만나는 기쁨을 누린 적이 없다고 대답할 수밖에 없었어요. 그러자 여사는 윗사람처럼 당당하게 말했어요.

"그러면 여러분 손해에요. 지극히 열정적이며 감동적인 연설가로, 활력이 넘치거든요! 이곳은 짐마차를 세우면, 땅 모양으로 볼 때, 공공 집회에 딱 어울리겠어요. 그분이라면 여러분이 궁금한 내용을 몇 시간이고 알려줄 테니까요!"

여사는 의자로 돌아가다, 눈에 안 보이는 마법이라도 발휘하듯, 제가 뜨개질 바구니를 올려놓은 상당히 멀리 떨어진 동그랗고 조그만 탁자를 쓰러뜨리며 덧붙였어요.

"이 정도 말하면, 아가씨들, 내가 어떤 사람인지 알겠죠?"

너무나 당혹스러운 질문에 에이다는 완벽하게 당황한 눈으로 저를 쳐다보았어요. 저 역시 조금 전 생각에 죄책감을 느낀 터라 두 볼이 빨갛게 달아올랐던 것 같아요.

"내 말은 내 성격에서 돋보이는 부분을 찾아보라는 거예요. 물론 한눈에 보일 정도로 돋보인다는 건 잘 압니다. 모든 사람 앞에 그대로 드러내기도 하고요. 그래요! 솔직히 인정하건대 나는 사업가예요. 그래서 힘든 일을 좋아해요. 즐기기도 하고요. 성취감이 대단하거든요. 힘든 일에 단련이 돼서 지치질 않는답니다."

우리는 정말 놀랍고 정말 다행이라는 식으로 조그맣게 말했어요. 정말 그렇게 생각한 게 아니라 예의상 한 말이었어요.

"지친다는 말은 이해할 수 없어요. 누구도 나를 지치게 할 수 없거든요! 아무리 힘든 일도 힘이 안 들고, 작업량이 아무리 많아도 나한테는 별거 아니니, 가끔은 나도 나한테 놀란답니다. 그걸 보고서 우리 아이들과 남편이 지치긴 하는데, 나 자신은 종달새처럼 생생하기 그지없거든요."

큰아들은 얼굴이 늘 어두운데, 이 말이 나오는 순간에 더없이 사나운 표정을 떠올렸어요. 오른손으로 주먹을 움켜쥐고 왼쪽 팔꿈치에 끼운 모자 머리를 남몰래 퍽퍽 때릴 정도였어요.

"그래서 가정방문을 다닐 때 도움이 많이 된답니다. 내가 하는 말을 듣기 싫어하는 사람이 있으면 '나는 지칠 줄 모르고, 친구, 실제로 조금도 안 지치니, 다 말할 때까지 계속하겠습니다'라고 노골적으로 말한답니다. 효과는 놀랍지요! 에스더 아가씨, 이번에 찾아가는 집에 함께 가서 도와주면 좋겠네요, 에이다 아가씨는 나중에 그러고요."

처음에는 할 일이 많아 어렵다며 사양하려고 했어요. 하지만 그 정도로는 소용도 없어서 보다 구체적으로 말했답니다. 나는 그럴 자격이 없다. 나와 상황이 완전히 다른 사람들 마음에 내 마음을 맞춰서 적절하게 말하는 능력도, 경험도 없다. 그런 일에는 사람 마음을 섬세하게 이해하는 게 중요한데 그러한 능력이 없다. 나는 남을 가르치려 들기 전에 먼저 배워야 할 게 많으니, 좋은 의도 하나에 의지할 순 없다. 이런 다양한 이유로 내가 할 수 있는 일에 열중하고, 바로 옆에 있는 사람을 도우려 애쓰면서, 활동 범위를 조금씩 자연스럽게 넓히는 편이 최선이라고 생각한다. 하지만 자신만만하게 말한 건 아니었어요. 파디글 여사는 나이도 훨씬 많고 경험도 훨씬 많은 데다 군대식으로 위압적이었거든요.

"틀렸어요, 에스더 아가씨. 힘든 일을 하거나 성취감을 느끼기엔 부족하겠지만, 그건 완전히 다른 얘기랍니다. 내가 일하는 방식을 보고 싶다면 이제 - 우리 아이들과 함께 - 마을에서 벽돌 만드는 노동자를 (성격이 정말 더러운 노동자를) 방문할 예정이니, 아가씨를 기꺼이 데려가겠어요. 에이다 아가씨도 함께, 굳이 가고 싶다면."

에이다와 저는 서로를 쳐다보고, 어차피 나갈 예정이던 터라 제안을 받아들였어요. 그래서 보닛 모자를 쓰고 바삐 돌아오니, 어린애들은 한쪽 구석에서 처량한 표정이고, 파디글 여사는 가벼운 물건을 대부분 쓰러뜨리며 온방을 휩쓰는 중이었어요. 어쨌든, 파디글 여사는 에이다를 데려가고, 저는 아이들과 뒤를 따랐답니다.

나중에 에이다가 말한 바에 따르면, 파디글 여사는 벽돌 노동자네 집으로 가는 내내 (당연히 내 귀까지 들릴 정도로) 커다란 목소리로 말했어요. 2~3년 전에 어떤 지역에 연금을 주자는 경쟁 후보들 문제로 다른 여성에 맞서서 흥미진진한 선거운동을 벌였다, 사람마다 활력이 넘치고 인쇄물도, 공약도, 대리 투표도, 투표 집계도 엄청났는데, 연금 수령을 바라던 사람들은 예외다. 이들은 여태껏 연금을 못 탄다는 내용이었어요.

저는 아이들과 친하게 지내는 게 좋아서 아이들이 곁에 있으면 즐거운데, 이번엔 어찌나 불편했는지 모르겠어요. 밖으로 나가자마자 에그버트는 꼬마 노상강도 같은 자세로 1실링만 달라고 요구했어요. 자신은 용돈을 "강탈"당했다면서요. 그런 말을 쓰면 안 된다고, ("엄마한테"라는 말까지 잔뜩 화내며 덧붙인 터라) 엄마한테 그러면 더더욱 안 된다고 지적하니, 에그버트가 저를 꼬집으며 "아, 그래? 그래서! 당신은 뭐야? 당신도 싫잖아! 나한테 돈을 주는 척하고 도로 뺏어가는 건 도대체 어디서 굴러먹은 사기야? 그걸 왜 용돈이라 하냐고, 나는 한 푼도 쓸 수 없는데?"라며 따졌어요. 그러는 사이에 에그버트도 오즈월드와 프란시스도 열불이 나는지, 양쪽에서 무서울 정도로 정교하게 제 팔을 꼬집고 살점을 비틀어, 저는 절로 나오는 비명을 억지로 참아야 했어요. 펠릭스는 제 발가락까지 밟고요. 그리고 '기쁜 유년단'에 가입한 막내는 앞으로 얼마 안 되는 용돈이나마 생기더라도 담배는 물론 과자조차 안 사겠다고 맹세한 터라, 과자가게를 지날 때는 더없이 슬프고 화나서 얼굴이 보라색으로 변해, 저를 공포에 떨게 했어요. 이상한 굴레에 얽매인 아이들이 함께 걷는 동안에 몸과 마음으로 심각한 고통을 겪은 거예요.

벽돌 노동자 집에 도착한 게 저는 참 기쁘긴 한데, 벽돌공장 마당에 움막집이 옹기종기 모이고, 부서진 창문 옆에는 돼지우리가, 문 앞에는 조그만 채소밭이 있지만 자라는 거라곤 물웅덩이밖에 없는 풍경이 너무나 비참했어요. 지붕에서 떨어지는 빗물을 받으려고 여기저기에 낡은 물통을 놓고, 진흙은 조그만 웅덩이로 흘러들어 커다란 진흙 파이 모양을 만들었어요. 문마다 창문마다 남자 여자들이 빈둥대거나 어슬렁거릴 뿐, 우리에게 관심을 보이는 사람은 없었어요. 우리가 지날 때 "점잖은 분이라면 자기 일에나 신경 쓰고 이런 데까지 와서 신발을 더럽히거나 머리를 썩이지 않을 텐데……"라는 말과 동시에 폭소가 터져 나온 게 전부였어요.

파디글 여사는 성인군자 같은 모습으로 단호하게 앞장서서, 사람들이 너무 지저분하다고 커다랗게 말하며 (이런 곳이라면 과연 우리라고 깔끔하게 살 수 있을까 의심스러운데) 제일 먼 구석 자리 움막으로 우리를 데리고 들어갔어요. 사람이 가득한 곳이었어요. 악취가 나고 눅눅한 방에 눈이 멍든 아줌마는 불 옆에서 숨을 헐떡이는 가련한 아기를 돌보고, 찰흙과 진흙이 곳곳에 묻은 아저씨는 난봉꾼 분위기로 바닥에 길게 누워서 담뱃대를 쭉쭉 빨고, 체격이 좋고 젊은 사내는 개 목에 밧줄을 달고, 대담한 여자애는 정말 더러운 물로 세탁 같은 걸 하는 중이었어요. 그 사람들 모두 안으로 들어서는 우리를 쳐다보는데, 아줌마는 얼굴을 불 쪽으로 돌리는 게 멍든 눈을 숨기려는 것 같을 뿐, 반기는 사람은 하나도 없었어요. 파디글 여사는 그런 사람들을 둘러보며 말을 걸지만, 친근한 목소리는 아니었어요. 제 귀에 너무나 사업적이고 가식적으로 들렸거든요.

"그래, 우리 친구들, 다들 잘 지냈나요? 다시 찾아왔어요. 내가 말했지요, 누구도 나를 지치게 할 수 없다고. 나는 힘든 일을 좋아하고, 입으로 뱉어낸 말은 꼭 지킨답니다."

바닥에 누운 아저씨가 손바닥으로 머리를 받친 채 우리를 쳐다보며 으르렁댔어요.

"더 들어올 사람이 있나?"

파디글 여사는 걸상에 앉느라 다른 걸상을 쓰러뜨리며 대답했어요.

"아니에요, 친구. 우리가 전부에요."

"사람이 모자란 것 같았거든."

아저씨가 말하더니, 담뱃대를 입에 문 채 우리를 둘러보고, 젊은

사내와 여자애는 웃었어요. 젊은 사내 친구 두 명도, 우리가 들어가는 걸 보고 쫓아왔는지 문가에서 주머니에 두 손을 찌른 채 똑같이 웃고, 파디글 여사는 그 두 사람에게 말했어요.

"당신네는 나를 지치게 할 수 없어요. 나는 힘든 일을 즐기니만큼 여러분이 힘들게 할수록 좋아한답니다."

그러자 바닥에 누운 아저씨가 으르렁댔어요.

"그렇다면 내가 편하게 해주지! 어서 끝내고 싶으니까. 내 집에 당신네가 마음대로 들어오는 걸 끝내고 싶으니까. 오소리처럼 몰리는 걸 끝내고 싶으니까. 늘 그런대로 이제 당신은 연속으로 물어볼 테고, 나는 당신이 무얼 물을지 알아! 그래! 하지만 그럴 필요 없어. 내가 수고를 덜어줄 테니까. 우리 딸이 세탁하는 중이냐고? 그래, 우리 딸은 세탁하는 중이야. 저 물을 보라고. 냄새를 맡아봐! 저게 우리가 마시는 물이야. 어때, 술처럼 진하게 한 잔 마시는 건! 우리 집이 더럽지 않으냐고? 그래, 더러워. 당연히 더럽고 건강에 해로워. 우리는 더럽고 허약한 아이를 다섯이나 낳았는데, 갓난아기 때 다 죽었어. 아이들한테야 잘된 일이지, 우리한테도 그렇고. 지난번에 두고 간 책자를 읽어보았느냐고? 아니야, 나는 당신이 두고 간 책자를 읽을 수 없거든. 여기는 글자를 읽을 줄 아는 사람이 없어. 설사 있다 해도 그 책은 나한테 안 맞아. 아기들이나 읽을 책인데, 나는 아기가 아니거든. 인형을 준다 해서 내가 그걸 가지고 놀 순 없잖아. 내가 그동안 처신을 잘했느냐고? 맙소사, 사흘 연속으로 술에 절었는데, 돈만 있다면 오늘이 나흘째일 거야. 교회에 갈 생각이 없느냐고? 그래, 교회에 갈 생각은 전혀 없어. 간다고 해도 반기는 사람이 없거든. 관리인이 너무나 점잖아서. 우리 마누라는 눈이 왜 멍들었냐고? 그래, 내가 때렸어. 내가 때린 게 아니라고 한다면 우리 마누라가 거짓말하는 거야!"

아저씨는 말을 마치고 담뱃대를 물더니 몸을 다른 쪽으로 돌린 채 담뱃대를 빨았어요. 그동안 파디글 여사는 안경 너머로 단호하게 바라보며 적개심을 키우다, 경찰관 몽둥이라도 되는 듯 성경책을 꺼내서 가족 전체를 옭아맸어요. 물론 제 말은 종교적으로 옭아맸다는 뜻이지만, 여사는 실제로 온 가족을 당장에라도 경찰서로 무자비하게 끌고 갈 기세였어요.

에이다와 저는 정말 불편했어요. 오면 안 될 곳에 억지로 들어온 느낌도 들고, 여사가 사람들을 무작정 옭아매지 않으면 좋겠다는 생각도 들었거든요. 아이들은 화난 얼굴로 가만히 쳐다보고, 그 집 식구들은 우리에게 관심을 안 보였어요. 파디글 여사가 유난히 강조할 때마다 젊은 사내가 개를 짖게 하는 게 전부였어요. 우리와 그 집 사람들 사이에 누구도 못 없앨 철벽이 있다는 걸 우리 둘은 고통스럽게 깨달았어요. 그 철벽을 없앨 주체와 방법은 우리도 모르지만, 그게 있는 건 확실했어요. 설사 겸손하고 다정하게 말한다 해도 여사가 읽어주고 말하는 내용은 그 집 사람들한테는 최악인데, 겸손하고 다정한 인상조차 없었답니다. 바닥에 누운 아저씨가 말한 소책자는, 나중에 잔다이스 아저씨께 들은 바에 따르면, 로빈슨 크루소가 무인도에서 읽을거리라곤 그 책밖에 없다 해도 안 읽을 내용이었어요.

이런 상황에 파디글 여사가 말을 끝내는 걸 보고서 우리는 크게 안심하고, 바닥에 누운 아저씨는 그때 비로소 머리를 돌리며 언짢은 어투로 물었어요.

"이제 끝난 거야?"

"일단 오늘은, 친구. 하지만 나는 절대로 지치질 않으니 당신이 멀쩡한 정신일 때 다시 오리다."

파디글 여사가 뿌듯한 마음을 그대로 드러내며 대답하자, 아저씨는 팔짱 끼고 두 눈을 감은 채 욕설을 퍼부었어요.

"당장 나간다면 그걸로 충분하니 무슨 짓이든 마음대로 해!"

그 말에 따라 파디글 여사가 일어서다 좁은 공간에 회오리바람을 일으켜, 하마터면 담뱃대를 떨어뜨릴 뻔했어요. 여사는 어린애를 양손에 한 명씩 붙잡고 나머지는 따라오라 지시하더니, 나중에 찾아오면 이 집 식구가 좋아진 모습을 보길 바란다는 희망을 드러내고는 다음 움막으로 나아갔어요. 이렇게 말하면 실례가 되지 않을까 두려운데, 이번 사례 역시 파디글 여사가 싸구려 자선 행위로 끝내지 않고 크게 부풀린다는 특징을 확실히 드러냈어요.

여사는 우리가 뒤따라온다고 여겼겠지만, 공간에 여유가 생기자마자 우리는 불 옆에 앉은 아줌마한테 다가가서 아기가 아프냐고 물었어요.

아줌마는 무릎에 누인 아기만 쳐다보았어요. 우리가 아까부터 눈여겨본 것처럼, 아줌마는 아기를 볼 때마다 멍든 눈을 한 손으로 가리는데, 싸움이나 폭력이나 학대하고 연관된 건 무어든 불쌍한 아기한테서 떼어놓으려는 것 같았어요.

마음이 따듯한 에이다는 아기가 너무 불쌍해서 고개를 숙이고 가엾은 얼굴을 만지려 했어요. 바로 그 순간, 저는 문제가 있다는 사실을 깨닫고 에이다를 잡아당겼어요. 아기가 죽은 거예요. 그러자 에이다는 아기 옆에 주저앉으며 무릎을 꿇고 흐느꼈어요.

"아, 에스더! 여길 봐, 에스더, 아기를 보라고! 묵묵히 차분하게 견디는 어여쁜 아기를! 아기한테 너무 미안해. 아기 엄마한테 너무 미안해. 이렇게 안타까운 광경은 본 적이 없어! 아, 아가야, 아가야!"

무릎을 꿇은 채 흐느끼고 더없이 따듯하고 다정하게 말하면서 아기 엄마 손을 움켜잡으면, 어떤 엄마라도 마음이 풀릴 거예요. 아기 엄마 역시 놀라서 물끄러미 쳐다보다, 이윽고 눈물을 터트렸거든요.

곧이어 저는 아기 엄마 무릎에서 아기를 들어 올려, 아기가 잠자는 모습을 최대한 예쁘고 깨끗하게 한 다음, 벽난로 선반에 누이고 제 손수건을 덮어주었어요. 우리는 아기 엄마를 달래려 애쓰며, 우리 구세주께서 아이들에게 한 말씀[62]을 속삭여주었어요. 아기 엄마는 아무런 대답도 없이 앉아서 울고, 또 울었어요.

돌아보니, 젊은 사내는 개를 데리고 나가 문가에서 마른 눈으로 안을 들여다보지만, 조용했어요. 여자애도 모서리에 앉아서 바닥만 내려다보았어요. 아저씨도 일어났어요. 도전적인 분위기로 담뱃대를 빠는 건 여전한데, 입은 꼭 다물었어요.

내가 세 사람을 둘러보는 사이에 어떤 아줌마가 흉한 얼굴에 초라한 차림새로 급히 들어와서 아기 엄마에게 곧장 다가가며 "제니! 제니!"라고 불렀어요. 아기 엄마가 일어나서 상대편 목덜미에 얼굴을 묻었어요.

새로 나타난 아줌마 역시 얼굴과 두 팔에 매 맞은 흔적이 있었어요. 품위 있는 외모는 아니어도, 함께 아파하는 마음만큼은 돋보였어요. 아기 엄마를 위로하며 눈물 흘리는 모습에는 외모 같은 것에 관심조차 없었어요. 제가 '위로'라는 표현을 사용했지만, 아줌마 입에서 나오는 말은 "제니! 제니!"가 전부였어요. 나머지는 그 말투에 모두 녹아들었어요.

두 여인이 거칠고 초라한 외모에 매까지 맞은 모습으로 마음을 모으는 광경이, 서로를 위로하려 애쓰는 광경이, 서로를 아끼는 광경이, 혹독한 삶을 겪으면서도 부드럽게 단련시킨 두 사람의 마음이 저에게

---

62) 마태오복음 19장 14절; 어린이들이 나에게 오는 것을 막지 말고 그대로 두어라. 하늘나라는 이런 어린이와 같은 사람들의 것이다.

크나큰 감동으로 다가왔어요. 그런 사람이 지닌 가장 훌륭한 모습은 우리 눈에 잘 안 드러나는 것 같아요. 가난한 사람이 가난한 사람을 돕는 건 당사자와 하느님 말고는 아무도 모르니까요.

우리는 두 아줌마를 그대로 두고 물러나는 게 좋겠다고 느꼈어요. 그래서 살며시 물러나는 걸 아저씨만 지켜보았어요. 문가에 기대고 있다, 우리가 지날 공간이 부족하다는 걸 깨닫고 앞서서 밖으로 나갔어요. 하지만 우리를 위해서 움직인 걸 숨기고 싶은 것 같은데, 우리는 그걸 알아채고 고맙다고 했지요. 아저씨는 대답을 안 했어요.

에이다는 집까지 오는 내내 너무나 슬퍼하고, 먼저 돌아온 리처드는 에이다가 우는 모습을 보고서 안타까운 나머지 (하지만 눈물을 흘리는 모습이 참 아름다웠다고 나중에 저에게 슬며시 말했답니다!) 우리가 밤에 위문품을 들고서 벽돌공 집에 다시 찾아가도록 도와주었어요. 잔다이스 아저씨한테는 최소한만 말했지만 바람은 단번에 바뀌었지요.

밤에 우리는 오전에 간 곳으로 리처드와 함께 갔어요. 도중에 시끌벅적한 술집을 지나야 했는데, 입구에 사내들이 있었어요. 그들 가운데 목소리가 가장 커다란 사람은 불쌍한 아기 아버지였어요. 개를 데리고 즐겁게 산책하는 젊은 사내도 잇달아 지나쳤어요. 여자애는 쭉 늘어선 움막 모서리에서 다른 여자애들하고 잡담하며 깔깔대는데, 우리가 지나갈 때는 창피한지 얼굴을 피했어요.

우리는 벽돌공 움막이 보이는 지점에 호위병을 세워놓고 둘이서 나아갔어요. 입구로 다가가니, 아기 엄마를 위로하던 아줌마가 초조한 눈으로 바깥을 살피다, 조그맣게 속삭였어요.

"두 아가씨로군요, 그죠? 나는 주인이 오나 살피는 중이에요. 집에 없는 걸 들키면 반쯤 죽거든요. 그래서 지금 심장이 콩알만 하답니다."

"남편을 말씀하시는 건가요?"

"네, 아가씨, 우리 주인님이요. 제니는 자요, 녹초가 돼서. 불쌍하게도 칠 일 내내 밤이고 낮이고 아기를 무릎에서 내려놓질 않았거든요, 내가 가끔 봐줄 때만 빼고."

아줌마가 길을 내줘서 우리는 안으로 조용히 들어가, 엄마가 잠자는 초라한 침상 옆에 위문품을 내려놓았어요. 실내를 청소한 흔적은 없었어요. 아니, 애초에 청소하는 자체가 불가능한 것 같았어요. 하지만 조그만 납빛 물체는 깨끗하게 씻은 채 똑바로 눕고 하얀 아마포는 엄숙한 느낌을 깔끔하게 흩뿌리고, 제 손수건은 불쌍한 아기를 그대로 덮은 채 아줌마가 상처투성이 거친 손으로 따온 향긋한 꽃 몇 송이를 다정하고 부드럽게 품었어요.

"하늘이 보상하실 거예요! 정말 착한 아주머니한테요."

우리가 말하니, 아줌마가 깜짝 놀라며 물었어요.

"나요, 아가씨들? 쉿! 제니, 제니!"

아기 엄마가 잠자다 꿈틀대며 앓는 소리를 뱉어냈어요. 하지만 익숙한 목소리를 들으니 마음이 놓이는지 곧 조용했어요.

에이다가 영면에 든 아기를 보려고 손수건을 들어 올릴 때 슬퍼하며 숙인 머리칼 사이로 아기 주변에서 후광이 나오는 것 같은데도 저는 별다른 생각을 안 했어요! 손수건이 꿈적도 않고 평화로운 가슴을 덮은 뒤에 어떤 슬픈 가슴에 놓일지도 생각을 안 했어요! 아기를 지키는 수호천사가 슬픔이 가득한 손으로 손수건을 제자리에 내려놓은 가난한 여인을, 자리를 지키는 가난한 여인을 모르는 척하지 않을 거란 생각만 가득했어요. 그러다 떠나니, 가난한 여인은 문가에서 공포에 젖은 표정으로 주변을 두리번대며 귀를 곧추세우다, 사람을 위로하는 특유의 목소리로 "제니, 제니!" 하며 달랬어요.

CHAPTER IX

신호와 징조

왜 그런지 모르겠지만 제 이야기만 쓰는 것 같네요. 다른 사람 얘기를 쓰고 싶은데, 제 얘기는 최대한 안 떠올리려고 애쓰는데, 제가 이야기에 나올 때마다 "얘야, 얘야, 지겨우니까 그만 좀 나오렴!" 하며 짜증스럽게 나무라는데, 소용이 없네요. 제가 쓰는 이야기를 읽으실 분은, 여기에 제 이야기가 너무 많다면, 그럴만한 이유가 있어서 어쩔 수 없나보다 하고 너그럽게 이해하시길 바랄 뿐이랍니다.

사랑하는 에이다와 제가 책도 함께 읽고, 뜨개질도 함께 하고, 피아노 연습도 함께 하는 등, 많은 일을 함께하는 사이에 겨울은 날개를 번뜩이는 철새처럼 멀리 날아갔어요. 리처드도 오후는 대부분, 초저녁은 모두 우리와 함께 시간을 보냈고요. 세상에서 가장 열심히 살면서도 우리와 어울리는 걸 참 좋아했거든요.

리처드는 에이다를 정말, 정말, 정말 좋아했어요. 진짜 그러니, 이번 기회에 언급해야 하겠어요. 젊은 사람이 서로 사랑하는 모습을 예전에 못 보았지만, 두 사람이 그런 건 단번에 알아챘어요. 물론 입 밖에 내거나 겉으로 드러낼 순 없었어요. 정반대로 아무것도 모르는 척 내숭만 떨다 보니, 가만히 앉아서 뜨개질할 때는 남을 속이는 법만 늘어난다는 생각마저 들었답니다.

하지만 다른 방법이 없었어요. 저로서는 입을 꾹 다물고 가만히 있는 게 전부였어요. 두 사람 역시 아무 말 않고 입을 꾹 다문 건 똑같았어요, 사랑하는 마음에 관한 한. 하지만 두 사람이 서로에게 끌리면 끌릴수록 저한테 순진무구하게 기대는 모습이 아름다워, 속에서 부글부글 끓어오르는 관심을 겉으로 안 드러내는 게 너무나 어려웠어요.

리처드는 새벽마다 정원에서 저에게 다가와, 얼굴을 살짝 붉히면서도 쾌활하게 웃으며 "우리 다정한 꼬마 아줌마가 너무 훌륭해서 잠깐이라도 못 보면 아무것도 못 할 것 같아. 정신없이 바쁜 하루를 시작하기 전에 - 수많은 책과 장비를 파고들기 전에, 노상강도처럼 말을 몰면서 언덕과 골짜기를 오르내리고 들판을 내달리기 전에 - 편안한 친구랑 나란히 산책하는 게 너무 좋아서 또다시 찾아왔어!"라고 말하기 일쑤였어요.

에이다는 밤마다 제 어깨에 머리를 기대고 깊이 생각하는 눈으로 불빛을 머금으며 "너도 알겠지만, 사랑하는 더든 아줌마, 여기에 올라오면 아무 말도 하고 싶지 않아. 사랑하는 친구 얼굴을 벗하고 앉아서 가만히 생각에 잠기며 바람 소리도 듣고 바다에서 고생할 뱃사람도 떠올리고 싶어!"라고 말하기 일쑤였어요.

아! 리처드가 뱃사람이 될 건가 봐요. 예전에도 여러 번 얘기했고, 어릴 적에 동경하던 뱃사람이 되겠다고 구체적으로 말한 적도 있거든요. 잔다이스 아저씨는 친척이신 레스터 데드록 경에게 리처드를 도와주면 고맙겠다는 편지를 쓰고, 레스터 데드록 경은 정중한 답신을 보냈는데, 그럴 힘만 있다면 젊은이가 앞날을 개척하도록 기꺼이 돕겠지만,

자신에게는 그럴 힘이 없는 것 같다, 우리 부인이 (먼 친척이란 사실을 정확히 기억하는) 젊은이에게 앞으로 명예로운 직업에 종사하며 열심히 살 거라는 믿음과 함께 안부를 보낸다는 내용이 전부였어요. 그걸 보고 리처드는 이렇게 말했어요.

"내 길은 내 힘으로 개척해야 한다는 사실이 여실히 드러났어. 괜찮아! 수많은 사람이 오래전부터 그랬고, 결국엔 해냈어. 멋진 민간 무장선 선장이 돼서 대법관을 납치해, 우리 소송을 판결할 때까지 먹을 걸 아주 조금씩 주고 싶은 마음뿐이야. 그러면 몸이 삐쩍 마르겠지, 똑똑하게 안 굴면!"

리처드는 낙천적인 성격에 장래가 창창하고 활력이 넘치는 터라 경솔한 모습을 가끔 보이는데, 정작 리처드 자신은 엉뚱하게도 그걸 신중한 모습으로 여겨, 저로선 더 당황스럽기만 했어요. 이런 경향은 돈을 계산할 때 독특하게 나타나는데, 스킴폴 선생에게 돈을 빌려준 순간으로 돌아가서 설명하는 게 좋겠어요.

잔다이스 아저씨는 스킴폴 선생 당사자나 '채무자 감옥' 선생에게 액수를 파악하곤 돈을 저한테 건네면서 제 몫을 챙기고 나머지는 리처드한테 주라고 지시했어요. 그러자 생각도 못 한 10파운드가 생겼다면서, 새로 벌거나 모은 돈이라도 되는 것처럼 아무렇게나 쓰는 걸 보면, 리처드는 돈에 대한 개념이 단순하다는 걸 알 수 있었어요. 별생각도 없이 벽돌공한테 5파운드를 주겠다고 할 때는 이렇게 말할 정도였어요.

"신중한 허버드 엄마, 어째서 안 돼? '채무자 감옥' 일로 10파운드를 확실하게 벌었잖아."

"그게 번 거야?"

"당연하지, 절대로 못 받을 걸 알면서 내준 10파운드잖아. 이건 부정하지 않지?"

"그래."

"좋아! 그런데 10파운드가 들어왔으니……"

"빌려준 돈을 받은 거잖아."

"그건 상관없어! 생각도 않던 10파운드가 생긴 건 확실하니 이런 돈은 편히 써도 된다고."

리처드는 벽돌공에게 5파운드를 줘도 아무런 소용이 없다는 말을 듣고서 포기했지만, 이번 역시 똑같은 논리로, 없던 돈이 생긴 거나 마찬가지라면서 이렇게 말했어요.

"가만있자! 벽돌공 문제로 5파운드를 안 썼는데, 역마차를 타고 런던까지 신나게 달려가고 돌아와도 4파운드밖에 안 드니, 1파운드를 안 쓴 거야. 1파운드를 안 쓴다는 건 좋은 일이야. 한 푼을 안 쓰면 한 푼을 버는 거니까!"

리처드는 솔직하고 관대한 천성을 타고난 사람 같았어요. 뭐든 열심이고 용감한 데다 바쁜 와중에도 다정해, 저하고는 불과 몇 주 사이에 친 형제자매 같은 사이가 될 정도였어요. 리처드는 천성이 다정하니 에이다가 아니어도 저한테 충분히 잘할 텐데, 에이다까지 있으니 언제나 쾌활하고 명랑하고 즐겁게 관심을 보이고 제 말을 들어주는, 정말 가까운 친구가 되었답니다. 저는 두 사람과 한자리에 앉고 함께 산책하고 함께 대화하는 사이에 서로 깊은 사랑에 나날이 빠지는 모습을, 둘 다 상대편에게 안 들킨 줄 알고, 아무도 모르고 자신만 아는, 세상에서 가장 은밀한 사랑으로 여기며 수줍어하는 모습을 옆에서 가만히 지켜보는데, 저 역시 속으로 두 사람만큼이나 황홀하고 두 사람만큼이나 기뻤답니다.

우리가 이렇게 지내던 어느 날 아침에 식사 자리에서 잔다이스 아저씨가 편지 한 통을 받고 봉투에 적힌 이름을 보며 "보이손[63] 보냄?

그래, 그래!"라고 중얼대더니, 유난히 기쁜 모습으로 봉투를 열어서 읽다, 중간 삽입절처럼 보이손이 놀러 온다고 선언했어요. 우리는 보이손이 누군가 골똘히 생각했어요. 행여나 보이손 때문에 두 사람이 사랑하는 마음에 장애물이 생기는 건 아닐까? 하는 생각도 하고요, 최소한 저는요.

잔다이스 아저씨는 편지를 식탁에 내려놓고 손가락으로 톡톡 치며 설명했어요.

"로렌스 보이손 선배하고는 학교를 같이 다녔어. 벌써 45년이 넘었군. 당시엔 세상에서 가장 충동적인 소년이었는데, 지금은 세상에서 가장 충동적인 어른이야. 당시엔 세상에서 목소리가 가장 커다란 소년이었는데, 지금은 세상에서 목소리가 가장 커다란 어른이고. 당시엔 세상에서 가장 다정하면서도 체구가 좋은 소년이었는데, 지금은 세상에서 가장 다정하면서도 체구가 좋은 어른이기도 해. 대단한 선배지."

"덩치요, 선생님?"

리처드가 묻자, 잔다이스 아저씨가 대답했어요.

"그래, 그래, 그런 점에서. 나이가 나보다 열 살 정도 많은데 키는 5cm나 크고, 머리는 늙은 군인처럼 뒤로 젖히고, 허리는 꼿꼿하고, 가슴은 널찍하고 건장하며, 두 손은 깨끗한 대장장이 손 같고, 허파는! 허파는 비교할 대상이 없어. 말하거나 웃거나 코를 골 때는 대들보가 들썩이니까."

잔다이스 아저씨가 가만히 앉아서 정겨운 선배 모습을 떠올리는데, 바람이 바뀌는 징후는 조금도 없다는 게 우리는 반가웠어요.

"하지만 내가 말한 건 이분 내면이야, 사내의 따듯한 마음, 따듯한 열정, 펄펄 끓는 피, 리처드. 그리고 에이다랑 '꼬마 거미줄' 에스더,

---

63) Boy(소년)과 thorn(가시)를 합친 이름에서 작가가 그릴 캐릭터가 단적으로 나타난다.

이번에 오실 손님이 너희도 궁금하겠구나. 이 양반은 표현 방식도 목소리만큼 대단해. 늘 과격하게 말하고 늘 최상급을 동원하거든. 누구한테 욕설을 퍼부을 때는 무시무시하지. 사람 잡아먹는 괴물처럼 보일 정돈데, 실제로 몇몇 사람한테는 그런 평판이 돈단다. 그래! 선배 얘기는 이걸로 끝내자. 선배가 나한테 보호자처럼 굴어도 놀라지 말고. 내가 저학년일 때 아침 식사 직전에 나를 괴롭히던 고학년 이빨을 두 개나 (선배는 여섯 개라고 하는데) 부러뜨리면서 나하고 가까워졌거든. 에스더, 선배가 오늘 오후에 하인을 데리고 도착해."

저는 보이손 선생을 맞이할 준비에 들어가고, 우리 모두 호기심 가득한 마음으로 손님이 도착하기만 기다렸어요. 하지만 오후는 그대로 흘러가고 손님은 안 왔어요. 저녁 식사 시간이 되어도 여전히 안 나타났어요. 저녁 식사를 한 시간 미루고, 우리 모두 벽난로 앞에서 촛불 없이 불빛만 받으며 앉아있는데, 현관문이 갑자기 열리면서 커다란 목소리가 힘차게 울려 퍼졌어요.

"제일 나쁜 악당이 길을 잘못 알려줬어, 잔다이스. 왼편이 아니라 오른편으로 가야 한다고 했거든. 그놈은 세상에서 제일 나쁜 악당이야. 그놈 아버지도 제일 지독한 악당이 분명해, 그런 놈을 낳았으니. 총으로 가차 없이 쏴 죽이고 싶어!"

"그놈이 일부러 그런 거야?"

잔다이스 아저씨가 묻자, 보이손 선생이 대답했어요.

"그놈은 여행객한테 길을 엉터리로 알려주며 평생을 살아온 게 분명해! 장담하는데, 나한테 오른쪽으로 가라고 할 때 보니, 그렇게 추악한 개새끼는 없었어. 그런데도 내가 그 더러운 얼굴을 쳐다만 볼 뿐, 그놈 대가리를 안 깨부쉈다니!"

"이빨 아니야?"

잔다이스 아저씨가 묻자 보이손 선생이 폭소를 터트리고, 집 전체는 실제로 흔들렸어요.

"하하하! 뭐야, 아직도 안 잊었어! 하하하! 그놈 역시 제일 지독한 악당이었지! 장담하는데, 그놈은 어릴 적에 악당 나라 들판에 세워놓은 허수아비처럼 잔인하고 비겁하게 배신하는 더러운 인상이 얼굴에 가득했어. 어디에도 비할 수 없이 나쁜 놈이니, 어디서든 마주치면 썩어빠진 나무처럼 단번에 쓰러뜨리고 말겠어!"

"당연히 그러겠지. 그래, 이제 내 방으로 올라갈까?"

잔다이스 아저씨가 제안하자, 손님은 시계를 보는 듯하다 말했어요.

"장담하는데, 자네가 그동안 결혼했다면, 잔다이스, 이토록 늦은 시간에 자네 부인 앞에 나서느니, 차라리 지금 당장 제일 머나먼 히말라야 산맥 봉우리 끝으로 도망치고 말겠네."

"그렇게 멀리 도망칠 필요는 없는 거 아냐?"

잔다이스 아저씨가 놀리고, 손님은 소리쳤어요.

"목숨과 명예를 걸고 그리하겠어! 오만방자한 철면피처럼 세속적인 문제 때문에 안방마님을 오랫동안 기다리게 하다 늦은 시간에 찾아오는 죄악을 저지르는 건 싫거든. 그럴 바에는 차라리 죽어 나자빠지고 말겠어, 무한정!"

이렇게 말하며 계단을 올라가더니 곧이어 잔다이스 아저씨 침실에서 "하하하!" 천둥이 울리다, 또다시 "하하하!" 울리며 메아리치는 게, 그분이 웃는 소리에 혹은 그 소리를 듣고서 우리가 웃는 소리에 마을까지 전염돼서 흥겹게 웃는 것 같았어요.

그 웃음소리에, 활기차고 건강한 목소리에, 하나같이 원숙하고 풍성한 느낌에, 최상급 분노를 표출해도 빈 대포 소리만 요란할 뿐 다치는 사람은 아무도 없다는 느낌에, 우리 모두 긍정적인 선입견을 품었어요.

하지만 두 분이 다시 나타나고 잔다이스 아저씨가 소개할 때, 우리 선입견이 모두 맞으리란 생각은 미처 못했어요. 그분은 사전에 들은 대로 허리가 꼿꼿하고 건장하며 잘생긴 노신사일 뿐 아니라, 반백의 머리는 거대하고, 입을 다물면 얼굴이 차분하고 평온해도 끊임없이 솔직하게 말하지 않으면 살이 통통하게 붙을 것 같고, 엄청나게 강조하며 말하는 근육을 끊임없이 떠받치지 않으면 턱이 이중 턱으로 변할 것 같은 분이었어요. 하지만 행동 하나하나가 기사처럼 예의 바른 모습은 진정한 신사고, 얼굴은 미소를 머금는 자체로 다정하고 부드럽고 명랑하게 보이며, 실제로 숨기는 것 하나 없이 자신을 있는 그대로 보여주는 것 같고, 리처드 말대로, 소총 같은 건 하나도 없고 무엇이든 큼지막할 수밖에 없어서 빈 대포만 펑펑 쏘아대는 것 같아, 저녁을 함께 들면서 미소를 머금은 얼굴로 에이다와 나랑 대화하든, 잔다이스 아저씨 꼬임에 넘어가서 최상급 대포를 펑펑 쏘아대든, 집요한 사냥개처럼 머리를 꼿꼿이 쳐들고 "하하하!" 소리를 엄청 커다랗게 터트리든, 정말이지 저는 마냥 즐거운 마음으로 바라보지 않을 수 없었어요.

"그래, 새는 데리고 왔겠지?"

잔다이스 아저씨가 묻자, 손님이 대답했어요.

"맹세코 그놈은 유럽 전역에서 최고로 놀라운 새야! 정말 훌륭한 생명체라고! 금화 만 냥을 준다고 해도 안 팔아. 나보다 오래 살 때를 대비해서 혼자 사는 데 필요한 연금까지 마련해 놓았다네. 먼저 있던 그놈 아버지도 어떤 새보다 놀라운 새였지!"

그렇게 찬미한 대상은 자그마한 카나리아로, 길이 얼마나 잘 들었는지 손님 하인이 둘째 손가락에 앉혀서 데려오자, 실내를 한 바퀴 조용히 날다 주인 머리에 살포시 앉았어요. 보이손 선생이 연약한 새를 머리에 차분히 앉힌 채 무서운 말을 열심히 뱉어내는 모습은 그분 성격을 단적으로 드러내는 것 같았어요. 카나리아가 쪼아먹도록 조그만 빵조각을 내밀면서 이렇게 말했거든요.

"장담하는데 잔다이스, 내가 자네라면 내일 아침 당장 대법정 법률가 놈들 목덜미를 모조리 움켜잡고 마구 흔들어대서 주머닛돈이 깨끗하게 굴러 나오고 온몸에서 뼈가 덜거덕대게 하겠어. 정당한 방법이든 부당한 방법이든 상관하지 않고 상대방과 담판해서 끝장내고 말겠다고. 모든 권한을 위임한다면 내가 나서서 최고로 만족스럽게 해내겠다고!"

이렇게 말하는 내내 자그마한 카나리아는 주인 손에서 빵조각을 쪼아먹고, 잔다이스 아저씨는 웃으면서 대답했어요.

"고마워, 선배. 하지만 이제 소송은 영국에 있는 판사와 변호사를 모두 흔들어대도 한 발짝을 못 나갈 상태야."

"지상에 있는 지옥 불 가운데 대법정처럼 지독한 곳은 어디에도 없어. 그런 곳은 개정 기간 중 가장 바쁜 날에 땅속에다 지뢰를 파묻어, 위쪽과 아래쪽, 높은 놈과 낮은 놈은 물론 거기에 관여하는 놈 모두랑 기록과 법률과 선례까지 모조리 모아놓고 화약 천 톤을 터트려서 깡그리 날려버려야 해, 조금이라도 개혁하려면!"

그분이 굵직한 목소리로 강력한 개혁 방법을 열심히 내놓는 모습에 누구나 웃지 않을 수 없었어요. 그래서 우리가 웃으니, 그분 역시 머리를 꼿꼿이 들고서 널찍한 가슴을 흔들며 주변이 또 마구 흔들릴 정도로 커다랗게 "하하하!" 웃어댔어요. 그런데도 자그마한 새는 아무렇지 않았어요. 완벽하게 안전한 느낌으로 머리를 이쪽저쪽 홱홱 돌리며 식탁을 쫑쫑쫑 뛰어다니다, 반짝이는 눈을 갑자기 돌려서 주인을 쳐다보는 게, 자신과 똑같은 새라고 여기는 것 같았어요.

"그런데 통행권을 둘러싸고 이웃과 분쟁이 인 사건은 어떻게 됐어?

선배도 법적인 문제에서 자유롭지 않다고!"

"그 작자가 무단침입으로 고발하기에 나 역시 그 작자를 무단침입으로 고발했어. 맹세코, 그리 뻔뻔한 작자는 어디에도 없다네. 그놈은 레스터 데드록 경이 아니라 루시퍼[64] 경이라고 불러야 마땅해."

"우리 먼 친척을 칭찬하시는군!"

잔다이스 아저씨가 웃으면서 에이다랑 리처드에게 말하자, 손님이 다시 말했어요.

"내가 두 사람한테 당연히 사과했을 거야, 에이다 양은 얼굴이 편안하고 리처드 군은 환하게 웃는 걸 보고서 그럴 필요가 없다는, 두 사람이 먼 친척과 불편한 거리를 유지한다는 확신만 안 들었다면."

"그분이 그런 거리를 유지하는 걸 수도 있죠."

리처드가 말하자, 보이손 선생은 다시 폭탄을 퍼부어대며 소리쳤어요.

"맹세코 그 작자는, 그놈 아버지도, 그놈 할아버지도, 하나같이 자연이 실수해서 사람이 들어설 자리에 잘못 들어선 벌레에다, 정말 완고하고 거만한 돌대가리에다, 성질 고약한 멍텅구리야! 가족 전체가 하나같이 잘난 척하면서 우쭐대는 얼간이뿐이라고! 하지만 아무래도 괜찮아, 그놈이 준남작 50명을 하나로 합치고 그런 집 100채를 하나로 합친 집에서 사는 놈이라 해도 내가 지나는 길만 차단하지 않는다면. 그런데 그놈이 변호산지 비선지 뭔지 모를 놈을 보내서 '준남작 레스터 데드록 경이 로렌스 보이손 선생께 안부를 전하며, 현재 로렌스 보이손 선생께서 소유하신 낡은 사제관 옆 녹색 오솔길은 통행권이 레스터 데드록 경 소유며 체스니 대저택 공원의 일부라는 사실을, 그래서 레스터 데드록 경께서는 그 길을 차단하고자 한다는 사실을 알려드리고자 한다'는

64) 악마의 이름.

편지를 나한테 건네는 거야. 그래서 나는 그놈한테 '로렌스 보이손 선생이 준남작 레스터 데드록 경께 안부를 전하며, 로렌스 선생은 레스터 데드록 경의 모든 주장과 입장을 전면적으로 부정한다는 사실을, 그래서 앞으로 그 길을 차단할 사람한테 기꺼이 본때를 보여주겠다는 사실을 알려드리고자 한다'고 답장을 보냈어. 그러자 이놈이 제일 거지 같은 애꾸눈 악당을 보내서 길을 막으려 한 거야. 그럴 때마다 나는 벼락 맞을 악당한테 숨조차 못 쉴 때까지 물대포를 쏘아대고. 그러니까 이번에는 야밤에 문을 세우더군. 나는 그럴 때마다 아침에 도끼로 부숴서 불태우고. 그러니까 이번에는 앞잡이를 잔뜩 보내서 우리 울타리를 마냥 넘어다니게 하는 거야. 나는 그놈들을 함정에 멋들어지게 빠뜨려서 그놈들 다리에 콩알을 쏘아대고 물대포까지 쏘아댔어, 쥐새끼 같은 악당을 깨끗하게 쓸어내서 인류가 못 견딜 짐을 덜어내려고. 그러니까 이번에는 무단침입으로 고소하더군. 당연히 나도 무단침입으로 고소하고. 그러니까 이번에는 공갈 협박으로 고소하더라고. 당연히 나 역시 사실을 설명한 다음에 공갈 협박으로 고소했다네. 하하하!"

보이손 선생이 상상조차 못 할 에너지로 말하는 소리를 모두 들었더라면 지구 전체에서 가장 크게 분노한 사람이란 생각이 들었을 거예요. 그런데 주인 엄지손가락에 앉은 자그마한 새를 바라보며 둘째손가락으로 깃털을 다정하게 쓰다듬는 모습을 보았더라면, 지구 전체에서 가장 다정한 사람이란 생각이 들었을 거예요. 그러면서 웃는 소리를 듣고 얼굴에 선량한 표정이 가득한 걸 보았더라면, 세상에 근심 걱정 하나 없이, 다투지도 않고, 싫어하는 것도 없어, 따사로운 햇살처럼 살아가는 분이란 생각이 들었을 거예요.

"그럼 안 되고말고. 어떤 데드록이라도 내 오솔길을 막을 순 없다고!"

여기에서 보이손 선생이 목소리를 줄이며 이어갔어요.

"하지만 기꺼이 고백하겠는데, 데드록 귀부인은 세상에서 가장 세련된 여인이니, 나로선 평범한 신사답게 경의를 표할 수밖에 없다네, 머리에 700년 세월을 뒤집어쓴 준남작은 생각도 못 할 방법으로. 스무 살에 군대에 들어가서 일주일밖에 안 됐을 때, 숨도 못 쉴 정도로 허리에 착 달라붙도록 옷을 입는 멋쟁이에, 그러다 결국에 파산한, 머리에 든 거라곤 똥밖에 없는 오만한 지휘관한테 결투를 신청한 사내라면, 죽든 살든, 옥에 갇히든 안 갇히든,[65] 악마 루시퍼 경한테 질 순 없더라도, 하하하!"

"그런 사내라면 후배가 지는 것도 용납하지 않겠지?"

잔다이스 아저씨가 묻자, 보이손 선생이 보호하는 분위기로 후배 어깨를 찰싹 때리고는 웃으면서 말하는데, 느낌이 꽤 진지했어요.

"당연하지! 그런 사내라면 후배를 늘 지켜주겠지. 잔다이스, 자네는 나한테 기대기만 하면 돼! 하지만 무단침입 얘기가 나온 김에 묻겠는데 - 지루한 얘기를 너무 오래 한 걸 에이다 양과 에스더 양한테 먼저 사과하고 - 자네 변호사 사무실 켄지와 카보이에서 나한테 보낸 게 없나?"

"없는 것 같지, 에스더?"

"네, 아저씨, 없어요."

"고맙소, 아가씨, 고마워! 에스더 양이 사려 깊은 걸 단번에 깨달았으니, 물을 필요도 없었어."

꼭 그래야 하는 것처럼 주변 모두 저를 격려하고, 보이손 선생은 다시 말했어요.

"그런데도 물은 건 링컨셔에서 오는 길이라 당연히 런던에 못 들러

---

65) 레스터 데드록(Leicester Dealock)이란 이름을 빗대서 'dead or alive, locked or unlocked'라며 비꼬는 표현이다.

서, 인편으로 여기에 편지를 보낼 수도 있겠다고 생각했거든. 장담하는데, 내일 아침이면 인편으로 도착할 거야."

초저녁 시간이 즐겁게 흐르는 내내 저는 보이손 선생을 자주 쳐다보았어요. 보이손 선생은 피아노랑 약간 떨어진 거리에 앉아서 선율을 가만히 들으면서도 - 자신은 음악 애호가라고 말하지 않아도 얼굴에 그대로 드러내면서도 - 만족스럽기도 하고 호기심도 이는 표정으로 리처드와 에이다 얼굴을 찬찬히 살피다, 잘생긴 얼굴에 놀라울 정도로 상냥한 표정을 떠올려, 저는 아저씨와 단둘이 주사위 놀이를 하다 보이손 선생님이 결혼하셨느냐고 물었어요.

"아니, 안 했어."

"하지만 결혼하려고 한 적은 있을 거예요!"

제가 말하자, 아저씨가 미소를 머금으며 물었어요.

"어떻게 알았니?"

저는 머릿속 생각이 드러날 위험에 얼굴을 살짝 붉히며 대답했어요.

"어머, 아저씨, 무엇보다 먼저, 저희를 대하는 태도가 신사다우신데다 예의도 바르고 다정하시잖아요. 게다가……"

그러자 잔다이스 아저씨는 가만히 앉아있는 보이손 선생 쪽을 바라보고, 저는 입을 다물었어요.

"네 말이 맞아, 꼬마 아줌마. 한 번 결혼할 뻔했어. 예전에. 딱 한 번."

"여성분이 돌아가셨나요?"

"아니야…… 하지만 저 선배한테는 죽은 것과 똑같아. 지금까지 평생에 걸쳐서 영향을 받거든. 네가 보기엔, 저 선배 머리와 가슴에 아직도 사랑하는 마음이 가득한 것 같니?"

"제가 보기엔 그런 것 같아요. 하지만 아저씨가 말씀해 주셔서 그렇게 보이는 걸 수도 있어요."

"그때 이후로 저분은 마땅히 살아갈 삶을 한 번도 못 살더니, 이제 저렇게 나이가 들고, 곁에는 하인 한 명과 조그맣고 노란 카나리아밖에 없구나. 얘야, 네가 주사위를 던질 차례란다!"

저는 아저씨 표정을 보고서 이 주제를 계속 파고들면 바람이 바뀌겠다고 느꼈어요. 그래서 더 안 물었어요. 관심은 있어도 호기심까진 아니었거든요. 저는 깊은 밤에 보이손 선생이 코를 심하게 곯아대는 소리에 깨어나, 오래된 사랑 이야기를 떠올렸어요. 아주 힘든 상상까지, 노인이 다시 젊어져서 젊음의 매력을 마음껏 누리는 장면까지 떠올리려 했어요. 하지만 제대로 성공하기 전에 다시 잠들어선 대모님 집에서 살던 시절을 꿈꾸었어요. 저는 꿈을 꾸면 그 시절이 떠오르는데, 이게 당연한지 아닌지는 꿈에 대해 아는 게 없어서 잘 모르겠어요.

아침이 되자 '켄지와 카보이' 변호사 사무실에서 직원 한 명이 정오에 찾아뵐 거라는 전갈을 보이손 선생께 보냈어요. 일주일 사이에 들어온 청구서를 결제하고 장부를 작성하는 등, 집안일을 최대한 꼼꼼하게 정리하는 날이라 저는 집에 남고, 잔다이스 아저씨와 에이다와 리처드는 좋은 날씨를 즐기러 가벼운 산책에 나서고, 보이손 선생은 '켄지와 카보이' 직원을 기다리다 산책에서 돌아오고 있을 세 사람을 마중 나갔어요.

아아! 상인들이 내민 장부를 검토하고 항목별로 계산하고 대금을 치르고 영수증을 정리하는 등 이런저런 일로 정신없이 바쁠 때, 거피 선생이 도착했다는 말과 함께 안내를 받으며 들어왔어요. 우리 집으로 온다는 직원은 역마차 사무실에서 만난 젊은 사내일 수도 있겠다는 생각을 막연하게 떠올리다, 정작 그 사람을 보니 반가웠어요. 제가 이렇게 행복하게 사는 것과 관련된 사람이잖아요.

그런데 모양새가 산뜻하게 변해서 간신히 알아보았어요. 몸에 걸친 정장은 광택이 감돌고, 모자는 반짝이고, 새끼 염소 가죽 장갑은 연보라색이고, 목도리는 갖가지 색깔이 화려하고, 단춧구멍에는 온실에서 자란 큼지막한 꽃을 꽂고, 새끼손가락에는 굵직한 금반지까지 꼈거든요. 머릿기름과 향수 냄새도 식당에 가득 풍기고요. 보이손 선생께 통보하러 간 하녀가 돌아올 때까지 의자에 앉으라고 권하는데, 상대는 당혹스러울 정도로 유심히 저를 바라보았어요. 그러다 모서리 의자에 앉아서 다리를 꼬았다 풀기를 반복할 때, 저는 오는 길이 편했느냐 묻고 켄지 변호사님이 편히 지내시길 바란다고 인사하면서도 그쪽을 한 번도 안 보는데, 상대는 여전히 호기심 가득한 표정으로 뚫어지게 바라보는 게 분명했어요.

하녀가 내려와서 보이손 선생 방으로 올라오란다고 전달할 때, 저는 다시 내려오면 점심을 차려놓았을 거라고, 잔다이스 선생께서 드시고 가도록 지시하셨다고 말했어요. 그러자 거피는 방문 손잡이를 잡은 채 수줍은 표정으로 물었어요.

"그때 다시 뵙는 영광을 누릴 수 있을까요, 아가씨?"

저는 알겠다, 여기에 있겠다 대답하고, 거피는 고개를 숙여서 인사하더니 또다시 쳐다보며 나갔어요.

저는 거피가 쑥스럽고 어색해서 그러는 거라고, 많이 당황한 모양이라고 생각했어요. 그렇다면 필요한 게 더 없을 때까지 옆에서 거들다 혼자 있도록 자리를 비워주면 되겠다고 판단했어요. 점심은 금방 들어왔지만, 꽤 오랫동안 식탁에 그대로 있어야 했어요. 보이손 선생과 면담이 길기도 하고 거칠기도 했거든요. 꽤 떨어진 거리인데도 커다란 목소리가 툭하면 폭풍우처럼 일어나서 거센 파도처럼 몰아칠 정도로요.

마침내 거피가 내려와서 많이 시달린 표정으로 나지막이 말했어요.

"세상에, 정말 사나운 분이네요, 아가씨!"

거피는 식탁에 앉아서 나이프를 포크에 대고 소심하게 갈아대는데, 그러면서도 독특한 눈빛으로 저를 계속 쳐다보는데, 저는 쳐다보지 않아도 또렷이 느낄 수 있었답니다. 나이프 가는 소리는 오랫동안 이어지고, 마침내 저는 상대가 빠져들어 헤어나올 줄 모르는 마법을 깨뜨리기 위해서라도 눈을 들어서 그쪽을 쳐다보아야 한다고 느꼈어요.

그와 동시에 거피는 접시를 내려다보며 칼질을 시작했지요.

"뭐라도 드시겠습니까, 아가씨? 고기 한 점 잘라드릴까요?"

"아닙니다, 고맙습니다."

"제가 무어든 한 점을 잘라드리면 안 될까요, 아가씨?"

거피가 말하면서 유리잔에 든 포도주를 황급히 들이켰어요.

"괜찮습니다, 고맙습니다. 저는 선생께 필요한 게 다 있는지 확인하려고 기다리는 것뿐입니다. 더 필요한 게 있으신가요?"

"없습니다. 정말 고맙습니다, 아가씨. 정말입니다. 저한테 필요한 건 다 있는데, 문제는……제가 편안할 수 없다는 거……한 번도 그런 적이 없다는 겁니다."

거피가 말하곤 포도주를 두 잔 더 연거푸 들이켰어요.

저는 이만 나가는 게 좋겠다고 생각했어요.

"죄송합니다만, 아가씨! 사적인 대화를 일 분만 허락해주시겠습니까?"

저는 뭐라고 말해야 좋을지 몰라서 자리에 다시 앉았어요.

"앞으로 하는 말엔 어떤 침해도 없는 겁니까, 아가씨?"

거피가 물으면서 초조한 표정으로 의자를 제 책상 쪽으로 끌어당겼어요.

"무슨 말씀인지 모르겠군요."

제가 물었어요.

"법률 용어랍니다, 아가씨. 앞으로 나올 말을 켄지와 카보이를 포함해 어떤 곳에서도 저한테 불리하게 사용하지 않겠다는. 이번 대화가 아무런 결론도 못 낸다면, 저는 제 위치나 앞길에 조금도 침해당하지 않고 원래 상태로 돌아간다는. 간단히 말해서 완벽한 비밀로 한다는 뜻입니다."

"본 적이 딱 한 번밖에 없는 분이 저한테 완벽한 비밀로 할 말이 무엇인지 당혹스럽지만, 선생께 조금이라도 해를 끼치는 일은 없도록 하겠어요."

제가 말하자, 거피는 손수건으로 이마를 닦거나 두 손을 열심히 비비며 대답했어요.

"고맙습니다, 아가씨. 그 정도면 충분하다고 확신합니다. 제가 포도주를 한 잔 더 마시는 걸 양해하신다면, 숨이 탁탁 막혀서 서로 불쾌한 일은 없을 것 같습니다."

거피는 포도주를 마시고 돌아왔어요. 저는 기회를 이용해서 책상 뒤로 멀찌감치 물러나고요.

"한 잔 권해도 괜찮을까요, 아가씨?"

거피가 묻는데, 기운을 차린 게 분명했어요.

"아닙니다."

"반 잔이라도? 반의반 잔이라도? 아니군요! 그럼, 시작하겠습니다. 현재 저는 켄지와 카보이에서 주급 2파운드를 받습니다, 에스더 아가씨. 아가씨를 바라볼 행운을 처음 누릴 때만 해도 1파운드 15실링으로, 이 금액에 오랫동안 머물렀습니다. 그런데 아가씨를 만난 뒤에 5실링이 오르고, 이번 회기가 끝나면 열두 달 안에 5실링을 더 올려주겠다는 약속을 받았습니다. 저희 어머니는 재산이 조금 있으셔서 평생 연금형

태로 받으시며, 구 거리 도로(the Old Street Road)에서 소박하지만 독립적으로 사신답니다. 간섭하신 적이 한 번도 없으며, 늘 온화하시고 성격도 편안하시죠. 단점은 당연히 있지만, 주변에 사람이 있을 때 드러낸 적은 한 번도 없으며, 포도주나 위스키나 맥주 문제 역시 전혀 없습니다. 제가 사는 곳은 펜턴빌 펜턴 플레이스 하숙집입니다. 누추하지만 바람이 잘 통하고 뒤쪽이 탁 트여서 건강에 좋답니다. 에스더 아가씨! 조심스럽게 표현해서, 저는 아가씨를 숭배합니다. 제가 하는 청혼을 받아주시기 바랍니다!"

거피가 무릎을 꿇었어요. 저는 책상 뒤로 충분히 물러난 상태라서 많이 겁나진 않았고요.

"엉뚱한 자세에서 당장 일어나세요, 선생님, 안 그러면 암시한 약속을 깨고 종을 울리겠습니다!"

제가 말하자, 거피가 두 손을 모으며 사정했어요.

"끝까지 들어주세요, 아가씨!"

"한마디도 안 듣겠어요. 당장 일어나, 상식을 되찾아서 당연히 머물러야 할 식탁 의자로 가지 않는 한."

거피는 측은하게 쳐다보다 천천히 일어나서 그렇게 했어요. 그러더니 가슴에 한 손을 얹고 머리를 흔들면서 음식 너머로 구슬프게 말했어요.

"이런 순간에 음식 앞에 앉아야 한다는 사실이 참으로 애석합니다. 영혼이 음식을 거부하는 순간에요, 아가씨."

"마무리하세요. 선생께서 끝까지 들어달라고 부탁하셨으니, 저는 어서 마무리하라고 부탁하겠습니다."

"알겠습니다, 아가씨. 사랑하고 존중하니 복종도 하겠습니다.[66] 성

66) 영국 국교회에서 결혼 서약으로 하는 맹세.

당에서 그대에게 똑같이 맹세할 수만 있다면!"

"그럴 일은 결코 없으며 완벽하게 불가능합니다."

제가 반발하자, 거피는 음식 너머로 상체를 쭉 내밀고 여전히 똑같은 눈빛으로 열심히 바라보고, 이번 역시 저는 눈길 한번 안 주는데 이상하게도 그 눈길을 느낄 수 있었어요.

"세속적인 관점에서, 모든 상황으로 보아 정말 초라하게 청혼했다는 사실은 저도 잘 압니다. 하지만 에스더 아가씨! 천사여! 아니에요, 종을 울리지 마세요…… 저는 규칙이 엄격한 기숙학교에서 성장했으며 다양한 변호사 업무에 정통합니다. 나이는 어리지만, 증거를 긁어모으고 소송을 정리하고 많은 삶을 목격했습니다. 그대가 손을 내미는 행운만 누린다면, 그대의 이익을 증진하고 그대의 행운을 도모하는데 필요한 수단을 제가 무어든 못 찾겠습니까! 그대에게 필요한 정보를 제가 무어든 못 찾겠습니까? 물론 지금은 아는 게 없지만, 그대가 믿고 격려한다면, 제가 무엇이든 못 찾겠습니까?"

저는 당신이 내 이익 혹은 내 이익이 될 거로 가정하고 한 말은 내 성향을 언급한 말만큼이나 무의미하니, 지금 당장 떠나주길 요청해도 이해하시길 바란다고 대답했어요.

"잔인하시군요, 아가씨! 딱 한 마디만 더 들어주세요! 역마차 종점에서 처음 만난 날에 제가 그대의 매력에 푹 빠진 사실은 그대도 아시리라 생각합니다. 제가 역마차 발판을 내릴 때 그대의 매력에 찬사를 보낼 수밖에 없었다는 사실은 그대도 눈치챘을 거로 생각합니다. 그대한테는 미미한 찬사였지만, 마음은 뜨거웠습니다. 그때 이후로 그대 모습이 가슴에 박혔습니다. 초저녁이면 그대가 묵은 집 벽돌이나마 바라보려는 이유 하나로 젤리비 여사 댁 맞은편을 오르내렸습니다. 오늘도 여기까지 올 필요는 없는데 그대를 생각하는 마음 하나로 일부러 찾아온 겁니다. 이익이란 단어를 꺼낸 이유는 저 자신을 드러내고 사랑에 빠진 초라한 심정을 드러내려는 마음 때문이었습니다. 아까도 사랑이 먼저고, 지금도 사랑이 먼저니까요."

저는 일어나서 종을 당기는 밧줄에 손을 올리며 말했어요.

"당신이든 누구든 솔직하게 드러내는 감정을, 아무리 불쾌한 내용이라도, 가볍게 무시하는 건 옳지 않다고 생각합니다. 시기도 장소도 안 좋지만, 당신이 좋은 의도로 한 말이라는 걸 실제로 증명하신다면, 저로선 고마워해야 마땅하다고 생각합니다. 저는 거만하게 행동할 이유도 없고 실제로도 거만하지 않으니까요."

저는 무슨 말을 하는지도 모른 채 계속 말했어요.

"하지만 당장으로선 지금 저지른 어리석은 짓을 잊고 빨리 나가주시길, 변호사 사무실 일에 열중하시길 바랄 뿐입니다."

저는 이 말과 동시에 종을 울리려 하고, 거피는 재빨리 소리치며 막았어요.

"딱 30초만요, 아가씨! 이번 일로 침해는 없는 겁니까?"

"당신이 이런 모습을 또다시 안 보이는 한 절대로 언급하지 않겠어요."

"15초만 더요, 아가씨! 아무리 멀리 떨어져도 제 마음은 절대로 변할 수 없으니 제가 한 말에 대해, 특히 무어든 찾을 수 있다는 말에 대해 생각이 바뀌신다면 펜턴 플레이스 87호 윌리엄 거피 앞으로 편지를 보내십시오. 행여나 제가 이사하거나 (희망이 꺾여서 시름시름 앓다) 죽는다면 구 거리 도로 302번지 거피 부인 앞으로 편지를 보내시고요."

저는 종을 울리고, 하녀는 나타나고, 거피는 손으로 쓴 명함[67]을

67) 당시에는 인쇄한 명함을 사용하려면 정부에 돈을 내고 신사 신분으로 인정받아야 했다. 손으로 쓴 명함은 거피의 신분을 나타내는 증표라 할 수 있다.

식탁에 내려놓고 쳐다보지도 않는 인사를 한 다음에 떠났어요. 그래서 완전히 나간 다음에 비로소 얼굴을 들다, 밖으로 나가서도 쳐다보는 거피를 또다시 보고 말았어요.

저는 한 시간 이상 식당에 앉아서 장부를 정리하고 대금을 계산하는 등, 집안일에 몰두했어요. 그리한 뒤에 책상을 정리하고 모든 걸 제자리에 돌려놓으니, 그제야 갑작스러운 사건을 깔끔하게 떨쳐냈다는 생각이 들어, 마음이 더없이 상쾌하고 편안했어요. 하지만 방으로 올라간 다음에는 놀랍게도 그 생각을 다시 떠올리면서 웃더니, 다시 놀랍게도 눈물이 터져 나오는 거예요. 한마디로 안절부절못한 상태에 빠져드니, 인형 친구를 정원 구석에 묻고서 가슴속 깊이 오랫동안 억누르던 심금이 훨씬 거칠게 울린 느낌이었어요.

CHAPTER X

법률 서류 대필자

대법정 골목 동쪽 끝에서, 조금 더 구체적으로 말하자면, 영장발행 거리에서 법률 전문 문방구점을 운영하는 스낙스비는 합법적인 소명을 다한다. 스낙스비는 그늘진 법률 전문 문방구점에서, 늘 그늘진 곳에서 도제를 마치고 페퍼와 동업을 시작한 이후로 지금까지 소송 진행에 필요한 모든 용지를 파는데, 가죽과 양피지 두루마리, 종이로는 대형 용지, 사건 적요 용지, 초안 용지, 갈색 용지, 하얀 용지, 하얀색이 감도는 갈색 용지, 번진 잉크를 빨아들이는 압지, 인지, 사무용 깃펜, 펜, 잉크, 지우개, 잉크 번짐 방지 가루, 핀, 연필, 봉인용 밀랍, 서류 접착제, 빨간 끈과 녹색 테이프, 수첩, 연감, 일기장, 법률 목록, 줄이 가득한 상자, 자, 유리나 납으로 만든 잉크스탠드, 깃펜 깎는 주머니칼, 가위, 서류에 구멍 뚫는 송곳, 다양한 사무용 칼 등, 한마디로 일일이 언급할 수 없을 정도로 품목이 많다. 스낙스비가 도제 7년을 마치고 동업자가 되어 '페퍼와 스낙스비'라는 간판을 마련해서 전설적인 '페퍼' 간판을 대신한 건 법률 전문 문방구점으로서는 엄청난 혁명이었다.

사실 페퍼 간판은 전통이 깊은 만큼 쉽게 알아볼 수 없었다. 매연이 런던 특유의 담쟁이덩굴처럼 페퍼란 이름에 매달리고 주인 몸속까지 파고들어 숙주에게 애정 공세를 펴면서 압도했기 때문이다.

사람들은 이제 법률 전문 문방구점에서 페퍼를 절대로 볼 수 없다. 아니, 페퍼가 있으리라 예상하는 사람 자체가 없다. 25년 전에 홀본의 성 앤드루 교회 공동묘지에 똑바로 누운 데다, 바로 옆에서는 온갖 마차가 거대한 용처럼 으르렁대며 낮 전체와 밤 절반을 끊임없이 지나다니기 때문이다. 물론 용이 쉴 때 살그머니 나와선 문방구점을 돌아다니며 공기라도 쐬다, 조그만 우유 판매점 지하실에서 수탉이 무섭게 울어댈 때, 날이 밝는 걸 지하실에서 수탉이 어떻게 알까 궁금해하면서도 경험상 날이 금방 밝을 걸 아는 터라 돌아가곤 했더라도, 페퍼가 어두컴컴한 문방구점에 단 한 번이나마 나타났더라도, 현역에 종사하는 법률 전문 문방구점 주인도 누구도 모르도록 눈에 안 보이게 살그머니 왔으니, 지금까지 페퍼를 봤다는 사람이나 기절한 사람은 한 명도 없었다.

페퍼 생전에, 그래서 스낙스비가 도제로 지내던 7년이란 기나긴 세월에, 문방구점 건물에서 조카딸이 페퍼와 함께 살았다. 키는 조그맣고 예리하며, 뭔지 모를 도구로 허리를 심하게 압박하고, 코는 매서운 가을날 초저녁 같아서 끝에 서리가 달라붙을 정도로 날카로운 여자였다. 주변에서는 딸이 어릴 적에 엄마가 완벽한 몸매를 만들어 주려고 아침마다 침대 기둥을 발로 미는 식으로 최대한 잡아당기며 허리춤을 밧줄로 칭칭 감은 건 물론, 식초와 레몬주스를 한 주전자씩 먹여, 산성이 코까지 올라오고 성격까지 말아먹었다는 소문이 돈다. 이런 소문이 처음에 어느 혓바닥에서 나왔든, 젊은 스낙스비 귀까지 안 들어갔거나 영향을 안 미쳤으니, 그는 청혼과 동시에 성년이 되는 순간에 결혼하고 단번에 동업자 자격을 획득했다. 그래서 스낙스비는 그 조카딸과 한 몸이 되어 영장발행 거리 문방구점에 살고, 취향은 아무리 다를지언정 조카딸은 아직도 몸매를 소중히 가꾸니, 세상에 그보다 소중한 건 어디에도 없었다.

스낙스비 부부는 살과 뼈만 하나가 아니라, 이웃이 보기엔, 목소리도 하나다. 스낙스비 부인 혼자 내지르는 것 같은 목소리가 법률 전문 문방구점에서 툭하면 들리니 말이다. 평소에 감미롭게 말하는 스낙스비 목소리는 이럴 때면 거의 안 들린다. 성격은 단순하고 온순하고 소심하며, 머리는 반짝이고 머리칼이라곤 뒤쪽으로 까만 덤불처럼 삐져나온 게 전부며, 몸에는 살이 펑퍼짐하게 붙는 경향이 있다. 스낙스비가 회색 외투 작업복에 까만 옥양목 토시 차림으로 문방구점 문가에서 구름을 올려보거나, 어두운 상점 책상 뒤에서 묵직하고 편편한 자를 들고 두 도제와 함께 양피지를 얇게 자를 때면 소심하면서도 조심스러운 성격이 그대로 엿보인다. 이럴 때면 무덤에서 유령이 몸을 흔들며 날카롭게 내지르듯, 스낙스비 발바닥 밑으로 불만 가득히 내지르는 부인 목소리가 일어나곤 하는데, 간혹가다 유난히 날카로운 소리가 일면 스낙스비는 도제들한테 "우리 마누라가 구스터[68]한테 야단치는 것 같아!"라고 말하기도 한다.

스낙스비가 말한 구스터란 이름은 예전에 이웃 사람들이 재치를 발휘하는 계기가 된 적도 있다. 스낙스비 부인은 힘이 세니 구스터란 이름과 딱 어울린다는, 돌풍 같은 성격이 그대로 드러난다는, 이런 이름은 스낙스비 부인에게 붙이는 게 옳다는 말이 나돈 것이다. 하지만 이렇게 불리는 당사자가 지닌 거라곤 이 이름과 연봉 50실링, 옷가지를 무작정 쑤셔 넣는 조그만 상자 하나가 전부로, 투팅[69]에 사는, 이런

68) Gust는 돌풍이니, 구스터(Guster)는 돌풍을 일으키는 사람이다. 이번 역시 등장인물의 성격을 규정한다.
69) 투팅(Tooting)은 런던 남쪽 소도시로, 현재는 런던 광역시에 속한다. 영국 성공회 각

부류치고는 그나마 상냥한 자선사업가 밑에서 더없이 훌륭한 환경을 누리며 어린 시절을 보내다, 교구에서도 원인을 모르는 "발작하는" 병에 걸려, (원래 이름은 오거스타라는 소문도 있는데) 구스터란 이름만 얻은 채 구빈원 노역소를 나온 잔뜩 야윈 여자였다.

구스터는 실제 나이가 스물셋이나 스물넷이지만 열 살은 더 먹어 보이고, 발작한다는 원인불명의 단점 때문에 급료는 낮으며, 예전의 자선사업가 수호성인에게 돌아가는 건 더없이 두렵기에, 발작이 일어나 양동이나 개수대나 냄비나 그릇 등 근처에 있는 물건에 머리를 처박을 때 말고는 늘 일한다. 도제들 부모나 후원자는 구스터가 젊은이 가슴에 열정을 불러일으킬 염려가 전혀 없다는 사실에 만족하고, 스낙스비 부인은 구스터한테서 언제나 결점을 찾을 수 있다는 사실에 만족하고, 스낙스비는 구스터를 데리고 있는 걸 자선으로 여기며 만족한다. 구스터가 보기에 법률 전문 문방구점은 화려하고 풍요로운 성전이다. 조그만 2층 응접실은 종이로 머리칼을 말고 앞치마를 두른 형상이지만, 구스터는 기독교 문명권에서 가장 우아한 공간으로 확신한다. 창문을 내다보면 한쪽으로 영장발행 거리는 물론 법률 전문 문방구점이 다 보이고 다른 쪽에서 채무자 감옥 행정 사무실 뒤뜰까지 보여, 구스터 눈에는 그보다 아름다운 전경이 있을 수 없다. 스낙스비는 부인을 쳐다보고 부인 역시 스낙스비를 쳐다보는, 물감을 잔뜩 칠한 유화 그림 역시 구스터 눈에는 라파엘이나 티치아노가 그린 걸작이다. 어려운 삶이나마 구스터한테도 위안거리는 있는 것이다.

스낙스비는 어려운 장사만 빼고 부인에게 전부 맡긴다. 부인이 돈도

교구는 교구 내 빈민을 구제할 책임이 있는데, 어린애를 강제 노역소에 보내는 거로 책임을 회피했다. 그런 상황에서 콜레라가 창궐하던 1848년에 투팅에 있던 강제 노역소 책임자는 수용한 아동 150명을 살해했다. 일방적인 살인으로, 찰스 디킨스는 이 사건에 심각히 우려하며 관심을 보였다.

관리하고, 세금징수원이랑 다투고, 일요일에 기도하러 갈 교회와 시간을 정하고, 스낙스비 취미를 허가하며, 저녁 식사에 필요한 걸 요구만 하고 책임은 안 지니, 대법정 거리 양쪽으로 쭉 늘어선 마을은 물론 홀본에 사는 가정주부들하고 비교도 안 돼, 집에서 맞고 사는 부인네들은 남편들에게 자신들(부인네들) 지위와 스낙스비 부인의 지위를, 그리고 자기네들(남편들)이 보이는 모습과 스낙스비가 보이는 모습을 따져보라고 툭하면 요구한다. 법률 전문 문방구점 주변을 박쥐처럼 날며 이 창문 저 창문으로 들락거리는 소문에 따르면, 스낙스비 부인은 질투가 많고 꼬치꼬치 캐묻길 좋아해, 스낙스비는 도저히 못 견디고 밖으로 내뺄 뿐, 거기에 맞설 쥐꼬리만 한 용기도 없었다. 하지만 제멋대로인 남편들에게 스낙스비를 빛나는 사례로 제시하는 부인들마저도 실제로는 스낙스비를 깔보는데, 그중에도 남편한테 툭하면 우산으로 맞는다는 의심을 받는 부인이 특히 심했다. 하지만 이렇게 막연한 소문이 도는 건 스낙스비가 여름이면 공원을 거닐면서 참새와 잎사귀 등 자연을 감상하고, 일요일 오후에는 (기분이 좋으면) 대법정 정원을 거닐며, 예전에는 여기가 성당이었다고, 바닥을 파면 돌로 만든 관이 한두 개는 나올 거라고 말하곤 했기 때문일 수도 있다. 심지어 상상력을 발휘해서, 거기에 묻혔을 수많은 대법원장과 대법관과 부대법관까지 떠올리고, 전원생활을 그리다 못해, 두 도제한테 옛날에는 홀본 한가운데에 "수정처럼 맑은" 개울물이 있어서 물레방아를 지나 초원으로 흘러갔다는 말까지 하는데, 전원생활을 그렇게 갈망하면서도 시골로 내려가려고 애쓴 적은 한 번도 없었기 때문일 수도 있다.

날이 저물고 가스등에 불을 붙이지만 효과는 없으니, 아직은 어둠이 충분치 않기 때문이다. 스낙스비가 문방구점 입구에서 구름을 올려다보니, 둥지에서 느지막이 나온 까마귀가 하늘을 가르며 서쪽으로, 대법정

골목과 링컨 법학원 정원을 지나 링컨 법학원 광장으로 곧장 날아간다.

거기에, 예전에는 웅장한 저택이었으나 지금은 커다란 집에, 토킹혼 변호사가 산다. 지금은 웅장한 자태를 갈라놔 쪼그라든 공간에서 변호사들이 조그만 열매 속에 둥지를 튼 구더기처럼 지낸다. 하지만 계단과 복도와 대기실은 여전히 웅장하며, 로마군 헬멧과 천상의 날개옷이 가득한 천장 벽화는 난간과 기둥과 꽃과 구름과 다리가 통통한 아이들 사이로 뻗어 나가, 고개를 아프게 한다, 바로 그게 천장 벽화를 그린 목적이라는 것처럼. 바로 여기에, 투명 명판을 걸어놓은 수많은 방 사이에, 토킹혼 변호사가 산다, 위대한 인물들이 죽도록 지겹게 사는 시골저택에 방문해서 입을 꾹 다물고 지내지 않을 때는. 그래서 오늘은 이곳 식탁에서 입을 꾹 다문다, 누구도 벌릴 수 없는 낡디낡은 굴 껍데기처럼.

토킹혼이 머무는 공간도 지금처럼 어둑어둑할 때면 주인을 닮는다. 시대에 뒤떨어져서 관심을 못 받고 관심을 끌 수도 없다. 마호가니와 말총으로 만든, 넓은 등받이 구식 의자들은 무거워서 쉽게 들리지 않고, 구식 탁자들은 다리가 가느다랗고 덮개마다 먼지가 가득하며, 주변에는 지난 세대에 위대한 신분을 누린 자들이 선물한 그림으로 가득하다. 두툼하고 지저분한 터키산 양탄자는 토킹혼이 앉은 바닥 소리를 잠재우고, 구식 은제 촛대에서 촛불 두 개는 커다란 방에 턱없이 부족한 불빛을 흩뿌린다. 책등에 적힌 제목은 장정 속으로 하나같이 물러나고, 자물쇠로 잠글 수 있는 건 몽땅 잠갔는데, 열쇠는 하나도 안 보인다. 나뒹구는 종이 하나 없다. 옆에는 서류 같은 게 있지만, 토킹혼은 그걸 안 본다. 동그란 잉크스탠드 뚜껑 하나와 쓰다만 봉인용 밀랍 덩어리 두 개를 어떤 순서로 배치하는 게 좋을지 몰라서 가만히 천천히 움직일 뿐이다. 잉크스탠드 뚜껑을 한가운데 놓더니, 빨간 밀랍 덩어리를 한가운데 놓고, 이번에는 까만 밀랍 덩어리를 그 자리에 놓는다. 이건 아니야. 토킹혼이 긁어모아서 다시 시작한다.

천장 벽화 아래는 원근법으로 그린 인물이 금방이라도 달려들어 모가지를 자를 것처럼 침입자를 노려보는 곳으로, 토킹혼이 예전에 집으로도 쓰고 사무실로도 쓰던 곳이다. 직원은 없다. 팔꿈치가 살짝 찢어진 옷차림으로 현관 입구 높은 의자에 앉아있는 중년 사내가 전부로, 과중한 업무에 시달린 흔적은 없다. 토킹혼은 평범하지 않다. 어떤 직원도 안 쓴다. 토킹혼 자체가 비밀을 머금은 거대한 저수지니, 단 한 방울도 흘리지 말아야 한다. 고객은 토킹혼만 원한다. 토킹혼 혼자만 알아야 하기 때문이다. 초안을 작성해야 할 때면 특별한 인물에게 은밀하게 지시한다. 서류를 정서해야 할 때면 법률 전문 문방구점을 통해서 사람을 쓴다. 비용은 중요하지 않다. 그래서 높은 의자에 앉아있는 중년 사내는 높은 사람이 얽힌 사건에 대해서 홀본 거리 청소부만큼도 모른다.

빨간 덩어리, 까만 덩어리, 잉크스탠드 뚜껑, 또 다른 잉크스탠드 뚜껑, 조그만 모래 상자.[70] 그래! 너는 한가운데, 너는 오른쪽, 너는 왼쪽. 머릿속으로 애매하게 떠올리던 순서를 드디어 완벽하게 잡은 게 분명하다. 됐어! 토킹혼이 일어나, 안경을 고쳐 쓰고 모자를 쓰고 서류를 주머니에 넣고 밖으로 나가서 팔꿈치가 떨어진 중년 사내에게 "금방 돌아오겠네"라고 말한다. 그 이상 말하는 경우는 없다.

토킹혼은 까마귀가 날아간 방향으로 – 까마귀처럼 일직선은 아니지만 거의 비슷하게 – 영장발행 거리 법률 전문 문방구점으로 간다. '권리증 필사 및 작성, 각종 법원 법률 서류 작성'이라고 적힌 스낙스비 문방구점이다.

시간은 오후 5시에서 6시 사이, 따듯한 차 향이 문방구점에 은은하

70) 얼룩진 잉크를 가리는 고운 모래를 여기에 보관한다.

게 감돈다. 입구에도 감돈다. 점심은 1시 반이고 저녁은 9시 반이니 식사하기엔 이른 시각이다. 스낙스비가 조금 전에 문을 내다보다 둥지에서 느지막이 나온 까마귀를 본 건 차를 마시러 지하로 내려가기 직전이었던 것이다.

"주인장 계신가?"

구스터가 상점을 지킨다. 두 도제는 자리를 비운 채 스낙스비 부부와 차를 마시러 갔다. 그래서 문방구점 맞은편 3층 유리창 앞에서 법복 제조업자의 두 딸은 거울을 보며 머리칼을 빗는 식으로 두 도제의 관심을 끌려고 하지만, 아무런 소용도 없는 구스터만, 머리칼이 자라질 않고, 앞으로도 안 자랄, 절대로 안 자랄 거란 생각을 가슴에 품고 사는 구스터만 관심을 보인다.

"주인장 계신가?"

토킹혼이 다시 묻는다. 하지만 주인장은 없으니 구스터가 데려와야 한다. 그래서 상점에서 나가는 걸 기뻐하며 사라진다. 구스터한테 이곳은 법으로 고문하는 엄청나게 끔찍한 수단이 가득하니, 끔찍도 하고 신성도 한, 가스등이 꺼진 다음에 들어오면 절대로 안 되는 곳이다.

스낙스비가 기름투성이에 차 향을 온화하게 풍기고 입으로 무언가를 씹으면서 나타난다.

"맙소사, 나리! 토킹혼 변호사님!"

"자네한테 물어볼 게 있네, 스낙스비."

스낙스비는 얼굴이 환해진다.

"물론이지요, 나리! 맙소사, 나리, 저한테 사람을 보내서 찾아오라 하시지 그러셨어요! 안쪽으로 들어오세요, 나리."

안쪽은 조그만 공간으로, 양피지 냄새가 강한 창고며 집무실이며 필사 작업실이다.

"잔다이스 대 잔다이스, 스낙스비."

"네, 나리."

스낙스비가 가스 등불을 켜고는 손으로 가린 채 헛기침한다. 수입이 생길 게 분명하니, 소심한 성격답게 말이 아니라 기침으로 기쁜 마음을 표현하는 습관 때문이다.

"최근에 선서진술서를 필사한 적이 있어."

"네, 나리, 그런 적이 있습니다."

토킹혼이 누구도 못 벌릴 구닥다리 굴 껍데기처럼 단단한 외투 주머니를 무심하게 더듬으며 덧붙인다.

"그 가운데 하나를 보니 독특한 필체가 마음에 들더군. 마침 지나는 길에, 몸에 지니고 있다는 생각이 떠올라서 자네한테 물어보려고 들렀는데……없군. 상관없어, 다음에 가져오면 되니까. 아! 여기에 있군! 이걸 누가 필사했는지 물어보려고 들렀네."

스낙스비가 받아서 책상에 놓고, 문방구점 주인 특유의 솜씨를 발휘하며 내용물을 왼손으로 단번에 펼친다.

"네, 우리가 납품한 게 맞습니다. 당시에 꽤 많은 양을 납품했지요. 장부를 뒤지면 누가 필사했는지 단번에 알 겁니다, 나리."

스낙스비는 금고에서 장부를 꺼내, 목에 걸린 것 같은 빵과 버터 조각을 다시 꿀꺽 삼키고, 선서진술서를 옆눈으로 보고 오른손 둘째손가락으로 짚어서 장부를 따라 쭉 내려가며 중얼댄다.

"주비…… 패커…… 잔다이스. 잔다이스! 여기에 있습니다, 나리. 확실합니다! 이제 기억납니다. 대법원 거리 맞은편 끝에 세든 대필자한테 맡겼습니다."

토킹혼 역시 장부를 훑다 스낙스비보다 먼저 찾아, 둘째손가락이 내려오는 사이에 그 항목을 읽었다. 그래서 묻는다.

"이름이 뭔가? 니모?"

"네, 나리, 니모라고 합니다. 여기에 있습니다. 2절지 마흔두 장. 수요일 밤 8시에 건네고 목요일 아침 9시 반에 받음."

"니모라! 라틴어로 아무도 아니다는 뜻이로군."

토킹혼이 하는 말에 스낙스비는 조심스럽게 기침하며 인정한다.

"하지만 영어로는 어떤 사람 이름인 것 같습니다, 나리. 이건 사람 이름입니다. 여기를 보십시오, 나리! 2절지 마흔두 장. 수요일 밤 8시에 건네고 목요일 아침 9시 반에 받음."

남편이 차를 먹다 말고 도대체 왜 안 오는지 궁금해서 문을 열고 살며시 들여다보는 부인 머리가 스낙스비 눈꼬리에 잡힌다. 스낙스비는 부인에게 설명하는 식으로 기침을 콜록대는 게, '여보, 손님!'이라고 말하는 것 같다. 그러다 다시 말한다.

"9시 반이요, 나리. 이런 일로 먹고사는 대필자는 괴짜가 많으니 본명이 아닐 순 있지만, 이 이름으로 통한답니다. 대법정이나 고등법원이나 판사실 등에 붙인 광고에도 똑같은 이름을 적어놓고요. 광고를 보셨나요, 나리……대필한다는?"

토킹혼이 조그만 유리창 너머로 채무자 감옥 행정 사무실 뒤편을 힐끗 쳐다본다. 창문마다 불빛이 반짝이고, 거기에 있는 찻집 창문 차양에 신사 그림자 여럿이 어린다. 스낙스비는 기회를 안 놓치고 어깨너머로 부인을 쳐다보며 미안한 동작과 함께 입술로 "토-킹-혼-돈-많-은-세-력-가!"라는 모양을 만든다.

"전에도 이 사람한테 일을 맡겼나?"

"그럼요, 나리! 선생님 일을 맡겼습니다."

"중요한 문제를 떠올리다 잊었는데, 이 사람이 어디에 산다고?"

"이 길 맞은편 끝이요, 나리. 사실 이 사람이 세든 곳은……"

스낙스비가 다시 침을 꿀꺽하는 게, 빵과 버터 조각을 다시 넘기는 것 같다.

"……누더기와 빈 병만 가득한 고물상입니다."

"안내할 수 있나?"

"당연하지요, 나리!"

스낙스비는 양팔에서 토시를 벗고 회색 작업복을 벗더니, 까만 외투를 걸치고 모자걸이에서 모자를 꺼내며 커다랗게 말한다.

"아, 제 부인이 왔네요. 여보, 나는 토킹혼 선생님을 모시고 저 너머로 다녀올 테니, 아이들한테 가게 좀 지키라고 일러주겠어? 제 부인이랍니다, 나리…… 2분이면 돌아올 거야, 여보!"

스낙스비 부인은 변호사에게 허리를 숙이고 계산대 뒤로 물러나서 창문 차양 바깥을 훔쳐보다, 펼쳐놓은 장부를 살며시 들여다본다. 호기심이 인 게 분명하다.

스낙스비는 좁은 인도를 변호사에게 양보한 채 도로를 조심스럽게 걸으며 말한다.

"가보시면 알겠지만 아주 지저분한 곳입니다, 나리. 사람들도 지저분하고요. 하지만 열심히 일한답니다, 나리. 이 남자도 잠을 안 자면서 일하는 게 장점이랍니다. 급한 일이 생기면 다 마칠 때까지 열심히 일하니까요."

이제 날은 완전히 저물고, 가로등은 효과를 발휘한다. 그날 보낼 우편물을 들고 우체국으로 가는 직원들과 마주치고, 저녁을 먹으러 집으로 가는 변호사들과 마주치고, 다양한 사건의 원고와 피고와 청원인과 마주치고, 평범한 사람들과 마주치는데, 법정 판결과 지혜는 평범하게 살아가는 데 방해만 될 뿐이며, 보통법과 형평법에 빠져들어서 먹고사는 인간에게 걸리는 건 거리를 걷다 진흙탕에 빠지는 꼴이니,

우리가 아는 건 진흙탕이 너무 심하면 삽으로 깨끗이 청소한다는 것뿐이다. 그런데도 변호사와 법률 전문 문방구점 주인은 누더기와 빈 병을 비롯해서 못 쓰는 물건을 링컨 법학원 담장에 잔뜩 쌓아놓고, 관심을 가질만한 사람에겐 크룩 소유물이라고 페인트로 큼지막이 써놓은 곳으로 들어선다.

"여기가 그 사람이 사는 곳입니다, 나리."

"여기가 그 사람 사는 곳이라고? 고맙네."

"안으로 안 들어가십니까, 나리?"

"아니, 고맙지만 안 들어가겠네. 당장은 집에 가야 하거든. 잘 가게. 고맙네!"

토킹혼이 하는 말에 스낙스비는 모자를 들어서 인사하고, 부인과 차가 기다리는 곳으로 돌아간다.

하지만 토킹혼은 집으로 당장 돌아가지 않는다. 가는 척하다 돌아서서 크룩 고물상 안으로 곧장 들어간다. 실내는 어둡다. 창문에는 다 타들어 간 초가 하나고, 노인과 고양이는 안쪽 벽난로 옆에 앉아있다. 노인이 일어나서 입구로 다가오는데, 손에는 다 타들어 가는 또 다른 초를 들었다.

"세 든 사람이 안에 있소?"

"남자요, 여자요?"

"남자. 대필하는 사람."

크룩이 상대를 가만히 살핀다. 그리고 깨닫는다. 높은 사람이 분명하다.

"직접 만나시겠습니까, 나리?"

"그렇소."

토킹혼이 대답하자, 크룩이 씩 웃으며 말한다.

"저는 심부름을 안 하는 편이지만, 내려오라고 전할까요? 하지만 그 친구가 내려올 가능성은 거의 없답니다, 나리!"

"그렇다면 직접 올라가겠소."

"3층입니다, 나리. 초를 가져가세요. 저쪽으로 올라가면 됩니다!"

크룩이 말하고, 고양이를 옆에 둔 채 계단 밑에서 쳐다보다, 토킹혼이 사라지기 직전에 소리친다.

"여보세요, 여보세요!"

토킹혼은 난간 너머로 내려다보고, 고양이는 사악한 입을 벌린 채 으르렁댄다.

"가만있어, 제인 아가씨! 손님 앞에서 얌전해야지, 아가씨! 저 세입자한테 사람들이 뭐라고 하는지 아세요?"

크룩이 속삭이며 계단을 한두 개 올라간다.

"뭐라고 하나요?"

"악마한테 영혼을 팔았다고 합디다. 하지만 나리나 저나 그 말을 곧이곧대로 믿을 순 없겠지요. 악마는 영혼을 안 사니까요. 하지만 분명한 건, 저 세입자는 침울하고 성질이 고약하며, 그래서 누구하고도 거래할 거라는 사실입니다. 그러니 저 사람을 기분 나쁘게 하지 마세요, 나리. 제 말 명심하세요!"

토킹혼은 고개를 끄덕이고 다시 올라간다. 3층 어두운 방문으로 다가간다. 문을 두드려도 아무 대답이 없어, 문을 열다 실수로 촛불을 꺼뜨린다.

실내 공기가 너무나 안 좋다. 설사 촛불이 안 꺼졌다 해도 그대로 꺼질 것 같다. 공간은 자그마한데, 검댕과 기름때와 먼지가 지독하다. 가난이 모든 걸 집어삼킨 듯, 녹이 잔뜩 슨 벽난로 석쇠 한가운데서 빨간 석탄 한 알이 희미하게 타오른다. 굴뚝 모서리에는 판자로 만든 탁자와 부서진 책상이 있으며, 잉크 세례를 받은 흔적이 널렸다. 반대편 모서리에는 의자 두 개가 있다. 그중 하나에 낡은 누더기 여행 가방을 올려놓고서 옷장으로 쓰는데, 그것마저 잔뜩 굶주린 듯 푹 가라앉은 걸 보면, 더 큰 옷장은 필요 없을 것 같다. 바닥에는 벽난로 앞에서 실밥을 드러낸 채 죽어가는 낡은 양탄자 하나가 전부다. 어두운 밤을 차단하는 커튼은 없어도 색바랜 덧문을 쳐놓고, 퀭한 구멍 두 개가 뚫려서 침대에 시신처럼 누운 사내를 바라보는데, 굶주림이라는 눈초리가 있다면 바로 그렇게 쳐다볼 것 같다.

변호사는 문가에서 망설인다. 벽난로 맞은편 나지막한 침대에서 누더기와 납작한 베갯잇과 거친 삼베가 뒤엉킨 사이로 사내가 보인다. 셔츠와 바지만 입고 맨발로 누워있다. 촛농은 잔뜩 흘러내리고 기다란 심지는 반으로 굽어서 뒤틀려, 촛불이 유령처럼 으스스하게 타오르며 사내를 노랗게 비춘다. 머리는 봉두난발이고, 콧수염과 턱수염은 주변에 가득한 쓰레기와 매연처럼 뒤엉켜서 아무렇게나 자라난다. 실내는 더럽고 역겨우며 공기도 더럽고 역겨운 가운데 뭔가 이상한 냄새가 독특하게 비집고 나오나, 정체를 파악할 수 없다. 하지만 역겹고 아득한 냄새와 역한 담배 냄새를 뚫고 김빠진 아편 맛이 변호사 입으로 쓰디쓰게 파고든다.

"여보시오, 친구!"

변호사가 부르면서 쇠 촛대로 방문을 톡톡 친다.

변호사는 상대가 깨어났다는 생각이 든다. 몸을 반대편으로 뉘었지만, 두 눈을 뜬 건 확실하다. 그래서 다시 부른다.

"여보시오, 친구! 여보시오! 여보시오!"

변호사가 문을 두드리는데, 오래전에 기세 꺾인 촛불이 꺼지며 어둠만 몰려들고, 덧문에서는 퀭한 두 눈이 침대를 가만히 내려다본다.

CHAPTER XI

친애하는 우리 형제[71)]

변호사는 어째야 좋을지 몰라서 어두운 방에 우두커니 서는데 주름진 손에 무언가 닿는 느낌에 깜짝 놀라며 소리친다.

"어이쿠, 뭐야?"

늙은 집주인이 귀에 숨결을 불어넣으며 대답한다.

"접니다. 안 일어나나요?"

"네."

"촛불은 어떻게 됐습니까?"

"꺼졌소. 자, 받으시오."

크룩이 초를 받고 벽난로로 가서 허리를 숙여, 빨간 깜부기불로 불을 붙이려 한다. 하지만 죽어가는 불이 양초에 달라붙을 순 없으니, 헛수고로 끝난다. 크룩은 하숙인을 부르고, 그래도 소용이 없자, 가게로 가서 불을 붙여오겠다고 투덜대며 떠난다. 토킹혼은 핑곗거리가 생기자 방이 아니라 계단에서 주인이 돌아오길 기다린다.

---

71) 영국 성공회 장례식 기도문에 나오는 구절.

반가운 불빛이 벽에 어리는가 싶더니, 크룩이 녹색 눈동자 고양이를 꼬리에 달고 천천히 올라온다.

"저 사람은 평소에도 저렇게 자나요?"

변호사가 나지막한 목소리로 묻자, 크룩이 고개를 젓고 눈썹을 추켜세우며 대답한다.

"나도 모른다오. 내가 아는 거라곤 안에 틀어박혀서 꼼짝달싹 않는다는 게 전부랍니다."

두 사람이 속삭이며 안으로 들어간다. 불빛이 들어서자, 덧문에 박힌 커다란 눈이 어두워지는 게, 닫힌 것 같다. 하지만 침대에 있는 눈은 똑같다.

"맙소사! 죽었어요!"

토킹혼이 소리치고, 크룩은 무거운 손을 잡아서 들어 올리다 갑자기 놓아, 팔이 침대 옆에서 흔들린다.

두 사람이 서로를 물끄러미 쳐다본다. 크룩이 깡마른 손을 뻗어서 시신 위로 흡혈귀 날개 모양을 만들며 소리친다.

"의사를 불러야 해요! 위층에 사는 할머니를 부르세요, 나리. 침대맡에 독약이 있어요. 할머니를 부르세요!"

토킹혼이 층계참으로 급히 나가며 소리친다.

"할머니! 할머니! 누군지 모르겠지만, 어서 내려오세요! 할머니!"

크룩은 토킹혼을 눈으로 좇다, 기회를 안 놓치고 낡은 가방으로 살그머니 다가가더니, 다시 살그머니 돌아온다. 그리고 소리친다.

"의사를 불러요, 어서! 제일 가까운 데 사는 의사를! 어서!"

위층에서 정신 나간 할머니가 나타나다 사라지더니, 저녁을 먹다 끌려 나와서 기분이 잡친 게 분명한 의사를 데려오는데, 코담배 때문에 윗입술이 지저분한 데다 스코틀랜드[72] 사투리가 강하다.

의사가 잠시 검사하고는 사람들을 쳐다보며 말한다.

"아아! 여러분 마음에 은총이 가득하길! 조금 전에 영원히 죽었습니다!"

토킹혼은 (낡은 가방 옆에서) 몇 시에 죽었느냐고 묻는다.

"몇 시요, 선생? 대략 3시간은 됐을 거예요."

"내가 보기에도 그런 것 같아요."

침대 맞은편에서 까무잡잡한 젊은이가 말하자, 의사가 묻는다.

"당신도 의사요?"

까무잡잡한 젊은이가 그렇다고 대답하자, 의사가 말한다.

"그렇다면 나는 그만 떠나겠소, 내가 있어야 아무런 소용도 없으니까!"

의사는 이 말과 함께 짧은 진찰을 마치고 남은 저녁을 끝내러 돌아간다.

까무잡잡한 젊은이는 대필자 얼굴에 촛불을 비추고 또 비추며 샅샅이 검사하나, 상대는 '아무도 아닌' 자로 돌아가, 이름에 담긴 의미를 이미 달성했다.

"이 사람 얼굴을 압니다. 지난 1년 반 동안 나한테 아편[73]을 샀습니다. 이분과 가깝게 지내던 분이 계십니까?"

젊은 의사가 세 사람을 훑어보고 촛불을 내밀며 묻자, 크룩이 촛불을 받아들고 음산하게 대답한다.

"나는 집주인이오. 예전에 이 자가 나한테 제일 가까운 사람이라는 말을 했다오."

---

72) 스코틀랜드는 의학 수준이 영국보다 앞서, 당시 런던에서 활동하던 의사는 스코틀랜드 출신이거나 스코틀랜드에서 공부한 경우가 대부분이었다.

73) 당시에 아편은 일반에서 널리 사용하는 의약품이었다. 주로 물약으로 팔아, 술에 타서 마셨다.

"이분은 아편 과다복용으로 사망한 게 분명합니다. 실내에 아편 냄새가 강해요. 이것만 해도……"

젊은 의사가 크룩에게서 낡은 찻주전자를 빼어 들며 덧붙인다.

"……열 사람은 죽일 양이고요."

"일부러 죽은 건가요?"

크룩이 묻자, 젊은 의사가 되묻는다.

"과다복용해서요?"

"네!"

크룩이 대답하며 입술을 핥아, 관심이 끔찍하게 많다는 표정을 드러낸다.

"그건 모르겠습니다. 가능성은 없는 것 같습니다. 평소에도 습관적으로 많은 양을 복용했으니까요. 하지만 누구도 장담할 순 없습니다. 이분은 매우 가난했겠지요?"

젊은 의사가 묻자, 크룩은 눈이 고양이 눈처럼 변한 채 사방을 매섭게 훑어보며 대답한다.

"그랬겠지요. 이 방은……부자로 안 보이잖아요. 하지만 이 사람한테 빌려준 이후로 여기에 들어온 적이 없고, 이 사람 역시 꽁꽁 틀어 잠근 터라 나로선 상황을 몰랐다오."

"방세를 밀렸나요?"

"여섯 주."

크룩이 대답하자, 젊은 사내가 시신을 다시 살피며 중얼댄다.

"이제 영원히 못 갚겠군요! 사망한 게 분명한데, 이런저런 상황으로 판단하자면 행복하게 풀려난 것 같으니까요. 하지만 젊을 때는 체력이 좋고 얼굴도 잘생긴 편이었겠어요."

젊은 의사는 침대 끄트머리에 걸터앉아서 시신 얼굴을 똑바로 살피고 한 손을 그 가슴에 올린 채 감상에 젖어 들다 다시 말한다.

"이 사람을 보고 예전에는 좋은 신분이었겠다는 생각을 한 적이 있는데, 실제로 그랬나요?"

젊은 의사가 돌아보자, 크룩이 대답한다.

"차라리 저 아래 부댓자루에 가득한 머리칼을 어느 부인 머리에서 잘라낸 거냐고 물어보시구려. 내가 아는 거라곤 이 사람이 일 년 반 동안 세 들었다는 사실과 법률 서류 대필로 먹고살거나 굶고 살았다는 게 전부니까."

이런 대화가 오가는 동안 토킹혼은 낡은 가방 옆에서 뒷짐을 쥔 채 가만히 있을 뿐, 침대 옆에서 세 사람이 어떤 모습을 하든 – 젊은 의사가 죽은 자에게 전문가다운 관심을 보이는 게 조금 전에 언급한 내용과 완전히 다르든, 늙은 집주인이 감상에 젖어 들든, 미친 할머니가 경외심을 드러내든 – 아무런 관심도 안 드러낸다. 조금도 안 흔들리는 얼굴이 몸에 걸친 구식 정장만큼이나 무표정하다. 주변에서 이런 일이 벌어지는 동안 속으로 생각이란 걸 했는지 의심스러울 정도다. 참을성도 못 참을성도, 관심도 무관심도 지금껏 안 보였다. 지금까지 보여준 건 껍데기가 전부다. 악기 상자를 보면 악기가 내는 절묘한 음색을 쉽게 짐작할 수 있듯, 토킹혼이 내는 음색 역시 그 겉모습에서 짐작할 수 있다. 젊은 의사에게 갑자기 물을 때, 전문가 특유의 차분한 자세가 그대로 나온 것이다.

"나는 고인에게 대필 업무를 맡길 생각으로 찾아왔으나, 살았을 적에 만난 적은 없고, 법률 전문 문방구점 주인 스낙스비한테 들은 게 전부요. 우리는 고인에 대해 아는 게 없으니 스낙스비를 데려오는 게 좋겠소."

토킹혼이 말하더니, 미친 할머니가 법정에서 토킹혼을 자주 본 터라 겁에 질린 표정으로 자신이 다녀오겠다고 몸짓하자, 이렇게 덧붙인다.

"아! 당신이 다녀오시오!"

노파가 사라진 동안, 의사는 희망 없는 조사를 포기하고 누더기 침대보로 시신을 덮고는 크룩과 한두 마디 주고받는다. 토킹혼은 아무 말 없이 낡은 가방 옆에 가만히 서 있는다.

스낙스비가 작업용 외투에 까만 토시까지 한 차림으로 황급히 들어오며 한탄한다.

"맙소사, 맙소사, 결국 이렇게 되고 말았어, 이렇게! 아아!"

"불행한 고인에 대해서 집주인한테 설명할 수 있겠나, 스낙스비? 집세가 밀린 것 같아. 매장도 해야 하고."

토킹혼이 말하자, 스낙스비는 손을 입에 대고 미안하다는 기침을 하면서 대답한다.

"저어, 나리, 저로선 뭐라고 말해야 좋을지 모르겠네요, 교구 관리를 불러야 한다는 제안 말고는."

"제안하라는 게 아니잖아. 그런 말은 나도……"

토킹혼이 나무라니, 스낙스비가 인정한다는 기침을 하며 대답한다.

"물론 누구보다 잘 아시겠지요, 나리, 당연합니다."

"내가 묻는 건 친척이나 고향 등등, 고인을 파악할 실마리가 있느냐는 거야."

토킹혼이 하는 말에, 스낙스비는 미안하다는 기침부터 한 다음에 대답한다.

"제가 확실히 말씀드릴 수 있는 건, 고인이 어디에서 왔는지조차 모른다는……"

"어디로 갔는지도 모르고요."

의사가 거들자, 침묵이 이어진다. 토킹혼은 문방구점 주인을 바라보고, 크룩은 입을 벌린 채 누가 다음에 말할지 쳐다본다.

"친척에 대한 정보 역시, 행여나 어떤 사람이 '이봐, 스낙스비, 내가 자네한테 주려고 영국 왕립은행에 2만 파운드를 넣어두었으니, 친척 이름을 하나만 알려주게'라고 말해도, 저는 말할 수 없답니다, 나리! 제가 아는 거라곤, 약 1년 반 전에 빈 병과 누더기만 가득한 고물상을 처음 찾아왔다는 게 전부라……"

"1년 반이 맞습니다!"

크룩이 고개를 끄덕이며 맞장구치자, 스낙스비는 기운이 나서 계속 말한다.

"약 1년 반 전, 식사를 막 끝낸 아침에 이 사람이 우리 가게를 찾아와, 우리 마나님이 (집사람을 말하는 건데) 있는 걸 보고 자신이 필사한 서류 견본을 보여주면서, 자신은 필사 일감을 구하는 사람이라고, 딱 까놓고 말해서 돈에 많이 쪼들린다고 말한 거예요. 우리 마나님은 낯선 사람을, 딱 까놓고 말해서, 돈에 쪼들리는 사람이라면 더더욱 좋아하지 않아요. 그런데도 이 사람은 왠지 관심이 끌리는 거예요. 수염을 안 깎은 것 때문인지, 머리칼이 봉두난발이기 때문인지, 뭐 때문인지도 모르면서요. 그래서 우리 마나님은 견본에 주소까지 받아놓았답니다."

스낙스비는 손으로 입을 가리고 충분히 생각한다는 기침을 하고서 다시 이어나간다.

"우리 마나님은 이름을 잘 기억하질 못해요. 그래서 니모라는 이름을 니므롯[74]이란 이름으로 착각했어요. 그래서 식사할 때마다 '여보, 니므롯한테 아직도 일거리를 안 주었군요!'라든가 '여보, 잔다이스 사건 2절지 38장 서류 필사 작업을 니므롯한테 주세요'라는 식으로 말하는 게 습관처럼 된 거예요. 그래서 우리 일을 시작하고, 이 사람은 글씨

---

74) 창세기 10장 9절, '여호와께서도 알아주시는 니므롯 같은 힘센 사냥꾼.'

쓰는 속도가 매우 빠르며 밤에도 안 쉰다는 사실을, 가령, 수요일 밤에 2절지 45장 작업을 주면 목요일 아침에 가져온다는 사실을 제가 알게 된 거예요."

스낙스비는 침상을 바라보고 모자를 정중하게 벗어서 인사하며, 새롭게 덧붙이듯 마무리한다.

"이 친구는 명예로운 인물이니, 살아만 있다면, 지금까지 말한 이야기가 사실이라고 확인해주었을 겁니다."

"저 사람한테 신분을 파악할만한 서류가 있는지 살펴보는 게 안 좋겠소? 이제 검시도 하고 질문도 받을 텐데 말이오. 글을 읽을 순 있소?"

토킹혼이 말하자, 크룩이 환하게 웃으며 대답한다.

"아니요, 못 읽습니다."

그러자 토킹혼이 다시 말한다.

"그럼 집주인 대신 자네가 둘러보게, 스낙스비. 안 그러면 집주인이 곤경에 빠져들 수도 있어. 어차피 여기에 있으니, 자네가 서둘면 나도 기다리다, 행여나 필요하다면 집주인을 편들어서 모든 일이 공평무사하게 끝나도록 도와주겠네. 주인장, 스낙스비가 둘러보도록 촛불을 비춰주겠소? 주인장한테 도움이 될만한 게 있으면 스낙스비가 금방 찾아낼 거요."

"무엇보다 먼저, 여기에 낡은 가방이 있습니다, 나리."

스낙스비 말에 토킹혼이 감탄한다.

아, 맞아, 정말 그렇군! 바로 옆에 있는 데다 다른 물건이 없어서 눈에 확 띄는데도 처음 보는 것처럼 말하니, 하늘이 놀랄 일이다.

고물상 주인은 불빛을 비추고, 문방구점 주인은 방안을 뒤진다. 의사는 벽난로 선반 모서리에 기대고, 노파는 문 바로 안쪽에서 살짝살짝 훔쳐보며 덜덜 떤다. 구식 변호사는 구식 분위기에 찌든 차림이니,

까맣고 우중충한 반바지는 무르팍 리본으로 끝나고, 조끼는 까맣고 크며, 까만 외투는 소매가 길고, 하얀색 나긋나긋한 목도리는 귀족들이 흔히 그러듯 나비처럼 맨 모양 그대로 똑같은 자리에 똑같은 자세로 서 있다.

낡은 가방에는 누더기 몇 점, 빈민가 통행권이라 할만한 전당표 한 다발, 잔뜩 구겨진 채 아편 냄새를 풍기는 종이가 있는데, 어떤 날에 몇 그램 복용, 어떤 날에 또 몇 그램 복용이라고 휘갈긴 내용을 보면, 규칙적으로 적으려고 얼마 전에 시작하다 갑자기 중단한 것 같다. 더러운 신문쪼가리도 몇 장 있는데, 모두 다 검시관 검시 내용일 뿐, 다른 건 하나도 없다. 잉크 얼룩이 심한 책상 서랍과 찬장을 뒤지지만, 오래된 편지나 서류는 하나도 안 나온다. 젊은 의사는 고인이 입은 옷을 뒤진다. 그래서 나온 건 칼 하나와 찌그러진 동전 하나가 전부다. 결국엔 스낙스비 제안이 현실적이었다는 게 드러나니, 이제 남은 건 교구 관리를 부르는 게 전부다.

노파는 교구 관리를 부르러 가고, 나머지는 방에서 나온다.

"고양이를 거기에 두지 마세요! 그러면 안 돼요!"

의사가 말하고, 크룩이 앞으로 모니, 고양이는 나긋나긋한 꼬리를 말아 올린 채 입술을 핥으면서 살그머니 내려간다. 토킹혼은 "모두 잘 있으라!" 말하고, 천장 벽화와 명상이 기다리는 집으로 간다.

사람이 죽었다는 소문은 어느덧 번져나가, 주민이 삼삼오오 모여들어 웅성대고, (주로 사내아이로 구성된) 전위부대는 고물상 창문을 바싹 에워싼다. 경찰관 한 명이 방을 벌써 둘러보고 입구로 내려와서 탑처럼 눌어붙은 채 간혹가다 눈길을 주는 정도나, 그럴 때마다 사내아이들은 움찔하며 도망친다. 퍼킨스 부인은 아이들끼리 싸운 것 때문에 파이퍼 부인과 몇 주 동안 말을 안 섞다, 흥미진진한 사건 앞에서 입을 다시 맞춘다. 술집 심부름꾼은 공식적으로 인생 경험도 많은 데다 술 취한 사람을 처리하려고 경찰과 은밀한 정보까지 주고받는 처지라, 경찰봉도 자신을 물리칠 수 없고 경찰서도 자신을 가둘 수 없다는 듯, 모서리에서 확고부동한 모습을 뽐낸다. 사람들은 도로 건너 창문에서 말하고, 척후병은 모자조차 안 쓴 채 무슨 일인지 알아보려고 대법정 거리를 황급히 달려온다. 전체적으로는 크룩이 먼저 안 죽은 걸 다행스럽게 여기면서도 약간 실망한 느낌이 뒤섞인 분위기다. 이렇게 모두 긴장한 가운데, 교구 관리[75]가 나타난다.

마을 사람들은 교구 관리를 하찮은 존재로 여기나 지금 당장은 인기가 좋다. 시신을 확인할 인물이라서 그런 것 같다. 경찰관은 교구 관리를 멍청한 시민이자 야만스러운 야경시대 유물로 여기지만 정부가 공식적으로 없애기 전까진 어쩔 수 없다는 듯, 안으로 들여보낸다. 교구 관리가 나타나서 현장으로 들어갔다는 소문이 입에서 입으로 번지며 긴장 상태는 고조된다.

마침내 교구 관리가 나오고, 잠시 가라앉던 긴장 상태는 새롭게 고조된다. 내일 검시관과 배심원 앞에서 고인에 대해 답변할 증인을 교구 관리가 찾는다는 말이 떠돈다. 그와 동시에 무엇하나 답변할 게 없는 사람들 이름만 수없이 나온다. 그린 여사 아들이 "법률 서류 대필 작업을 해서 고인을 누구보다 많이 안다"는 말도 곳곳에서 나와, 교구 관리는 그 소재를 알아보다, 3개월 전에 군함을 타고 바다 건너 중국으로 가는 중이나 해군 제독에게 부탁하면 전신으로 연락할 수 있다는 사실만 깨닫고, 한층 더 멍청한 시민이 된다. 그래도 교구 관리는 영업

75) 당시 영국은 정교일치 체제가 끝나는 시점으로, 교구 단위에서 빈민구제 사업도 하고 통제도 한다. 교구 관리는 그 잔재로, 시민들 사이에서는 거만하고 재수 없는 대명사로 꼽혔다. 1892년에 비로소 경찰청이 모든 걸 대체한다.

중인 가게마다 들어가서 조사하는데, 문부터 잠가서 아무도 못 들어오게 한 다음에 멍청한 질문만 해대서 사람들은 짜증이 이만저만 아니다. 경찰관은 술집 심부름꾼에게 미소를 머금다 들키고, 사람들은 관심을 잃고서 반발한다. 젊은 목소리 여럿이 교구 관리한테 어린애를 삶아 먹었다고 날카롭게 소리치며 놀리자, 구빈원에서 어린애를 국에 넣어 고기처럼 먹었다는 유명한 노래[76] 후렴이 여기저기에서 나온다. 마침내 경찰관은 법을 집행할 필요성을 느끼고 선창자를 잡아서는 당장 꺼진다는 조건으로 풀어주니, 그 조건은 곧바로 지켜진다. 그래서 당장은 긴장감이 사라지고, 경찰관은 (아편을 아무렇지 않게 살짝 들이켜더니) 반짝이는 모자, 빳빳한 목깃, 웅장한 외투, 단단한 허리띠에 완장을 차고, 완벽하게 단호한 모습으로 하얀 장갑 낀 손바닥을 번갈아 톡톡 치면서 묵직한 발걸음을 내디디며 순찰하다, 모서리에서 이따금 멈추고 집 잃은 아이든 살인자든 눈에 띄기만 하라는 표정으로 느긋하게 둘러본다.

머리가 우둔한 교구 관리는 깊은 밤에 법원 출석요구서를 들고 대법정 거리를 바삐 돌아다니는데, 자기 이름만 빼고 배심원 이름을 하나같이 엉뚱하게 적어, 그걸 읽을 사람도 내용을 파악하려는 사람도 없다. 그래도 출석요구서를 전달하고 증인에게 통보한 다음, 어떤 극빈자와 약속하고 크룩네 집으로 가서, 곧바로 나타난 극빈자 여럿과 위층으로 올라가고, 덧문에 틀어박힌 눈동자 두 개는 새로운 구경거리라도 나타난 듯, 하지만 세상 사람은 누구나 잠시 머물다 떠날 수밖에 없다는 듯, 가만히 쳐다본다.

그래서 관 하나는 낡은 가방 옆에 밤새도록 놓이고, 침상에 누운

---

76) '구빈원 아이'라는 노래가 당시에 유행했는데, 구빈원에서 어린애를 괴롭히다 결국에는 국거리로 삶아서 먹었다는 내용이다.

물체는, 45년이란 인생을 살았지만 흔적은 어디에도 없다는 듯, 홀로 외롭게 머문다.

다음 날에 마을은 다시 활발하게 살아난다. 퍼킨스 부인이 파이퍼 부인과 새롭게 화해한 이상으로 가까워져서 누구보다 사랑스러운 친구에게 사랑스럽게 한 말처럼 "축제 같다." 검시 재판관은 술집 2층에 재판정을 열 예정인데, 거기서는 일주일에 두 번씩 음악회가 열리는 터라, 유명한 신사가 의자에 앉고, 맞은편에는 만담가 '꼬마 술찌끼'가 앉아서 (창문에 붙은 포스터에 따르면) 최고급 만담을 뱉어내, 주변을 잔뜩 에워싼 친구들이 멋지게 호응하기만 기대할 예정이다. 그래서 술집이 아침 내내 바쁘게 돌아간다. 마을 전체가 긴장한 가운데 아이들에게 먹일 게 필요해, 파이 장사꾼은 임시 재판정 모퉁이에 좌판을 펼치더니, 브랜디 사탕[77]이 날개 돋친 듯 팔려 나간다고 자랑한다. 교구 관리는 크룩네 고물상과 술집 입구 사이를 어슬렁대며 은밀한 정보를 살짝 내비친 보답으로 흑맥주를 한 잔씩 얻어 마신다.

예정시간에 검시 재판관이 도착하니, 배심원들은 미리 와서 기다리고, 술집 뒷마당에 딸린 구주희[78] 경기장에서는 핀이 우당탕 쓰러지며 환영한다. 검시 재판관은 술집에 누구보다 자주 나타나는 터라, 톱밥, 맥주, 담배 연기, 위스키 등이 뒤섞인 냄새는 끔찍한 주검과 마찬가지로 직업상 떨어질 수 없는 관계다. 그래서 교구 관리와 술집 주인의 안내를 받으며 음악회 방으로 들어가서 피아노에 모자를 놓고, 한가운데 놓은 등받이 높은 의자에 앉아서 기다란 탁자를 바라보는데, 짧은 탁자를 여러 개 모은 터라 동그란 술 단지와 술잔 무늬가 바닥에 끝없이 겹친다. 배심원은 탁자에 최대한 많이 달라붙고, 나머지는 침 뱉는 그

77) 사탕 한가운데에 브랜디를 넣었다.
78) 구주희(skittle), 마당에 핀 아홉 개를 놓고 공을 굴려서 쓰러뜨리는 놀이로, 나중에 볼링으로 발전한다.

릇과 파이프 사이에 앉거나 피아노에 기댄다. 검시 재판관 머리 위에는 쇠로 만든 조그만 화관이 있고 종을 울리는 손잡이까지 있는 걸 보면, 엄숙한 법정 자체를 당장에라도 교수형에 처할 것 같다.

배심원은 이름을 차례대로 불리면서 선서한다! 의식을 진행하는 사이에 통통하고 조그만 사내가 유난히 커다란 셔츠 목깃에 눈은 촉촉하고 코는 새빨간 모습으로 들어오면서 긴장감이 높아지는데, 사내는 일반 방청객처럼 문 옆에 겸손하게 앉지만 이곳이 아주 익숙한 것 같다. 만담가 '꼬마 술찌끼'가 바로 이 사내라는 말이, 검시 재판관을 그대로 흉내 내서 초저녁 음악회를 멋지게 장식할 거라는 말이 속닥속닥 돌아다닌다.

"자자, 신사 여러분……"

검시 재판관이 입을 열고, 교구 관리는 "모두 입을 다무세요!"라고 소리치니, 언뜻 보면 검시 재판관한테 하는 말 같긴 해도 정말 그런 건 아니니, 검시 재판관이 다시 말한다.

"자자, 신사 여러분. 여러분은 어느 특정인의 주검을 조사하려고 배심원으로 참석했습니다. 그 주검을 둘러싼 환경에 대해선 나중에 여러분 앞에 증거로 제시할 테니, 여러분은 오직 그 증거만 보고 - 구주회 경기……어서 중단시키시오, 교구 관리! - 다른 무엇도 참고하지 말고 오직 그 증거만 보고 판결하시오. 그럼, 무엇보다 먼저, 시신부터 살펴봅시다."

"이쪽으로 오세요!"

교구 관리가 하는 말에 따라, 사람들은 뿔뿔이 흩어진 장례행렬처럼 느슨하게 따라 나가서 크룩네 고물상 3층 뒷방을 검사하고, 일부 배심원은 새파랗게 질린 얼굴로 황급히 나온다. 교구 관리는 소매와 단추 구멍이 그다지 깔끔하지 않은 신사 두 명이 (음악회 방에서 검시 재판관

바로 옆에 앉도록 특별히 조그만 탁자까지 제공했는데) 봐야 할 것을 모두 확실히 보도록 세심하게 신경 쓴다. 두 사람은 검시 재판마다 참석해서 기사를 쓰고 한 줄당 몇 푼씩 받는 기자라, 교구 관리 역시 인간적 약점은 있으니, "지적이고 적극적인 교구 관리 무니"가 이렇게 말하고 저렇게 행동했다는 내용을 신문에서 읽고 싶다는 기대감뿐 아니라, 극히 최근에 교수형 집행인 이름처럼 무니라는 이름도 친숙하고 다정하게 불리면 좋겠다는 갈망이 바로 그것이다.

'꼬마 술찌끼'는 검시 재판관과 배심원들이 돌아오길 기다리고, 토킹혼도 그렇다. 토킹혼은 특별 대우를 받아 검시 재판관 옆자리, 즉, 고위 재판관과 당구대와 석탄 상자 사이에 앉았다. 심문을 재개하고, 배심원은 심문 대상이 어떻게 사망했는지 듣지만, 어떻게 살았는지는 한마디도 못 듣는다. 그러다 검시 재판관이 말한다.

"유명한 사무변호사께서 참석하셨습니다, 신사 여러분, 내가 알기론, 주검을 처음 발견한 현장에 우연히 참석한 분이긴 하지만, 이분은 의사와 건물주와 하숙인과 문방구점 주인한테서 이미 들은 내용 이상을 모르니, 굳이 귀찮게 질문할 필요는 없을 것 같습니다. 여기에 참석하신 여러분 가운데 새로운 내용을 알려줄 분이 계시나요?"

파이퍼 부인이 퍼킨스 부인에게 떠밀리듯 나와서 선서한다.

아나스타샤 파이퍼입니다, 신사 여러분. 가정주부. 자, 파이퍼 부인, 이번 사건에 대해서 하실 말씀이 무언가요?

아아, 파이퍼 부인은 할 말이 엄청나게 많은데, 삽입절로 이어가느라 문장이 끝나는 경우조차 드물지만, 중요한 내용은 하나도 없다. 나는 이 동네에 사는데(남편은 캐비닛을 만드는데) 원고는 – 파이퍼 부인은 고인을 원고라고 고집스럽게 부르니 – 악마한테 영혼을 팔았다는 소문이 동네 사람들 사이에 예전부터 (우리 아들 제임스 파이퍼가 잇몸이 아파서 의사 선생님들이 오래 못 살 것 같다고 하는 바람에 생후 18개월 4일 만에 비로소 절반 짜리 세례를 받기 이틀 전부터) 돌아다닌다. 그런 소문이 돈 건 원고가 그런 분위기였기 때문인 것 같다. 원고가 무서운 모습으로 다니면서 아이들이 겁먹고 못 다가오도록 한 걸 보면 안다(의심스러우면 퍼킨슨 부인이 여기에 있으니 직접 물어보라. 자신과 남편과 가족을 위해 여기에 나와서 기꺼이 증언할 것이다). 아이들이 쫓아오니까 원고가 화내는 모습도 본 적이 있다(아이들은 원래 그러면서 크는 법이니, 장난이 유난히 심한 아이를 보면 여러분도 어쩔 수 없지 않은가). 이런 사실과 어두운 표정 때문에 나는 원고가 주머니에서 곡괭이를 꺼내 (조금도 겁먹지 않고 원고를 제일 많이 쫓아다니면서 놀린) 조니 머리를 박살 내는 꿈까지 꿨다. 하지만 원고가 곡괭이 같은 무기를 실제로 들고 다니는 모습을 본 적은 없다. 아이들이 쫓아오는 걸 좋아하지 않은 듯 원고가 황급히 도망치는 모습은 여러 번 보았으나, 어떤 아이나 어른한테 말하는 모습을 본 적도 없다. 하지만 사거리 모퉁이에서 청소하는[79] 아이는 예외니, 그 아이가 여기에 있다면 원고와 자주 이야기했다는 사실을 증언할 것이다.

검시 재판관이 그 아이도 여기에 있느냐고 묻는다. 교구 관리가 아니다, 여기에 없다고 대답한다. 검시 재판관은 그럼 어서 가서 아이를 데려오라 지시한다. 그래서 지적이고 적극적인 인물이 자리를 비운 사이에 토킹혼과 대화를 조용히 주고받는다.

아! 아이가 왔습니다, 신사 여러분!

누더기 차림에 진흙을 잔뜩 묻힌 아이가 나타났다. 그래, 얘야! 하

79) 당시는 하수도 시설이 열악해서 사거리 모퉁이 청소가 매우 중요해, 가난한 아이들이 청소하면 지나는 사람들이 동전을 던져주곤 했다. 따라서 사거리 모퉁이 청소는 일종의 구걸 행위였다.

지만 잠깐 멈추도록. 본격적으로 증언하기 전에 거쳐야 할 단계가 있다.

이름, 조. 다른 이름은 모른다. 사람들은 이름이 두 개라는데, 나는 아니다. 그런 건 들어본 적도 생각한 적도 없다. '조'가 긴 이름을 줄인 건지조차 모른다. 나한테는 '조' 하나로 충분하다. 그렇다 해서 문제될 건 하나도 없다. 이름을 쓸 수 있느냐? 아니다. 쓸 수 없다. 아버지도 없고 어머니도 없고 친구도 없다. 학교에 다닌 적도 없다. 가정이 뭐가 필요하냐? 나 역시 빗자루가 빗자루인 걸 알고, 거짓말은 나쁘다는 걸 안다. 빗자루나 거짓말에 관한 얘기를 누가 해줬는지는 기억이 안 나지만, 둘 다 아는 건 확실하다. 여기에 있는 신사들한테 거짓말하면 죽은 다음에 어떻게 되는지 정확히 말할 수 없지만, 심한 벌을 받는다고 믿는다. 그래서 나는 거짓말하지 않는다.

"이 아이는 안 됩니다, 신사 여러분!"

검시 재판관이 머리를 우울하게 흔들며 선언하자, 열심히 듣던 배심원이 묻는다.

"이 아이 증언은 받아들일 수 없다는 뜻인가요, 재판장님?"

"당연합니다. 저 아이가 말하는 걸 들었잖습니까! '정확히 말할 수 없다'는 안 됩니다. 정의로운 법정에서 받아들일 순 없습니다, 신사 여러분. 그건 끔찍한 타락입니다. 아이를 옆으로 치우세요."

교구 관리가 아이를 옆으로 치워서 청중에게, 특히 만담가 '꼬마 술찌끼'에게 커다란 교훈을 준다.

자. 다른 증인이 있습니까? 다른 증인은 없습니다.

좋습니다, 신사 여러분! 신원불명의 사내가 아편을 과다복용해서 죽은 채 발견됐는데, 지난 1년 반 동안 아편을 과다복용하는 습관이 있었다는 게 증명되었습니다. 고인이 자살했다는 결론으로 나아갈 증거가 있다고 여기는 배심원은 자살했다는 결론을 내리고, 우연히 사망한 거로 생각한다면 그렇게 판결하십시오.

증거에 따른 판결. 우연히 사망. 확실함. 신사 여러분, 끝났습니다. 안녕히 돌아가십시오.

검시 재판관은 커다란 외투를 입으며, 거부당한 증인이 모서리에서 하는 말을 토킹혼과 함께 듣는다.

초라한 아이는 (노란 얼굴과 까만 머리칼을 보고서 죽은 사람이 누군지 파악하고) 자신이 아는 건 아이들이 쫓아다니며 놀렸다는 사실이 전부였다고 말한다. 그러던 어느 추운 겨울날 밤, 자신이 사거리 근처 주택 현관문 앞에서 덜덜 떠는데, 그 사람이 쳐다보며 지나다 돌아와서 친구가 없느냐고 묻고는, 없다는 대답을 듣고서, "나도 없어, 단 한 명도!"라 말하더니, 하룻밤 먹고 잠잘 돈을 주었다고. 그때부터 이 사람이 말을 자주 걸었다고, 간밤에 잘 잤는지, 추위와 굶주림을 어떻게 견디는지, 죽고 싶은 생각이 든 적은 없는지 묻기도 했다고. 하지만 돈 없이 지날 때는 "오늘은 나도 너처럼 가난해, 조"라 말하고, 돈이 조금이나마 있을 때는 그 가운데 일부를 늘 기쁜 마음으로 주었다고 자신은 마음속 깊이 믿는다고. 결국, 아이는 누더기 소매로 눈물을 닦으며 덧붙인다.

"그분은 나한테 정말 다정했어요. 침상에 쭉 뻗은 모습을 보니, 나도 그분한테 똑같이 물을 걸 그랬어요. 나한테 정말 다정했거든요, 정말로!"

아이가 발을 질질 끌며 계단을 내려오자, 스낙스비는 가만히 기다리다 아이 손에 반 크라운 은화를 건네고, 손가락으로 자기 코를 가리키며 말한다.

"행여나 사거리에서 마주치더라도 우리 마나님 앞에서 은화 얘기는 입도 뻥긋하지 말렴!"

배심원들은[80] 술집 좌담회에 잠시 머물다, 여섯 명은 술집 안쪽에 가득한 파이프 담배 구름 속으로 파묻히고, 두 명은 햄스테드 쪽으로 천천히 거닐고, 네 명은 밤에 반값 연극을 구경하고 굴 요리로 마무리하자고 약속한다. '꼬마 술찌끼'는 여러 사람에게 대접받다, 이번 검시 재판을 어떻게 생각하느냐는 질문에 "시작이 엿 같다"는 식으로 (속어를 섞어가며) 대답한다. 술집 주인은 '꼬마 술찌끼'가 유명한 걸 깨닫고 배심원과 일반인 앞에서, 견줄 사람이 없을 정도로 노래가 독특한 건 기본이고, 무대 의상만 해도 짐마차 한 대를 가득 채울 정도라며 추켜세운다.

술집은 이렇게 조금씩 어둑어둑해지다, 마침내 가스 등불을 곳곳에 환하게 켠다. 음악회 시간은 다가오고, 유명한 신사는 의자에 앉고, 맞은편에는 (얼굴이 새빨간) 만담가 '꼬마 술찌끼'가 앉고, 주변을 잔뜩 에워싼 친구들은 최고급 만담에 멋지게 호응한다. 만담이 정점으로 치닫자, '꼬마 술찌끼'가 말한다.

"신사 여러분이 허락하신다면 오늘 이 자리에 전개된 삶의 현장을 짤막하게 묘사하겠습니다."

사람들은 손뼉 치며 환호하고, '꼬마 술찌끼'는 밖으로 나가더니, (검시 재판관을 조금도 안 닮은) 검시 재판관으로 들어와, 검시 재판을 진행하다, 중간중간에 피아노 반주에 맞춰서 "순식간에 쓰러지는 검시 재판관 인형, 티피 톨 리 돌, 티피 톨 리 돌, 티피 톨 리 돌, 디!"라며 후렴을 불러댄다.

딩동 대던 피아노 소리도 마침내 가라앉고, 음악회 친구들은 모두 집으로 돌아가서 베개를 껴안는다. 이 세상 마지막 잠자리에 누운 외로

80) 검시 재판 배심원은 모두 12명이다.

운 물체 주변으로 주검이 짙게 깔리고, 덧문에 뚫린 퀭한 눈동자는 밤이 조용히 흘러가는 내내 가만히 지켜본다. 젖무덤을 파고드는 귀여운 아기 얼굴에 현재의 고독한 주검이 예언자처럼 떠오른다면, 자애롭게 굽어보던 어머니는 마음이 얼마나 처참할까! 아, 지금은 완전히 꺼진 불꽃이 훨씬 바람직한 시절에 한 여인을 향해 뜨겁게 타오르고 그 여인 역시 사내를 가슴에 품었다면, 재만 남은 지금, 그 여인은 어디에 있을까!

법률 전문 문방구점 스낙스비네 집은 이 날만큼은 고요한 밤과 거리가 멀다. 구스터가 밤새도록 발작을, 노골적으로 말해서 하룻밤에 열두 번이나 발작을 일으키기 때문이다. 이렇게 발작한 이유는 기본적으로 구스터가 다정한 마음씨에, 투팅 고아원과 원장만 아니었다면, 상상력이 뛰어나다고 할 정도로 예민한 감성을 지녔기 때문이다. 하지만 어린 시절을 험하게 보낸 건 어쩔 수 없으니, 스낙스비가 다과 시간에 검시 재판정 이야기를 한 게 너무나 끔찍한 영향을 미쳐, 구스터는 저녁 시간에 네덜란드 치즈를 공중으로 날리고 자기 몸을 주방 바닥으로 내던지면서 유난히 오랫동안 발작하다, 진정할 만하면 다시 발작하고 또 발작하는 식으로 연달아 발작하는 중간중간에 정신이 들 때마다 스낙스비 부인에게 "제발 해고하지 말라"고 애원도 하고, 자신은 주방 바닥에 있어도 괜찮으니 모두 잠자리에 들라고 사정도 한다. 그래서 영장발행 거리 조그만 우유 판매점 지하실에서 수탉이 새날을 반기며 황홀경에 빠져들 때, 스낙스비는 인내심이 강한 성격인데도 한숨을 길게 내쉬고 "이번에는 정말이지, 네가 죽는 줄 알았다!"며 한탄한다.

수탉이 무슨 문제를 해결하려고 이렇게 열심히 울어대는지(인간 역시 성취감을 맛보는 순간에 똑같이 좋아하긴 하지만), 아니면 수탉이 자신과 아무런 상관도 없는 일에 이렇게 울어대는지는 우리가 신경 쓸 문제가 아니다. 우리로서는 해가 뜨고 아침이 오고 정오가 오는 거로 충분하니 말이다.

그래서 새날 아침 신문에 지적이고 적극적인 인물로 실린 교구 관리는 크룩 고물상으로 극빈자를 여러 명 데려와서 '친애하는 우리 형제' 시신을 싣고 좁디좁은 교회 공동묘지로 데려가는데, 이곳이야말로 온갖 병균이 창궐해서 세상에 남은 '친애하는 우리 형제자매들'에게 사악한 질병을 옮기는 곳이나, '친애하는 우리 형제자매들'은 계단 주변에서 어슬렁댈 뿐, 하늘나라로 가는 건 훨씬 나중 일이라, 하나같이 상냥하고 즐거운 표정이다. 사람들은 '친애하는 우리 형제'를 기독교식으로 매장하려고 여기까지 데려와서 더없이 더럽고 좁은 땅뙈기 속에 넣으니, 그 땅은 터키인도 야만적이고 역겹다며 거부하고 아프리카 원주민도 몸서리칠 정도로 더러운 땅이 아닐 수 없구나!

철문에서 오솔길 양쪽으로 쭉 늘어선 묘지가 악취를 풍기고, 살아서 극악한 행위는 죽어서 묻히지만 죽어서 가득한 병균은 살아서 창궐하고, '친애하는 우리 형제'는 땅속 3~40㎝ 깊이에[81] 썩을 몸으로 묻혀서 썩을 몸으로 다시 살아나니,[82] 아픈 사람 머리맡에는 죽음의 사신이 가득하고, 오만한 섬나라에는 문명이 야만과 손잡은 부끄러운 증거로 가득하구나.

밤이여 오라, 어둠이여 오라, 너희는 이런 곳에 일찍 와서 아무리 오래 머물러도 괜찮으니! 흔들리는 불빛이여, 추악한 묘지 건물 창문으로 들어가라, 안에는 추악한 짓이 가득해도 밖으로 끔찍하게 흘러나오진 않으니! 가스등 불이여, 철문 위로 음산하게 타올라라, 감염된 공기

---

81) 당시에는 공동묘지가 부족해, 기존 묘지를 파서 시신 위에 다른 시신을 넣고 흙으로 살짝 덮는 게 관행이었다.

82) 성공회에서 장례미사 때 나오는 고린도전서 15장 42절 '썩을 몸으로 묻히지만 썩지 않는 몸으로 다시 살아난다'를 섬뜩하게 비꼰 표현이다.

가 끈적끈적한 연고처럼 쌓일지니! 그래서 사람이 지날 때마다 "여길 보라"고 소리칠 테니!

밤이 깔리자 몸을 앞으로 수그린 물체가 철문 밖 좁은 오솔길로 들어온다. 그래서 두 손으로 철문을 잡고 가만히 서서 쇠막대 사이로 한동안 들여다본다.

그러더니 낡은 빗자루로 계단을 쓸고 아치문 입구를 청소한다. 고개를 숙인 물체는 깔끔하게 청소한 다음, 안을 다시 가만히 들여다보더니, 그대로 떠난다.

조, 너니? 그렇구나, 그렇구나! 증인으로 거부당하고, 인간이 아닌 위대한 존재는 너를 어떤 도구로 쓸지 "정확히 말할 수 없"지만, 그래도 그대는 사방을 휘감은 어둠에 빠져들지 않는구나. "그분은 저한테 다정했어요, 정말 다정했어요!"라고 중얼댄 말이 멀리서 한 줄기 빛처럼 반짝이는구나.

CHAPTER XII

경계하기

링컨셔도 마침내 비가 멈추고 체스니 대저택은 활기차게 돌아간다. 라운스웰 부인은 주인 맞을 준비에 바쁘니, 레스터 데드록 경과 귀부인이 파리에서 오는 중이기 때문이다. 상류사회 소식지가 파악해서 아무것도 모르는 영국에 기쁜 소식을 알렸으니, 소식지는 영어에 약해도 불어에는 '술로 달아오른 용사'[83] 같아, BEAU MONDE(상류사회) ELITE 가운데서도 유난히 화려하고 고귀한 인물들이 링컨셔의 고풍스럽고 쾌적한 체스니 대저택으로 몰려간다는 사실까지 알아낸 것이다.

화려하고 고귀한 인물들에게 경의를 표하고 덩달아서 체스니 대저택에도 경의를 표하는 차원에서 대공원 아치 다리를 수선하자, 개울물은 적당한 수위로 물러나서 예전처럼 우아하게 굽이쳐, 저택에서 바라볼 때 멋진 경관을 연출한다. 햇살은 울창한 숲속으로 차갑고 또렷하게 파고들어, 날카로운 바람이 잎사귀를 흩뜨리고 이끼 말리는 광경을

83) 시편 78장 65절; '주께서는 마침내, 잠에서 깨어난 사람처럼, 술로 달아오른 용사처럼 일어나시어'

상쾌하게 바라본다. 그러면서 구름이 드리운 그림자를 뒤쫓아 대공원을 가로지르지만 온종일 따라잡을 수 없다. 햇살은 창문을 파고들어, 화가가 그릴 생각을 한 번도 안 한 창살 얼룩을 데드록 가문 초상화에 드리운다. 벽난로 선반 위에 걸린 우리 귀부인 초상화도 가로질러, 좌경선[84]을 큼지막하게 내던지며 밑으로 파고드는 게 벽난로까지 뜯어낼 것 같다.

똑같이 차가운 햇살과 똑같이 날카로운 바람을 뚫고, 우리 귀부인과 레스터 데드록 경은 (귀부인 하녀와 레스터 데드록 경 하인을 마차 후미에 태운 채) 여행용 사륜마차를 타고 집으로 떠난다. 방울 소리랑 채찍 소리가 끝없이 울리는 가운데, 번쩍이는 모자에 기다란 장화 차림으로 갈기와 꼬리를 흩날리는 반인반수 두 마리와 궁둥이까지 드러낸 말 두 마리는[85] 방돔 광장 브리스틀 호텔 마당을 나와, 햇살과 그림자가 바둑판무늬를 만드는 리볼리 거리 가로수길이랑 국왕과 왕비가 머리를 잘린 불행한 궁전 앞을 지나, 콩코드 광장, 샹젤리제 거리, 개선문을 차례대로 지나며 파리를 빠져나온다.

그나마 다행스러운 건 마차가 아무리 빨리 달려도 지나치지 않는다는 사실이다. 콘서트, 모임, 오페라, 연극, 드라이브 등, 따분한 하늘 아래에는 우리 귀부인에게 새로울 게 하나도 없어, 파리도 죽을 정도로 따분했기 때문이다. 바로 지난 일요일, 파리 성벽 안에는 불쌍한 하층민들이 아이들과 함께 궁전 정원에서 잘 다듬은 나무랑 동상 사이를 뛰어다니며 놀고, 개들이 곡예하고 목마도 잔뜩 늘어서서 훨씬 더 샹젤리제다워진 샹젤리제[86] 거리를 스무 명이 나란히 걷고, 사이사이에

---

84) 좌경선(bend-sinister), 방패 오른쪽 끝에서 왼쪽으로 비스듬히 내려오는 띠, 서출(庶出) 신분을 나타내는 표시로 쓰이기도 한다. 여기에서는 불명예를 암시한다.

85) 하인 두 명을 마차 후미에 태우고, 말 네 마리 가운데 두 마리에 '번쩍이는 모자에 기다란 장화'를 신겨서 빗물을 막았다는 건 자가용 마차라는 표시로, 부를 상징한다.

어둑어둑한 노트르담 대성당으로 두세 명씩 숨어들어, 기둥 밑에 조그만 초가 잔뜩 모여서 내뿜는 불빛을 받으며 소원을 한두 마디씩 빌고, 파리를 휘감는 성벽 바깥에서 춤추고 사랑하고 포도주를 들이켜고 담배를 태우고 조상 무덤을 찾아가고 당구를 치고 도미노 놀이를 하고 돌팔이 의사 놀이를 하고 생물이든 무생물이든 상관없이 극히 위험한 놀이를 하며 즐거워하던 바로 지난 일요일, 우리 귀부인은 거대한 절망과 극도로 따분한 분위기에 휩싸이니, 즐거워하는 하녀가 그저 밉살스러울 뿐이었다.

그래서 우리 귀부인은 파리를 아무리 빨리 벗어나도 상관없으니, 따분한 영혼은 뒤로 가득한 만큼 앞에도 가득해, 아리엘[87]이 지구 전체에 따분함이란 띠를 둘러서 그 누구도 풀 수 없어 더없이 따분할 때는 머물던 곳을 당장 떠나는 방법이 그나마 최선이리라. 그래서 파리를 멀찌감치 내동댕이치고, 겨울나무가 끝없이 뻗어 나간 가로수와 교차로를 마냥 달리는 게 좋으리라! 그래서 수십 킬로미터를 벗어난 다음에 비로소, 개선문은 햇살에 하얀 점으로 반짝이고 파리는 평야의 조그만 언덕에 불과해, 정방형 탑 두 개가 어스름하게 솟구쳐서 야곱이 꿈에 본 천사처럼 햇살과 그림자로 비스듬히 내려오는 모습을 돌아보는 게 좋으리라!

레스터 데드록 경은 늘 만족스러운 터라 따분할 때가 거의 없다. 할 일이 없으면 자신이 얼마나 위대한 인물인지 가만히 떠올리는 거로 충분하다. 아무리 많이 떠올려도 질리지 않을 관심거리가 있다는 건 레스터 데드록 경에게 커다란 장점이 아닐 수 없다. 오늘도 편지를 모두 읽고 마차 구석에 등을 기댄 채 자신이 사회에 얼마나 중요한

86) 그리스 신화에 나오는 이름으로, 인간이 죽어서 행복하게 사는 곳이라는 뜻이다.
87) 셰익스피어의 '폭풍'에 나오는 공기의 요정이나, 지구를 40분 만에 띠로 엮은 건 셰익스피어의 '한여름 밤의 꿈'에 나오는 요정 '퍼크'다. 작가가 퍼크를 아리엘로 혼동한 것이다.

인물인지 가만히 떠올리는데, 우리 귀부인이 불쑥 묻는다. 30㎞를 올 때까지 읽은 거라곤 책 한쪽이 전부니, 이제 그것도 지겨운 것이다.

"오늘 아침에는 편지가 유난히 많네요?"

"하지만 중요한 건 없다오. 그 무엇도."

"토킹혼이 기다란 편지를 보낸 것 같던데요?"

"모르는 게 없구려."

레스터 데드록 경이 감탄하자, 우리 귀부인이 한숨을 내쉰다.

"하! 토킹혼은 정말 따분한 사람이거든요!"

귀부인이 말하자, 레스터 데드록 경이 편지 하나를 골라서 펼치며 말한다.

"토킹혼이 당신한테 전갈을 보냈는데, 미안하오. 추신을 읽다, 말을 바꾸려고 멈추는 바람에 까마득히 잊어버렸소. 용서를 청하오. 토킹혼이……"

레스터 데드록 경이 외알 안경을 꺼내서 이리저리 고쳐 쓰다, 우리 귀부인이 약간 짜증스러워할 때 비로소 입을 다시 연다.

"토킹혼이 '도로 통행권 문제는……', 미안하오, 여기가 아니구려. 토킹혼이……그래! 바로 여기요! '우리 귀부인께서 이번 여행에 즐거운 일이 많기를 바란다는 안부 말씀을 전해주세요. 그리고 (우리 귀부인께서도 흥미로우실 텐데) 우리 귀부인께서 돌아오시면, 그동안 커다란 호기심을 보이신, 잔다이스 소송에 제출한 진술서를 필사한 사람에 대해서 드릴 말씀이 있다는 소식도 전해주세요. 그 사람을 만났으니까요.'"

우리 귀부인은 상체를 앞으로 숙여서 창문 밖을 내다본다.

"이게 전갈 내용이라오."

레스터 데드록 경이 말하자, 우리 귀부인은 창문 밖을 계속 내다보며 말한다.

"걸어가고 싶어요."

"산책?"

레스터 데드록 경이 깜짝 놀란 어투로 묻자, 우리 귀부인이 또렷하게 되풀이한다.

"걸어가고 싶어요. 마차를 세워주세요."

마차는 멈추고, 후미에서 하인이 급히 내려, 우리 귀부인이 손짓하는 대로 마차 문을 열고 발판을 내린다. 우리 귀부인이 재빨리 내려서 재빨리 걷는 바람에 레스터 데드록 경은 예의를 다하려 해도 뒤처져서 부인을 도울 수 없다. 그래서 1~2분을 바삐 쫓아간 다음에 비로소 따라잡자, 우리 귀부인은 잘생긴 얼굴로 방긋 웃으며 남편 팔을 잡고 500m 정도를 걷다, 다시 따분해져, 마차에 올라탄다.

딸랑대는 방울 소리와 찰싹대는 채찍 소리, 반인반수 두 마리와 궁둥이를 드러낸 두 마리는 마냥 내달리고 덜거덕 달그락 소리는 3일 연속으로 일어난다. 부부가 묵는 호텔마다 서로에게 정중하게 예의를 다하는 모습은 커다란 감탄을 자아낸다. '황금 원숭이' 여주인은, 비록 레스터 데드록 경이 우리 귀부인보다 나이는 약간 많아서 상냥한 아버지 같지만, 두 사람이 서로 사랑한다는 걸 한눈에 알 수 있다며 감탄하고, 또 한 사람은 레스터 데드록 경이 가만히 서서 모자를 한 손에 들어 하얀 머리를 드러낸 채 우리 귀부인이 마차에 오르고 내리도록 도와준다며 감탄하고, 또 한 사람은 레스터 데드록 경이 예의를 다하자, 우리 귀부인이 머리를 우아하게 숙여서 사례하고 더없이 어여쁜 손을 내미는 모습이 황홀하다며 감탄한다.

바다는 위대한 인물을 알아볼 수 없으니, 인간을 조그만 송사리처럼 이리저리 휘두른다. 레스터 데드록 경에게 유난히 심해, 얼굴에는 세이지 치즈처럼 녹색 반점이 생기고 고귀한 뱃속에는 비참한 혁명이 일어난다. 자연이 반기를 든 것이다. 그렇지만 그것조차 위엄있게 이겨내고 기운을 차려, 런던에서 하룻밤만 머문 다음에 우리 귀부인과 함께 링컨셔에 체스니 대저택으로 달려간다.

차가운 건 똑같지만 며칠이 지난 만큼 더 차가워진 햇살을 뚫고, 날카로운 건 똑같지만 숲속 벌거숭이 나무 그늘 사이를 지나온 만큼 더 날카로운 바람을 뚫어, 빨갛게 물든 서쪽 하늘 끝자락에 걸치며 다가오는 밤에 유령길이 순응할 즈음, 그들을 태운 마차는 대공원으로 접어든다. 까마귀 떼는 양옆으로 늘어선 느릅나무 높다란 집에서 흔들리며, 저 밑에서 지나는 마차에 누가 탔는지 토론하는 것 같은데, 레스터 데드록 경과 우리 귀부인이 내려오는 거라고 대체로 공감해, 일부는 공감하지 않는 까마귀들과 논쟁하고, 그래서 모두 공감하는 느낌이 감도는 순간, 꾸벅꾸벅 졸던 까마귀 한 마리가 다시 고집을 피우며 반박해서 다시 격렬한 논쟁 속으로 빠져드는 것 같다. 까마귀들이 그렇게 흔들리며 깍깍대도록 놔둔 채, 여행용 사륜마차는 체스니 대저택으로 다가가니, 일부 창문에서 따사로운 불빛이 어렴풋이 흘러나오나, 아직 어두운 건물 전면은 사람이 산다는 흔적이 충분히 드러나지 않는다. 하지만 화려하고 고귀한 인물들이 도착하면 그것 역시 새롭게 변할 게 분명하다.

라운스웰 부인이 기다리다 무릎을 구부려서 정중하게 인사하며 레스터 데드록 경이 내민 손을 잡는다.

"그래, 잘 지냈소, 라운스웰 부인? 다시 보니 반갑소."

"그동안 건강하게 지내셨지요, 주인님?"

"그렇다오, 라운스웰 부인."

"우리 귀부인께서도 건강해 보이시네요."

라운스웰 부인이 다시 무릎을 구부리며 정중하게 인사하자, 우리 귀부인은 건강하다고 짤막하면서도 더할 나위 없이 피곤하게 대답한다.

하지만 로사가 라운스웰 부인 뒤로 멀찌감치 서 있어, 우리 귀부인은 자신이 정복한 상대라면 무엇이든 안 놓치는 관찰력을 발휘하며 묻는다.

"저 여자애는 누구죠?"

"일을 배우는 아이랍니다, 마님. 로사."

데드록 귀부인이 호기심마저 드러난 모습으로 손가락을 까닥이며 부른다.

"이리 오도록, 로사! 어머나, 네가 예쁘다는 걸 너도 아니?"

그러면서 양손 집게손가락으로 로사 어깨를 건들자, 로사는 빨갛게 달아오른 얼굴로 "아닙니다, 마님!"이라 대답하곤 고개를 들다 고개를 숙여, 시선을 어디로 돌려야 좋을지 모르지만, 얼굴은 그만큼 더 예쁘게 달아오른다.

"몇 살이니?"

"열아홉입니다, 마님."

로사가 대답하자, 데드록 귀부인이 깊이 생각하며 말한다.

"열아홉이라. 사람들이 칭찬하는 말에 우쭐대지 말도록."

"네, 마님."

우리 귀부인이 장갑 낀 집게손가락으로 상대 뺨에 어린 보조개를 섬세하게 톡톡 치고는 참나무 계단으로 다가가자, 레스터 데드록 경이 기다리다 기사답게 에스코트한다. 초상화 속에서 데드록 조상은 실물처럼 커다랗고 둔한 모습으로 쳐다보는 게 그 광경을 어떻게 이해해야 좋을지 모르겠다는 표정 같은데, 엘리자베스 여왕 시절에도 대체로 똑같은 심정이었을 것 같다.

그날 초저녁, 라운스웰 부인 숙소에서 로사는 데드록 마님을 칭찬하는 말만 끊임없이 중얼댄다. 더없이 상냥하고 더없이 우아하고 더없이 아름답고 더없이 세련된 데다, 목소리는 더없이 다정하고 손길은 더없이 황홀해, 아직도 그 느낌이 선명할 정도다! 그러나 라운스웰 부인은 모두 인정하고 자랑스러워하면서도 상냥하다는 칭찬만큼은 선뜻 받아들이지 못한다. 이것만큼은 자신 있게 말할 수 없다. 이렇게 훌륭한 가문 구성원 가운데 하나를 흉보는 건, 특히, 온 세상이 감탄하는 마님을 흉보는 건 도저히 안 되지만, 우리 마님이 그렇게 차갑고 쌀쌀맞지 않고 "조금만 더 자유롭다"면 다정하다고 말할 수 있겠다면서도 "우리 마님한테 후손이 없다는 게 살짝 안타깝다"며 덧붙이는데, "살짝"이라고 표현한 건, 이렇게 놀라운 데드록 가문이 현재보다 좋아질 수 있다고 상상하는 자체가 신성모독 같기 때문이다.

"따님이라도 있어서 아가씨로 성장하는 모습에 관심을 기울인다면 유일하게 부족한 모습을 채우고도 남았을 거야."

"그러면 그만큼 더 거만할 수도 있는 거 아닌가요, 할머니?"

와트가 말한다. 집에 갔다 다시 찾아왔으니, 정말 착한 손자가 아닐 수 없다.

"얘야, 나는 우리 마님의 단점을 말할 위치도 들을 위치도 아니야."

할머니 말에 손자가 사과한다.

"죄송합니다, 할머니. 하지만 마님은 정말 거만해요, 그렇지 않은가요?"

"그렇다면 그럴 이유가 있는 거야. 데드록 가문은 무엇이든 그럴만한 이유가 있단다."

"맙소사, 그렇다면 데드록 가문은 우리가 하는 기도문에서 거만하거나 허영을 부리지 않게 해달라는 구절을 빼야 하겠네요. 용서하세요, 할머니! 농담이에요!"

"얘야, 레스터 주인님과 데드록 마님은 농담할 대상이 아니야."

"그래요, 레스터 데드록 경은 농담할 대상이 절대로 아니니 겸손하게 사과하겠어요. 레스터 데드록 경 부부와 손님들이 내려와도, 제가 다른 여행객과 마찬가지로 데드록 여인숙에 하루 이틀 더 머물러도 괜찮겠지요?"

"그럼, 당연하지, 우리 손자."

"허락하셔서 고마워요, 할머니. 아름다운 마을을 알고픈 마음이 많거든요."

와트가 말하면서 힐끗 쳐다보자 로사는 얼굴을 빨갛게 물들이며 고개를 숙인다. 하지만 오랜 미신에 따르면 빨갛게 물든 건 풋풋한 뺨이 아니라 양쪽 귀[88]여야 하니, 바로 지금 이 순간에 귀부인 몸종이 로사에 대한 말을 열심히 뱉어내기 때문이다.

귀부인 몸종은 아비뇽과 마르세유 부근 프랑스 남부지방 출신에 서른두 살 프랑스 여인으로, 커다란 눈은 갈색이며 머리칼은 까맣고 비교적 잘생긴 편이라 할 수 있으나, 안타깝게도 입은 고양이처럼 생기고 얼굴은 불편할 정도로 딱딱하고 턱은 너무 길고 이마는 튀어나왔다. 여기에다 왠지 날카로우면서도 음침한 느낌마저 깃들고, 무얼 볼 때는 고개를 안 돌리고 눈꼬리로 쳐다보는 버릇이 있으니, 기분이 나쁘거나 불편할 때는 특히 더하다. 외모를 꾸미는 감각이 좋긴 해도 이런 문제 역시 드러나, 깔끔하지만 아직은 완벽하게 길들지 않은 암컷 늑대 같은 인상이다. 자신이 맡은 일에 충분한 지식을 습득한 데다 영어 역시 영국 여자만큼이나 잘해서 귀부인이 관심을 보인 로사에 대해 흉볼

88) 누가 자기 말을 하면 귀가 간지럽다는 미신을 말하는 거다.

실력 역시 충분하니, 저녁을 드는 자리에서 소름이 돋을 정도로 조롱하는 말을 마구 퍼부어대는 바람에, 마차를 함께 타고 온 레스터 데드록 경 하인은 식사가 끝나가는 게 다행스러울 뿐이다.

호호호! 나 오르탕스는 5년이나 일한 다음에 비로소 마님을 모시는데, 그 인형은, 그 꼭두각시는 마님이 저택에 도착한 순간에 그 손길을 - 완벽하게 다정한 손길을 - 받는군요! 호호호! "네가 예쁘다는 걸 너도 아니?" "아닙니다, 마님!" 이 말은 딱 맞아. "몇 살이니? 사람들이 칭찬하는 말에 우쭐대지 말도록." 맙소사, 너무 우스워요! 하나같이 대단한 코미디에요.

한마디로, 대단히 한탄스러운 사태를 오르탕스는 결코 잊을 수 없어서 이후 며칠 동안, 손님을 따라온 프랑스 여인이나 몸종과 식사할 때마다 이 말을 농담 삼아 꺼내는 재미에 빠져들어, 쾌활한 표정이 가득한 가운데 얼굴은 더 딱딱하게 변하고 딱 깨문 입술은 일자로 얇게 늘어나고 눈꼬리로 쳐다보는 버릇은 더욱 심하게 나타나니, 귀부인이 없을 때는 오르탕스 특유의 유머 감각이 귀부인 거울에 훨씬 또렷하게 비친다.

저택 거울 전체가 드디어 생생하게 살아나니, 대부분 정말 오랜 공백기를 거친 다음이다. 거울마다 잘생긴 얼굴도, 억지로 웃는 얼굴도, 젊은 얼굴도, 일흔이나 되었으나 늙은 걸 인정할 수 없는 얼굴도 비치는데, 하나같이 체스니 대저택에서 새해를 맞으며 한두 주일 보내러 온 얼굴들, 세인트 제임스 궁정[89] 은신처를 박차고 나온 뒤로 상류사회 소식지가 주님께서도 알아주시는 힘센 사냥꾼답게[90] 날카로운 코를 킁킁대며 죽을 때까지 쫓아다니는 얼굴들이다. 링컨셔 전체도 생생하

89) 귀족 가문 자녀가 사교계에 첫발을 내딛는 곳.
90) 창세기 10장 9절, '여호와께서도 알아주시는 니므롯 같은 힘센 사냥꾼.'

게 살아난다. 낮에는 숲에서 총소리와 시끌벅적한 소리가 일고, 말 탄 사람과 마차는 사냥터를 누비고, 하인과 몸종은 마을과 데드록 여인숙에 넘쳐난다. 밤에는 우리 귀부인 초상화가 커다란 벽난로 선반 위에 걸린 기다란 응접실 쪽 늘어선 창문이 새까만 액자에 한 줄로 기다랗게 박힌 보석처럼 멀리서 나무 사이로 반짝이고, 일요일에는 흥겨운 인파가 가득 몰려들어 조그맣고 추운 교회를 따뜻하게 데우고, 저택에 가득한 먼지는 향긋한 향수에 파묻힌다.

화려하고 고귀한 인물 가운데는 교양, 감각, 용기, 명예, 미모, 도덕성을 지닌 사람이 가득하다. 그렇지만 뭔가 약간 잘못된 게 있다. 그게 무얼까?

멋쟁이 추종자?[91] (안타깝게도) 이제 멋쟁이 패션을 보여줄 조지 4세도 없고, 풀을 빳빳하게 먹여서 목을 휘감던 기다란 수건도 없고, 허리춤이 짧은 외투도 없고, 가짜 장딴지도 없고, 남성용 코르셋도 없다. 오페라 특석에서 황홀경에 빠져들다 실신하면 다른 멋쟁이 남성이 여자처럼 간들거리며 목걸이 향수병을 꺼내서 그 코에 섬세하게 갖다 대는 식으로 되살려내는 우스꽝스러운 광경도 없다. 양가죽 바지를 입으려면 남자 네 명이 동시에 거들어야 하는 멋쟁이도, 예술작품은 하나도 안 빼먹고 구경하러 다니는 멋쟁이도, 예전에 완두콩 한 알을 먹었다고 자책하는 멋쟁이도 없다. 그렇다 해도 화려하고 고귀한 인물들 가운데 멋쟁이 추종자가 과연 없을까? 기다란 수건을 목에 감아서 소화 과정을 막는 것보다는 해롭지 않은 짓을 눈에 안 드러나게, 이성을 지닌 사람도 굳이 반대할 이유가 없도록, 엉뚱한 짓을 자행하는 멋쟁이

91) 조지 4세 통치를, 그리고 조지 4세가 황태자 때부터 친하게 지난 '멋쟁이 브루멜'을 추종하며 멋 부리기에 흠뻑 빠져든 남성들을 말한다. 뒤에 나오는 문장은 이런 사람들이 즐겨 입는 의상과 태도, 브루멜이 자신은 미각이 너무 섬세해서 채소를 먹을 수 없으나, 예전에 완두콩 하나를 먹은 적이 있다고 고백하는 내용이다.

추종자가 정말 없을까?

맙소사, 있다. 그걸 숨길 순 없다. 링컨셔 체스니 대저택 신년 모임에 최신 패션을 장착하고 참석한 신사 숙녀는, 예를 들면 멋쟁이종교를 추종한다. 이들은 감성도 부족하고 열정도 없으니, 민중에게 신앙심이 부족한 경향이 있다는, 함량이 떨어지는 은화를 발견하고 그 은화에 대한 믿음을 잃는 건 무책임한 행동이라는 멋쟁이 주장에 가볍게 공감한다! 그래서 시계를 거꾸로 돌려 수백 년 역사를 말살하는 식으로 민중을 종교에 아름답게 빠져들게 하려 한다.[92)]

이들만큼 새롭진 않지만 매우 우아한, 또 다른 유행을 추구하는 신사 숙녀도 있으니, 이들 역시 세상에 부드러운 광택을 덧붙여서 현실을 깨끗하게 숨기자는 데 동의한다. 이런 사람들에게 만사는 무기력하고 아름다워야 한다. 모든 게 영원히 멈춰야 한다. 아무것도 아닌 것에 기뻐하고 아무것도 아닌 것에 안타까워해야 한다. 이런저런 사상에 흔들리면 안 된다. 순수예술조차, 궁내부 장관이 파우더를 뿌리고 뒷걸음질 치는 것처럼, 여성용 모자와 양복 제조업자가 만든 전통 문양에 따라야 하며, 움직이는 세대에 깊은 인상을 안 받도록, 진지하게 안 따르도록 특별히 조심해야 한다.

여기에 부들(Boodle) 경까지 있으니, 당 내부에 평판이 상당한 인물로, 장관이란 자리를 몸소 겪은 터라 만찬을 마친 다음에는 레스터 데드록 경에게 진지하게 말한다. 현시대가 어디로 가는지 도통 모르겠다. 논쟁도 예전 논쟁과 다르고, 의회는 예전 의회가 아니고 내각도 예전 모습을 잃었다. 행여나 현 정부가 무너진다면, 국왕은 내각을 새로 구성할 때 선택의 여지가 많지 않으니, 쿠들(Coodle) 경이나 토마스 두들(Doodle)

92) 시계를 "믿음의 시대"로 돌려, 교회 중심의 중세로 돌아가려는 교회 상층부 움직임을 비판하는 내용이다.

경 사이에서 결정할 텐데, 푸들(Foodle) 공작이 구들(Goodle)과 손을 잡으면 그것조차 불가능하나, 후들(Hoodle)과 문제가 생겨서 틈새가 벌어질 때는 그럴 가능성이 크다. 그래서 내무대신 겸 하원의장은 주들(Joodle)에게, 재무대신은 쿠들(Koodle)에게, 식민지 장관은 루들(Loodle)에게, 외무부는 무들(Moodle)에게 준다면, 누들(Noodle)에게는 어떤 자리를 준단 말인가? 추밀원 의장을 맡길 순 없다. 이 자리는 푸들(Poodle)에게 주어야 하기 때문이다. 그렇다 해서 삼림대신 자리를 줄 수도 없다. 쿼들(Quoodle)은 이 정도로 만족하질 않는다. 그러면 어떻게 되겠는가? 누들에게 아무런 자리도 못 준다면, 결국 이 나라는 (레스터 데드록 경도 애국자니 너무나 잘 알겠지만) 이리저리 무너져서 산산조각이 나고 말 것이다!

또 다른 한쪽에서는 존경하는 상원의원 윌리엄 버피가 식탁 맞은편 인물에게, 우리나라가 무너지는 건 – 이건 의심할 여지가 없으니, 중요한 건 어떤 식으로 무너지느냐는 건데 – 쿠피(Cuffy) 때문이라고 주장한다. 쿠피가 의회에 처음 진출했을 때 필요한 조치를 해서 두피(Duffy)에게 넘어가는 걸 막았더라면 푸피(Fuffy)와 연합하는 것도 막고, 구피(Guffy)라는 탁월한 논쟁가를 확보하고, 후피(Huffy)의 재력을 선거에 집중해, 세 선거구에 주피(Juffy)와 쿠피(Kuffy)와 루피(Luffy)를 당선시켜, 관직과 실무 관습을 많이 아는 무피(Muffy)를 동원해서 내각을 강화할 수 있었다. 그런데 지금은 이 모든 게 자신에게 익숙한 방식이 아니라 푸피(Puffy)의 변덕에 달렸다!

이 점은 물론 다른 사소한 화제 역시 의견이 다양하나, 여기에 모인 화려하고 고귀한 인물들에게 확실한 건 이 문제가 부들(Boodle)과 그 수행원 그리고 부피(Buffy)와 그 수행원한테만 중요하다는 것이다. 바로 이들이 연극무대를 독차지하는 위대한 배우들이기 때문이다. 잡다한 인물이 나와서 무대 순서에 따라 대사도 읊조리고 소리도 지르고 합창도 하지만, 부들과 부피, 그 추종자와 가족, 그 후계자, 유언 집행인, 유산 관리인, 유산 상속인들이야말로 천부적으로 타고난 일류배우며 관리자며 지도자니, 바로 이들이 무대 전면에 나오고 또 나올 당사자들로, 나머지는 영원히 무대에 나설 수 없다.

이런 점에서도 체스니 대저택에는 화려하고 고귀한 무리에게 장기적으로 바람직한 멋쟁이 추종자가 또 있을 수 있다. 조용하고 정중한 무리조차 바깥에서 바삐 움직이는 사람들 눈에는 주술에 빠져서 무당 주변으로 모여든 사람만큼이나 이상하게 보이기 때문이다. 이 같은 차이는 환상이 아니라 현실이니, 민중이 몰려들어 박살 낼 가능성 역시 그만큼 크다.

어쨌든 체스니 대저택은 사람들이 넘쳐나, 나쁜 방을 배정받은 귀부인 몸종들 가슴에는 원한이 뜨겁게 타올라서 꺼질 줄을 모른다. 빈방은 딱 하나다. 대저택 전체에서 서열 세 번째인 꼭대기 방으로, 소박하지만 편안한 장식이 고풍스러운 사무실 분위기다. 토킹혼이 묵는 방으로, 당사자는 언제 올지 모르지만 다른 누구에게도 내주는 법이 없다. 토킹혼은 아직 안 왔다. 그는 좋은 날씨에 마을에서 공원을 가로지르며 조용히 다가와, 비운 적이 없는 것처럼 이 방으로 불쑥 들어오고, 행여나 레스터 데드록 경이 필요할 때를 대비해서 자신이 도착했다는 사실을 알리도록 하인에게 지시하고, 만찬이 열리기 십 분 전에 서재 문 뒤에서 나타나는 습관이 있다. 밤에는 머리 위에서 깃대가 투덜대는 소리를 들으며 자고, 날씨가 좋은 아침이면 아침 식사 전에 지붕 베란다로 나가서 까만 옷차림으로 거니는 모습이 커다란 까마귀처럼 보이기도 한다.

만찬이 열리기 전마다 우리 귀부인은 어둑한 서재를 둘러보지만,

토킹혼은 없다. 만찬이 열릴 때도 우리 귀부인은 식탁을 쭉 훑어보며 토킹혼이 앉도록 비워놓은 자리가 있는지 살피지만, 빈자리 역시 없다. 밤마다 우리 귀부인은 하녀에게 가벼운 어투로 묻는다.

"토킹혼 변호사가 오셨니?"

밤마다 대답은 똑같다.

"아닙니다, 마님, 아직 안 오셨습니다."

하루는 밤에 우리 귀부인이 머리를 손질하다 이 대답을 듣고서 깊은 생각에 잠기는데, 맞은편 거울에서 깊은 생각에 잠긴 자기 얼굴과 함께 궁금한 표정으로 뚫어지게 바라보는 까만 눈동자 한 쌍을 보고, 오르탕스한테 말한다.

"맡은 일이나 잘하도록. 아름다운 네 얼굴은 나중에 감상하고."

"죄송합니다! 마님이 너무 아름다우셔서요."

"하지만 자네가 감상할 필요는 없지."

마침내 어느 날 오후, 석양이 지기 직전, 화려한 그룹이 유령길에 활기를 한두 시간 불어넣다 떠나고 레스터 데드록 경과 우리 귀부인만 남았을 때, 토킹혼이 나타난다. 그래서 빠르지도 않고 느리지도 않은 걸음으로 평소처럼 차분하게 다가온다. 가면을 쓴 것처럼 무표정한 얼굴도 그대로, 온몸 곳곳은 물론 옷자락 주름마다 가문의 비밀을 숨긴 모습도 그대로다. 토킹혼이 위대한 가문을 위해서 온 마음을 바쳤는지, 자신을 위해서 그랬는지는 오직 토킹혼 혼자만 아는 비밀이다. 그래서 고객의 비밀을 지키듯 이 비밀도 지키고, 이 점에서는 토킹혼 자신도 고객이니, 비밀을 드러내는 일은 결코 없다.

"잘 지냈소, 토킹혼 변호사?"

레스터 데드록 경이 말하며 손을 내민다.

토킹혼은 잘 지냈다. 레스터 데드록 경도 잘 지냈다. 우리 귀부인도 잘 지냈다. 모두 크게 만족한다. 변호사는 두 손을 뒷짐 진 채 레스터 데드록 경 옆에서 유령길을 따라 걷고, 우리 귀부인은 약간 떨어져서 걷는다.

"일찍 올 줄 알았소."

레스터 데드록 경이 말한다. 다정한 표현이다. "당신이 없어도 우리는 늘 당신을 생각한다오, 토킹혼 변호사. 우리 마음 한쪽을 당신 몫으로 떼어놓았으니!"라고 말하는 것 같다.

토킹혼은 그 말을 알아듣고 머리를 숙여서 고맙다고 인사하며, 이렇게 설명한다.

"일찍 오려고 했지만 레스터 데드록 경과 보이손 사이에 걸린 소송을 몇 가지 처리하느라 바빴습니다."

"마음 씀씀이가 나쁜 사람이지요. 공동체에 극히 해로운 인물이요. 마음이 천박한 인간."

레스터 데드록 경이 가혹하게 비난하자, 토킹혼이 동조한다.

"고집이 센 사람이지요."

"그런 사람에게는 당연한 성향이니, 고집스럽다는 말을 들어도 나는 놀랄 게 없다오."

레스터 데드록 경이 말하는데, 정말 고집스러운 표정이다.

"문제는 경께서 양보하실지 여부입니다."

"말도 안 되오, 선생. 내가 양보하다니!"

"중요한 걸 양보하자는 의미는 아닙니다. 경께서 당연히 양보하지 않으실 테니까요. 제 말은 아주 사소한 부분을 양보할 수도 있다는 뜻입니다."

"토킹혼 변호사, 나와 보이손 선생 사이에 사소한 문제는 있을 수 없소. 조금 더 나아가서 말한다면, 나한테 주어진 권리가 어떻게 사소할 수 있는지 상상조차 못 하겠소. 나 하나가 아니라 가문을 책임지는 위치에서 하는 말이오."

"알겠습니다. 보이손 선생이 우리한테 커다란 문제는 되겠지만……"

토킹혼 변호사가 다시 고개를 숙이며 말하는데, 레스터 데드록 경이 불쑥 끼어든다.

"그런 사람은 당연히 문제가 되겠지요. 마음 씀씀이가 사악하고 반역을 꿈꾸는 사람이니까요. 50년 전만 해도 그런 사람은 선동죄로 중앙형사재판소에 보내서 중벌을 내렸다오, 설사……"

레스터가 잠시 주저하다 이어간다.

"설사, 목을 매달고 창자를 꺼내고 사지를 절단하는 극형은 아닐지라도."

레스터는 극형을 내린 다음에 비로소, 사형 집행 다음으로 만족스러운 결과라는 듯 마음의 부담을 크게 덜어낸 표정이다. 그래서 덧붙인다.

"하지만 밤이 다가오니 우리 부인께서 감기에 걸리겠소. 여보, 이제 안으로 들어갑시다."

그래서 세 사람은 현관 입구로 방향을 잡고, 데드록 귀부인은 토킹혼 변호사에게 처음으로 말을 건넨다.

"내가 필체를 물어본 사람에 대해 전갈을 보냈더군요. 사소한 것까지 기억하다니 대단합니다. 나는 까마득히 잊다 전갈을 듣고 떠올렸으니까요. 내가 그 필체를 보고 무슨 생각을 떠올렸는지는 잊었지만, 무언가 떠올린 건 확실하니까요."

"무얼 떠올리셨나요?"

토킹혼이 묻자, 우리 귀부인은 아무렇지 않은 어투로 대답한다.

"그렇답니다. 무언가 떠오른 게 확실해요. 그런데 서류를 - 뭐더라!

- 맞아, 선서진술서를 대필한 사람을 정말 찾은 게 맞나요?"

"네."

"대단하군요!"

세 사람은 어둑어둑한 일층 거실로 들어선다. 낮에는 깊은 창문 두 개로 빛이 들어오지만, 지금은 저물녘이다. 판자를 댄 벽에서 벽난로 불길이 환하게 타올라 유리창을 창백하게 비추고, 그 너머로 차가운 풍경이 바람을 맞아서 부르르 떠니, 움직이는 거라곤 슬금슬금 피어나는 회색 안개와 둥둥 떠가는 구름이 전부다.

우리 귀부인은 벽난로 구석에 있는 커다란 의자로 다가가고, 레스터는 맞은편 커다란 의자에 앉으니, 변호사는 벽난로 앞에서 한 손을 뻗어 뜨거운 열기가 얼굴로 오는 걸 막고는 그 팔 너머로 우리 귀부인을 바라보다 말한다.

"네, 수소문해서 찾아냈습니다. 그런데, 정말 이상한 건, 제가 찾아가니……"

"엉뚱한 사람은 아니었겠지요?"

데드록 귀부인이 천천히 묻는 말에 변호사가 마저 대답한다.

"제가 찾아가니, 죽어있었습니다."

"맙소사!"

레스터가 나무란다. 죽었다는 사실 자체가 아니라 그 말을 한 자체에 충격을 받은 거다.

"셋방으로, 정말 누추하고 가난한 공간으로 안내받고 들어가니, 그 사람은 죽어있었습니다."

"미안하오만, 토킹혼 변호사, 그런 말은 안 하는 게……"

레스터가 다시 끼어들자, 우리 귀부인이 차단한다.

"계속 듣겠어요, 레스터 데드록 경. 저물녘에 딱 어울리는 이야기잖아요. 죽었다니, 충격이네요!"

"그 사람이 자기 손으로 그랬는지……"

토킹혼이 머리를 다시 숙이며 말하는데, 레스터가 소리친다.

"그만하시오! 정말!"

"계속 듣겠어요!"

"당신이 바란다면 무어든 들어주겠지만 이번만큼은……"

"아니에요, 더 말하지 마세요! 계속해요, 토킹혼 변호사."

레스터는 사내답게 물러나지만, 상류사회에서 불결한 이야기를 꺼내는 건 정말이지…… 정말이지……

하지만 변호사는 조금도 안 흔들리고 차분한 어투로 말한다.

"제가 말하려던 건, 그 사람이 자기 손으로 그랬는지 아닌지 제가 장담할 수 없다는 겁니다. 아니, 자기 행동 때문에 죽은 건 확실하지만, 의도적으로 그랬는지 실수로 그랬는지 모르겠다고 말하는 편이 정확하겠군요. 검시 재판 배심원단은 실수로 그렇게 됐다는 결론을 내렸습니다."

"그 불쌍한 사람은 어떤 사람이었나요?"

우리 귀부인이 묻는 말에 변호사는 머리를 절레절레 저으며 대답한다.

"확실하게 말하기 어렵군요. 혼자서 비참하게 살던 사람이었습니다. 얼굴은 집시 같고 머리칼과 수염은 새까맣게 자란 걸 보면 하층민 가운데 최하층민 같았습니다. 하지만 의사는 예전에 얼굴이 잘생긴 데다 옷차림이든 신분이든 훨씬 좋았을 거라고 하더군요."

"사람들이 그 불쌍한 사람을 뭐라고 부르던가요?"

"그 사람이 말한 이름만 부를 뿐, 진짜 이름은 아무도 몰랐습니다."

"옆에서 간호하던 사람도 모르던가요?"

"간호하던 사람은 없었습니다. 혼자서 죽은 채 발견됐습니다. 사실, 제가 발견했습니다."

"다른 단서는 없나요?"

우리 귀부인이 묻자, 변호사는 깊이 생각하며 대답한다.

"없습니다. 낡은 가방이 하나 있었지만 신분을 알만한 서류는 없었습니다."

짧은 대화를 나누는 사이에 데드록 귀부인과 토킹혼 변호사는 여상한 태도를 조금도 안 바꾼 채 서로를 물끄러미 쳐다보는데, 독특한 주제 때문에 지극히 당연한 모습 같았다. 레스터는 계단에 걸린 조상과 똑같은 표정으로 불길만 바라보더니, 이 말이 나오는 순간, 우리 귀부인은 불쌍하고 비참한 사람과 별다른 관계가 없는 게 분명하다며, 그 사람은 푼돈을 벌려고 대필한 수준에 불과하다며, 귀부인 신분과 너무 동떨어진 이야기를 그만 듣는 게 좋겠다며 항의한다.

그러자 우리 귀부인이 망토를 걸치고 모피로 감싸면서 말한다.

"그래요, 확실히 끔찍한 이야기에요. 하지만 지금 이 순간으로선 가장 흥미롭기도 해요! 저한테 문을 열어주는 친절을 베푸시겠어요, 토킹혼 변호사?"

토킹혼은 공손하게 문을 열어서 귀부인이 완전히 나갈 때까지 잡아준다. 귀부인은 평소처럼 피곤하고 거만하면서도 우아한 자세로 바로 옆을 지나친다. 두 사람은 만찬 때 다시 만나고, 다음 날 다시, 그다음 날 또 만난다. 데드록 귀부인은 늘 피곤하고 거만하면서 우아한 모습으로 숭배자들에 둘러싸이니, 자신을 모신 신전에 군림할 때조차 죽도록 따분하기 십상이다. 토킹혼 변호사는 귀족 가문의 비밀을 넣어둔 창고답게 말이 없어서 분위기에 끔찍하게 못 어울리는데도 모든 게 자기 집처럼 편안하다. 두 사람은 한 방에 있을 때조차 서로에게 관심이 없는 것처럼 보인다. 하지만 상대를 늘 의심하며 감시하고, 뭔가 커다란 비밀을 숨기는 건 아닌지 불신하고, 무방비 상태에서 뒤통수를 안 맞도록 늘 조심하고, 상대가 아는 걸 파악하려면 자신이 얼마나 알려주어야 하는지 등을 가슴속에 꼭꼭 숨긴 채 드러내질 않는다.

CHAPTER XIII
에스더 이야기

우리는 리처드가 앞으로 가질 직업에 대해서 처음에는 잔다이스 아저씨가 제안한 대로 우리끼리, 나중에는 함께 여러 차례 논의했는데, 조그만 진전도 없이 시간만 흘러갔어요. 리처드는 어떤 직업이든 다 좋다는 식으로만 대답했고요. 해군에 들어가기에 이미 늦은 나이는 아닌지 모르겠다고 잔다이스 아저씨가 걱정하자, 리처드는 자신도 그 생각을 했는데 이미 늦은 것 같다고 대답했어요. 그래서 육군에 들어가는 건 어떠냐고 잔다이스 아저씨가 묻자, 리처드는 자신도 그 생각을 했는데 나쁘지는 않다고 대답했어요. 바다를 좋아하는 게 어릴 적에 흔히 품는 동경 때문인지 아니면 생각이 여전히 확고한지 천천히 심사숙고해보라고 잔다이스 아저씨가 충고하자, 리처드는 자신도 그런 생각을 종종 하는데, 도무지 모르겠다고 대답했어요. 그래서 잔다이스 아저씨는 저에게 이렇게 말했어요.

"우유부단한 성격이 된 것을 세상에 태어난 순간부터 이해 못 할 불확실성과 지지부진한 모습이 주변에 가득했기 때문이라고 단정할 순 없겠지만, 대법원이 저지른 수많은 죄악 가운데 하나라는 건 확실하게 단정할 수 있어. 뭐가 뭔지 모른 채 이것도 괜찮은 것 같고 저것도 괜찮은 것 같아서 미루는 습관이, 무엇 하나 결정을 못 한 채 애매하고 혼란스러운 상태로 놔두는 습관이 단단히 뿌리내린 거야. 성실하고 나이도 듬직한 어른이라면 그런 상황이라 해도 성격까지 변하진 않겠지만, 성격이 형성되는 어린 시절에는 무리가 있지."

저는 옳은 말이라고 느꼈지만 감히 말한다면 다른 이유도 있다고, 교육이 그런 영향을 막아주거나 올바른 방향으로 이끌어주지 못한 이유도 있다고 생각했어요. 리처드는 윈체스터 공립학교에서 8년을 보내는 동안 라틴어 시를 멋들어지게 읊을 만큼 공부했다고 들었으나, 무엇이 장점이고 단점인지 찾아내거나 적합한 지식을 심어주려고 누가 특별히 노력했다는 말은 한 번도 못 들었어요. 라틴어로 시를 쓰는 것에 빠져들어 라틴어 시를 완벽하게 읊고 쓰는 방법만 배웠으니, 어른이 되도록 학교에 남는다 해도 라틴어 시를 몽땅 잊고 학습 대상을 넓히지 않는 한, 라틴어 시를 읊고 쓰는 공부만 계속했을 것 같아요. 물론 라틴어 시는 매우 아름답고 지적이라서 인생을 살아가는 데 도움도 되고 울적할 때 위로도 되겠지만, 누가 관심을 조금만 기울였다면, 리처드는 라틴어 시 공부에만 몰두하지 않고 다른 유익한 공부도 많이 했을 거란 생각이 들어서 아쉬웠어요.

물론 저는 라틴어 시 과목을 하나도 모르고, 그리스나 로마 당시의 젊은 신사들이 시를 그렇게 지었는지, 혹은 다른 나라 젊은 신사들도 시를 그렇게 짓는지 여부조차 모른답니다.

어쨌든 리처드는 곰곰이 생각하다 말했어요.

"무엇을 해야 좋을지 모르겠어요. 교회 성직자가 되고 싶은 마음은 없는 게 확실하다는 점만 빼면. 그 일은 전망이 애매하거든요."

"켄지처럼 변호사가 될 생각은 없니?"

잔다이스 아저씨가 묻자, 리처드가 대답했어요.

"모르겠어요, 아저씨! 저는 보트 젓기를 좋아하니, 멋진 직업 같아요. 수습 변호사들이 보트 젓기를 많이 하거든요!"

"외과 의사는……"

잔다이스 아저씨가 묻자, 리처드가 소리쳤어요.

"바로 그거예요, 아저씨!"

저는 리처드가 외과 의사에 대해서 한 번이라도 제대로 생각한 적이 있는지 궁금해요. 그런데도 리처드는 한껏 달아오른 채 말했어요.

"바로 그거예요, 아저씨! 마침내 할 일을 찾았어요. 왕립 외과의 협회 회원!"

우리는 웃어넘기려 했지만, 리처드는 진심으로 좋아했어요. 그러면서 직업을 정했다고, 생각하면 할수록 운명이란 느낌이 또렷하게 든다고, 사람을 고치는 기술이 자신에게 다른 무엇보다 적합하다고 장담했어요. 리처드가 결론을 이렇게 내린 건 적합한 직업이 아무리 생각해도 안 떠오르는 데다 적성에 맞는 직업을 교육받은 일도 없어서 머리만 아픈 참에, 완전히 새로운 길을 제안받는 순간, 더 생각하기 싫어서 그런 거라는 의심이 들어, 저는 라틴어 시가 툭하면 이런 식으로 끝나는지 아니면 리처드만 그러는지 궁금했어요.

잔다이스 아저씨는 중요한 문제를 허술히 결정하지 않도록 좋은 마음으로 인내하며 진지하게 충고하고, 리처드는 진지한 기색을 살짝 머금으며 대화하다, 에이다와 저에게 직업이 정말 마음에 든다고 변함없이 말하고 다른 이야기로 넘어가기 시작했어요.

그런데 보이손 선생이 커다란 관심을 보이다 - 어차피 목소리가 크신 분이라 이런 말까지 할 필요는 없지만 - 갑자기 소리쳤어요.

"맙소사! 젊은이가 패기를 가지고 고상한 직업에 용감하게 뛰어드는 모습을 보니 기쁘기 그지없군! 그런 패기가 있으면 있을수록 인류에 유익하고, 그렇게 훌륭한 기술을 착취해서 세상을 등쳐먹을 방법만 찾는 싸구려 장사꾼이나 사기꾼에 불리한 법이야. 군함에서 근무하는 군의관은 대우가 정말 천박하고 비열하거든. 해군본부 위원회 놈이라면 하나도 남김없이 다리를 – 두 다리를 – 분질러 버린 다음, 48시간 안에 군의관 대우 체계를 완전히 안 고친다면, 그 다리를 고쳐주는 의사는 해외로 모조리 유형을 보내야 한다고."

"일주일은 여유를 줘야 하지 않을까요?"

잔다이스 아저씨가 묻자, 보이손 선생이 단호하게 소리쳤어요.

"안 돼! 안 될 말이야! 48시간! 도시든 성당이든 사목회든 멍청이만 가득한 모임에서 그런 말이나 주고받는 놈들은 하나같이 수은광산으로 끌려가서 짧은 여생을 강제노동하며 살아야 마땅하다고. 밝은 대낮에 그런 말이나 해서 영어를 오염시키는 일이 없도록. 젊은이들이 그렇게 훌륭한 일에 용감하게 뛰어드는 걸 이용해서 야비하게 이익이나 챙기는 놈들은, 젊은이들이 인생 황금기를 바쳐가며 비싼 돈으로 오랫동안 공부하고 사회에 봉사하는데 쥐꼬리만 한 봉급만 주는 놈들은, 하나같이 목을 분지른 다음, 두개골을 외과의 협회 회관에 진열해서 두개골이 얼마나 두꺼울 수 있는지를 젊은 의사들이 실제로 만져보면서 일찌감치 깨닫게 해야 한다고!"

보이손 선생은 더없이 상냥하게 웃으며 우리를 둘러보는 식으로 강렬한 선언을 마무리하고 갑자기 천둥처럼 "하, 하, 하!" 웃고 또 웃고 또 웃어, 다른 모든 사람이 완전히 압도당한 것 같을 때 비로소 입을 다물었어요.

잔다이스 아저씨가 시간을 두고 곰곰이 생각하라며 되풀이해서 충고

할 때마다 리처드는 이미 마음을 정했다고 대답하는 데다 에이다와 저에게 똑같이 단호한 어투로 그 직업이 "정말 마음에 든다"고 하는 바람에, 결국에는 켄지 변호사를 집으로 초대해서 함께 논의하는 게 좋겠다는 말까지 나왔어요. 그래서 켄지 변호사는 정찬 시간에 의자에 등을 기댄 채 안경을 돌리고 또 돌리며 낭랑하게 말하는데, 제가 어릴 적에 본 모습 그대로였어요.

"아! 그렇군요, 훌륭한 직업이지요, 잔다이스 선생님, 정말 훌륭한 직업이요."

켄지 변호사가 말하자, 잔다이스 아저씨가 리처드를 힐끗 바라보며 말했어요.

"공부도 열심히 하고 수련도 열심히 해야 하잖소."

"아, 당연하지요. 열심히."

"하지만 괜찮은 직업이라면 무어든 그만큼 노력해야 하니, 다른 직업 역시 그런 측면을 회피할 수 없다면, 특별히 고려할 사항은 아니겠지요."

잔다이스 아저씨 말에 켄지 변호사가 동조했어요.

"맞아요. 게다가 리처드는 뭐라고 할까? 그래, 고전적인 색조를 열심히 공부하면서 어린 시절을 보냈으니, 분야는 다를지언정, (내가 착각한 게 아니라면) 시인은 태어나는 거지 만들어지는 게 아니다[93]고 말하는 언어로 시 쓰던 습관을 새롭게 들어설 훨씬 실용적인 영역에 곧바로 적용할 수 있겠지요."

"그 분야로 들어가면 최선을 다할 테니까 믿으셔도 돼요."

리처드가 평소처럼 별생각 없는 어투로 말하자, 켄지 변호사는 머리를 점잖게 끄덕이며 동조했어요.

---

93) 'Poeta nascitur, non fit'라는 라틴어 속담

"좋네요, 잔다이스 선생님! 정말이지, 리처드가 그 분야에서 최선을 다하겠다고 장담하니 리처드가 대망을 품은 분야로 진출할 가장 좋은 방법을 알아보는 일만 남았네요. 리처드를 맡겨도 될 만큼 실력이 충분한 개업의요. 그만한 인물이 주변에 있나요?"

"아무도 없지, 리처드?"

잔다이스 아저씨가 묻자, 리처드가 대답했어요.

"네, 없어요, 아저씨."

그러자 켄지 변호사가 다시 물었어요.

"그렇군! 그렇다면 위치에 대해서. 특별히 마음에 드는 곳은 있나?"

"어……없습니다."

리처드 대답에 켄지 변호사가 다시 말했어요.

"그렇군!"

"저는 약간 다양한 게 좋아요. 다양한 경험을 쌓고 싶거든요."

리처드 말에 켄지 변호사가 대답했어요.

"당연히 그래야지. 이 문제는 제가 쉽게 해결할 것 같은데요, 잔다이스 선생님? 무엇보다 중요한 건 실력이 충분한 개업의를 찾는 일이고, 적절한 대상을 충분히 찾는다면 – 덧붙여서 우리가 수업료를 지급할 수 있다면 – 수많은 대상 가운데 한 명을 선택하는 문제만 남겠군요. 그다음에 중요한 건 법원에서 지정한 후견인이라는 법적 형식을 살짝 지키는 거고요. 리처드가 '그 분야로 들어가겠다'고 기꺼이 단언했으니, 그러면 모든 게 잘 풀릴 겁니다."

켄지 변호사가 말하더니 미소를 떠올린 얼굴에 우울한 기색을 살짝 머금으며 덧붙였어요.

"대단한 우연은, 적절한 인물이 당장 없는 우리한테 바람직할 수도 아닐 수도 있는 우연은, 제 친척 한 명이 의술 분야에 종사한다는 사실입니다. 물론 친척이 여러분한테 적절하게 보일 수도 아닐 수도 있으며, 친척 역시 제안에 긍정적으로 응할 수도 아닐 수도 있겠지요. 저 역시 장담할 수 없는 건 여러분과 같지만, 가능성까지 없는 건 아니에요!"

실제로 가능성까지 없는 건 아니니, 켄지 변호사가 친척을 직접 만나 보기로 했어요. 그리고 잔다이스 아저씨는 우리에게 런던에 가서 몇 주 지내자고 약속한 적이 있는 터라, 바로 다음 날에는 이번 기회에 런던으로 올라가서 리처드 일을 알아보기로 했지요.

보이손 선생은 일주일 정도 머물다 떠나고, 우리는 옥스퍼드 거리 근처 가구점 위층에 산뜻한 하숙집을 숙소로 정했어요. 런던은 구경거리가 어찌나 많던지, 우리는 기회가 날 때마다 몇 시간씩 돌아다니며 구경하는데, 우리가 아무리 지쳐도 그 풍경은 조금도 안 지치는 것 같았어요. 우리는 무척이나 들뜬 마음으로 커다란 극장을 하나도 안 빼고 차례대로 찾아다니며 볼만한 연극을 모두 구경했어요. 제가 이렇게 말하는 이유는 극장에서 거피라는 사람 때문에 불편한 상황을 또 겪었기 때문이에요.

어느 날 밤에 저는 에이다와 함께 박스석 제일 앞자리에 앉고 리처드는 자신이 제일 좋아하는 에이다 바로 뒤에 앉았는데, 아래층 관람석을 우연히 내려다보니, 거피가 머리칼을 머리에 바싹 붙인 채 고통스러운 표정이 가득한 얼굴로 올려다보는 거예요. 연극을 구경하는 내내 고통과 번뇌가 가득한 표정으로 무대는 안 보고 저만 끊임없이 바라보는 것 같았어요.

너무 당혹스럽기도 하고 너무 꼴불견이기도 해서 저는 그날 밤에 무엇 하나 즐거울 수 없었어요. 그때 이후로, 우리가 연극을 구경하러 갈 때마다 거피 역시 언제나 머리칼을 바싹 붙이고 목깃은 젖힌 채 늘 힘없는 표정으로 일층 관람석에 나타났어요. 우리가 극장에 들어설 때 거피가 안 보이기라도 하면, 이번에는 안 올 거라는 희망을 품고 무대에 잠시나마 집중하다, 전혀 예상 못 한 순간에 번민에 휩싸인 눈빛과 마주치는데, 그때부터 그 눈빛은 저녁 내내 저만 바라보는 게 분명했어요.

정말이지, 그것 때문에 얼마나 불편했는지 말로 다할 수 없어요. 머리칼이라도 단정하게 빗고 목깃을 세웠어도 섬뜩할 텐데, 상대가 그토록 멍청한 모습으로 쳐다본다는 사실이, 그것도 언제나 힘이 쭉 빠진 모습으로 쳐다본다는 사실이 더없이 거북해, 연극을 보면서 웃고 싶지도, 울고 싶지도, 움직이고 싶지도, 말하고 싶지도 않았어요. 그 무엇도 자연스럽지 않았어요. 박스석 뒷좌석으로 가서 거피를 피하는 방법은 생각조차 할 수 없었어요. 리처드와 에이다가 저를 바로 옆에 두어야 안심하고 대화를 즐기는데, 행여나 제 자리에 다른 사람이 앉는다면 결코 못 그럴 테니까요. 그래서 저는 그대로 앉아, 제가 어디를 쳐다보든 거피 역시 제 시선을 쫓아올 게 분명한 터라, 어디를 쳐다볼지도 모른 채, 젊은 사람이 나 때문에 돈을 끔찍하게 많이 쓴다는 생각만 했어요.

가끔은 잔다이스 아저씨께 말할 생각도 했어요. 하지만 젊은 사내가 직장을 잃을까, 나 때문에 인생을 망칠까 두려웠어요. 가끔은 리처드에게 털어놓을 생각도 했지만, 리처드가 거피랑 치고받고 싸워서 눈두덩을 멍들게 할 것 같아서 단념했어요. 가끔은 거피에게 눈살을 찡그리거나 고개를 절레절레 저을 생각도 했어요. 하지만 도저히 용기를 끌어모을 수 없었어요. 거피 모친에게 편지를 쓸까 하는 생각도 가끔 했지만, 편지를 주고받다가는 사태가 더욱 나빠질 거라는 확신이 들었어요. 결국엔 내가 할 수 있는 건 하나도 없다는 결론에 늘 도달했어요. 거피는 놀라운 인내심을 발휘해, 우리가 들어가는 극장마다 꼭 나타날 뿐

아니라 우리가 나갈 때 인파 사이에서 나타나는 건 물론, 우리 마차 뒤에 올라타기조차 했어요. 사람들이 공짜로 못 올라타도록 섬뜩하게 박아놓은 꼬챙이 사이에서 힘겨워하는 모습을 두세 차례 보았거든요. 그리고 우리가 하숙집에 들어간 다음에는 길 맞은편 기둥에 달라붙었어요. 우리가 묵는 가구점 건물은 두 거리가 만나는 모서리고 제 침실 창문은 기둥 맞은편이라, 행여나 (달빛이 환한 어느 날 밤에 목격한 것처럼) 기둥에 기대서 감기에 걸릴 수밖에 없는 거피랑 마주칠까 두려워서 감히 내 방 창가로 다가갈 수도 없었어요. 낮에는 거피에게 할 일이 있다는 게 그나마 다행스러울 뿐이었어요. 그렇지 않다면 한시도 마음 편히 못 쉴 테니까요.

런던 시내를 흥겹게 돌아다니고 거피도 터무니없이 동참하는 동안, 우리가 런던까지 온 이유를 잊은 건 아니었어요. 켄지 변호사 친척은 베이햄 배저[94] 선생으로, 첼시 구역에서 좋은 병원을 운영하고 커다란 공립병원에서도 일했어요. 배저 선생은 리처드를 자기 집으로 받아들여 기꺼이 공부를 돕겠다고 동의했어요. 리처드가 배저 선생 댁에 머무는 편이 공부하는 데 유리할 것 같았거든요. 배저 선생은 리처드를 좋아하고 리처드 역시 배저 선생이 "충분히" 마음에 든다고 했기 때문에, 협상은 타결되고, 대법관은 기꺼이 동의하면서 모든 일이 무난하게 마무리되었어요.

리처드와 배저 선생이 협상을 마무리한 날에 우리 모두 배저 선생 댁 만찬에 초대받았어요. 배저 부인이 보낸 쪽지에 따르면 "가족만 모이는 자리"로, 그 자리에 여성이라곤 배저 부인 한 명밖에 없었어요. 거실에 다양하게 진열한 소품은, 배저 부인이 그림도 조금 그리고, 피아노도 조금 연주하고, 기타도 조금 연주하고, 하프도 조금 연주하

94) 베이햄 배저에서 배저(Badger)는 '오소리'라는 뜻이다.

고, 노래도 조금 하고, 일도 조금 하고, 독서도 조금 하고, 시도 조금 쓰고, 식물 채집도 조금 한다는 걸 보여주었어요. 나이는 약 40세 정도로 보이는데, 드레스는 훨씬 젊고 혈색은 좋았어요. 굳이 덧붙이자면 입술연지도 살짝 발랐는데, 안 좋게 보였다는 의미는 절대 아니에요.

베이햄 배저 선생은 분홍빛 감도는 얼굴이 젊게 보이고 표정이 산뜻한 신사로, 목소리는 가늘고 치아는 하얗고 머리칼은 금발이고 두 눈은 깜짝 놀란 표정으로, 감히 말하자면, 부인보다 몇 살은 어려 보였어요. 그래도 부인을 극도로 사랑하지만, 무엇보다 부인이 세 번이나 결혼했다는 사실을 (우리만큼이나) 신기하게 여기는 것 같았어요. 그래서 우리가 자리에 앉자마자 잔다이스 아저씨께 의기양양하게 말했어요.

"제가 세 번째 남편이라고는 아마 상상조차 못 하실 거예요!"

"정말요?"

잔다이스 아저씨가 감탄하자, 배저 선생이 다시 말했어요.

"네, 세 번째! 겉보기에는 배저 부인이 세 번이나 결혼한 숙녀 같지 않지요, 에스더 아가씨?"

"조금도요!"

제가 놀라자, 배저 선생이 자신만만한 어투로 이어갔어요.

"전남편은 하나같이 훌륭한 인물이었답니다! 첫 번째 남편 왕립 해군 스와서 대위는 탁월한 장교였어요. 두 번째 남편 딩고 교수는 유럽 전역에 평판이 자자한 학자였고요."

배저 부인이 엿듣고서 빙그레 웃자, 배저 선생 역시 미소로 대답하며 이어나갔어요.

"맞아요, 내 사랑! 당신 전남편이 두 명인데, 하나같이 훌륭한 인물이라고 잔다이스 선생님과 에스더 아가씨한테 말하는 중이었다오. 그런데 다른 사람들이 흔히 그런 것처럼, 두 분 역시 믿기 어려운 눈치였다오."

그러자 배저 부인이 말했어요.

"저는 스무 살밖에 안 돼서 왕립 해군 스와서 대위와 결혼했답니다. 그래서 지중해에 머물렀는데, 저는 뱃일을 잘했어요. 결혼 20주년 기념일에는 딩고 교수와 결혼하고요."

"유럽 전역에 평판이 자자한 학자요."

배저 선생이 나지막한 어투로 덧붙이고, 배저 부인은 계속 말했어요.

"배저 선생하고도 똑같은 날에 결혼했답니다. 그날을 정말 좋아하게 되었거든요."

"그래서, 배저 부인은 세 남자와 결혼했는데, 두 사람 모두 지극히 훌륭한 인물로, 매번 3월 21일 오전 11시에 결혼했답니다!"

배저 선생이 요약하고 우리는 감탄하는 가운데, 잔다이스 아저씨가 말했어요.

"배저 선생께서 겸손하게 말씀하시지만, 제가 볼 때는 세 분 모두 훌륭한 인물 같습니다."

"고맙습니다, 잔다이스 선생님! 저도 남편한테 늘 그렇게 말한답니다!"

배저 부인이 공감하자, 배저 선생이 말했어요.

"그렇지만 여보, 내가 당신한테 늘 뭐라고 했소? 내가 의술 분야에서 이룩한 업적을 (우리 젊은 친구 리처드가 앞으로 수없이 겪을 텐데) 깔보고 싶은 마음은 없지만……"

배저 선생이 우리를 둘러보며 이어갔어요.

"나는 스와서 대위와 딩고 교수처럼 훌륭한 인물과 똑같은 반열에 올릴 정도로 마음이 약하지 않다고…… 진짜로 약하지 않고, 비합리적이지 않다고 했잖소."

배저 선생이 옆에 있는 응접실로 우리를 안내하며 계속 말했어요.

"스와서 대위 초상화를 보고 싶을 수도 있겠군요, 잔다이스 선생님. 저 초상화는 스와서 대위가 아프리카 주둔지에서 토착병에 걸려 본국으로 돌아왔을 때 그린 거랍니다. 배저 부인은 너무 노랗다고 생각하지요. 내가 볼 때는 멋있기만 한데요, 정말 멋있어!"

우리 모두 "정말 멋있다!"며 앵무새처럼 감탄하고, 배저 선생은 다시 말했어요.

"초상화를 볼 때마다 '저 사내를 꼭 만나고 싶다'는 느낌이 든답니다! 스와서 대위가 훌륭한 사람이라는 걸 놀라울 정도로 생생하게 보여주거든요. 맞은편은 딩고 교수랍니다. 저도 잘 아는 사람이지요. 마지막 병에 걸렸을 때 제가 치료했거든요. 초상화가 살아생전 모습과 똑같아요! 피아노 위에 걸린 건 배저 부인이 스와서 부인일 때랍니다. 소파 위에 걸린 건 배저 부인이 딩고 부인일 때고요. 배저 부인은 실물이 있어서 초상화는 없답니다."

만찬이 준비되었다는 말을 듣고 우리는 아래층으로 내려갔어요. 우아하게 차려서 하인이 멋지게 거드는 만찬이었어요. 하지만 배저 선생은 대위와 교수 생각이 여전히 가득해서 에이다와 저에게 특별한 관심을 보인 덕분에, 우리 둘이 많은 도움을 받았답니다.

"물이요, 에스더 아가씨? 제가 해드리겠습니다! 그 컵은 아니에요. 제임스, 교수님 컵을 가져오도록!"

에이다가 유리 안에서 멋지게 말린 꽃에 흠뻑 빠져들 때는 배저 선생이 이렇게 설명했어요.

"보존 방식이 정말 놀랍답니다! 배저 부인이 지중해에서 지낼 때 선물 받았지요."

배저 선생이 잔다이스 아저씨께 적포도주를 한 잔 드시라고 권할 때는 이렇게 말했어요.

"그 적포도주가 아닙니다! 죄송합니다! 이 자리는 특별한 자리니만큼 우연히 손에 넣은 특별한 적포도주로 대접하겠습니다. (제임스, 스와서 대위 포도주!) 잔다이스 선생님, 이건 대위가 수입한 포도주로, 얼마나 오랜 세월이 지난 건지 말하기도 어렵답니다. 맛이 기묘할 거예요. 여보, 당신도 포도주를 마시구려. (제임스, 마님께 스와서 대위 포도주를 따라드리게!) 내 사랑, 당신 건강을 위해서!"

만찬 뒤에 우리 여성은 물러나, 배저 부인의 첫 번째와 두 번째 남편 이야기에 푹 빠져들었어요. 응접실에서 배저 부인이 스와서 대위는 결혼하기 전에 어떻게 살고 군 생활은 어떻게 했는지 개괄적으로 설명한 다음, '크리플러[95] 호'가 플리머스 항구에 정박한 동안 장교를 위해 개최한 무도회에서 자신을 어떻게 사랑하게 되었으며 이후에 어떻게 데이트했는지 자세히 이야기했답니다. 그러다 머리를 절레절레 저으며 한탄했어요.

"그리운 크리플러 호! 고상한 군함이었답니다. 스와서 대위가 늘 말하던 것처럼 질서정연하고, 깔끔하고, 돛은 하나같이 쭉 올라가고. 뱃사람 용어가 이따금 나오는 걸 용서하세요. 나도 예전에는 대단한 뱃사람이었거든요. 스와서 대위는 나 때문에 그 배를 정말 사랑했어요. 그 배가 퇴역할 때는 행여나 자신이 부자라서 그 배를 살 수만 있다면, 자신이 나와 춤추려고 뒤쪽 갑판에 서 있다 (스와서 대위가 툭하면 말하던 것처럼) 내 꾹대기에서 (내 눈을 뜻하는 해군 용어인데) 발사한 포화에 맞아 쓰러진 나무 바닥에 '갈가리 찢긴 채 쓰러졌다'는 글씨를 새겨넣겠다고 했답니다."

---

95) Crippler; 장애인이란 뜻이다.

배저 부인이 머리를 저으며 한숨을 내쉬더니, 유리잔을 물끄러미 쳐다보다 애처로운 미소를 머금으며 말했어요.

"스와서 대위에서 딩고 교수는 커다란 변화였어요. 처음부터 느꼈어요. 생활 방식 자체가 엄청난 혁명이었거든요! 하지만 전통과 학문은 - 특히 학문은 - 나를 굳세게 단련시켰답니다. 딩고 교수가 식물 채집하러 여행할 때 나 혼자 동반하다 보니, 예전에 바다에서 살았다는 기억조차 까마득히 잊은 채 다양한 학문을 쌓았거든요. 딩고 교수는 스와서 대위와 정반대고, 배저 선생 역시 두 사람을 전혀 안 닮았다는 사실이 참 신기해요!"

이야기는 스와서 대위와 딩고 교수가 죽을 때로 넘어가는데, 두 사람 모두 고질병이 있었던 것 같아요. 얘기하는 도중에, 배저 부인은 미치도록 사랑한 건 딱 한 번이었다고, 그렇게 격렬하게 사랑한 대상은 기억만 떠올려도 열정이 새롭게 솟구치는 스와서 대위였다고 알려주었어요. 이제 딩고 교수는 죽음이 한 발씩 한 발씩 불길하게 다가오고, 배저 부인은 딩고 교수 어투를 어렵게 흉내 내며 "로라는 어딨어? 로라한테 토스트랑 물을 가져오라고 해!"라고 말할 때, 사내들이 들어와서 죽지도 않은 딩고 교수를 무덤 속에 묻어버렸답니다.

그런데 며칠 전부터 그런 것처럼 그날 저녁에도 에이다와 리처드는 서로에게 유난히 끌리는 것 같았어요. 하기야 곧 헤어져야 하니 당연히 그렇겠지요. 그래서 하숙집에 도착해서 위층으로 물러난 다음에 에이다가 평소보다 말이 없어도 그다지 놀라지 않았답니다. 하지만 에이다가 내 품으로 갑자기 파고들어 얼굴을 숨긴 채 입을 열 거란 생각은 전혀 못 했답니다.

"사랑하는 에스더! 중대한 비밀이 있어!"

그래, 당연히 중대한 비밀이겠지, 어여쁜 친구!

"뭔데, 에이다?"

"아, 에스더, 너는 조금도 몰랐을 거야!"

"그럼 내가 맞춰 볼까?"

내가 묻자, 에이다가 깜짝 놀라며 소리쳤어요.

"아, 아니야! 그러지 마! 제발!"

"그렇다면 어떤 비밀인지 궁금한데?"

내가 곰곰이 생각하는 척하면서 묻자, 에이다가 속삭였어요.

"그건……그건……리처드에 관한 거야!"

"그래, 우리 아가!"

나는 이렇게 말하고 앞에 가득한 금발 머리에 키스하며 덧붙였어요.

"리처드가 어째서?"

"아, 에스더, 너는 조금도 모를 거야!"

에스더가 얼굴을 숨긴 채 매달린 모습이 참 예쁜 데다, 슬퍼서 우는 게 아니라 살짝 기쁘기도 하고 자랑스럽기도 하고 희망에 벅차기도 해서 운다는 사실을 아는 터라, 저는 여전히 아는 척할 수 없었어요.

"리처드 말이……우리 둘 다 어려서 말도 안 되는 소리라는 건 아는데……리처드 말이……"

에이다가 눈물을 터트리며 이어갔어요.

"나를 더없이 사랑한대, 에스더."

"정말? 그런 말은 처음 듣는군! 맙소사, 우리 귀여운 강아지, 내가 너였다면 몇 주 전에 그 말을 했을 거야!"

에이다가 기뻐하면서도 깜짝 놀란, 발그레한 얼굴을 들고 쳐다보다, 내 목을 껴안고 웃다 울고 얼굴을 붉히는 모습을 보니, 정말 재밌었어요! 그래서 이렇게 말했어요.

"맙소사, 내 사랑, 너는 나를 바보 멍청이로 여긴 게 분명해! 리처드가 너를 노골적으로 사랑하는데, 내가 대체 어떻게 모르겠니!"

"그런데 아무 말도 안 했구나!"

에이다가 감동하며 나한테 뽀뽀했어요.

"그래, 내 사랑. 네가 말할 때까지 기다렸어."

"하지만 이제 말했으니, 나를 나쁘게 안 여길 거지, 그치?"

에이다가 물었어요. 행여나 제가 세상에서 마음이 제일 딱딱한 가정교사였다면, 에이다는 저에게 그렇다는 대답을 들으려고 엄청 애써야 했을 거예요. 하지만 저는 그런 사람이 아니니, 그렇다고 가볍게 대답했어요. 그리고 말했어요.

"그렇다면 내가 제일 커다란 비밀을 안 거구나."

그러자 에이다가 저를 꼭 껴안고 얼굴을 가슴에 다시 묻으며 대답했어요.

"아, 그게 제일 커다란 비밀은 아니야, 사랑하는 에스더!"

"아니야? 그게?"

"그래, 그게 아니야!"

에이다가 대답하며 머리를 저었어요.

"맙소사, 설마 그렇다면 너도……"

내가 장난치니, 에이다는 나를 쳐다보고 눈물을 흘리는 얼굴로 웃으며 대답했어요.

"그래, 나도 사랑해! 나도 사랑한다고!"

그러다 흐느끼며 덧붙였어요.

"온 마음을 다해서 사랑해! 온 마음을 다해서, 에스더!"

나는 웃으면서, 그 역시 예전부터 알았다고 말했어요! 그리고 우리는 벽난로 앞에 앉아 (할 얘기는 많아도) 나 혼자 이야기하고, 에이다는 흥분한 마음을 가라앉히자마자 즐거운 표정으로 물었어요.

"그럼 잔다이스 아저씨도 알까, 친애하는 더든 아줌마?"

"장님이 아니라면, 귀여운 강아지. 당연히 잔다이스 아저씨도 우리만큼은 안다고 봐야지."

제 대답에 에이다가 수줍은 어투로 말했어요.

"리처드가 떠나기 전에 아저씨한테 말하고 싶은데, 네가 도와주면, 네가 아저씨한테 말하면 좋겠어. 그런데 리처드가 이 방으로 들어와도 괜찮을까, 더든 아줌마?"

"맙소사! 리처드가 밖에 있니, 내 사랑?"

제가 묻자, 에이다가 수줍어하면서도 천진난만하게 대답하는데, 행여나 제가 오래전에 홀딱 반하지 않았다면 그 모습을 보는 순간에 홀딱 반하고 말았을 거예요.

"나도 잘 모르겠는데, 리처드가 지금 방문 앞에서 기다릴 것 같아."

당연히 리처드는 방문 앞에서 기다렸어요. 두 사람은 의자를 하나씩 끌어다 저를 가운데 놓고 양옆에 앉더니, 실제로는 둘이 서로를 사랑하는 게 아니라 저를 사랑하는 것처럼, 저에게 끝없는 신뢰와 애정을 보내며 모든 걸 털어놓았어요. 그리고 한동안 자기들끼리 독특한 방법으로 맹렬한 사랑을 나누고, 나는 두 사람을 안 막았어요. 저 역시 그런 모습이 보기 좋았거든요. 그러다 우리는 두 사람이 아직 너무 어리다는, 앳된 사랑이 어떤 식으로든 결실을 보려면 몇 년은 지나야 한다는, 두 사람이 불굴의 인내심을 보이며 서로에 대한 의무를 단호하고 성실하게 수행할 때 비로소, 언제나 서로를 위할 때 비로소 행복한 사랑으로 영원히 꽃피울 수 있다는 생각을 조금씩 떠올리기 시작했어요. 아아! 리처드는 에이다를 생각해서 뼈가 으스러지도록 열심히 공부하겠다 다짐하고, 에이다 역시 리처드를 생각해서 뼈가 으스러지도록 열심히 살아가겠다고 다짐하더니, 사랑스럽고 지혜로운 온갖 호칭으로 저를 부르고, 우리는 밤이 깊도록 자리에 앉아서 서로에게 충고하며 이야기를 나눴어요. 그러다 헤어지기 전에, 저는 내일 잔다이스 아저씨에게 말하겠다고 약속했어요.

내일이 되자, 아침 식사를 마친 뒤에 아저씨가 속풀이 비밀방으로 사용하는 방으로 들어가, 은밀하게 드릴 말씀이 있다고 했어요. 그러자 아저씨가 책을 덮으며 대답했어요.

"그래, 꼬마 아줌마. 은밀한 말이라면 해로울 건 없겠구나."

"저도 그러길 바라요, 아저씨. 하지만 굳이 비밀이라고 하기도 어려워요. 어제 비로소 일어난 일이니까요."

"그래? 뭔데, 에스더?"

"아저씨, 우리가 황폐한 집에 처음 온 행복한 밤을 기억하세요? 에이다가 어두운 방에서 노래하던 밤?"

저는 당시에 저를 쳐다보던 눈빛을 아저씨가 떠올리길 소망했어요. 그런데 제가 착각한 게 아니라면, 그 기억을 떠올린 것 같았어요. 그래서 제가 약간 머뭇거리다 입을 열었어요.

"왜냐하면……"

"그래, 내 사랑! 천천히 말하렴."

"왜냐하면, 에이다와 리처드가 사랑에 빠졌거든요. 서로 그렇게 말했거든요."

"벌써!"

아저씨가 소리쳤어요. 많이 놀란 표정이었어요.

"네! 사실대로 말씀드리면 아저씨, 저는 예전부터 예상했어요."

"그랬다니 놀랍구나!"

아저씨는 한동안 앉아서 생각하다, 곧바로 미소를 머금으면서 두 사람을 불러오라고 다정한 표정으로 친절하게 부탁했어요. 두 사람이

들어오자, 아저씨는 아버지처럼 에이다를 한쪽 팔로 감싸고 리처드에게 쾌활하면서도 진지하게 말했어요.

"리처드, 네가 나를 믿어주어서 기쁘구나. 나는 그 믿음을 지키고 싶어. 우리 넷이 함께 사는 동안에 내 인생이 환하게 밝아졌으며, 새로운 관심과 즐거움으로 가득하다는 생각을 할 때마다, 여기에 있는 어여쁜 사촌이 (부끄러워하지 말렴, 에이다, 부끄러워하지 마, 내 사랑!) 먼 미래에 너와 더불어서 인생을 헤쳐가면 좋겠다는 소망을 떠올리곤 했단다. 그게 바람직한 이유는 예전에도 그렇고 지금도 그렇고 수없이 많아. 하지만 그건 먼 미래였어, 리처드, 먼 미래!"

"저희도 먼 미래라고 생각합니다, 아저씨."

리처드가 대답하자, 잔다이스 아저씨가 다시 말했어요.

"그래! 다행이구나. 잘 들으렴, 사랑하는 아이들아! 나로선 너희 둘이 아직은 서로를 모를 수도 있다는 걸, 수만 가지 사건이 일어나서 서로를 떨어뜨릴 수도 있다는 걸, 너희를 묶은 꽃 사슬이 순식간에 끊어지면서 납 사슬로 변할 수도 있다는 걸 말하고 싶구나. 하지만 그러지 않겠다. 그런 깨달음은 어차피 찾아올 거라면 저절로 찾아올 테니까. 몇 년이 흘러도 서로에 대한 너희 마음은 오늘이랑 똑같으리라는 생각만 하마. 따라서 너희한테 무엇보다 먼저 하고 싶은 말은, 설사 마음이 바뀌더라도, 서로가 성인 남녀가 되었을 때 이렇게 어린 소년 소녀일 때랑 달리 평범한 친척 관계로 지내는 게 낫겠다고 느끼더라도, 나한테 털어놓는 걸 창피하게 여기지 말라는 거야. 그런다 해서 나쁜 것도 아니고 특별할 것도 없으니까. 나는 너희한테 먼 친척이면서 좋은 친구에 불과해. 너희한테 뭐라고 할 권리가 없어. 하지만 신뢰를 잃을만한 일을 안 하는 한, 너희한테 믿음과 신뢰를 받고 싶단다."

"자신 있게 말씀드리지만, 저와 에이다는 아저씨가 저희 두 사람한테 누구보다 강력한 권리가, 존경심과 감사함과 애정에 바탕을 둔 권리가 있다고, 이 권리는 매일 커진다고 생각합니다."

리처드가 대답하고, 에이다는 아저씨 어깨에 얼굴을 기대며 말했어요.

"사랑하는 잔다이스 아저씨, 제가 의지할 아버지 자리를 또다시 텅 비울 순 없어요. 제가 아버지께 바칠 사랑과 의무는 아저씨께 모두 넘어갔어요."

"그래, 그래! 고맙구나! 이제 우리 모두 두 눈을 들고 먼 미래를 희망차게 바라보자꾸나! 리처드, 세상은 네 앞에 있어. 세상은 네가 발을 내딛는 방식대로 너를 맞아줄 가능성이 매우 크단다. 그러니 하느님과 자신의 노력 말고는 믿지 말렴. 두 개를 절대로 따로 생각하지 말렴, 이방인 마차꾼처럼.[96] 변함없는 사랑은 좋지만, 모든 부분에서 그만큼 변함없이 노력하지 않으면, 현실적으로는 아무런 의미도 소용도 없단다. 과거와 현재에 모든 위대한 인물이 누리던 능력을 네가 다 가졌다 해도, 진심을 담아서 행동하지 않으면 어떤 일도 제대로 할 수 없어. 중요한 일이든 사소한 일이든 운명의 여신이 가끔은 도우리라는 생각을 조금이라도 품었다면, 잘못된 생각을 이 자리에서 버리든가, 에이다를 이 자리에서 포기하려무나."

잔다이스 아저씨가 말하자, 리처드가 빙그레 웃으며 대답했어요.

"그 생각을 여기서 버리겠습니다, (아니기를 바라지만) 행여나 이 순간에 그런 생각을 조금이라도 품었다면. 그래서 에이다가 기다리는 희망찬 미래를 향해 열심히 나아가겠습니다."

---

96) 그리스 전설에 따르면, 마차 바퀴가 진창에 빠져 옴짝달싹 못 하는 상태에서 마부가 신에게 도움을 청하자, 헤라클레스가 "신에게 도움을 청하기 전에 스스로 마차 바퀴를 밀려고 노력하라"고 충고했다.

"그래! 네가 에이다를 행복하게 하지 않을 거라면 미래를 향해 열심히 나아갈 이유가 뭐겠니?"

"저는 에이다를 불행하게 하지 않아요, 에이다의 사랑을 얻는 데 꼭 필요할 때조차, 절대로."

리처드가 자신만만하게 받아넘기자, 잔다이스 아저씨가 좋아하며 말했어요.

"그럼, 그래야지! 정말 좋은 말이다! 에이다는 우리 집에서 지낸다. 너는, 리처드, 구체적인 행동으로 에이다를 사랑하렴, 집으로 돌아올 때마다 에이다를 사랑하는 만큼. 그러면 모든 게 잘 풀릴 거야. 안 그러면 안 좋게 풀릴 거고. 설교는 이것으로 끝났다. 이제 에이다와 산책이라도 다녀오는 게 좋겠구나."

에이다는 아저씨를 다정하게 포옹하고 리처드는 아저씨와 힘차게 악수했어요. 그리고 둘이서 방문을 나가다 곧바로 돌아보며, 내가 나중에 따라오길 바란다고 했어요.

방문은 열린 상태 그대로라, 우리 시선은 옆방을 지나는 두 사람을 쫓아가는데, 그 너머로 햇살이 환하게 비쳤어요. 에이다는 리처드 팔을 한 손으로 잡고 리처드는 머리를 숙인 채 에이다에게 진지하게 말했어요. 그러자 에이다가 얼굴을 들어서 리처드를 쳐다보며 열심히 듣는 표정이, 다른 건 하나도 안 보이는 것 같았어요. 그렇게 젊고 그렇게 아름답고 그렇게 앞길이 창창한 남녀가 햇살을 받으며 나란히 나아가는 모습은 마치 앞으로 다가올 세월을 환하게 비추는 것 같았어요. 그러다 두 사람은 그늘로 들어서며 사라졌어요. 화사하게 빛나던 햇살 역시 평범한 햇살로 변했어요. 두 사람이 사라지는 순간, 실내는 어둡게 변하고 태양은 구름에 가렸어요.

두 사람이 떠나자, 아저씨가 물었어요.

"내가 잘 말했니, 에스더?"

훌륭하고 지혜로운 분이 저에게 이렇게 묻다니!

"리처드도 이번 일로 무언가 배울 거야, 리처드한테 부족한 속성. 수많은 장점 한가운데에 부족한 속성이 있거든!"

잔다이스 아저씨가 말하다 머리를 저으며 덧붙였어요.

"하지만 에이다한테는 아무 말도 안 했단다, 에스더. 에이다한테는 좋은 친구며 상담자가 언제나 곁에 있어서."

그러더니 제 머리를 한 손으로 사랑스럽게 쓰다듬었어요.

저는 감동한 표정을 숨기려고 최선을 다했지만, 살짝 드러날 수밖에 없었어요.

"쯧쯧! 우리 꼬마 아줌마가 다른 사람을 보살피느라 인생을 허비하는 일이 없도록 우리 역시 조심해야겠구나."

"보살펴요? 친애하는 아저씨, 저는 세상에서 가장 행복한 사람이랍니다!"

"나도 동의한단다. 하지만 언젠가는 꼬마 아줌마를 누구보다 좋아하는 사람이 에스더 말고 또 나오겠지!"

배저 선생댁 만찬 석상에 한 사람이 또 있었는데, 깜빡 잊고 있었네요. 숙녀는 아니었어요. 신사였어요. 피부가 짙은 신사로, 젊은 외과의였어요. 내성적인 성격 같긴 해도, 꽤 상냥하고 사려 깊은 분이라는 생각이 들었어요. 최소한, 에이다가 그렇지 않으냐고 물었을 때, 저는 그렇다고 대답했어요.

CHAPTER XIV

탁월한 품행

바로 다음 날 초저녁에 리처드는 새로운 공부를 시작하려고 우리 곁을 떠나면서, 에이다를 끝없이 사랑하는 마음과 저를 끝없이 신뢰하는 마음으로 저에게 에이다를 부탁했어요. 이별하는 슬픈 순간조차 두 사람이 저를 생각하던 마음을 (그래서 제가 한 말을) 떠올리면 감동이 몰려드는데, 이건 지금도 마찬가지예요. 저는 현재와 미래를 떠올리며 두 사람이 세운 계획에 모두 참여했어요. 리처드에게 일주일에 한 번씩 편지 써서 에이다가 어떻게 살아가는지 알리고, 에이다 역시 리처드에게 격일제로 편지를 쓰기로 했어요. 그럼 리처드는 열심히 공부해서 이룩한 성과를 자기 손으로 편지에 담아서 저에게 보내는 거예요. 그러면 저는 리처드가 얼마나 열심히 성실하게 공부했는지 살펴보고요. 두 사람이 결혼할 때는 제가 에이다 들러리를 서기로 했어요. 그런 다음에 두 사람과 함께 사는 거예요. 그 집 열쇠를 제가 관리하면서요. 그래서 함께 영원히 행복하게 살기로 했어요. 옥에 티는 리처드가 이렇게 말한 거예요.

"게다가 판결이 나오면 우리가 부자가 될 수도 있다고, 에스더……
충분히 있을 법하다고!"

에이다 얼굴에 그늘이 깔리고, 리처드는 물었어요.

"사랑하는 에이다, 왜 그래?"

"우리 몫은 조금도 없다는 판결이 지금 당장 나오면 좋겠어."

에이다 말에 리처드가 반박했어요.

"맙소사! 나는 아니야. 어쨌든 지금 당장 판결이 나오는 것도 아니고. 오랜 세월 질질 끌었다는 건 하늘이 안다고."

"맞아."

에이다가 말하자, 리처드는 에이다 입이 아니라 표정이 하는 말에 대답했어요.

"그래, 하지만 오랜 세월이 흘러갔다는 건, 사랑하는 에이다, 어떤 식으로든 판결이 나올 날 역시 그만큼 가까워졌다는 의미야. 이게 합리적인 생각 아니야?"

"네가 잘 알겠지, 리처드. 하지만 그걸 믿으면 우리가 불행하게 될 것 같아서 두려워."

에이다 말에 리처드가 쾌활하게 소리쳤어요.

"하지만 사랑하는 에이다, 우리는 그걸 안 믿잖아! 그걸 믿으면 안 된다는 건 우리 모두 알잖아. 내 말은 판결이 나서 부자가 된다면 우리로서는 굳이 거절할 필요가 없다는 거야. 엄숙한 법정 판결에 따라 대법원은 우리를 모질게 지키는 후견인이 되었으니, 법정 판결이 우리한테 주는 걸 (우리한테 주는 모든 걸) 우리 권리로 받아들여야 한다는 거야. 그걸 가지고 다툴 필요는 없다고."

"그렇지. 하지만 모두 잊어버리는 게 좋아."

에이다 말에 리처드가 대답했어요.

“그래, 그래. 그렇다면 그 문제는 모두 잊어버리자고! 모든 걸 망각의 강으로 흘려보내는 거야. 더든 아줌마도 동의하는 표정이니, 이걸로 끝내는 거야!”

나는 리처드 책을 상자에 넣다 고개를 들고 쳐다보며 말했어요.

“더든 아줌마가 동의하는 표정이 또렷하게 보이진 않았을 거야. 하지만 동의한 건 확실하고, 마음을 정리한 것 역시 바람직하다고 생각해.”

그래서 리처드는 이걸로 끝났다 말하곤, 아무런 근거도 없이, 중국 만리장성만큼이나 거대한 성을 공중에 쌓기 시작했어요. 그러다 쾌활하게 떠났어요. 에이다와 저는 리처드의 빈자리가 아쉽게 다가올 것에 대비해서 예전보다 조용히 지내기 시작하고요.

우리는 런던에 자리를 잡자마자 잔다이스 아저씨와 함께 젤리비 여사를 방문했지만, 다행히도 여사는 집에 없었어요. 어딘가에서 열리는 다과회에 가면서 캐디도 데려간 것 같았어요. 아프리카 보리오부라-가 정착지, 그리고 원주민과 경작할 커피 농장의 장점에 대해서 중요한 연설과 편지쓰기 행사가 있다는 거예요. 그렇다면 펜과 잉크를 사용할 일이 많을 수밖에 없으니, 캐디는 쉴 틈도 없을 게 분명했어요.

젤리비 여사가 집에 돌아오기로 예정한 시간이 지난 뒤에 우리는 다시 찾아갔어요. 여사는 런던에 있지만 집에는 없었어요. 보리오부라-가 정착지 문제로 ‘런던 동부지구 자선 분회’ 초청을 받고 아침 식사를 들자마자 ‘마일 엔드’로 떠난 뒤였어요. 지난번에 왔을 때 (아무리 둘러보아도 피피가 안 보여, 청소부 마차를 쫓아간 것 같다는 말만 요리사에게 들었을 뿐) 피피를 못 본 터라, 이번에도 피피를 찾아보았어요. 피피가 쌓아 올린 굴 껍데기는 복도에 그대로 있는데 피피는 어디에도 없고, 요리사는 피피가 “양 떼를 쫓아”간 것 같다고 말했어요. 우리가 깜짝 놀라며 “양 떼요?”라고 반문하자, 요리사 말이, 그렇다, 장날이면 피피가 양 떼를 변두리까지 쫓아가다 거지꼴로 돌아온다는 거예요!

다음 날 아침에 저는 아저씨와 창가에 앉아있고, 에이다는 (당연히 리처드한테) 편지 쓰느라 바쁠 때, 캐디가 찾아왔다는 소리가 들리더니, 캐디가 피피를 데리고 들어섰어요. 피피는 캐디가 얼굴과 두 손을 구석구석 닦아주고 머리칼을 축축하게 적시고 손가락으로 비비 꼬아서 곱슬머리처럼 만들어, 그나마 남들 눈에 무난하게 보이도록 애쓴 흔적이 또렷했어요. 하지만 귀여운 아이가 몸에 걸친 건 하나같이 너무 크거나 너무 작았어요. 주교 모자와 조그만 아기 장갑은 특히 안 어울리는 조합이었어요. 신발은 조그맣긴 해도 농부가 밭 갈 때 신는 장화고, 바지는 너무 짧은 격자무늬 속바지에 주름 장식으로 마감해서 그대로 드러낸 양쪽 다리는 이리저리 긁히고 또 긁힌 모습이 지도처럼 보였어요. 격자무늬 윗도리에 불충분하게 달린 단추는 아버지 외투에서 따온 단추가 분명했어요. 놋쇠 빛깔이 선명하며 턱없이 컸거든요. 엉터리 바느질 흔적이 여기저기에 또렷한 데다, 캐디가 입은 옷도 같은 흔적이 있었어요. 하지만 캐디는 눈에 띄게 좋아지고, 얼굴도 아주 예뻤어요. 그런데 어린 피피를 제대로 못 입힌 걸 창피하게 여겼어요. 그래서 처음 들어올 때 피피를 쳐다보고 우리를 쳐다보는 식으로 불편한 마음을 드러내고, 잔다이스 아저씨는 한탄했어요.

"어이쿠, 맙소사! 동풍이 제대로 부는구나!"

에이다와 저는 캐디를 따듯하게 맞이한 다음에 잔다이스 아저씨께 인사시키고, 캐디는 의자에 앉으면서 말했어요.

"엄마의 안부 인사를 전합니다. 엄마는 선생님께서 양해하시길 바랍니다. 사업계획서를 수정하느라 바쁘거든요. 엄마는 홍보 전단 오천 장을 새로 발송할 예정인데, 이 말을 들으면 선생님께서 관심을 보이실 거라고 했습니다. 한 장을 미리 가져왔습니다. 엄마의 안부 인사를 전합니다."

캐디가 이 말과 함께 부루퉁한 표정으로 홍보 전단을 내밀자, 잔다이스 아저씨가 대답했어요.

"고맙구나. 젤리비 여사도 고맙고. 아, 맙소사! 동풍이 심하게 부는군!"

우리는 피피를 돌보느라 바빴어요. 주교 모자도 벗겨주고 우리를 기억하느냐고 물으면서요. 피피는 처음에 쭈뼛쭈뼛하더니 스펀지케이크가 나오자 경계심을 풀고, 제가 이끄는 대로 무릎에 앉아서 스펀지케이크만 우적우적 씹어먹었어요. 이윽고 잔다이스 아저씨는 임시 속풀이 비밀방으로 물러나고, 캐디는 예전처럼 무뚝뚝한 어투로 말문을 열었어요.

"우리는 여전히 하루하루가 지옥 같아요. 나는 평화로운 삶을 잠시도 누릴 수 없어요. 늘 아프리카 얘기! 나 역시 똑같은 인간이며 형제[97)]라면 이토록 비참하게 몰아갈 순 없을 거예요!"

제가 어떻게든 위로하려 애쓰자, 캐디가 소리쳤어요.

"아, 그래도 소용없어요, 에스더 아가씨, 언제나 다정한 관심을 보여주셔서 고맙지만, 끝없이 착취당하면서 설교까지 당할 필요는 없으니까요. 아가씨도 나처럼 착취당하면서 설교까지 듣지는 않을 거잖아요. 피피, 저 피아노 밑으로 가서 '맹수 놀이'를 하렴!"

"싫어!"

피피가 거부하자, 캐디가 눈물을 글썽이면서 나무랐어요.

"좋아, 말도 안 듣는 배은망덕한 녀석아! 앞으로 너한테 옷을 안 입혀줄 거야."

---

97) 노예를 사슬로 묶어서 거래하는 것에 반대한 구호 "나는 인간도 아니고 형제도 아니란 말인가!"에서 나왔다.

"알았어, 갈게, 누나!"

피피가 대답했어요. 착한 아이가 힘들어하는 누나를 보고서 단번에 마음을 바꾼 거예요. 그러자 불쌍하게도 캐디가 우리에게 사과하는 어투로 말했어요.

"굳이 울 것까지는 없겠지만 나는 완전히 지쳤어요. 오늘 새벽 두 시까지 새로 만든 홍보 전단 편지봉투를 썼어요. 이제 모든 게 지겨워요. 머리가 아파서 눈이 안 보일 지경이에요. 게다가 저 가련한 아이를 보세요! 저렇게 보살핌을 못 받는 아이는 어디에도 없어요!"

다행히도 피피는 겉모습에 하자가 있다는 사실을 모른 채, 피아노 다리 안쪽 양탄자에 앉아서 케이크를 먹으며 우리를 내다보고, 캐디는 의자를 우리 옆으로 끌어오며 말했어요.

"저 애를 멀리 보낸 건 지금부터 하는 말을 못 듣게 하려는 의도였어요. 저런 꼬맹이들이 아주 민감하거든요! 내가 말하려는 건, 우리 집이 최악으로 치닫는다는 거예요. 아빠는 곧 파산할 테니 엄마라도 만족하면 좋겠어요. 파산해서 좋아할 사람은 엄마밖에 없으니까요."

우리는 젤리비 선생님 문제가 그렇게 나빠지지 않길 바란다는 식으로 말하고, 캐디는 머리를 절레절레 저으며 대답했어요.

"아무리 소망해도 소용이 없지만, 다정한 말씀은 고맙네요. 아빠가 바로 어제 아침에 나한테 (끔찍하게 불행한 모습으로) 자신은 세파를 견딜 수 없다고 했어요. 하기야 아빠가 세파를 견디며 살아간다면 그게 더 이상하겠지요. 장사꾼은 우리 집에 아무 물건이나 내키는 대로 들여놓고, 하인은 그 물건을 마음대로 처리하고, 나는 설사 방법을 안다고 해도 상황을 개선할 시간이 없고, 엄마는 아무런 관심도 없는 상황에서. 하지만 나는 아빠라도 세파를 견딜 방법을 알려주고 싶어요. 내가 아빠라면 당장 도망치겠다고 말해서요."

"얘야! 너희 아빠는 가족을 소중하게 여기셔."

제가 말하면서 미소를 머금자, 캐디가 대답했어요.

"아, 맞아요, 하나같이 훌륭한 가족이니까요, 에스더 아가씨, 하지만 그 가족은 아빠한테 무슨 도움이 되죠? 아빠한테는 청구서, 쓰레기, 잡동사니, 소음 덩어리, 계단 구르기, 소동, 마냥 비참한 대상일 뿐이에요. 일주일 내내, 한 달 내내, 일 년 내내 요란 법석한 대청소 날 같은데…… 청소하는 사람은 하나도 없는!"

캐디는 발로 바닥을 톡톡 치다 눈물을 훔치며 말했어요.

"나는 아빠가 너무나 불쌍하고 엄마한테 말도 못 하게 화나요! 하지만 이제부터 안 참아요. 단단히 결심했어요. 평생을 노예로 살아가지도, 퀘일 같은 이상한 사내의 청혼을 받아들이지도 않을 거예요. 자선사업가랑 결혼하다니 말도 안 돼요. 내가 지금까지 얼마나 시달렸는데!"

저는 캐디가 너무 불쌍했어요. 학대받는 여자애를 제 눈으로 보면서 사정을 들으니 하나하나 가슴 아픈 진실이라, 젤리비 여사에게 이는 분노를 억누를 수 없었다는 걸 고백합니다.

"두 아가씨가 우리 집에 들렀을 때 가까워지지 않았다면 창피해서 찾아오지 못했을 거예요. 두 아가씨한테 내가 어떻게 보일지 너무나 잘 아니까요. 하지만 가까운 사이라 여기고서 오기로 마음먹은 거예요. 특히, 두 아가씨가 우리 집에 와도 못 만날 가능성이 있으니까."

캐디가 의미심장하게 말해, 에이다와 저는 또 다른 사정이 있다고 직감하면서 서로를 쳐다보고, 캐디는 머리를 저으면서 계속 이야기했어요.

"그래요! 못 만날 가능성이 커요! 나는 두 아가씨를 믿어도 된다는 걸 알아요. 두 아가씨는 나를 배신하지 않을 테니까요. 그래서 말하는데, 나는 약혼했어요."

"집에 안 알리고?"

내가 묻자, 캐디가 짜증은 나도 화나진 않은 어투로 대답하며 정당화했어요.

"맙소사, 에스더 아가씨, 그게 가능하겠어요? 아가씨도 우리 엄마를 알잖아요. 굳이 말하자면 불쌍한 아빠를 더 비참하게 만들 필요도 없고요."

"하지만 아빠한테 알리지도 않고 허락도 안 받고 결혼하면 아빠가 더 힘들어하시지 않겠니?"

내가 묻자, 캐디가 누그러진 어투로 말했어요.

"아니에요, 안 그럴 거예요. 나중에 아빠가 나를 찾아오면 아늑하고 편안하게 쉬도록 해줄 거예요. 피피나 다른 동생들이 순번을 정해서 차례대로 찾아와도 잘 보살펴줄 거고요."

가련한 캐디는 애정이 많았어요. 그래서 말하는 사이에 말투가 계속 누그러지다 머릿속으로 떠올린 독특한 가정집 분위기에 푹 빠져들며 울음을 터트리는 바람에, 피피가 피아노 밑에서 충격받아 커다랗게 울음을 터트리다 뒤로 발라당 넘어졌어요. 제가 급히 데려와서 누나에게 뽀뽀시킨 다음, 제 무릎에 올려놓고 누나가 웃는 모습을 (캐디가 억지로 웃었답니다) 보여주고 나서야 피피를 안정시킬 수 있었답니다. 그런 다음에도 피피는 우리 얼굴을 자기 손으로 일일이 만지며 우리 턱을 돌려보아야 했어요. 그러더니 피아노로 가고 싶은 기분이 아닌 것 같아, 우리는 피피를 의자에 앉혀서 창밖을 내다보게 했어요. 그리고 캐디는 동생 다리 한쪽을 손으로 잡은 채 다시 말했어요.

"그 일은 두 아가씨가 우리 집에 온 게 시작이었어요."

당연히 우리는 이유를 묻고, 캐디는 대답했어요.

"나는 너무 뒤처진 걸 알고 어떤 일이 있더라도 나 자신을 개발하기로, 댄스를 배우기로 결심했어요. 그래서 엄마한테 내가 너무 부족하다고, 댄스를 배워야겠다고 말했어요. 엄마는 특유의 도발적인 표정으로 쳐다보며 무시했지만, 나는 댄스를 배우기로 단단히 결심한 터라 뉴맨 거리 '터비드롭 선생 아카데미'를 찾아갔어요."

"그럼 그곳에서……"

제가 입을 열자, 캐디가 대답했어요.

"네, 그곳이었어요. 그래서 터비드롭 선생과 약혼했어요. 터비드롭 선생은 두 분, 아버지와 아들이 있어요. 나랑 약혼한 터비드롭 선생은 당연히 아들이에요. 좋은 가정교육을 받고 자라났다면, 그래서 그분에게 훌륭한 아내가 된다면 정말 좋았겠다는 아쉬움만 가득해요. 그분을 많이 좋아하거든요."

"그 말을 들으니, 솔직히 말해서 마음이 아파."

제가 말하자, 캐디가 약간 초조한 어투로 반박했어요.

"왜 마음이 아파야 하는지 모르겠지만, 하여튼 나는 터비드롭 선생과 약혼했고 그분은 나를 많이 좋아해요. 그분 역시 아직은 비밀이에요. 아버지 터비드롭 선생도 일정한 관련이 있으니 느닷없이 말하면 마음이 무너지거나 또 다른 충격을 받을지 모르거든요. 아버지 터비드롭 선생은 품행이 탁월한 사람이에요, 품행이 정말 탁월한 사람."

"그분 부인은 이 일을 알아?"

에이다가 묻자, 캐디가 눈을 동그랗게 뜨면서 대답했어요.

"아버지 터비드롭 선생 부인요, 에이다 아가씨? 부인은 없어요. 홀아비예요."

대화는 여기에서 멈췄어요, 피피 때문에. 누나가 강조할 때마다 다리를 종에 달린 밧줄처럼 무심코 잡아당기는 바람에 고통에 시달리다 결국에는 더 못 참고서 비명을 뱉었거든요. 피피는 저에게 동정을 호소하고, 저는 캐디가 하는 말을 듣기만 하는 터라, 이번에는 내가 그 다리를 잡아주고, 캐디는 피피에게 뽀뽀하며 미안하다고, 일부러 그런 건 아니라고 사과한 다음에 다시 얘기했어요.

"이게 전부예요. 행여나 내가 잘못한 게 있다면, 그건 엄마 때문이에요. 우리는 언제든 여건이 될 때 결혼할 거예요. 그런 다음에 아빠 사무실로 가서 엄마한테 편지를 쓸 거예요. 엄마는 별로 신경 쓰지 않겠죠. 나는 엄마한테 펜과 잉크에 불과하니까요."

캐디가 말하다 갑자기 흐느끼며 덧붙였어요.

"한가지 다행스러운 점은 결혼하면 아프리카 얘기를 두 번 다시 안 들어도 된다는 거예요. 아들 터비드롭은 나 때문에 아프리카를 싫어하고, 아버지 터비드롭은 그런 곳이 있다는 사실만 아는 정도니까요."

"그분은 훌륭한 신사니까!"

제가 말하자, 캐디가 대답했어요.

"정말 훌륭한 신사지요. 품행이 탁월한 사람으로 유명하답니다."

"그분도 가르치시니?"

에이다가 묻자, 캐디가 대답했어요.

"아니에요, 그분은 아무것도 안 가르치세요. 하지만 품행이 아름답지요."

캐디는 적지 않게 주저하며 망설이다, 우리에게 말하고 싶은 게 하나 더 있다고, 말해야 할 것 같다고, 불쾌하게 받아들이지 않으면 좋겠다고 했어요. 자신이 플라이트 할머니하고, 미친 조그만 할머니하고 가까워졌다는, 그래서 이른 새벽마다 찾아가서 아침 식사 전에 연인을 몇 분 동안, 단 몇 분 동안, 만난다는 거예요. 그러면서 덧붙였어요.

"다른 시간에도 찾아가긴 하지만 그때는 프린스가 안 와요. 아들 터비드롭 이름이 프린스에요. 그 이름이 아니면 좋겠어요. 강아지 이름같잖아요. 하지만 당연히 그 사람이 이름을 정한 건 아니니까요. 아버지 터비드롭 선생이 섭정 황태자[98]를 기념해서 프린스라고 지었거든요. 섭정 황태자의 품행이 정말 탁월하다고 숭배하면서요. 내가 두 분과 함께 처음 찾아간 플라이트 할머니 집에서 연인과 만나는 걸 나쁘게 생각하지 않으면 좋겠어요. 나는 그 할머니를 좋아하고, 할머니 역시 나를 좋아하는 것 같으니까. 혹시나 두 분이 프린스를 본다면 괜찮은 사람이라 생각할 거라고, 최소한 나쁜 사람이라 생각할 가능성은 없다고 확신해요. 이제 댄스 수업을 받으러 갈 시간이에요. 저와 함께 가자고 부탁할 순 없지만, 에스더 아가씨, 함께 간다면, 정말 기쁠 거예요, 정말 기뻐."

캐디가 말했어요. 덜덜 떠는, 진심이 가득한 어투였어요.

마침 그날은 우리가 잔다이스 아저씨와 함께 플라이트 할머니네 집을 찾아가려고 예정한 날이었어요. 우리가 그 집에 갔다는 말을 듣고서 잔다이스 아저씨는 큰 흥미를 느꼈지만, 한번 찾아가려고 마음먹을 때마다 무슨 일이 생기곤 했거든요. 불쌍한 캐디가 신뢰하는 마음을 제가 충분히 받아들이면 나중에 캐디가 성급하게 결정하는 걸 막을 때 바람직한 영향을 미칠 수 있겠다는 생각이 들어, 저는 캐디랑 저랑 피피랑 셋이 아카데미에 갔다가 나중에 플라이트 할머니 – 이번에 그 이름을 처음 들은 할머니 – 집에서 만나자고 잔다이스 아저씨와 에이다에게 제안했어요. 이건 캐디와 피피가 우리와 함께 돌아와서 저녁 식사까지 해야 한다는 뜻이었어요. 캐디와 피피는 마지막 조건을 기꺼이 받아들이고, 우리는 핀 몇 개, 비누와 물, 머리빗을 이용해서 피피를 조금이나마 가다듬고 밖으로 나가서 뉴맨 거리로 가는데, 매우 가까웠어요.

98) 조지 3세 당시의 황태자로, 나중에 조지 4세가 되었다. 멋 부리기로 유명하다.

아카데미가 들어선 곳은 아치길 모서리로 계단 창문마다 흉상을 올려놓은 상당히 지저분한 건물이었어요. 입구에 걸린 명판으로 보건대, 그 건물에는 미술학원, 석탄 도매상(석탄을 쌓아둘 공간이 없는 게 확실한데), 석판화 예술가도 있었어요. 그런데 크기나 위치가 어떤 명판보다 좋은 명판에 '터비드롭 선생'이란 글씨가 있었어요. 현관문은 열린 상태고, 그랜드피아노, 하프, 케이스에 든 다양한 악기로 통로를 막고서 밖으로 빼내는 중인데, 밝은 햇살을 받아 하나같이 상쾌하게 보였어요. 간밤에 아카데미를 콘서트장으로 빌려주었다고 캐디가 알려주었어요.

우리는 - 온종일 깨끗하게 청소하는 사람이 있고 온종일 담배만 피워대는 사람이 없을 때는 참 괜찮았을 것 같은 건물 - 위층으로 올라가, 널찍한 실내로, 뒷벽을 터서 마구간까지 넓히고 천장에 채광창을 달아서 햇살이 환한 아카데미로 들어갔어요. 텅 비어서 소리가 울리는 공간은 마구간 냄새가 나고, 벽마다 등나무 의자를 기다랗게 놓고 색칠한 악보꽂이와 조그만 나뭇가지처럼 세공한 유리로 일정 간격마다 장식해서 촛대로 사용하는데, 촛대마다 흐르는 촛농이 나뭇가지에서 떨어지는 가을 낙엽 같았어요. 열서너 살에서 스무두세 살에 달하는 다양한 아가씨 여러 명이 모여있어, 제가 그들 사이에서 강사를 찾을 때, 캐디가 내 팔을 잡으며 예의 바른 어투로 소개했어요.

"이쪽은 에스더 아가씨, 이쪽은 프린스 터비드롭 선생!"

제가 무릎을 구부리며 인사한 상대는 조그만 체구에 눈이 파랗고 살갗이 하얀 젊은이로, 황갈색 머리칼 한가운데를 가르고 끝을 동그랗게 말아서 머리를 에워쌌어요. 우리가 학교에서 '작은 바이올린'[99]이라 부르던 조그만 바이올린을 왼쪽 팔꿈치에 끼우고 그 손으로 조그만

99) 댄스 교습용 바이올린.

활을 쥐고 있었어요. 조그만 무용화는 유별나게 자그마하고, 몸짓은 약간 순수하고 여성적인 게 상냥하게 보이는데, 자기 어머니를 똑 닮았다는, 하지만 그 어머니는 충분한 관심과 사랑을 못 받고 살았다는 독특한 느낌마저 풍겼어요.

사내는 허리 숙여 인사하며 “캐디 친구분을 만나니 정말 반갑습니다”라고 말하더니, 조심스러운 어투로 수줍게 덧붙였어요.

“평소에 오던 시간이 지나서 캐디가 안 오는 건 아닐까 걱정하던 참이었답니다.”

“모두 저 때문이에요. 제가 지금까지 붙잡아두었거든요. 정중하게 사과하겠습니다, 선생님.”

“당치 않습니다!”

사내 말에, 제가 부탁했어요.

“저 때문에 시간을 허비하는 일은 이제 없으면 좋겠습니다.”

그런 다음에 저는 (이곳이 익숙한지 한쪽 모서리로 벌써 올라간) 피피와 어떤 할머니 사이로 물러났는데, 남 얘기하길 좋아할 것 같은 할머니는 조카 두 명이 댄스를 배운다더니, 피피가 신은 장화를 보고 심하게 분노했어요. 바로 그때 프린스 터비드롭은 조그만 바이올린 현을 손가락으로 따르릉 울리고, 젊은 아가씨들은 춤을 추려고 나란히 섰어요. 바로 그 순간, 아버지 터비드롭 선생이 옆문으로 들어와서 화려한 옷차림을 뽐냈어요.

뚱뚱한 노신사로, 얼굴은 분을 바르고 이는 틀니고 콧수염은 가짜고 머리는 가발이었어요. 목깃에는 모피를 두르고 외투 가슴에는 패드를 두툼하게 댄 모습을 보니, 별이나 널찍한 파란 리본[100]만 달면 완벽하

---

100) 영국 최고 영광인 가터 훈장을 빗댄 말로, 가터 훈장은 다리에 매는 파란 리본과 화려한 망토, 화려한 목깃 등이 부속으로 따라온다.

겠다는 생각이 절로 들었어요. 몸이 견디는 한도에서 꽉 죌 곳은 꽉 죄고, 부풀릴 곳은 부풀리고, 세울 곳은 세우고, 묶을 곳은 묶은 모습이었어요. 커다란 넥타이는 두 눈이 튀어나올 정도로 목을 단단히 죄서 턱은 물론 두 귀마저 그쪽으로 기운 나머지, 넥타이를 풀면 두 배로 불어날 수밖에 없을 것 같았어요. 팔꿈치에 끼운 엄청 크고 무거운 모자는 꼭대기 부분이 언저리로 완만한 경사를 이루며 내려오게 하고, 대단히 우아한 자세로 어깨를 높이고 팔꿈치를 젖힌 채 한 발로 서서, 한 손에 움켜쥔 하얀 장갑 한 켤레로 그 모자를 톡톡 치는 모습은 눈길이 절로 끌렸어요. 게다가 지팡이도 있고, 외눈 안경도 있고, 코담배갑도 있고, 반지도 여러 개고, 팔찌까지 했으니, 자연의 손길을 피한 사치품은 없는 게 없고, 젊은이 같지도 않고 늙은이 같지도 않은 모습은 속세에 속하지 않은 화려한 옷차림의 표본 같았어요.

"아버지! 손님이에요. 캐디 친구, 에스더 아가씨."

"찾아주시니 영광입니다, 에스더 아가씨."

아버지 터비드롭 선생이 말하면서 온몸이 꽉 낀 상태로 허리를 숙이는데, 제가 보기에 칼처럼 세운 바지 주름이 두 눈 흰자위로 파고드는 것 같았어요.

"저희 아버지는 유명인사랍니다. 많은 사람이 존경하지요."

아들이 옆에서 애정과 믿음이 가득한 어투로 아버지를 자랑하니, 아버지 터비드롭 선생이 벽난로 불에 등을 대고 서서 장갑을 우아하게 흔들며 재촉했어요.

"이제 시작하렴, 프린스! 어서 시작해! 어서, 아들!"

명령과 함께, 혹은 우아한 허가와 함께 댄스 교습이 시작되었어요. 프린스는 춤추면서 조그만 바이올린을 켜기도 하고, 서서 피아노를 치기도 하고, 교습생 자세를 잡아주면서 가쁜 숨으로 멜로디를 흥얼대기도 하고, 실력이 많이 떨어지는 초보자와 스텝이랑 동작을 함께하느라 한순간도 안 쉬었어요. 옷차림이 화려한 아버지는 벽난로 불 앞에 화려한 모델로 서 있을 뿐 무엇 하나 하는 게 없고요.

남 얘기하길 좋아하는 할머니가 옆에서 말했어요.

"저 영감은 뭣도 안 한다오. 그런데도 명패에 자기 이름을 떡하니 올려놓다니 믿을 수 있겠소?"

"저분 아들도 이름이 똑같잖아요."

제가 말하니, 할머니가 비난했어요.

"저 영감태기는 그럴 수만 있다면 아들한테서 어떤 이름이라도 빼앗을 거라오. 저 아들 드레스 좀 보세요!"

의상이 초라하기는 했어요. 실밥이 터져 나와서 누더기처럼 보일 정도였으니까요.

"그런데 아버지란 작자는 그놈의 예의범절(deportment) 때문에 온통 꾸며서 화려하게 차려입어야 하니…… 나라면 저런 놈을 당장에 추방할(deport) 거예요! 해외로 유형을 보내야(transport) 한다고요!"[101)]

저는 호기심이 일어서 더 많은 걸 알고 싶었어요.

"저분이 이제 예의범절을 강의하나요?"

"이제라니! 그런 적은 한 번도 없다오."

할머니 말에 저는 곰곰이 생각하다, 탁월한 펜싱 실력이 있을 수도 있다고 넌지시 말했어요.

"내가 보기에 저 사람은 펜싱 같은 거 조금도 못 해요, 아가씨."

저는 깜짝 놀라서 궁금한 표정으로 쳐다보고, 할머니는 말하면 할수록 예의범절의 달인에게 분노가 일어, 그나마 점잖게 말하는 거라고 장담하며, 아버지 터비드롭 선생이 살아온 과정을 자세히 알려주

---

101) 'port'를 중심으로 한 말장난.

었어요.

아버지 터비드롭 선생은 (외모만 꾸미느라 평생을 일이라곤 안 하다) 온순하고 귀여운 댄스 선생이랑 결혼한 다음, 부인에게 죽도록 일하며, 좋게 말해서 죽을 정도로 힘들게 일하며 자신이 외모를 꾸미는 데 필요한 비용을 대도록 했다. 그러다 일류 모델 앞에서 차림새를 자랑하려면, 그 모델들 눈에 계속 띄려면, 제일 좋은 옷차림을 하고 패션계 행사장과 휴양지에 자주 가거나, 패션의 계절에 브라이튼[102] 같은 명승지를 찾아다니면서 빈둥거려야 한다는 걸 깨달았다. 영감태기가 그런 곳을 돌아다니는 동안, 댄스 선생은 남편을 지극히 사랑하며 죽도록 일하다 죽었는데, 안 죽고 살았다면 또 죽도록 일했을 거다. 그럴 수밖에 없던 건 영감태기는 흡혈귀처럼 이기적인 반면에 부인은 (멋진 옷차림에 흠뻑 반해서) 죽을 때까지 남편을 신뢰하더니, 죽는 자리에서는 한없이 애처로운 어투로 아들에게 아버지를 맡기며, 아버지는 너에 대한 모든 권리를 지닌 분이라는, 아버지를 자랑스럽게 여기고 존경하라는 유언을 남긴 걸 보면 알 수 있다. 아들은 어머니의 믿음을 물려받은 데다 아버지의 화려한 옷차림을 보면서 성장한 터라, 이제, 서른이란 나이에, 아버지를 위해서 하루에 열두 시간씩 일하면서도 아버지를 세상 누구보다 존경스러운 사람으로 우러러본다.

하지만 아버지 터비드롭 선생은 할머니가 드러낸 존경심을 당연히 모른 채 꽉 끼는 장갑을 손에 끼우고, 할머니는 화나서 말도 못 하겠다는 표정으로 머리를 절레절레 저으며 한탄했어요.

"혼자 잘난 척하는군! 자기가 귀족인 줄 안다니까! 저 영감태기가 아들한테 정중하게 행동하는 걸 보고서 좋은 아버지라는 말도 안 되는

102) 브라이튼(Brighton)에는 동남부 해안에 영국 최대 규모의 해수욕장이 있고, 나중에 조지 4세가 된 섭정 황태자의 왕립 별장이 있다.

착각을 사람들이 한다오."

할머니가 갑자기 커다랗게 덧붙였어요.

"아! 저 영감태기를 씹어먹고 싶군!"

저는 할머니 말을 진지하게 듣는 사이에 재밌다는 느낌이 절로 일었어요. 아버지와 아들을 눈으로 똑똑히 보면서 할머니 말을 의심할 순 없었거든요. 할머니 설명이 없었다면 저 두 사람을 과연 어떻게 생각했을지, 혹은 두 사람이 눈앞에 없었다면 할머니 설명을 어떻게 생각했을지 모르겠어요. 할머니 말이 전체적으로 맞는다고 여기는 게 합리적일 것 같았어요.

제 눈은 한없이 열심히 일하는 터비드롭 선생과 자신을 한없이 화려하게 가꾼 아버지 터비드롭 선생 사이를 오가는데, 아버지 터비드롭 선생이 저에게 느릿느릿 다가와서 말문을 열었어요.

제일 먼저 물은 건, 런던에 살아보니 어떤 특징과 어떤 매력을 느끼느냐는 거였어요. 저는 그런 생각을 한 적이 없는 터라 대답할 필요를 못 느낀 채, 제가 사는 곳만 설명했답니다.

그러자 터비드롭 선생은 자기 오른손 장갑에 키스하곤 교습생들에게 내뻗으며 말했어요.

"우아하고 교양 있는 숙녀분이시니, 이곳에 가득한 결점을 관대하게 보아주시겠지요. 저희로선 다듬고, 또 다듬고, 또 다듬으며 최선을 다하니까요!"

터비드롭 선생은 소파에 있는 화려한 모델을 흉내 내서 그대로 앉으려고 상당한 고통을 감내하다 자리에 앉았어요. 그런데 그 모습이 정말 똑같아 보였어요.

이어서 코담배를 손가락으로 집어 코로 들이켜고 손가락을 우아하게 떨치고는 높이 세운 어깨를 숙이며 또 말하는데, 양쪽 눈썹을 추켜세우고 두 눈을 감아야만 그럴 수 있을 것 같았어요.

"다듬고, 또 다듬고, 또 다듬고! 교양과 미모가 탁월한 숙녀분께 굳이 말하자면, 예의범절이란 측면에서 지금은 예전을 발끝도 못 따라간답니다."

"그런가요, 선생님?"

제가 묻자 터비드롭 선생은 고개를 끄덕이는데, 넥타이 때문에 살짝 움직이는 것 같았어요.

"지금은 많이 퇴보했어요. 평등시대는 예의범절에 바람직하지 않지요. 모든 게 천박하거든요. 제 말이 약간 편파적일 수도 있겠지요. 직접 말하기엔 쑥스럽지만, 저는 예전부터 신사로 불렸답니다. 한번은 섭정 황태자 전하께서 브라이튼 별장에서 (건물이 대단히 훌륭하지요) 마차를 타고 나오실 때 제가 모자를 벗으며 인사하니, 전하께서 '저분은 누구지? 도대체 뭐 하는 사람이야? 내가 왜 모르지? 연봉으로 삼만 파운드를 받나?' 하고 물으시는 영광을 베푸신 적도 있을 정도니까요. 사소한 일화긴 하지만, 상류사회에서는 아직도 그 이야기가 가끔 돌아다닌답니다, 아가씨."

"정말요?"

터비드롭 선생이 높은 어깨를 숙이는 식으로 대답을 대신하며 이어갔어요.

"상류사회는 그나마 예의범절이 남긴 했지요. 영국은 - 아아, 내 조국이여! - 오랫동안 끝없이 타락했으며 매일 타락하고 있답니다. 신사 자체가 얼마 안 남았으니까요. 우리 같은 신사는 극소수입니다. 우리 뒤를 이을 사람이라곤 직물을 짜는 부류밖에 없답니다."

"이 나라에 신사 부류가 번성하길 바라야 하겠군요."

제가 말하자, 터비드롭 선생이 웃으며 높은 어깨를 다시 숙인 다음에 말했어요.

"훌륭하십니다. 그 말씀을 들으니 힘이 납니다. 하지만, 아, 아! 저는 우리 불쌍한 아들한테 그런 정신을 심어줄 수 없답니다. 사랑하는 아들을 흉보는 건 절대 아니지만, 아들은…… 예의범절이 부족하거든요."

"제 눈에는 훌륭한 강사로 보이는데요?"

"잘 들으세요, 친애하는 아가씨. 아들은 훌륭한 강사가 맞습니다. 배울 수 있는 건 다 배웠으니까요. 가르칠 수 있는 건 다 가르치니까요. 하지만 세상에는 배워야 할 게 참으로 많으니……"

터비드롭 선생이 코담배를 손가락으로 다시 집어서 코로 빨아들이곤 다시 허리를 숙여서 인사하는 표정이 '예를 들면 이런 거요'라고 덧붙이는 것 같았어요.

댄스 교습장 한가운데를 쳐다보니, 캐디 애인은 학생들 자세를 일일이 잡아가며 어느 때보다 힘들게 일하는 중이었어요.

"상냥한 우리 아들."

터비드롭 선생이 중얼대며 넥타이를 고쳐 맸어요.

"아드님이 지칠 줄을 모르시네요."

"좋게 말씀하시니 고맙습니다. 여러 가지 측면에서 저 아이는 죽은 엄마와 똑같은 길을 걸어간답니다. 엄마가 정말 헌신적이었거든요. 하지만 여어자, 사랑스러운 여어자, 종잡을 수 없는 여어자였지요!"

터비드롭 선생은 결국엔 불쾌한 헌사까지 바치고, 저는 일어나서 보닛 모자를 쓰는 캐디에게 갔어요. 교습 시간은 훨씬 지나고, 사람들은 이제 비로소 보닛 모자를 쓰는 중이었거든요. 불행한 프린스와 캐디가 약혼할 시간은 어떻게 냈는지 모를 정도였어요. 실제로 말 몇 마디 주고받을 여유조차 없었으니까요.

"얘야, 몇 시인 줄 아니?"

아버지 터비드롭 선생이 아들에게 자애롭게 물었어요.

"아니요, 아버지."

아들은 시계가 없었어요. 아버지는 멋진 황금 회중시계가 있어, 인류에게 모범이라도 보이려는 듯한 태도로 시계를 꺼내며 말했어요.

"아들아, 두 시란다. 켄싱턴 학교 세 시 수업을 떠올리렴."

"시간은 충분해요, 아버지. 선 채로 간단히 먹고 떠나면 돼요."

"친애하는 아들아, 서둘러야 한다. 식탁에 차가운 양고기가 있단다."

"고맙습니다, 아버지. 지금 떠나세요, 아버지?"

아들이 묻자, 아버지는 겸손한 자세로 두 눈을 감고 어깨를 추켜올리며 말했어요.

"그래, 아들아. 평소처럼 도심지에 모습을 드러내야 할 것 같구나."

"어디든 편안한 곳에서 식사하세요."

"친애하는 아들아, 그럴 생각이란다. 콜로네이드 오페라 극장 프랑스 식당에서 가볍게 들 거야."

"그러세요, 안녕히 다녀오세요, 아버지!"

프린스가 말하고 악수했어요.

"너도 잘 다녀오렴, 아들아. 하느님 축복이 가득하길!"

아버지 터비드롭 선생은 경건한 자세로 말하고, 아들은 무척 기쁜지 지긋한 효성으로 즐거워하고 자랑스러워하며 아버지랑 작별하는 모습을 보니, 행여나 그 아버지를 조금이라도 의심하는 건 프린스에게 매정하게 구는 거란 느낌마저 들었어요. 프린스가 우리랑 작별하는 짧은 순간, 특히 캐디에게 보내는 은밀한 눈빛을 보는 순간, 저는 어린애처럼 순박한 성격에 또다시 깊은 인상을 받았어요. 프린스가 조그만 바이올린을 - 캐디와 조금 더 머물고 싶은 욕망과 함께 - 주머니에 넣은 채 차가운 양고기와 켄싱턴 학교를 향해서 기분 좋게 떠날 때는 정말 괜찮은 사람이란 느낌과 연민까지 들어, 그 아버지를 비판하길 좋아하는 할머니 이상으로 분노가 일었어요.

그 아버지는 우리에게 문을 열어주고 예의 바르게 허리를 숙이는 모습이, 굳이 말하자면 화려한 섭정 황태자를 모방하려는 것 같았어요. 그 아버지는 길 맞은편에서 똑같은 자세로 우리를 곧바로 지나쳐, 얼마 안 남은 신사에게 자신의 모습을 보여주려고 런던 중심지로 나아갔어요. 저는 교습소에서 듣고 본 장면을 떠올리느라 한동안 넋을 잃어, 캐디에게 아무 말도 못 하는 건 물론, 캐디가 묻는 말에도 관심을 집중할 수 없었어요. 댄스 분야 주변에는 겉모습만 꾸미면서 명성을 얻으려는 신사가 예전에는 얼마나 있었고 지금은 얼마나 있을까 곰곰이 생각할 때는 특히 더했어요. 정말 당혹스럽지만, 아버지 터비드롭 같은 사람은 충분히 많겠다는 생각이 들어, 저는 '에스더, 이 문제는 깨끗이 잊고 캐디에게 집중하자'고 다짐했어요. 그래서 우리는 링컨 법학원까지 마냥 수다를 떨었어요.

캐디는 자기 애인이 교육을 못 받아서 편지를 쓰는 게 쉽지 않다고 말했어요. 철자에 신경을 덜 쓰고 또렷하게 쓰려고 애쓰지 않는다면 훨씬 좋을 텐데, 짧은 글에 불필요한 단어를 너무 덧붙이기 때문에 영어가 아닌 것처럼 보일 때도 잦다는 거예요.

"프린스는 잘하려는 건데 불쌍하게도 효과는 정반대로 나와요!"

캐디는 그 이유로 넘어가, 이렇게 말했어요. 평생을 댄스 교습소에서 보내며 아침, 점심, 저녁마다 가르치며 일하고, 일하며 가르친 게 전부라 어찌 보면 당연한 결과다. 하지만 그게 문제 될 게 무언가? 자신은 지금까지 편지를 수없이 써왔으니 대신 써주면 된다. 나는 프린스가 많이 배운 것보다 상냥한 게 훨씬 좋다. 게다가 나 역시 그렇게 잘난 척할 정도로 교양을 충분히 쌓은 건 아니다. 나 역시 엄마 덕분에 배운

게 거의 없다!

그러더니 이렇게 덧붙였어요.

"우리 둘만 있으니, 아가씨한테 말하고 싶은 게 또 있어요. 프린스를 안 만났다면 하고 싶지 않았을 얘기예요, 에스더 아가씨. 아가씨는 우리 집이 어떤지 알아요. 우리 집에서는 프린스 부인으로 제대로 일할 방법을 배우려고 아무리 애써도 소용이 없어요. 모든 게 엉망진창이라 도저히 불가능해요. 여러 차례 시도했지만 매번 실망하는 거로 끝났어요. 그래서 연습할 장소를 구했는데, 어디 같으세요? 가련한 플라이트 할머니네! 이른 새벽마다 (할머니가 가르쳐준 대로) 집도 치우고 새장도 청소하고 커피도 끓여주거든요. 그래서 커피 끓이는 법을 제대로 배웠더니, 프린스는 자신이 마신 가장 훌륭한 커피라고, 아버지도 매우 좋아할 거라고 하더군요. 아버지는 커피에 대해서 정말 까다롭거든요. 게다가 푸딩도 대충 만들 수 있어요. 양고기 목살과 차와 설탕과 버터를 비롯해 집안에 필요한 물품을 제대로 사는 법도 알고요. 바느질은 아직도 제대로 못 하지만."

캐디가 피피 주름을 기운 곳을 힐끗 쳐다보곤 다시 말했어요.

"하지만 앞으로 좋아질 거예요. 프린스와 약혼하고 이 모든 걸 배우니까 성질도 좋아지고, 엄마를 더 많이 용서하는 것 같아요. 오늘 아침에 깔끔하고 예쁜 에스더 아가씨와 에이다 아가씨 모습을 볼 때는 순간적으로 피피와 내가 창피했지만, 성질도 예전보다 좋아지고 엄마도 훨씬 많이 용서하는 것 같아요."

불쌍한 캐디가 애쓰면서 진심으로 고백해, 저는 감동하며 말했어요.

"캐디, 내 사랑. 나는 네가 참 좋아. 앞으로 좋은 친구로 지내면 좋겠어."

"맙소사, 정말요? 그러면 저는 더없이 행복할 거예요!"

"친애하는 캐디, 지금부터 친구처럼 지내자. 이런 문제로 대화도 자주 나눠서 올바른 방법을 찾도록 하고."

제가 말하니, 캐디가 미칠 듯이 좋아했어요. 저는 캐디를 격려해서 용기를 북돋으려고 나름대로 할 수 있는 걸 모두 말했어요. 당시 기분으로는 캐디가 결혼해서 살림방을 마련하는 문제보다 작은 일에는 아버지 터비드롭 선생을 나무라지 않을 것 같았어요.

우리가 대화하는 사이에 크룩 고물상은 나타나고, 안으로 들어가는 문은 열려 있었어요. 문기둥에 종이 한 장을 풀로 붙였는데, 3층을 세놓는다는 공고였어요. 그걸 보더니 캐디는 계단을 오르면서, 사람이 갑자기 죽어서 조사했다고, 우리 조그만 할머니는 겁에 질려서 크게 앓았다고 알려주었어요. 퀭한 3층 방 방문과 창문이 열린 상태라 우리는 안을 들여다보았어요. 지난번에 왔을 때 플라이트 할머니가 은밀하게 가리키던 어두운 문이었어요. 칙칙하고 황량한 공간, 슬픔이 가득하고 우울한 공간을 보니, 애처로운 느낌과 동시에 무서운 기분이 이상하게 몰려들었어요. 그곳을 벗어날 때 캐디가 저를 보고 "얼굴이 창백한 게, 한기가 든 것 같아요!"라고 말한 걸 보면, 제가 그 방을 보는 사이에 소름이 오싹 돋았나 봐요.

이런 얘기를 주고받으며 천천히 걸어가는데, 잔다이스 아저씨와 에이다는 우리보다 먼저 도착한 상태였어요. 그래서 플라이트 할머니네 다락방에서 만났어요. 잔다이스 아저씨와 에이다가 새를 구경하는 동안, 의사 선생님이 친절하게 왕진와서 플라이트 할머니를 불쌍히 여기며 진찰한 다음, 벽난로 옆에서 쾌활하게 대화하는 중이었어요. 그러더니 앞으로 나오면서 말했어요.

"제 역할은 끝났습니다. 플라이트 할머니는 많이 좋아지셨으니, 내일이면 (꿈꾸던) 대법정에 갈 수 있을 겁니다. 대법정 역시 플라이트 할머니를 많이 그리워한다고 들었습니다."

플라이트 할머니는 공치사를 기분 좋게 받아들이고 우리 모두에게 무릎을 구부리며 인사했어요.

"영광입니다. 잔다이스 피후견인들이 또다시 찾아주시다니! 황폐한 집의 잔다이스를 제 초라한 집에서 기쁘게 맞이하겠습니다!"

그리고 또다시 무릎을 구부리며 캐디에게 "피츠잔다이스,[103] 우리 아가, 두 배로 환영한다!"고 말하는데, 늘 그런 이름으로 부르는 것 같았어요.

"저분이 크게 아팠나요?"

잔다이스 아저씨가 플라이트 할머니를 진찰한 의사에게 물었어요. 조그만 소리였는데, 플라이트 할머니가 친밀한 어투로 직접 대답했답니다.

"아, 정말 아팠지요! 아, 정말이지 매우 아팠어요. 통증은 없는데…… 괴로웠어요. 몸이 아니라 마음이, 마음이!"

그러더니 가라앉은 목소리로 덜덜 떨며 털어놓았어요.

"사실대로 말하자면, 여기에서 사람이 죽었답니다. 건물에 독극물이 있었어요. 나는 끔찍한 일에 민감하답니다. 겁에 질렸거든요. 내가 얼마나 겁먹었는지는 우드코트[104] 선생만 아신답니다."

그리곤 웅장하게 소개했어요.

"이쪽은 우리 의사, 우드코트 선생님! 이쪽은 잔다이스 피후견인, 황폐한 집의 잔다이스, 피츠잔다이스!"

"플라이트 할머니께서……"

우드코트 선생이 우리에게 말하면서도 플라이트 할머니에게 말하는

---

103) 피츠(Fitz)는 '누구의 후손'이란 뜻으로, 피츠제럴드는 제럴드의 후손, 피츠잔다이스는 잔다이스의 후손이란 뜻이다.

104) 우드코트(Woodcourt)는 바닥에 나무를 깐 실내 운동장이란 뜻이다.

것처럼 근엄하고 다정한 목소리로 입을 열더니, 할머니 팔에 한 손을 다정하게 올리며 이어갔어요.

"플라이트 할머니께서 당신의 병세를 평소처럼 정확하게 설명하시네요. 플라이트 할머니는 훨씬 건강한 사람이라도 충격을 받을 만한 사태가 건물에서 발생하는 바람에 충격을 받으시고 마음이 흔들려서 병에 걸렸습니다. 그 사태를 처음 발견했을 때 플라이트 할머니가 저를 이곳으로 급히 데려오셨지만, 너무 늦어서 불행한 사내한테 아무런 도움도 못 되었답니다. 그래서 크게 실망한 걸 보상하는 의미로 플라이트 할머니를 조금 도와드린 거랍니다."

"세상에서 가장 친절한 의사 선생님이라오. 이제 판결이 나올 거라오. 심판의 날에. 그러면 부동산이라도 나눠줄 생각이라오."

플라이트 할머니가 저에게 속삭이자, 우드코트 선생이 쳐다보며 웃다가 말했어요.

"하루 이틀이면 좋아질 거예요, 예전과 마찬가지로. 한마디로, 쾌차하는 거지요. 플라이트 할머니의 행운에 대해서 들으셨나요?"

그러자 플라이트 할머니가 환하게 웃으며 자랑했어요.

"어찌나 신기하던지! 그런 일은 어디에서도 못 들을 거예요! 매주 토요일마다 수다쟁이 켄지나 (그 밑에서 일하는) 거피가 봉투를 건넨답니다. 은화가 든 봉투! 정말이에요! 늘 똑같은 액수에요. 하루에 일 실링씩 일주일 치. 정말이라고요! 시기적절하지 않나요? 맞-아요! 누가 보내는 봉투냐고요? 바로 그게 문제랍니다. 당연하지요. 내 생각은 어떤지 말해볼까요?"

플라이트 할머니가 매서운 눈초리로 뒤로 물러나며 오른손 검지를 의미심장하게 흔들었어요.

"내 생각에, 대봉인이 완전히 열리는 데 시간이 너무 오래 걸린다는 걸 (대봉인이 완전히 열리는 데는 정말 오랜 시간이 걸리거든요!) 알아채고, 대법관이 보내는 거라오. 내가 예상하는 판결이 나올 때까지. 훌륭한 방법이에요. 자신이 일 처리를 늦게 해서 살아있는 사람들이 힘들어한다는 걸 이런 방식으로 고백하다니. 매우 섬세해요! 지난번 대법정에 참석했을 때 – 나는 서류를 모두 지참하고 꾸준히 참석하는데 – 일 처리가 너무 늦는 걸 책망했더니, 대법관이 인정했답니다. 내가 내 자리에서 대법관을 바라보며 웃으니, 대법관 역시 자기 자리에서 나를 보며 웃은 거예요. 하지만 대단한 행운이 아닐 수 없어요, 그죠? 그래서 피츠잔다이스가 나를 위해서 그 돈을 유익하게 쓴답니다. 그래요, 대단히 유익하게!"

(플라이트 할머니가 저에게 말한 터라) 저는 새로운 수입이 생긴 행운을 축하하고 그 행운이 오랫동안 계속되기를 기원했어요. 그 돈이 나오는 출처를 추측하지도, 사려 깊은 사람이 누군지 궁금하지도 않았어요. 잔다이스 아저씨가 앞에서 새들을 관찰하고 있어, 다른 사람을 찾을 필요는 없었거든요.

"귀여운 친구들을 뭐라고 부르나요, 할머니? 혹시 이름이 있나요?"

잔다이스 아저씨가 유쾌한 목소리로 묻자, 제가 대답했어요.

"그 새들한테 이름이 있다는 건 제가 플라이트 할머니 대신 대답할 수 있어요. 플라이트 할머니가 알려주겠다고 약속하셨거든요. 에이다, 기억나니?"

에이다도 똑똑히 기억하고, 플라이트 할머니는 딴청을 부렸어요.

"내가? 문가에 누구야? 방문에서 왜 엿듣는 거야, 크룩?"

건물주 노인이 문을 밀어, 한 손에 모피 모자를 들고 꽁무니에 고양이를 단 채 나타나며 대답했어요.

"엿듣지 않았어, 플라이트 할멈. 방문에 노크하려고 했는데 할멈이

더 빨랐던 거야!"

"고양이는 내려보내. 어서 쫓아내!"

할머니가 화내자, 크룩이 한 사람 한 사람을 매섭게 천천히 둘러보며 말했어요.

"흥! 고양이는 하나도 위험하지 않답니다, 신사 숙녀 여러분. 내가 여기에 있는 한 새한테 달려드는 일은 절대로 없으니까요, 내가 시키지 않는 한."

"우리 건물주를 용서하세요. 미쳤거든요, 완전히 미쳤어! 이렇게 손님이 많은데 뭐하러 찾아온 거야, 크룩?"

할머니가 당당하게 말하자, 노인이 대답했어요.

"안녕! 내가 대법관이라는 건 할멈도 알잖아."

"그래서? 그게 어때서?"

할머니가 반박하자, 노인이 껄껄 웃으며 대답했어요.

"대법관이 잔다이스 일족을 모르면 이상하잖아, 안 그래, 플라이트 할멈? 실례를 무릅써도 될까요, 선생님? 시키는 대로 하겠습니다, 선생님. 나는 잔다이스 대 잔다이스 사건을 여러분만큼이나 잘 안답니다. 톰 잔다이스 영감 나리도 알았답니다. 그런데 선생님은 전에 본 기억이 없군요, 대법정에서 한 번도. 대법정에 끔찍이도 많이 다니는데 말이에요, 시간이 날 때마다."

"저는 그런 곳에 안 간답니다. 차라리 다른 곳에 가고 말죠."

잔다이스 아저씨가 대답했어요. (실제로 대법정에 갈 생각을 한 적은 없었답니다.)

크룩 노인이 빙그레 웃었어요.

"그래요? 고상하고 박식한 우리 형제를 압박하시는군요. 하지만 잔다이스 일족이니 당연할 수도 있겠지요. 불에 덴 아이[105]처럼요! 우리 세입자가 기르는 새를 구경하십니까, 잔다이스 선생님?"

노인이 조금씩 꾸준히 들어오더니, 어느새 잔다이스 아저씨 바로 옆으로 다가가서 안경 낀 눈으로 아저씨 얼굴을 자세히 들여다보며 조그맣게 속삭였어요.

"저 할멈은 새들 이름을 최대한 말하지 않으려고 애쓴답니다, 이름을 모두 정해주었으면서도."

그러더니 "내가 모두 알려줄까, 할멈?" 하고 커다랗게 묻더니, 고개를 돌린 채 벽난로를 청소하는 척하는 할머니를 가리키며 우리에게 윙크하고, 할머니는 황급히 대답했어요.

"마음대로 해."

노인은 새장과 우리를 한 번씩 번갈아 보며 이름을 쭉 읊었어요.

"희망, 기쁨, 젊음, 평화, 안식, 생명, 먼지, 재, 쓰레기, 갈망, 파멸, 좌절, 광기, 죽음, 교활, 우둔, 단어, 가발, 누더기, 양피지, 약탈, 선례, 은어, 사기, 군더더기. 고상하고 박식한 우리 형제가 새장에 잔뜩 모아 놓은 새 이름은 이게 전부랍니다."

"동풍이 제대로 부는군!"

잔다이스 아저씨가 중얼거렸어요.

"고상하고 박식한 우리 형제가 판결을 받으면 저들을 모두 풀어준답니다."

크룩이 다시 말하더니, 우리에게 다시 윙크하고 빙그레 웃으며 속삭였어요.

"그런 일은 결코 안 일어나겠지만, 설사 일어난다면, 새장 밖 새들이 저 새들을 모두 죽일 겁니다요."

잔다이스 아저씨가 창문 밖 풍향계를 보는 척하면서 중얼거렸어요.

---

105) '불에 덴 아이는 불을 무서워한다'는 속담을 압축한 표현.

"동풍이 제대로 부는 날이 있다면 바로 오늘이겠구나!"

우리는 그 건물을 쉽게 빠져나올 수 없었어요. 우리를 붙잡은 건 플라이트 할머니가 아니었어요. 할머니는 다른 사람을 최대한 편하게 해주려고 합리적으로 애쓰는 성격이거든요. 우리를 붙잡은 건 크룩 노인이었어요. 잔다이스 아저씨와 도저히 못 떨어지겠다고 각오한 사람 같았어요. 사슬로 연결되었다 해도 그렇게 바싹 달라붙을 순 없었어요. 노인은 자신의 대법정을 보여주겠다고, 온갖 이상한 잡동사니를 보여주겠다고 제안하더니, 우리가 살펴보는 내내 일부러 시간을 질질 끌면서 잔다이스 아저씨 곁에 바싹 달라붙기도 하고 이런저런 핑계로 붙잡아두어서 우리가 지나갈 수밖에 없도록 한 다음에는 뭔가 대단한 비밀이라도 말할 것 같다 마음을 못 정하고 괴로워하는 것 같았답니다. 그날 크룩 노인처럼 마음을 못 정하고 조심스러워하는, 하지만 뭔가 말하고 싶은 충동이 끊임없이 이는 독특한 표정과 몸짓은 어디에서도 못 볼 것 같았어요. 그러면서도 잔다이스 아저씨를 끊임없이 살폈어요. 잔다이스 아저씨 얼굴에서 눈길조차 안 뗐으니까요. 옆에서 걸어갈 때면 민첩한 백여우처럼 교활하게 살피고, 뒤에서 오면 돌아보았어요. 우리가 가만히 서면, 잔다이스 아저씨 바로 앞에서 호기심이 치솟는 표정으로 입을 열다 손으로 틀어막고 또 틀어막더니, 두 눈을 치켜뜨고 회색 눈썹을 내리깔아 두 눈을 감은 척하며 아저씨 얼굴을 자세히 뜯어보는 식이었어요.

마침내 (고양이가 계속 따라다닌 가운데) 고물상을 모두 돌아보고 이상한 잡동사니를 모두 구경하다, 고물상 제일 뒤편에 이르렀어요. 거기에는 텅 빈 술통이 하나 있고, 잉크병과 뭉툭한 펜 여러 개와 더러운 광고지 몇 장이 있고, 벽에는 알아보기 쉬운 필체로 알파벳을 커다랗게 쓴 벽지 몇 장이 붙어있었어요.

"뭘 하시나요?"

아저씨가 묻자, 크룩이 대답했어요.

"읽고 쓰는 법을 배우려고 애쓴답니다."

"성과는 있나요?"

"없어요. 이 나이에 정말 어렵네요."

초조한 어투였어요.

"누가 가르쳐준다면 쉽게 배울 텐데요."

잔다이스 아저씨가 말하자, 노인은 놀라울 정도로 의심스러운 눈빛을 번뜩이며 대답했어요.

"그렇겠지만, 엉터리로 가르쳐줄 수도 있겠지요. 내가 제대로 못 배웠으니 무얼 빼먹고 가르치는지도 모르고. 이 나이에 엉터리로 배우면서 무얼 빼먹고 싶은 생각은 없답니다."

"엉터리요? 노인장을 누가 엉터리로 가르치겠어요?"

잔다이스 아저씨가 물으며 상냥하게 웃자, 노인은 안경을 이마로 올리고 두 손을 비비며 대답했어요.

"나도 모른다오, 황폐한 집의 잔다이스 선생! 누가 그런다는 건 아니지만, 나라면 누구도 안 믿고 오로지 나 자신만 믿겠소!"

대답과 태도가 너무나 이상한 나머지, 잔다이스 아저씨는 그곳을 나와서 링컨 법학원을 가로지를 때 우드코트 선생에게, 크룩 노인이, 세입자 말처럼, 정말로 정신이 나갔는지 물었어요. 젊은 외과의는 아니라고, 그렇게 생각할 이유는 하나도 없다고 대답했어요. 크룩 노인은 못 배운 사람이 흔히 그런 것처럼 사람을 심하게 못 믿긴 하지만, 그리고 독한 술에 어느 정도는 늘 취해있지만, 그래서 우리가 목격한 것처럼 술 냄새를 풍기긴 하지만, 아직은 미친 사람 같지 않다는 거였어요.

하숙집으로 돌아오다, 풍차 장난감과 밀가루 포대 두 장을 사주니, 피피가 홀딱 반해서 오로지 저에게만 자기 모자와 장갑을 벗기게 하고 만찬 때도 옆자리만 앉으려 했어요. 그래서 캐디는 제 맞은편에, 에이다는 그 옆에 앉고, 그래서 에이다에게 약혼 이야기를 모두 들려주었답니다. 우리는 캐디는 물론 피피까지 잘 대접하고, 캐디는 크게 기뻐했어요. 아저씨도 우리만큼이나 흥겨워해, 우리 모두 즐겁게 지내고, 캐디는 깊은 밤에 삯마차를 타고 집으로 돌아가는데, 피피는 벌써 곯아떨어졌어도 풍차 장난감만큼은 두 손으로 꼭 움켜쥐었답니다.

깜빡 잊고 – 최소한 지금까지는 – 언급을 안 했는데, 우드코트 선생은 우리가 배저 선생네 만찬에서 만난 바로 그 젊은 외과의예요. 그날 잔다이스 아저씨는 만찬에 초대하고, 그분은 초대를 받아들였고요. 모두 떠나고 에이다와 단둘이 있을 때 제가 "이제, 사랑하는 에이다, 리처드 얘기나 하자!"고 하니까 에이다가 웃으면서 말하길……

하지만 에이다가 한 말은 중요하지 않은 것 같아요. 늘 쾌활하게 말하는 성격이니까요.

CHAPTER XV

벨 야드

런던에 머무는 내내, 시끌벅적한 신사 숙녀들이 수없이 찾아와서 잔다이스 아저씨를 괴롭히고, 우리는 그 언변에 깜짝깜짝 놀라곤 했어요. 우리가 도착한 직후에 나타난 퀘일은 모든 소동에 관여했답니다. 관자놀이 양쪽에서 반짝이는 커다란 여드름 두 개는 온갖 사업에 들이밀고, 뒤로 쭉쭉 넘기는 머리카락은 박애주의를 억누르다 못해 당장에라도 뿌리째 뛰쳐나올 것 같았어요. 퀘일한테는 모든 일이 똑같지만, 아무에게나 추천장을 써주는 건 유별났어요. 남을 무조건 칭찬하는 능력 역시 대단했고요. 훌륭한 사람이 발산하는 빛으로 양쪽 관자놀이를 밝히는 걸 더없이 즐기면서 아무리 오랜 시간이라도 앉아있을 것 같았어요. 퀘일이 젤리비 여사를 칭찬하는 일에 흠뻑 빠져든 모습을 처음 보았을 때, 저는 퀘일이 젤리비 여사를 극도로 존경한다고 생각했어요. 하지만 제가 착각했다는 사실을, 퀘일은 누구 옷자락이든 뒤에서 들어주며 나팔까지 불어줄 사람임을 곧바로 깨달았답니다.

하루는 파디글 여사가 무언가를 한다며 기부를 받으러 찾아오면서 퀘일을 데려왔어요. 파디글 여사가 무슨 말을 하든 퀘일은 똑같이 되풀이하고, 예전에 젤리비 여사를 칭찬한 방식 그대로 파디글 여사를 칭찬했어요. 나중에 파디글 여사는 '거셔'[106]라는 능변가 친구에게 소개장을 써주었는데, 거셔 역시 퀘일을 데리고 찾아왔어요. 거셔는 몸집이 뚱뚱하고 살갗이 축축하고, 보름달 같은 얼굴에 너무나 조그만 두 눈이 다른 사람 눈처럼 보이는, 첫눈에 호감이 안 가는 사내였어요. 그런데도 거셔가 의자에 앉자마자 퀘일은 에이다와 저에게 조그만 목소리로, 정말 위대한 인물 아니냐 – 몸이 뚱뚱하다는 점에서는 맞는 말이지만, 퀘일의 의도는 지적인 측면이었어요 – 정말 널찍한 이마가 감탄스럽지 않으냐고 물었어요. 짧게 말하자면, 우리는 이런 부류를 만나서 정말 많은 사명을 다양하게 들었는데, 우리가 또렷하게 이해할 수 있는 건 하나도 없었답니다. 하지만 퀘일의 사명은 다른 모든 사람의 사명을 황홀하게 여기는 거란 사실, 그나마 인기가 제일 좋은 사명이란 사실만큼은 또렷하게 깨달았어요.

잔다이스 아저씨는 좋은 일을 하려는 다정한 마음과 순박한 욕구가 있어서 이런 사람들과 어울리다가도 매번 실망한 채, 이들은 자비심이 순간적으로 일어나다 사라지고, 이들이 하는 자선활동은 목소리만 커다란 투기꾼이 싸구려 평판을 얻으려고 걸치는 제복에 불과하다고, 주장은 그럴싸한데 실제로 행동하는 건 없고, 힘이 있는 사람에게는 비굴할 정도로 굽신대고, 서로를 지나치게 칭찬하고, 힘없는 사람이 쓰러진 다음에 비로소 일으켜준다고 호들갑 떨며 자화자찬할 뿐, 힘없는 사람이 쓰러지기 전에 조용히 도우려 애쓰는 사람을 경멸하는 부류에 불과하다고 우리에게 솔직하게 말했답니다. 거셔가 (퀘일에게 추천

106) 거셔(Gusher)는 '감정을 과장되게 표현하는 사람, 혹은 무조건 칭찬하는 사람'이란 뜻이다.

장을 써준 대가로) 퀘일이 쓴 추천장을 받았을 때는, 거셔가 고아원 학교 두 곳에 가서 조그만 소년 소녀들에게 가난한 과부의 정성 어린 헌금[107)]을 특별히 강조하면서 땡전 한 푼이라도 헌금하도록 요구했다는 말을 한 시간 반이나 늘어놓을 때는 동풍이 3주 연속으로 불었던 것 같아요.

제가 이런 말까지 하는 이유는 스킴폴 선생이 다시 나오기 때문이에요. 지금까지 말한 사람들에 비하면 스킴폴 선생이 천진난만하고 경솔하고 즉자적으로 저지르는 실수는 잔다이스 아저씨에게 오히려 커다란 위안으로, 흑심을 품은 사람들로 가득한 가운데 흑심이 없는 완벽하게 솔직한 사람이라는 걸 쉽게 믿을 수 있어서 그만큼 더 좋아한 것 같았거든요. 스킴폴 선생이 이것을 예상하고 책략을 썼다고 의심하는 식으로 들린다면 미안해요. 저는 그 의도를 파악할 정도로 그분을 이해한 적이 없었거든요. 그분이 잔다이스 아저씨를 대하는 모습대로 세상을 대하는 것 역시 확실했고요.

스킴폴 선생은 몸 상태가 안 좋아, 그분 역시 런던에 있었지만, 우리는 한 번도 못 만났어요. 그러던 어느 날 아침에 예전 그대로 상쾌하고 유쾌한 모습으로 나타났어요.

그리곤 드디어 만나러 왔다면서 이렇게 말했어요. 자신이 담즙 이상증에 걸렸다. 부자들이 잘 걸리는 병이라, 자신 역시 돈 많은 부자라고 확신했다. 어느 측면에서는, 치료비를 넉넉하게 지급하려는 의지에서는, 정말로 부자가 맞다. 실제로 자신은 주치의에게 넉넉하게 베풀었다. 치료비를 늘 두 배로 주고, 가끔은 네 배도 주었다. 그리고 주치의에게 말했다. "자, 주치의 선생, 당신이 나를 공짜로 치료한다고 생각한다면 그건 커다란 착각이오. 당신이 아는지 모르겠는데, 나는 돈으로 -

---

107) 마가복음 12:41-44

치료비를 넉넉하게 지급하겠다는 의지로 - 당신을 압도할 생각이니 말이오!" 실제로 의지가 그 정도로 강하다는 건 실제로 그렇게 지급하는 것과 똑같다고 자신은 생각한다. 인류가 그렇게 중요하게 여기는 쇳덩어리나 종잇조각이 자신에게 충분하다면, 실제로 주치의 손에 그렇게 넉넉하게 얹어주었을 테니 말이다. 하지만 그게 없으니, 자신은 그 행위를 의지로 대체했다. 좋다! 자신은 진정으로 그럴 의지가 강했으니 - 그 의지가 진짜라면, 실제로 진짜였으니 - 이 의지는 자신에게 동전과 똑같은 것이며, 따라서 자신은 그걸로 책임이 끝났다.

"부분적으로는 내가 돈의 가치를 전혀 몰라서 그런 걸 수도 있어. 하지만 나는 늘 그렇게 느껴. 그게 합리적인 것 같아! 푸줏간 주인은 나한테 비용을 조금만 적은 청구서를 보내겠다고 말하지. 언제나 비용을 '조금만' 적은 청구서를 보낸다는 건 인간의 천성이 흥겨운 시로 변한다는 거야. 쌍방 모두한테 부담이 없는 것처럼 보이려는 거거든. 그래서 나는 푸줏간 주인한테 '좋은 친구, 자네가 모르는 것 같은데, 나는 돈은 벌써 냈다네. 그러니 조금만 청구한 돈을 받으려고 굳이 찾아올 필요는 없다네. 자네는 돈을 다 받았거든'이라고 말한다네."

"하지만 푸줏간 주인이 고기도 안 주고 고기를 주었다고 우기면 어떻게 하지?"

잔다이스 아저씨가 물으면서 웃자, 스킴폴 선생이 대답했어요.

"친애하는 잔다이스, 사람을 깜짝 놀라게 하는군. 실제로 그런 일이 있었다네. 예전에 거래하던 푸줏간 주인이 똑같이 우겼거든. 이렇게 말하는 거야. '나리, 어린 양고기를 왜 1파운드 18페니에 드셨습니까?' 그래서 내가 되물었어. 깜짝 놀랐거든. '내가 왜 어린 양고기를 1파운드 18페니에 먹었느냐고, 정직한 친구? 어린 양고기를 좋아하니까!' 하지만 이 정도로는 어림도 없었어. 푸줏간 주인이 이렇게 말하는 거야.

'그렇다면, 나리께서 돈을 낸 셈 치는 것처럼 저도 고기를 준 셈 치면 되겠네요!' 그래서 내가 말했어. '우리 좋은 친구, 이성적인 존재답게 한번 따져보세. 그게 어떻게 가능하겠나? 그건 불가능해. 자네는 고기가 있고, 나는 돈이 없어. 그래서 자네는 고기를 안 주고 고기를 준 셈 칠 수 없지만 나는 돈을 안 주고 돈을 준 셈 칠 수 있는 거야!' 푸줏간 주인이 아무 말 않더군. 문제는 그걸로 끝났어."

"푸줏간 주인이 소송을 안 걸던가?"

잔다이스 아저씨가 묻자, 스킴폴 선생이 대답했어요.

"당연히 소송을 걸었지. 하지만 그건 이성이 아니라 열정에 휩싸였기 때문이야. 열정이란 말을 하니 보이손 선배가 떠오르는군. 나한테 편지를 보냈는데, 자네가 두 숙녀랑 링컨셔에 있는 노총각 집에 방문하기로 했다더군."

"우리 집 두 아가씨가 선배를 꽤 좋아하거든. 그래서 놀러 가기로 약속했네."

"보이손 선배는 세월이 피해가는가 보군."

스킴폴 선생이 에이다와 저를 바라보며 이어갔어요.

"여전히 시끌벅적하겠지……파도처럼. 여전히 열정적이고……세상에 빨간색밖에 없다고 여기기로 작정한 황소처럼. 하지만 해머로 내려치는 듯한 장점은 나도 인정한다네."

보이손 선생은 모든 일에 너무 많은 관심을 기울이고 스킴폴 선생은 어떤 일에도 관심을 안 기울이는 성격이라, 두 분이 서로를 높이 평가한다면 오히려 제가 깜짝 놀랐을 거예요. 게다가 예전에 스킴폴 선생 말이 나올 때 보이손 선생이 강하게 말씀하시려다 입을 다무는 모습을 여러 번 보았거든요. 그래서 보이손 선생과 지내는 시간이 정말 즐겁다고 에이다가 말할 때 저는 가볍게 동조만 했답니다. 그러자 스킴폴 선생이 말했어요.

"나도 초대받았는데, 그렇게 우악한 사람한테 어린애를 맡겨도 된다면 - 어차피 초대받았으니, 두 천사가 다정하게 지켜준다면 - 나도 가겠네. 선배가 왕복 여비를 주겠다더군. 비용이 꽤 들겠지? 아마 몇 실링? 혹은 몇 파운드? 그건 그렇고. 채무자 감옥. 우리 친구 채무자 감옥, 기억나지요, 에스더 아가씨?"

스킴폴 선생이 머릿속에 떠오르는 대로 조금도 당황하는 기색 없이 다정하게 물어, 제가 대답했어요.

"네, 당연하지요!"

"채무자 감옥이 저승사자한테 잡혀갔어. 이제 햇살을 더는 어지럽히지 않을 거야."

이 말은 저에게 커다란 충격이었어요. 그날 밤에 소파에 앉아서 머리를 문지르던 사내 모습을 벌써 떠올렸거든요.

"후임이 찾아와서 어제 알려주더군. 지금 우리 집에 있어…… 점유한다는 표현을 사용한 것 같아. 어제, 눈이 파란 딸 생일에 나타났어. 나는 이렇게 말했지. '이렇게 폐를 끼치는 건 불합리합니다. 당신에게 파란 눈 딸이 있는데, 그 딸 생일에 내가 초대도 안 받고 불쑥 나타난다면, 당신도 싫지 않겠소?' 그런데도 안 나가더군."

스킴폴 선생은 불합리하면서도 유쾌한 사태에 웃음을 터트리며 앞에 있던 피아노 건반을 가볍게 두드렸어요. 그래서 문장이 끝나는 지점마다 화음을 연주하며 노래했어요.

"그러면서 말하더군. 채무자 감옥이 떠났다고. 아이가 셋이라고. 엄마도 없다고. 그런데 채무자 감옥 직업을. 사람들이 싫어하는 터라. 어린 채무자 감옥 셋은. 상당히 곤란한 처지라더군."

잔다이스 아저씨가 머리를 긁으며 일어나서 이리저리 거닐기 시작했어요. 스킴폴 선생은 에이다가 좋아하는 노랫가락을 연주하고요. 에이다와 저는 잔다이스 아저씨를 쳐다보는데, 무슨 생각을 하는지 알 것 같았어요.

잔다이스 아저씨는 서성이다 멈추고 머리 문지르기를 멈추다, 다시 시작하더니, 손을 건반에 올려서 스킴폴 선생이 연주하는 걸 막으며, 깊이 생각하는 어투로 말했어요.

"듣고 싶지 않군, 스킴폴."

스킴폴 선생은 자신이 한 말을 까마득히 잊은 채 깜짝 놀란 표정으로 쳐다보고, 잔다이스 아저씨는 피아노에서 실내 끝까지 짧은 공간을 오가면서 뒷머리를 문지르는 게, 동풍이 그쪽으로 불어닥치는 것 같았어요.

"우리가 잘못하거나 어리석어서, 혹은 세속적인 지식이 부족해서, 혹은 불운이 따라서 그런 사람이 필요한 거라면, 우리는 그런 사람한테 복수하면 안 되는 거야. 그 사람이 그 일을 한 건 문제 될 게 없어. 자기네 아이를 먹여 살린 거잖아. 어찌 된 상황인지 자세히 알고 싶군."

스킴폴 선생이 마침내 무슨 뜻인지 알아채고 물었어요.

"아! 채무자 감옥 말인가? 그거야 간단하지. 채무자 감옥 본부까지 걸어가면 자세히 알 수 있으니까."

우리는 신호가 나오기만 기다리고, 잔다이스 아저씨는 고개를 끄덕이며 말했어요.

"자, 가자! 걸어가자꾸나, 얘들아. 그곳부터 찾아가자꾸나!"

우리는 재빨리 준비하고 밖으로 나갔어요. 스킴폴 선생도 따라 나오더니, 이번 원정길이 마음에 드는지, 채무자 감옥이 자신을 찾는 게 아니라 자신이 채무자 감옥을 찾아간다는 게 신기하고 신선하다는 말까지 했어요!

스킴폴 선생은 먼저 우리를 대법정 도로 영장발행 거리로 데려가, 창문마다 빗장을 지른 건물로 안내하더니, 이곳이 채무자 감옥 본부라고 알려주었어요. 입구로 다가가서 초인종을 누르자, 섬뜩하게 생긴 사내아이가 사무실 같은 곳에서 나와, 대못을 박은 쪽문 너머로 쳐다보더니 대못 두 개 사이로 턱을 걸치며 물었어요.

"누굴 찾으세요?"

"여기서 빚 받아내는 사람인지, 직원인지 하는 사람이 죽었다던데?"

잔다이스 아저씨가 묻자, 사내아이가 되물었어요.

"그런데요? 왜요?"

"괜찮다면 그 사람 이름을 알고 싶은데?"

"네켓."

"사는 집 주소는?"

"벨 야드, 오른편, '블라인더'라는 잡화점."

"그 사람이 - 어떤 식으로 물어야 좋을지 모르겠군 - 열심히 일했나?"

잔다이스 아저씨가 묻자, 사내아이가 대답했어요.

"네켓이요? 그럼요, 열심히 일했죠. 단 한 순간도 소홀하게 감시하지 않았으니까요. 업무를 맡으면, 모서리 기둥에 버티고 앉아서 여덟 시간이고 열 시간이고 꼼짝을 안 했지요."

잔다이스 아저씨가 혼잣말하는 게 제 귀에 들렸어요.

"그렇게 열심히 일할 필요는 없었는데. 업무를 맡아도 그렇게 열심히 일할 필요는 없었는데. 고맙네. 내가 알고 싶은 건 그게 전부네."

사내아이는 두 팔로 쪽문을 잡은 채 머리를 한쪽으로 기울여 대못을 문지르면서 혀로 빨고, 우리는 그곳을 떠나서 스킴폴 선생이 기다리는 링컨 법학원으로 돌아갔어요. 채무자 감옥 본부까지 가고 싶지 않다고 했거든요. 그런 다음 우리는 벨 야드로 갔어요. 가까운 골목이었어요.

잡화점도 금방 찾았어요. 안에는 수종이나 천식에 걸린, 아니면 두 개 다 걸린, 마음씨 착해 보이는 할머니가 있었어요. 그래서 제가 묻는 말에 대답했어요.

"네켓네 아이들? 네, 있다오, 아가씨. 4층. 계단 맞은편 오른쪽이라오."

그러면서 계산대 너머로 열쇠를 건네주었어요.

저는 열쇠를 바라보고 할머니를 바라보았지만, 할머니는 열쇠를 어디에 쓸지 제가 당연히 알 거라고 여기는 눈치였어요. 열쇠를 쓸 곳은 아이들 방문밖에 없는 터라, 저는 아무것도 안 묻고 어두운 계단을 올라갔어요. 최대한 조용히 걸었지만, 판자가 낡은 데다 네 명이나 돼서 꽤 시끄러웠는지, 3층으로 올라갈 즈음에는 어떤 사내가 창문 밖으로 내다보았어요. 그래서 잔뜩 화난 시선으로 쏘아보며 물었어요.

"그리들리를 찾아왔소?"

"아닙니다, 선생님. 더 위로 올라갑니다."

제가 대답하니, 사내는 뒤에서 잇따라 올라오는 에이다와 잔다이스 아저씨와 스킴폴 선생을 똑같이 화난 표정으로 노려보았어요. 잔다이스 아저씨가 안녕하시냐며 인사하자, 사내는 퉁명스럽고 매서운 어투로 "안녕하시오!"라고 대답할 뿐이었어요. 커다란 키에 창백한 피부, 세파에 찌든 머리는 머리칼이 거의 없고, 얼굴은 주름살이 파이고 두 눈은 퉁방울 같았어요. 성마르고 짜증 난 표정에 호전적인 시선, 아직은 크고 강력한 몸집에 저는 오싹했어요. 한 손에 펜을 쥐었는데, 지나면서 힐끗 쳐다보니, 방안에 이리저리 흩어진 서류가 보였어요.

우리는 사내가 서 있는 앞을 지나서 꼭대기 층으로 올라갔어요. 방문을 두드리자,' 안에서 앳된 목소리가 조그맣게 일어났어요.

"밖에서 잠갔어요. 열쇠는 블라인더 할머니한테 있어요!"

저는 이 말을 듣고 열쇠를 넣어서 방문을 열었어요. 실내는 누추하고 천장은 기울고 가구라곤 거의 없는 방에서 조그만 사내아이가, 대여섯 살로 보이는 아이가, 18개월 된 묵직한 아기를 안고서 달래는 중이었어요. 날씨는 추운데 벽난로 불조차 없어, 두 아이 모두 초라한 숄과 목도리로 온몸을 감쌌어요. 그래도 따듯하지 않아, 두 아이 모두 코는 빨갛고 몸뚱이는 조그맣게 오그라든 상태로, 사내애는 아기 머리를 자기 어깨에 기댄 채 이리저리 거닐며 달래서 재우려고 하는 중이었어요.

"누가 너희를 여기에 두고 문을 잠갔니?"

우리는 당연히 묻고, 사내애는 가만히 서서 멀뚱멀뚱 바라보며 대답했어요.

"찰리요."

"찰리는 너희 형이니?"

"아니요. 우리 누나, 샬롯이요. 아버지가 찰리라고 불렀어요."

"찰리 말고 가족이 또 있니?"

"저랑 엠마요."

사내애가 대답하면서 자신이 달래던 아기의 축 늘어진 보닛 모자를 톡톡 치다 덧붙였어요.

"그리고 찰리요."

"찰리는 어디에 갔니?"

"세탁 일 하러 갔어요."

사내애는 다시 이리저리 걸으면서 우리를 쳐다보느라, 하마터면 보닛 모자를 쓴 아기 머리를 침대 틀에 찧을 뻔했어요.

우리가 서로를 쳐다보고 두 아이를 쳐다볼 때 조그만 여자애가 안으로 들어왔어요. 몸집은 어린애지만 얼굴은 - 예쁘긴 해도 - 나이가 훨씬 많고 영리해 보였어요. 아줌마처럼 쓴 보닛 모자는 너무 커다랗고, 맨살이 드러난 팔은 아줌마처럼 앞치마로 닦았어요. 빨래를 많이 해서 하얗게 변한 손가락이 쭈글쭈글하고, 팔에서 닦아낸 비누 거품은 여전히 남아서 하얀 김이 올라왔어요. 이것만 아니라면, 가난한 여성 노동자가 빨래하는 모습을 지켜보다 빨래 놀이를 하는 아이처럼 보였을 것 같아요.

여자애는 근처에서 일하다 소식을 듣고 급히 달려온 거예요. 그래서 몸은 가벼워도 숨이 가빠서 처음에는 말할 수 없어, 가만히 서서 숨만 헐떡이고 두 팔을 닦으며 우리를 쳐다보았어요.

"찰리다!"

사내애가 소리치고, 사내애가 안은 아기는 찰리에게 두 팔을 뻗고서 안아달라며 찡얼댔어요. 조그만 여자애는 앞치마와 보닛 모자를 쓴 아줌마처럼 아기를 받아안고, 사랑스럽게 매달린 아기 너머로 우리를 멀뚱멀뚱 쳐다보았어요.

우리는 의자를 끌어다 아기를 안은 여자애가 앉도록 하고, 사내애는 누나 곁으로 바싹 다가가서 앞치마를 잡고, 잔다이스 아저씨는 중얼거렸어요.

"어린애가 다른 어린애 두 명을 먹여 살리다니, 어떻게 이럴 수 있을까? 이 광경을 보라고! 아, 어떻게 이런 일이!"

정말 그랬어요. 세 아이가 서로 바싹 달라붙는데, 두 아이가 한 아이한테 달라붙는데, 그 아이는 앳된 모습이 너무나 이상할 정도로 어른스럽고 차분하게 앉아있었어요.

"찰리, 찰리! 지금 몇 살이니?"

잔다이스 아저씨가 묻자, 여자애가 대답했어요.

"열세 살이 막 넘었습니다, 선생님."

"아! 좋은 나이로구나, 정말 좋은 나이야, 찰리!"

잔다이스 아저씨가 말하는데, 형용할 수 없을 정도로 다정하면서도 슬프고, 장난치는 것 같으면서도 안타까운 마음이 진하게 묻어나오는 목소리였어요.

"너 혼자 두 동생을 데리고 사니, 찰리?"

잔다이스 아저씨가 묻자, 여자애는 마음을 놓은 표정으로 쳐다보며 대답했어요.

"네, 선생님, 아버지가 돌아가신 다음부터."

"그럼 어떻게 사니, 찰리? 아! 찰리, 어떻게 사니?"

아저씨가 묻다, 얼굴을 잠시 돌렸어요.

"아버지가 돌아가신 다음부터, 선생님, 일하러 나가요. 오늘은 세탁일을 했어요."

"대견하구나, 찰리! 키가 작아서 빨래통에 닿지도 않을 텐데!"

아저씨 말에 여자애가 재빨리 대답했어요.

"어머니가 남겨주신 굽 높은 나막신을 신으면 닿아요, 선생님."

"그럼 어머니는 언제 돌아가셨니? 불쌍한 어머니!"

여자애는 가슴에 안긴 아기를 힐끗 쳐다보며 대답했어요.

"엠마를 낳은 다음에 돌아가셨어요. 그래서 아버지가 저한테 엄마 역할을 잘해야 한다고 늘 말씀하셨어요. 그래서 저는 열심히 일해요. 집에서 청소도 하고 동생들도 돌보고 빨래도 한 다음에 일하러 나가요. 제가 아는 건 이게 전부예요. 그렇지 않나요, 선생님?"

"일하러 자주 나가니?"

찰리가 눈을 크게 뜨고 웃으면서 대답했어요.

"나갈 수 있는 만큼요. 돈을 벌어야 하거든요."

"그럼 밖에 나갈 때마다 두 동생을 안에 두고 자물쇠를 채우는 거니?"

"탈 나지 않게 지켜야 하니까요, 선생님, 그렇지 않나요? 블라인더 할머니가 가끔 올라오시고, 그리들리 아저씨도 가끔 올라오시고, 저 역시 필요하면 재빨리 달려오곤 해요. 게다가 두 동생은 자기네끼리 놀 수 있고, 톰은 자물쇠를 채워도 겁내지 않아요, 그치, 톰?"

"그으럼!"

톰은 똑 부러지게 대답하고, 여자애는 계속 말했어요.

"날이 어두워지면 마당에서 가로등을 밝히는데, 그러면 여기까지 환해요……거의 다 보일 정도로. 그렇지 않니, 톰?"

"맞아, 찰리 누나, 거의 다 보일 정도로."

그러자 여자애가 - 아, 어머니처럼, 다 큰 여인처럼 - 말했어요.

"게다가 톰은 정말 얌전해요. 그래서 엠마가 지치면 침대에 누여줘요. 자신이 지치면 스스로 침대로 올라가고요. 제가 집에 돌아와서 촛불을 켜고 먹을 걸 준비하면 톰이 다시 일어나서 함께 식사한답니다. 그렇지 않니, 톰?"

"그럼, 찰리 누나! 당연히 그렇게 하지!"

톰이 말하더니, 그런 삶이라도 다행스럽게 여겼는지, 자신을 보살피는 찰리 누나가 고맙고 사랑스러웠는지, 초라한 누나 옷자락에 얼굴을 파묻고 웃다가 울음을 터트렸어요.

우리가 들어선 다음에 아이가 눈물을 흘린 건 처음이었어요. 조그만 고아 여자애는 아버지와 어머니 얘기를 하면서도 용기를 내야 한다는 의무감으로, 어리지만 열심히 일해야 한다는 각오로, 그래서 늘 바쁘게 사느라, 슬픔을 꾹 참는 것 같았어요. 하지만 톰이 눈물을 터트린 지금, 차분하게 앉아서 우리를 가만히 바라보지만, 자신이 안고 있는 아기 머리칼 하나 헝클어뜨리지 않지만, 눈물 두 줄기가 뺨을 타고 조용히 흘러내렸어요.

저는 에이다와 함께 창가로 가서 건물 지붕을, 검댕이 덕지덕지 달라붙은 굴뚝과 초라한 식물과 이웃에서 기르는 새장 속 새를 쳐다보는 척하다, 일층 상점에 있던 블라인더 할머니가 들어와서 (지금까지 계속 올라온 것 같아요) 잔다이스 아저씨에게 말한다는 걸 깨달았어요.

"이 아이들한테 월세를 안 받는 건 일도 아니랍니다, 선생님. 이 아이들한테 어떻게 월세를 받겠어요!"

잔다이스 아저씨가 우리 둘에게 말했어요.

"아, 아! 착한 할머니께서 자신이 얼마나 대단한 일을 하는지, 가장 보잘것없는 사람에게[108] 그렇게 해준다는 사실을 언젠가는 깨달을 날이 오겠지."

그러더니 가만히 있다가 덧붙였어요.

"아이들이, 저 아이들이 계속 이렇게 살아갈 수 있을까요?"

블라인더 할머니가 가쁜 숨을 억지로 달래며 대답했어요.

"충분히 그럴 겁니다, 선생님. 손재주가 좋거든요. 어머니가 사망한 뒤에 저 아이가 두 동생을 돌보는 모습을 보고서 동네 사람들 모두 대단하다고 얘기한답니다! 그런데 병에 걸린 아버지를 간호하던 모습은 정말 놀라웠답니다, 정말 놀라워! 저 아이 아버지가 저기에 누워서 저한테 마지막으로 말했답니다. '블라인드 할머니, 제가 지금까지 무슨 일을 했든, 간밤에 천사가 우리 아이 옆에 나란히 앉은 걸 보았답니다. 이제 저는 하느님 아버지께 우리 아이를 맡깁니다!'"

"아이 아버지한테 다른 직업은 없었나요?"

"없었답니다, 선생님. 빚쟁이 찾아다니는 일만 했어요. 우리 집으로 방을 구하러 처음 왔을 때는 그 사람이 무슨 일을 하는지 몰랐어요.

108) 마태복음 25장 40절. '가장 보잘것없는 사람에게 해준 것이 바로 나에게 해준 것이다'

지금 고백하는데, 나중에 그 사실을 알고서 방을 빼달라고 했답니다. 동네 사람 모두 싫어했거든요. 이 건물에 세 들어 사는 사람들도 싫어했고요. 점잖은 일이 아니라서 모든 사람이 싫어하잖아요. 그리들리 아저씨도 강하게 반발했는데, 성질이 급해서 험한 꼴을 많이 보긴 했어도 좋은 세입자랍니다."

"그래서 저 아이 아버지한테 방을 빼라고 했군요?"

"그래서 방을 빼라고 했어요. 하지만 방 뺄 날이 다 됐는데도 저 아이 아버지한테 나쁜 점이 안 보여, 저는 흔들렸어요. 방세도 안 늦고 부지런했거든요. 그 사람은 자신이 할 일을 한 거예요, 선생님."

블라인더 할머니가 한쪽 눈을 스킴폴 선생에게 무의식적으로 고정한 채 계속 말했어요.

"세상에는 그 정도만 해도 대단한 거랍니다."

"그래서 그분을 그냥 살게 했나요?"

"그리들리 아저씨만 해결하면 다른 세입자는 내가 해결하겠다고, 동네 사람들이 좋아하든 싫어하든 신경 쓰지 않겠다고 했답니다. 그리들리 아저씨는 퉁명스럽게 승낙했지만, 승낙한 건 승낙한 거죠. 아이들 아버지한테는 늘 퉁명스러웠지만 그때 이후로 아이들한테는 다정했고요. 사람은 겪어봐야 아는 법이라니까요."

"아이들한테 많은 사람이 다정하게 행동하나요?"

"전체적으로 나쁜 편은 아니지만, 선생님, 아이들 아버지가 다른 직업이었다면 더 많은 사람이 그랬겠지요. 채무자 감옥 소장이 금화 한 냥을 주고, 빚쟁이 쫓아다니는 사람들이 돈을 조금씩 모았어요. 아이들 아버지가 지나갈 때마다 짓궂게 말하며 어깨를 치곤 하던 동네 사람들도 돈을 조금씩 모았으니, 크게 봐서, 나쁜 편은 아니에요. 샬롯한테도 비슷해요. 일부는 빚 받으러 다니던 사람 딸이라는 이유로 일감을 안 주고, 일부는 일감을 주고서 악담을 퍼붓고, 일부는 일감을 주었다고 자랑하며 온갖 약점을 들이밀어서 돈을 덜 주거나 일을 더 시키지요. 하지만 샬롯은 다른 사람보다 참을성이 강하고 똑똑한 데다, 늘 열심이랍니다, 모든 힘을 다해서 기대 이상을 해낼 때까지. 그래서 대체로 나쁜 편은 아니라고, 앞으로 좋아질 거라고 말할 수 있답니다."

블라인더 할머니는 숨이 충분히 돌아오기 전에 길게 말하다 다시 지쳐, 숨을 돌리려고 의자에 앉았어요. 그래서 잔다이스 아저씨가 우리를 바라보며 무슨 말을 하려다, 우리가 계단을 올라오다 지나치기도 하고 조금 전에 말도 나온 그리들리 아저씨가 불쑥 들어오는 바람에, 그쪽으로 관심을 돌렸어요.

그리들리 아저씨는 우리가 와서 화난다는 어투로 말했어요.

"신사 숙녀 여러분이 무얼 하려는지 모르겠지만 내가 들어온 걸 양해하쇼. 나는 내 방이나 힐끔거리려고 들어온 게 아니니까. 그래, 찰리! 그래, 톰! 그래, 어린 아가! 오늘 하루는 어떻게 지내니?"

그리곤 세 아이에게 허리를 다정하게 숙이는데, 얼굴은 여전히 험상궂고 우리를 대하는 자세는 무례해도, 세 아이는 가까운 사람으로 받아들이는 게 분명했어요. 잔다이스 아저씨는 아이들 표정을 보고서 상대를 존중하며 온화하게 말하고요.

"당신 방이나 힐끔거리려고 여기에 올 사람은 아무도 없답니다."

그리들리 아저씨는 톰을 자기 무릎에 앉히고 손을 신경질적으로 흔들며 대답했어요.

"그렇겠지요, 선생. 신사 숙녀와 다툴 생각은 없소. 죽을 때까지 다툴 것을 이미 다 다퉜으니까."

"당신이 화나서 짜증 내는 이유는 충분히 있겠지만……"

잔다이스 아저씨가 말하는데, 상대가 갑자기 화내며 소리쳤어요.

"또 이러는군! 나는 싸우는 걸 좋아하는 성격이라고. 성미도 급하고. 예의는 없어!"

"심한 것 같진 않군요."

잔다이스 아저씨가 말하자, 상대는 톱을 내려놓고 주먹이라도 날릴 것처럼 다가서며 말했어요.

"선생, 혹시 법원이라는 곳을 아시오?"

"알겠지요, 슬프게도."

"슬프게도? 그렇다면 미안하오. 나는 예의가 없다는 걸 잘 아오. 미안하오, 선생!"

상대가 분노를 가라앉히며 말하더니, 새롭게 분노하며 소리쳤어요.

"나는 지난 25년 동안 시뻘건 쇳덩이에 올라서서 질질 끌려다니며 사느라, 부드러운 벨벳에서 걷는 습관을 잊었다오. 저기에 있는 대법정으로 들어가서 저들이 즐기는 농담거리가 무언지 물어보면, 제일 재밌는 농담은 슈롭셔에서 온 사내 이야기라고 하나같이 대답할 텐데, 바로 내가……"

상대가 한 손으로 다른 손을 힘껏 내려치며 이어갔어요.

"슈롭셔에서 온 바로 그 사내요."

그러자 잔다이스 아저씨가 차분하게 말했어요.

"나와 내 일족 역시 무덤 같은 곳에서 재밌는 농담거리로 돌아다닌다오. 아마 선생께서도 내 이름을 들었을 것이오…… 잔다이스."

그리들리 아저씨가 거칠게 인사했어요. 시골 사람 특유의 소박하면서도 격렬한 어투였어요.

"잔다이스 선생, 선생께서는 엉터리 재판을 차분하게 견디지만, 나는 그럴 수 없어요. 아니, 그 이상이에요. 분명히 말하겠는데 – 여기에 있는 신사와 숙녀 두 분에게도, 선생 일행이라 여기고 똑같이 말하겠는데 – 나는 엉터리 재판을 꾹 참다간 머리가 돌아버리고 말 거예요! 엉터리 재판에 분노하고 마음속으로 복수하고 정의 실현을 애타게 요구하는 것에 불과하지만, 이렇게라도 하니까 그나마 정신이 남아나는 거라고요. 이렇게라도 하니까! 선생은 내가 너무 흥분한다고 말하겠지요. 그렇다면 나는 그게 내 천성이라고, 엉터리 재판에 시달리면 그럴 수밖에 없다고 대답하겠습니다. 불쌍한 할머니처럼 미쳐서 법정을 맴돌며 히죽히죽 웃는 것과 나처럼 되는 것은 종이 한 장 차이라고요. 나 역시 부당한 재판을 참는 순간에 머리가 돌아버릴 테니까요."

상대가 온몸으로 보여준 열기와 열정, 끊임없이 씰룩대는 얼굴, 격렬한 몸짓은 지켜보는 자체로 고통스러웠어요.

"잔다이스 선생, 내 사건을 들어보세요. 하늘이 내려다보니 솔직하게 말하리다. 나는 동생이 하나 있어요. 농사짓던 아버지는 돌아가실 때, 어머니가 살아계시는 동안 농장과 가축 모두를 맡으시라고, 그러다 돌아가시면 나한테 모두 물려주고 둘째한테 300파운드를 떼어주라고 유언하셨답니다. 결국 어머니는 돌아가셨어요. 동생은 얼마 뒤에 유산을 요구했고요. 그런데 나를 비롯한 친척들은 동생이 그동안 쓴 비용에 먹고 잔 비용까지 합치면 유산을 이미 받은 거나 마찬가지라고 했어요. 잘 들으세요! 바로 이게 문제였어요, 다른 게 아니라. 유언 자체는 아무도 문제 삼지 않았어요. 딱 하나, 300파운드를 이미 지급했느냐 아니냐만 둘러싸고 문제 삼았어요. 이 문제를 해결하려고 동생은 소송을 걸고, 나는 저주받은 대법정에 출두했어요. 내가 출두한 건 법이 다른 곳으로 못 가게 강제했기 때문이에요. 소송은 간단한데, 피고가 열일곱 명이나 나왔어요! 첫 재판은 2년이 지난 다음에 열렸어요. 그러다 2년 동안 재판을 중단했는데, 그 사이에 법원 주사 놈이 (이놈 머리가 썩어 문드러지길!) 나한테 우리 아버지 아들이냐고 물었어요. 이런 논쟁은 한 번도 없었는데 말이에요. 그러더니 피고가 부족하다고 – 열일곱 명이나 되는데도요! – 빠뜨린 사람이 최소한 한 명은 있을 거라고, 그 사람을 찾아서 재판을 다시 시작해야 한다고 주장했어요. 그즈음에 재판 비용이 – 제대로 시작하기도 전에! – 유산의 세 배였어요. 동생도 턱없이 큰 비용을 피할 수만 있다면 재판을 기꺼이 포기했을 거예요. 아버지가 유언으로 남긴 재산은 그 비용으로 모두 사라졌어요. 재판은 미해결 상태로 다른 모든 것과 함께 창고로 들어가서 썩어 문드러지고 – 나는 오늘 여기에 이렇게 있답니다! 자, 잔다이스 선생, 귀하 소송에는 수천 명이 관여한 반면, 내 소송에는 수백 명이 관여했어요. 그렇다면 내 소송은 그만큼 견디기 쉽고 선생네 소송은 그만큼 견디기 힘들까요, 내 삶이 여기에 모두 달렸는데, 그래서 모조리 빨려 나갔는데?"

잔다이스 아저씨는 상대를 진심으로 위로하며, 괴물 같은 제도에 자신 혼자만 부당하게 시달린다고 생각한 적은 없다고 대답했어요. 그러자 그리들리 아저씨가 갑자기 분노를 터트렸어요.

"또 그 말이로군! 제도! 모든 사람이 문제는 제도라고, 인간을 비난하면 안 된다더군요. 문제는 제도다. 법정에서 '판사님, 과연 이게 옳은지 아닌지 대답을 듣고 싶습니다. 정의를 실현했으니 이제 사라지라고 과연 나한테 뻔뻔하게 말할 수 있습니까?'라고 물으면 안 된다. 판사는 아무것도 모른다. 그냥 자리에 앉아서 제도를 집행하는 것뿐이다. 나는 링컨 법학원 광장에 사는 토킹혼 변호사를 찾아가, 그 사람이 나를 아무리 화나게 했어도 – 변호사는 누구나 그런 식으로 돈을 버니 – 그 사람한테 '나를 파멸시킨 놈에게 어떤 식으로든 복수하겠다!'고 말해도 안 된다. 그 사람은 책임이 없다. 문제는 제도다. 하지만 설사 내가 그놈들한테 복수를 못 하더라도 – 마침내 못 참을 정도로 꼭지가 돌아버리면 복수할 수도 있겠지만! - 마지막 심판 날에 한 놈 한 놈 얼굴을 맞대서 나한테 제도를 불리하게 적용한 놈을 모조리 고발할 겁니다!"

뜨거운 열정이 무서웠어요. 직접 안 보았다면 세상에 그러한 분노가 존재한다는 사실을 못 믿었을 거예요.

그리들리 아저씨가 의자에 앉아서 얼굴을 닦으며 말했어요.

"난 끝났어요! 잔다이스 선생, 난 끝났어요. 내가 폭력적이라는 건 알아요. 당연히 알 수밖에요. 법정 모독으로 유치장에도 끌려갔으니까요. 변호사 협박죄로도 끌려가고요. 지금까지 이런 어려움에 빠져들고 저런 어려움에 빠져들었으며, 앞으로도 비슷할 테니까요. 나는 슈롭셔 출신이에요. 그래서 저들에게 커다란 즐거움을 주기도 한답니다. 하지만 저들은 내가 유치장에 갇힐 짓을 하고 그래서 유치장에 갇히는 것 역시 즐거워합니다. 그러면서 자제하는 게 바람직하다고 나한테 말하지요. 그러면 나는 저들에게 만일 내가 자제한다면 머리가 돌아버릴 거라고 대답하지요. 나도 예전에는 온순한 사람이었어요. 우리 고향 사람들은 나를 그렇게 기억하지요. 하지만 지금은 상처받은 마음을 이렇게나마 배출할 수밖에 없어요. 그러지 않으면 머리가 미쳐버릴 거예요. 지난주에 대법관이 나한테 '여기에 머물면서 시간을 낭비하는 편보다는 슈롭셔로 내려가서 유익한 일을 하는 게 바람직할 겁니다, 그리들리 선생'이라더군요. 그래서 내가 대답했어요. '대법관님, 나도 압니다. 대법관이라는 호칭 자체를 조금도 안 듣고 살았다면 나 역시 정말 좋았을 겁니다. 하지만 불행하게도 이제는 과거를 되돌릴 수 없습니다. 과거가 나를 여기로 몰았으니까요!'"

그러다 갑자기 날카롭게 소리쳤어요.

"나는 저들의 위선을 밝혀야 합니다. 죽을 힘을 다해, 대법정에 가득한 위선을 낱낱이 밝혀야 합니다. 내가 죽을 것 같아서 들것에라도 실려 간다면, 그래도 말할 힘이 남았다면 '너희는 나를 여기로 수없이 끌어오고 내보냈다. 이제 두 발을 질질 끌어서 내가라!'고 소리치며 그 자리에서 죽어버리고 말겠습니다."

그리들리 아저씨는 오랜 세월에 걸쳐서 얼굴이 호전적인 인상으로 굳은 터라, 지금처럼 마음이 차분할 때조차 표정이 부드럽게 풀리질 않았어요. 그런 아저씨가 아이들에게 다시 다가가며 말했어요.

"애초에 나는 아이들을 내 방으로 데려가서 한 시간 정도 놀아주려고 올라온 거랍니다. 이런 얘기를 늘어놓을 의도는 아니었어요. 하지만 중요한 얘기도 아니지요. 너는 내가 무섭지 않지, 톰?"

"네! 아저씨는 저한테 화내지 않으니까요."

톰이 대답하자, 그리들리 아저씨가 다시 말했어요.

"그래, 네 말이 맞다, 톰. 다시 일하러 나갈 거지, 찰리? 그래? 그럼 이리 오렴, 아가야!"

그리들리 아저씨가 아기를 품에 안자, 아기 역시 기꺼이 몸을 맡기고, 아저씨는 이렇게 말했어요.

"생강과자 병사가 아래층에 있는 것 같은데, 어서 내려가서 찾아보자꾸나!"

그리곤 잔다이스 아저씨에게 아까처럼 거칠긴 하지만 존경심이 충분히 묻어나오는 자세로 인사하고, 우리에게 가볍게 고개를 숙이더니, 아래층으로 내려갔어요.

그와 동시에, 그 방에 들어와서 처음으로 스킴폴 선생이 평소처럼 쾌활하게 입을 열었어요. 이런 내용이었어요. 그래, 세상일이 굼뜨게나마 본래 목적에 부응하는 광경을 보니 기쁘다. 그리들리 선생만 하더라도 확고한 의지와 놀라운 에너지를 가진 사내로 – 지적으로 말하자면, 일종의 '불쾌한 대장장이'[109]인데 – 자신은 그리들리가 – 가시밭에 빠져서 고통스러워하는 '첫사랑'처럼 – 넘치는 호전성을 배출할 곳을 오랫동안 찾아다니다, 대법정을 맞닥뜨린 다음에 비로소 배출구를 제대로 찾았다는 걸 쉽게 느낄 수 있다. 그런 다음부터 지금까지 양쪽은 균형을 이뤘다! 그렇지 않다면 그리들리는 대장군이 돼서 도시 전역을 폭파하거나, 위대한 정치인이 돼서 의회의 온갖 궤변을 처리했을 것이다. 하지만 그렇게 됐기에, 그리들리와 대법정은 유쾌한 방식으로 서로를 공격했으며, 어느 쪽도 해를 안 입었다. 그리들리는, 말하자면, 그때부터 소일거리를 찾은 셈이다. 그렇다면 이번에는 채무자 감옥을 보라! (아이들을 이렇게 매력적으로 키운) 가련한 채무자 감옥 역시 똑같은 원리를 훌륭하게 증명한다! 스킴폴 자신은 채무자 감옥이 찾아오는 걸 불평하곤 했다. 자신은 채무자 감옥이 자신의 삶을 방해한다고 여겼다. 자신은 채무자 감옥이 없어도 충분히 살 수 있었다. 자신이 술탄이라면, 그래서 총리대신이 어느 날 아침에 "믿음의 수호자며 지도자께서는 소신이 무얼 하길 바라십니까?" 하고 묻는다면, 자신은 "채무자 감옥의 머리를 가져오라!"고 말하겠다는 생각도 여러 번 했다. 하지만 사정을 알고 보니 어떤가? 자신은 자격이 충분한 사내에게 오랫동안 일거리를 준 것이다! 자신은 채무자 감옥에 은혜를 베푼 것이다! 자신 때문에 채무자 감옥은 이렇게 매혹적인 아이를 바람직하게 먹여 살리며 사회적 가치를 확대할 수 있었다! 지금 이 순간에 실내를 둘러보며 "나는 채무자 감옥의 위대한 후원자며, 채무자 감옥은 나 때문에 마음의 위로를 얻었다!"고 생각하니, 가슴이 벅차고 두 눈에 눈물이 고인다.

---

109) 찰스 디킨스는 '위대한 유산'에서 그런 것처럼, 여기에서도 헨델의 '유쾌한 대장장이'를 빗대서 말한다.

환상적인 이야기를 가볍게 풀어가는 방식은 꽤 매혹적인 데다, 조금 전에 지켜본 더없이 진지한 여자애와 완벽하게 대비되는 유쾌한 어린애 모습에, 블라인더 할머니와 은밀한 대화를 나누던 잔다이스 아저씨조차 미소를 머금고 쳐다보았답니다. 우리는 찰리와 뽀뽀하고 아래층까지 함께 내려가, 건물 앞에서 찰리가 일터로 뛰어가는 모습을, 조그맣고 귀여운 여자애가 아줌마처럼 보닛 모자를 쓰고 앞치마를 한 채 뛰어가다, 바다에 떨어진 이슬방울처럼 시끌벅적한 도시 속으로 사라지는 모습을 지켜보았습니다.

CHAPTER XVI

톰 올 얼론스

데드록 귀부인이 바쁘다, 정말 바쁘다. 깜짝 놀란 상류사회 소식지는 데드록 귀부인을 어디서 찾아야 할지 모른다. 귀부인은 오늘 체스니 대저택에, 내일은 런던 저택에, 그다음은 해외에 머무니, 상류사회 소식지로서는 도무지 감을 잡을 수 없다. 부인을 깊이 사랑하는 레스터 데드록 경조차 부인과 보조를 맞출 수 없다. 좋은 쪽이든 나쁜 쪽이든, 또 다른 충실한 동반자가 - 통풍이 - 체스니 대저택 참나무 침실로 스며들어 레스터 데드록 경의 두 다리를 움켜잡은 것이다.

레스터 데드록 경은 통풍을 다루기 힘든 악마로, 하지만 귀족적 질서를 중시하는 악마로 받아들인다. 데드록 가문의 직계 남성은 인간이 기억을 거슬러 오를 수 있는 세월 이상을 통틀어서 하나같이 통풍에 시달렸다. 증명할 수 있다. 평민은 관절염으로 죽거나 통속적인 더러운 피에 오염돼서 죽지만, 데드록 가문은 조상 대대로 내려오는 통풍으로 죽어, 모든 인간이 평등하게 죽어가는 과정조차 특권을 이어갔다. 통풍은 은 접시나 초상화나 링컨셔 영지처럼 화려한 혈통을 따라

내려왔다. 통풍은 데드록 가문에 존엄성을 부여하는 특징 가운데 하나다. 레스터 데드록 경은, 지금까지 스스로 말한 적은 없지만, 자신이 속세의 의무에서 벗어나는 순간, 저승에 있는 귀족들에게 저승사자가 "귀족 여러분, 가문의 전통에 따라 통풍 때문에 이번에 여기로 온 데드록 경을 영광스럽게 소개합니다"라고 말하겠다는 생각마저 살짝 할 정도다.

레스터 데드록 경은 봉건질서에 따라서 물려받은 가문의 명성과 재산처럼 조상에게 물려받은 두 다리를 조상에게 물려받은 통풍에 맡긴다. 데드록 가문의 남자가 침대에 누워서 극단적인 고통에 간헐적으로 시달리는 건 다른 집안이라면 어떨지 모르겠으나, '우리는 통풍에 기꺼이 몸을 맡긴다. 공원에 있는 납골당을 저열한 호기심의 대상으로 만들 수 없다는 건 수백 년 내려온 전통이다. 나 역시 이 전통에 기꺼이 감내하겠다'고 다짐한다.

레스터 데드록 경은 한 줄로 쭉 늘어선 창문으로 햇살 줄기가 풍만하게 들어와서 부드러운 그늘을 드리우며 기다랗게 뻗어 나가는, 사랑하는 부인 초상화 바로 앞, 위대한 응접실 한가운데서 새빨간 색조와 샛노란 색조에 물든 채 훌륭하게 누워있는 모습을 보여준다. 창문 밖에는 웅장하게 솟구친 참나무가 - 쟁기질이라곤 조금도 모른 채 국왕이 칼과 방패를 들고 전쟁터로 말을 달릴 때도 활과 화살을 들고 말을 달릴 때도 사냥터로 남은 녹색 땅에 오랜 세월에 걸쳐서 뿌리를 내려 - 레스터 데드록 경이 위대하다는 사실을 증명한다. 조상들은 벽마다 걸린 채 '우리 모두 여기에서 찰나의 현실을 보내고 다양한 색조를 뒤집어쓴 채 지금 멀리서 너를 달래주는 까마귀 소리처럼 꿈결 같은 추억 속으로 녹아든다'는 표정으로 쳐다보니, 이것 역시 레스터 데드록 경이 위대하다는 사실을 증명한다. 실제로 오늘도 레스터 데드록 경은 끝없이 위대하니, 데드록 경과 땅 한 뼘을 놓고 주제넘게 다투는 보이손처럼 무모한 인간만 애처롭도다!

지금 우리 귀부인을 대변하는 건 레스터 데드록 경 옆에 있는 초상화밖에 없다. 상류사회 소식지가 혼란스럽게도, 귀부인은 지금 런던으로 도망쳤지만 머물 생각은 없으니, 곧바로 이쪽으로 다시 도망쳐올 것이다. 런던 저택은 귀부인을 맞을 준비를 안 했다. 모든 걸 틀어막고 덮어씌워서 음산하다. 가발에 파우더를 뿌린 하인 한 명이 복도 창문에서 입을 쩍 벌린 채 쓸쓸하게 하품한다. 간밤에는 자신과 친하며 상류사회에 익숙한 또 다른 하인에게 이런 말까지 했다. 이런 상태가 계속된다면 – 이럴 순 없다고, 자신처럼 활발한 사내는 도저히 못 견딘다고, 자신처럼 건장한 사내에게 이런 걸 견디길 바라면 안 된다고 – 이렇게 따분하다면, 명예를 걸고 말하는데, 차라리 목을 잘라서 죽어버리는 게 좋겠다고!

체스니 대저택과 런던 저택 사이에, 그리고 가발에 파우더를 뿌린 하인과 빗자루로 거리를 쓸며 살아가는, 교회 공동묘지 계단을 빗자루로 쓸 때는 멀리서 한 줄기 빛이 비친, 어린 조 사이에 어떤 연관관계가 있을까? 세상의 수많은 역사에서 넘을 수 없는 거대한 벽 양쪽에 존재하는 다양한 사람들 사이에, 그런데 신기하게도 하나가 되는 사람들 사이에 어떤 연관관계가 있을까?[110)]

설사 어떤 연관관계가 있다 해도, 조는 아무것도 모른 채 사거리 모퉁이를 빗자루로 온종일 청소한다. 지적 수준은 무슨 질문을 받을

110) 영국 빅토리아 시대에 나온 문학작품은 부자와 빈자 사이에 넘을 수 없는 커다란 벽이 있는 국가는 기독교 국가가 아니라는 주제를 많이 다뤘다. 성서에 나오는 '부자와 거지 라자로'의 우화도 자주 인용했는데, 부자가 죽은 뒤에 아브라함이 품에 안고 있는 라자로를 보고서 도움을 요청했으나, 넘을 수 없는 커다란 벽이 있어서 도울 수 없었다는 내용이다. (루가 16:19-26) 여기에서는 한 인물이 그 벽을 넘어서 '조'에게 은밀히 다가가는 걸 암시한다.

때마다 "아무것도 모른다"고 대답하는 데서 잘 나타난다. 비가 올 때 사거리 모퉁이에서 진흙을 깨끗이 치우는 게 어렵다는 걸, 빗자루 청소로 먹고사는 게 더더욱 어렵다는 걸 아는 정도다. 이것 역시 누가 가르쳐준 게 아니다. 스스로 깨우쳤다.

조는 비슷한 사람들 사이에서 톰 올 얼론스(Tom-all-Alone's)[111] 거리라는 이름으로 알려진 빈민굴에서 산다. 아직은 죽지 않은 것이다. 이곳은 점잖은 사람이면 하나같이 피하는 더럽고 황폐한 거리로, 너무 심하게 썩어 문드러졌을 때 건장한 부랑자들이 점거해서 눌러살다 세입자를 들여서 월세를 받는 곳이다. 그래서 밤이면 무너진 빈민굴마다 가난한 사람이 가득하다. 시신이 썩으면 구더기가 몰려드는 것처럼 파괴된 건물마다 벽과 판자 틈새로 역겨운 냄새를 풍기는 사람이 기어들고 기어 나오고, 빗물이 뚝뚝 떨어지는 곳에서 수많은 사람이 구더기처럼 몸을 웅크리고, 이리저리 오가면서 열병을 옮기고 발자국마다 병균을 퍼트리니, 쿠들(C) 경과 토마스 두들(D) 경과 푸들(F) 백작을 비롯해 제일 끝에 있는 주들(Z)까지, 공직에 있는 모든 사람이 아무리 열심히 달라붙어도, 이곳을 사람 사는 곳답게 만들려면 500년은 족히 걸릴 터였다.

최근에 '톰 올 얼론스'에서 광산이 무너지는 듯한 굉음과 먼지구름이 두 차례 일어났다. 건물이 두 동이나 무너진 것이다. 사건은 신문 기사 몇 줄을 만들어내고 근처 병원에 병상 한두 자리도 채웠다. 하지만 틈새는 그대로며, 건물이 무너진 사이마다 사람이 몰려드는 것도 여전하다. 건물 몇 동은 금방이라도 무너질 것 같으니, 다음에 또 무너진다면 그 규모는 그만큼 더 대단하리라.

인기가 이렇게 좋은 건물은 당연히 대법원에 모두 묶여있다. 이 사실

111) 옥스퍼드 거리 근처, 성 자일스 빈민굴. Tom-all-Alone's는 '톰 혼자'라는 뜻이다.

은 누구나 아니, 분별력을 갖춘 사람에게 말하는 건 모욕일 정도다. '톰'이 잔다이스 대 잔다이스 사건에 최초로 등장한 원고나 피고 이름인지, 아니면 소송이 시작되어 거리 전체가 황폐하게 변해도 다른 사람이 몰려들기 전까지 톰이 여기에 혼자 살았는지, 아니면 정직한 사람들이 빠져나오고 희망을 몽땅 빼앗긴 사람들이 몰려들기에 좋도록 '톰'이란 흔하디흔한 이름을 붙였는지 여부는 아무도 모른다. 물론 조도 모른다. 그래서 "나는 아무것도 몰라서 몰라요"라고 말한다.

조 같은 어린애는 참으로 이상할 수밖에 없다! 거리를 아무리 돌아다니면서 상점마다 달린 간판과 모서리마다 걸린 표지판의 이상한 기호를 아무리 들여다보아도, 그 모양은 낯설고 그 의미는 하나도 모른다는 게! 사람들이 읽는 모습을 보고 쓰는 모습을 보고 집배원이 편지를 배달하는 걸 봐도 거기에 담긴 언어를 조금도 모른다는 게, 아니, 글자 한 획도 알아볼 수 없다는 게! 일요일마다 선량한 사람들이 손마다 책을 들고 교회에 가는 걸 보면, (조 역시 가끔은 생각할 테니) 그게 다 무슨 의미인지, 그게 사람들에게 어떤 의미가 있다면, 왜 자신에게는 아무런 의미도 없는지를 생각하면 더더욱 당혹스러울 수밖에 없다! 이리 밀리고 저리 부닥치면서 끊임없이 움직인다는 게, 그런데 여기든 저기든 어디든 자신이 진짜 볼일은 하나도 없는 현실을 깨닫는다는 게, 어디를 가든 사람들이 하찮은 미물을 쳐다보듯 자신을 쳐다본다는 게! (재판정에서 증언하겠다니) 너는 인간도 아니라는 말까지 나온다는 게, 자신 역시 평생을 그렇게 느꼈다는 게 정말 이상할 수밖에 없다! 옆에서 지나는 말과 개와 소를 바라보면, 무지하다는 측면은 물론 겉모습 역시 자신은 인간이라기보다 차라리 말과 개와 소와 비슷하다고 느껴진다는 게! 조는 형사재판이나 판사나 주교나 정부나 (잘 모르지만) 헌법이라는 더없이 소중한 보석도 정말 이상하게 보일 수밖에 없다!

이상한 아저씨가 돈이 있다가도 없이 살아가던 삶 자체도 놀라울 정도로 이상한데, 그 죽음은 더더욱 이상하다.

조는 '톰 올 얼론스'에서 벗어나, 늘 늦게 나타나는 새벽을 맞이하고 길을 따라 걸으며 빵 찌꺼기를 우적우적 씹는다. 조가 먹는 빵은 거리마다 널렸는데, 모든 집이 문을 열기 전이라 '해외 복음 전도회'[112] 입구 계단에 앉아서 아침을 먹는다. 다 먹은 다음에는 장소를 빌린 답례로 계단을 빗질한다. 그런 다음에 비로소 거대한 건물 규모에 감탄하고 무얼 하는 곳인지 궁금해한다. 불쌍하게도, 조는 태평양 산호초의 영적 황폐함을 조금도 모르며, 코코넛과 빵나무 사이에서 소중한 영혼을 찾는 데 정말 많은 돈이 든다는 사실도 모른다.

조는 사거리 모퉁이로 가서 그날 청소를 시작한다. 런던이 잠에서 깨어나며 사각형 거대한 팽이처럼 온종일 돌아가려 준비하니, 조금도 이해할 수 없는 읽기와 쓰기 역시 몇 시간 동안 멈추다 다시 시작하고, 조 역시, 그리고 다른 하등동물 역시 조금도 이해할 수 없는 하루를 시작한다. 오늘은 장날이다. 황소는 눈을 가린 채 막대기로 콕콕 찔리며 급하게 끌려갈 뿐 친절한 안내는 못 받다, 엉뚱한 곳으로 달려들어 매 맞다 쫓겨나서 입에 거품을 물고 눈이 빨갛게 달아오른 채 돌담으로 내달려 무고한 사람을 다치게 하고 자신도 다친다. 조가 살아가는 모습과 너무나 비슷하다, 정말 비슷하다!

악단이 나타나서 연주한다. 조는 가만히 듣는다. 개도 가만히 듣는다. 양을 시장까지 몰고 온 개로, 푸줏간 앞에서 주인을 기다리며, 자신이 몇 시간을 몰아왔으나 다행히도 이제는 그 책임에서 벗어난 양 떼를

---

112) 1701년에 창설한 대형 전도회. 여기에서 핵심은 조가 건물 이름을 읽을 수 없다는 사실로, 디킨스가 강조하고자 한 것은 해외로 눈을 돌리기 전에 국내의 무지와 가난부터 없애는 게 기독교 정신에 합당하다는 점이다.

떠올리는 표정이다. 양 서너 마리가 어디에서 벗어난 것 같아 당혹스러운 눈으로 행여라도 눈에 띄길 바라며 거리를 이리저리 둘러보다, 갑자기 귀를 곤두세우며 기억을 떠올린다. 불량배와 술집에 익숙한, 철저하게 불량한 개, 언제라도 달려들어 양털을 한입 가득 물어뜯을 수 있는, 양에게는 무섭기만 한 개, 하지만 훈련을 충분히 받고 길이 잘 들고 똑똑해서 자신이 의무를 다할 때와 포기할 때를 아는 개. 그 개와 조가 음악 소리에 귀를 기울이니, 동물적 만족감은 똑같을 것 같다. 감각 이면의 연상 작용이나 갈망, 후회, 울적하거나 즐거운 느낌 역시 비슷할 것 같다. 하지만 그것 말고는 개가 조보다 비교가 안 될 정도로 우수하다!

이 개의 후손을 조처럼 내버려 두면, 몇 년이 안 돼 모두 퇴화해서 짖는 것조차 잊어버릴 수 있다…… 물론 물어뜯는 것 자체는 안 잊겠지만.

해가 서서히 넘어가면서 날이 어두워지고 이슬비가 내린다. 조는 사거리 모퉁이에서 진흙과 마차 바퀴와 말과 채찍과 우산들 사이를 오가며 열심히 싸워, '톰 올 얼론스'라는 고약한 은신처에 지급할 돈을 간신히 번다. 여명이 깔린다. 상점마다 가스등을 켜기 시작한다. 점등하는 노동자는 사다리를 들고 인도 모서리를 따라 달린다. 초저녁이 잔인하게 깔린다.

토킹혼 변호사는 자기 방에 앉아서 내일 아침 제일 가까운 순회 판사에게 청구할 영장을 곰곰이 생각하는 중이다. 그리들리라는 작자가 재판에 불만을 품고 오늘 여기까지 와서 협박하다 갔다. 우리 같은 법조인을 육체적으로 협박하는 건 옳지 않다. 그렇게 불손한 작자는 감옥으로 보내야 마땅하다. 원근법으로 그린 천장 우화에서 로마인 한 명이 거꾸로 불가능한 자세로 매달려 (관절에서 빠져나온 아주 이상한) 삼손 팔로 창문을 가리키는 게 눈에 거슬린다. 토킹혼 변호사가 창문 밖을 쓸데없이 내다볼 이유가 무어란 말인가? 어차피 그 팔은 늘 그쪽을 가리키지 않는가? 그래서 토킹혼 변호사는 창문 밖을 내다보지 않는다.

설사 창문 밖을 내다본들, 여자 한 명이 지나는 것 말고 무엇이 보이겠는가? 토킹혼 변호사가 보기에 여자는 세상에 널리고 널렸다…… 너무 많다. 무어든 잘못되면 그 밑바닥에서 여자가 나온다. 이런 점에서 볼 때 여자야말로 변호사를 먹여 살리는 구세주기도 하다. 그러니 지나가는 여자를 본다고 뭐가 달라지겠는가, 그 여자가 아무리 은밀하게 지나간들? 여자는 누구나 비밀이 있다. 토킹혼 변호사는 그걸 너무나 잘 안다.

하지만 토킹혼을 뒤로하고 멀어지는 여자는 소박한 옷차림이 세련된 동작과 안 어울린다는 점에서 세상의 모든 여자와 다르다. 옷차림을 보면 하녀가 분명하나, 분위기나 걸음걸이는 – 급히 서둘며 가장하나, 진흙탕 길을 걷는 자세는, 맨땅을 어설프게 나아가는 자세는 – 귀부인이다. 얼굴은 망사로 가린 데다 귀부인다운 특징도 충분히 드러나서 옆을 지나던 사람이 고개를 돌리고 쳐다볼 정도다.

여인은 고개를 한 번도 안 돌린다. 귀부인이든 하녀든, 여인에게는 목적이 있으니 목적만 따라간다. 여인은 조가 빗자루로 바쁘게 청소하는 사거리 모퉁이로 갈 때까지 고개 한 번 안 돌린다. 조가 길을 건너서 여인에게 구걸한다. 그래도 여인은 고개를 안 돌린 채 도로를 건너더니, 그때 비로소 조에게 가만히 손짓하며 "이리 와!"라고 말한다.

조는 조용한 골목으로 여인을 한두 걸음 따라간다.

여인이 망사 너머로 묻는다.

"네가 신문에 나온 아이냐?"

조는 망사를 퉁명스럽게 노려보며 대답한다.

"모르겠어요, 신문이 뭔지 모르니까. 나는 그런 거 몰라요."

"검시 재판정에서 증언했니?"

"그것 역시 모르겠어요…… 혹시 교구 관리가 데려간 곳을 말하는 건가요? 거기에 나온 아이 이름이 조인가요?"

"그래."

"그럼 나예요!"

"따라와."

조는 여인을 따라가며 묻는다.

"그 남자 때문인가요? 죽은 남자?"

"쉿! 조그맣게 말해! 그래. 그 남자가 살았을 때 병들고 가난하게 보였니?"

"당연하죠!"

조가 대답하자, 여인이 혐오스러운 표정으로 묻는다.

"그 남자가…… 너처럼 보이진 않았지?"

"당연히 나처럼 심하진 않았지요. 나는 거지라고요! 마님은 그 남자를 모르죠, 그죠?"

"건방지게 그런 걸 묻다니!"

"기분 나쁘게 할 생각은 아니었어요, 마님."

조가 겸손하게 말한다. 조 역시 상대가 귀부인이라는 의심을 품었기 때문이다.

"나는 마님이 아니야. 하녀야."

"그렇다면 대단한 하녀네요!"

조가 말한다. 상대를 기분 나쁘게 할 생각은 없다. 감탄할 뿐이다.

"입 다물고 잘 들어. 나한테 말하지 말고, 더 멀리 떨어져! 신문에 나온 장소로 차례대로 데려갈 수 있겠니? 그 남자가 대서하던 곳, 그 남자가 죽은 곳, 교구 관리가 너를 데려간 곳, 그 남자가 묻힌 곳! 그 남자가 묻힌 곳을 아니?"

조는 고개를 끄덕인다. 상대가 장소를 말할 때마다 고개를 끄덕인다.

"앞서서 걸어, 끔찍한 장소를 모두 보여주렴. 장소가 나올 때마다 걸음을 멈춰, 내가 너한테 말할 때까지 나한테 말하지 말고. 뒤도 돌아보지 마. 시키는 대로 하면 돈을 넉넉히 주겠다."

조는 이 말이 나오는 동안 열심히 듣다, 어려운 말이 나올 때마다 빗자루 손잡이에 턱을 괸 채 곰곰이 생각해서 그 의미를 파악하고 더없이 만족스러워, 덥수룩한 더벅머리를 끄덕인다.

"난 동작이 빨라요. 하지만 사기 치는 건 질색이에요. 그냥 내빼지 마세요!"

"끔찍한 꼬맹이가 무슨 말을 하는 거니?"

하녀가 뒤로 물러나며 소리치자, 조가 다시 말한다.

"내빼지 말라고요!"

"무슨 말인지 모르겠구나. 앞서서 나아가렴! 네가 평생 번 돈보다 큰돈을 줄 테니."

조는 입을 삐쭉 내밀어서 휘파람을 불고 덥수룩한 더벅머리를 한 번 문지른 다음, 빗자루를 팔꿈치에 끼우고는 맨발로 앞서서 돌멩이를 멋지게 피하고 진흙탕을 밟으며 나아간다.

법률 전문 문방구점. 조가 멈춘다. 침묵.

"여기에 누가 살지?"

조는 뒤를 안 돌아본 채 조그만 목소리로 대답한다.

"남자한테 일감을 주고 나한테 반 크라운 은화를 준 사람."

"다음 장소로 가."

크룩네 건물. 조가 다시 멈춘다. 더 오랜 침묵.

"여기에 누가 살지?"

"그 남자가 살았어요."

조가 조금 전처럼 대답한다.

침묵이 흐르다 묻는 소리가 들린다.

"어느 방에서?"

"저 위 뒷방. 창문이 보여요. 저 위쪽! 저 방에서 그 남자가 쭉 뻗은 걸 내 눈으로 보았어요. 이곳은 나를 데려간 술집이고요."

"다음 장소로 가!"

다음 장소는 훨씬 멀지만, 조는 처음에 품은 의심을 털어낸 터라, 자신이 들은 조건에 충실하게 뒤를 안 돌아본다. 악취가 심하고 험한 길을 이리저리 돌아가다, 마침내 조그만 동굴 같은 아치문으로, (이제 막 불을 켠) 가스등으로, 쇠문으로 다가간다. 그래서 두 손으로 쇠창살을 잡고 안을 들여다보며 말한다.

"여기가 묻힌 곳이에요."

"어디? 아, 정말 끔찍한 곳이군!"

조가 손으로 가리키며 대답한다.

"저기요! 저기 저쪽. 뼈 무더기 사이, 주방 창문 바로 옆! 사람들이 저 꼭대기에 묻었어요. 시신을 집어넣으려고 발로 밟아야 했어요. 문이 열리면 내가 빗자루로 파낼 수 있는데, 그러지 말라고 문을 잠갔어요."

조가 문을 흔들다 덧붙인다.

"이 문은 맨날 잠가놓거든요. 저 쥐를 보세요!"

조가 신나서 소리친다.

"저길 보세요! 저기에 가잖아요! 야호! 땅속으로!"

하녀가 비명을 내지르며 모서리로, 섬뜩한 아치문 모서리로 물러나다 끔찍한 얼룩을 옷에 묻힌다. 너무나 역겨운 나머지, 아이에게 두 손을 내민 채 멀리 떨어지라고 섬뜩하게 소리치곤, 한동안 꼼짝을 않는다. 조는 가만히 서서 멀뚱멀뚱 쳐다본다. 여자가 정신을 차릴 때도 멀뚱멀뚱 쳐다본다.

"이 끔찍한 묘지는 축성을 받았니?"

"축성이 뭔지 모르겠어요."

조가 대답하며 여전히 멀뚱멀뚱 쳐다본다.

"은총을 받았니?"

"뭐가요?"

조가 되묻는다. 극도로 놀란 목소리다.

"여기가 은총을 받았니?"

조는 한층 더 멀뚱멀뚱 쳐다보며 대답한다.

"내가 어떻게 알겠어요? 하지만 안 받진 않았을 거예요. 은총? 그렇다 해도 별다른 효과는 없을 거예요. 은총? 내가 볼 때는 정반대 같아요. 하지만 나는 아무것도 몰라요!"

하녀는 자신이 한 말에 관심을 안 기울이는 것처럼 조가 한 말에도 관심을 안 기울인다. 그러더니 지갑에서 돈을 꺼내려고 장갑을 벗는다. 조는 하얗고 예쁜 손을 물끄러미 바라본다. 반지 여러 개가 반짝이는 걸 보면 대단한 하녀가 분명하다.

하녀는 손이 안 부닥치도록 조심하면서 조 손에 돈을 떨어뜨리다 손이 가까워지는 순간에 부르르 떤다. 그러다 말한다.

"자, 위치를 다시 알려줘!"

조는 빗자루 손잡이를 쇠문 창살 사이에 집어넣고 최선을 다해서 그 위치를 정확히 알려준다. 마침내 상대가 정확히 파악했는지 확인하려고 고개를 돌리다 옆에 아무도 없다는 걸 깨닫는다.

조가 제일 먼저 한 것은 돈을 가스등 불빛에 비추어보다, 노란색이라는 사실을, 금화라는 사실을 깨닫고 깜짝 놀란 거다. 그다음에 한 것은 금화가 진짜인지 확인하려고 이로 깨문 거다. 그다음에 한 것은 입안에 안전하게 넣은 다음, 계단과 통로를 빗자루로 깨끗하게 청소한 거다. 그 일을 마치자 조는 '톰 올 얼론스'로 가다, 가로등이 나올 때마다 멈춘 다음에 금화를 꺼내서 비춰보고, 진짜인지 확인하려고 한쪽을 또다시 깨문다.

가발에 파우더를 뿌린 하인도 오늘 밤은 심심하지 않다. 귀부인이 성대한 만찬 파티 한 군데와 무도회 서너 곳을 가기 때문이다. 레스터 데드록 경은 통풍이라는 훌륭한 동반자와 더불어 체스니 대저택에 누워서 이리저리 뒤척인다. 빗방울이 테라스를 더없이 단조롭게 때리는 바람에 아늑한 드레스 룸 벽난로 옆에서 신문조차 제대로 읽을 수 없다고 라운스웰 부인에게 투덜대기도 한다. 그래서 라운스웰 부인은 로사에게 이렇게 말한다.

"레스터 데드록 경께서 건너편 방을 쓰시면 훨씬 좋을 텐데 말이야. 그분 드레스 룸은 마님 침실 쪽이잖아. 유령길을 걷는 발소리가 오늘 밤처럼 또렷하게 들리는 건 처음이거든!"

MURDER
REWARD
LOST

CHAPTER XVII

에스더 이야기

리처드는 우리가 런던에 머무는 동안 (편지쓰기는 금방 포기했어도) 툭하면 찾아와, 상대의 기분을 재빨리 파악하는 능력과 넓은 마음과 온화하면서도 쾌활하고 상쾌한 성격으로 우리를 늘 즐겁게 해주었어요. 저는 리처드를 알면 알수록 좋아하는 만큼, 집중하고 응용하는 습관 없이 공부한다는 사실이 안타까웠어요. 다른 청년 수백 명이 다양한 성향과 능력을 발휘하며 공부하는 시스템대로 리처드도 나름대로 열심히 공부하면서 좋은 점수를 받고 상위권에 속할 때도 잦지만, 꾸준히 노력하는 식이 아니라 자신의 능력만 믿고 벼락치기로 공부하는 식이었어요. 하나같이 훌륭한 능력이며, 이게 없으면 바람직한 위치에 올라갈 수도 없으니, 불과 물처럼, 이 능력은 하인으로는 훌륭해도 주인으로는 매우 나쁠 수밖에 없었어요. 리처드가 그 능력을 지배하면 하나같이 도움이 되겠지만, 그 능력이 리처드를 지배하는 터라 하나같이 방해만 되었어요.

이런 의견을 기록하는 이유는 이것을 비롯한 여타의 의견이 옳다고 확신하기 때문이 아니라 제가 그렇게 생각했으며, 따라서 제 생각과 행동을 솔직하게 기록하고 싶었기 때문이에요. 그래서 리처드에 대한 생각도 솔직하게 적었어요. 이 밖에도 잔다이스 아저씨가 하는 말이 과연 옳은지, 대법정 소송이 마냥 불확실하게 늘어지면서 거대한 도박판으로 뛰어든 도박꾼의 무모한 성향이 잔다이스 아저씨께 어떻게 나타나는지 역시 관찰하려고 애썼어요.

하루는 오후에, 잔다이스 아저씨가 안 계실 때 배저 부부가 집으로 찾아와, 저는 대화 도중에 자연스레 리처드에 관해서 묻고, 배저 부인은 이렇게 대답했어요.

"리처드 군은 정말 잘하니, 내가 분명히 말하는데 우리 사회에 커다란 복이에요. 스와서 대위는 군함에 보관한 염장 고기가 닻줄보다 질길 즈음에 육지에 상륙하는 이상으로 나를 좋아한다고 사관생도들한테 말하곤 했지요. 내가 사회에 커다란 복이라는 걸 해군 방식으로 말한 거예요. 분명히 말하지만, 리처드 군에게도 똑같은 찬사를 바칠 수 있을 거예요. 그러나 내가…… 내가 이렇게 말한다고 해서 나를 성격이 급한 여자로 여기지는 않겠지요?"

저는 아니라고 대답했어요. 배저 부인이 그 대답을 요구하는 어투였거든요.

"에이다 아가씨도?"

배저 부인이 상냥하게 묻자, 에이다도 아니라고 대답하는데, 걱정스러운 표정이었어요.

"귀여운 두 아가씨도 알겠지만……내가 두 분을 귀여운 아가씨라고 해도 괜찮나요?"

배저 부인이 묻는 말에 우리는 당연하다 대답하고, 배저 부인은 계속 말했어요.

"내가 실례를 무릅쓰고 말한다면, 두 분은 정말 귀엽고 완벽하게 아름답거든요. 귀여운 두 아가씨도 아시겠지만, 비록 나는 아직 젊지만…… 배저 선생이 듣기 좋으라 하는 말이긴 해도……"

바로 그때 배저 선생이 공개 모임에서 반박하듯 커다랗게 소리쳤어요.

"아니오. 절대 아니오!"

배저 부인이 방긋 웃으며 다시 말했어요.

"좋아요, 우리 모두 아직 젊다고 합시다."

(배저 선생이 "당연하지요"라며 동조했어요.)

"귀여운 두 아가씨, 비록 나는 아직 젊지만, 지금까지 젊은 사내를 관찰할 기회는 정말 많았답니다. 분명히 말하는데, 그리운 크리플러 군함에 처음 오를 때도 젊은 사내가 정말 많았고요. 스와서 대위와 지중해에서 지낼 때도 스와서 대위가 지휘하는 사관생도를 만날 기회 역시 모두 받아들이고요. 아마 두 아가씨는 사관생도한테 젊은 신사라고 부르는 소리를 못 들었을 거예요. 주말 결산을 깨끗하게 표백한다[113]는 말이 무슨 뜻인지도 모를 거고요. 하지만 나는 아니에요. 파란 바다는 두 번째 고향이며 나는 완벽한 뱃사람이었어요. 딩고 교수랑 결혼한 다음에도."

("유럽 전역에 평판이 자자한 학자"라고 배저 선생이 중얼거렸어요.)

배저 부인은 몸짓으로 단어를 알아내는 게임이라도 하듯, 전남편을 차례대로 언급했어요.

"사랑하는 첫 남편을 잃고서 두 번째 연인과 결혼했을 때 역시 젊은 이를 관찰할 기회는 여전히 많았어요. 딩고 교수 강의를 듣는 학생이

---

113) 주말마다 주급을 받아서 외상값을 청산한다는 뜻이다. 해군 군복을 하얗게 표백한 데서 나온 표현이다.

많아, 저명한 과학자의 아내며 학문을 추구하는 사람으로서 우리 집을 공개해서 일종의 '과학 경연장'처럼 만들었거든요. 매주 화요일 초저녁이면 우리 집에 오는 모든 학생한테 다양한 비스킷과 레모네이드를 제공했으니까요. 그래서 뜨거운 학문 경연장이 펼쳐졌으니까요."

(배저 선생이 "정말이지 매번 훌륭한 모임이었답니다, 에스더 아가씨. 훌륭한 인물이 지도하는 가운데 대단한 지적 논쟁을 했을 게 분명하니까요!"라고 공손하게 덧붙였어요.)

"그리고 지금은 세 번째 연인인 배저 선생의 부인으로, 스와서 대위 생전에 형성하고 딩고 교수 생전에 새로운 목적에 맞춰서 나도 모르게 응용한 관찰 습관이 아직도 여전하답니다. 따라서 나는 리처드 군을 초보자의 눈으로 살펴본 게 아니랍니다. 그래서 말인데, 귀여운 두 아가씨, 나는 리처드 군이 신중하게 생각해서 전공 분야를 선택한 게 아니라는 의견이 강하답니다."

에이다가 걱정스러운 표정을 강하게 떠올려, 저는 판단근거가 무어냐 묻고, 배저 부인은 대답했어요.

"귀여운 에스더 아가씨, 리처드 군의 성격과 행동이 근거랍니다. 리처드 군은 성격이 느긋한 편이라 아직은 자신이 속으로 어떻게 생각하는지 알릴 필요가 없다고 느끼겠지만, 이 분야에서 아무런 활력도 못 느끼는 게 확실하답니다. 직업으로 삼을 만한 흥미가 또렷하지 않은 거예요. 리처드 군이 이 분야에서 받은 확고한 느낌이 있다면, 그건 공부 내용이 정말 따분하다는 거예요. 이런 자세는 좋지 않아요. 이 분야에 대단한 관심을 느낀 앨런 우드코트 같은 젊은이도 작은 보수에 만족한 채 오랜 세월 끝없는 인내와 실망을 겪으면서 엄청나게 많은 연구를 한 다음에 비로소 보상을 받을 수 있었답니다. 하지만 리처드 군은 절대 그럴 수 없다고 나는 확신합니다."

"배저 선생님도 그렇게 생각하세요?"

에이다가 두려운 목소리로 묻자, 배저 선생이 대답했어요.

"사실대로 말하자면, 에이다 아가씨, 배저 부인이 말할 때까지 나는 그런 각도에서 생각한 적이 없답니다. 하지만 배저 부인이 그런 각도로 설명하니, 나도 관심을 두게 되더군요. 배저 부인은 천부적으로 타고난 장점에 더해서 왕립 해군 스와서 대위와 딩고 교수 같은 (저명인사라고 할 수 있는) 탁월한 공인 두 명을 통해 소중한 장점을 형성했다는 사실을 잘 아니까요. 그래서 내가 도달한 결론은, 한마디로, 배저 부인과 똑같답니다."

배저 부인이 뒤를 이었어요.

"해군 방식으로 상징적으로 말해서, '배를 빠르게 모는 자체는 특출날 게 없다, 갑판을 청소할 때는 바다 악령한테 쫓기듯 청소해야 한다'는 게 스와서 대위의 좌우명이랍니다. 이 좌우명은 해군은 물론, 의술 분야에도 적용되는 것 같아요."

배저 선생도 동조했어요.

"모든 분야에 적용되겠지요. 스와서 대위가 훌륭한 말을 했어요. 참 아름다워요."

그러니까 배저 부인이 다시 말했지요.

"우리가 결혼하고 데번 북부에 머물 때, 사람들은 딩고 교수가 지질학 망치로 주택과 건물 조직 일부를 떼어내서 건물을 망가뜨린다며 반발했어요. 하지만 딩고 교수는 자신이 아는 건물은 오로지 '과학의 전당'이라는 건물밖에 없다고 대답했답니다. 원리는 똑같지 않나요?"

이번에도 배저 선생이 동조했어요.

"정확하게 똑같아요. 멋진 대답이에요! 딩고 교수는 마지막 병에 걸려서 정신이 오락가락할 때도 베개 밑에 조그만 망치를 숨겨놓은 채 간호사한테서 얼굴 조각을 떼어내야 한다며 그렇게 말했답니다, 에스더 아가씨. 열정이 대단했지요!"

우리는 배저 부부가 늘어놓는 장광설은 피할 순 있었지만, 두 사람 의견이 타당하다는 건, 맞을 가능성이 크다는 건 피할 수 없었어요. 하지만 리처드를 직접 만나서 물어보기 전까지 잔다이스 아저씨께 아무 말도 안 하기로 했어요. 리처드가 다음 날 초저녁에 찾아올 예정이니, 우리 셋이서 진지하게 대화하기로 마음먹은 거예요.

그래서 리처드가 에이다와 단둘이서 잠시 얘기하도록 한 뒤에 그 방으로 들어가는 순간, 저는 (충분히 예상한 대로) 사랑하는 에이다가 리처드 말이라면 무어든 곧이곧대로 받아들이려 한다는 걸 깨달았어요.

"그래, 잘되어가, 리처드?"

제가 물었어요. 리처드 맞은편에 앉아서요. 서로 친형제 자매처럼 대했거든요.

"그럼! 잘되지!"

리처드가 대답하자, 귀여운 에이다가 의기양양하게 소리쳤어요.

"더할 나위 없이 잘 풀리나 봐, 에스더, 그치?"

저는 정신 바싹 차리라는 표정으로 귀여운 에이다를 쳐다보려 했지만, 당연히 실패했어요. 그래서 반문했어요.

"잘 풀린다고?"

"그럼, 잘 풀리지. 단조로운 길을 지루하게 달리는 기분이긴 하지만. 그러나 다른 것도 똑같겠지!"

"아! 친애하는 리처드!"

제가 나무라는 어투로 한탄하자, 리처드가 물었어요.

"왜 그래?"

"다른 것도 똑같겠다니!"

제가 한탄하자, 에이다가 리처드 너머로 다정하게 바라보며 말했어요.

"그 말이 문제 될 건 없잖아, 더든 아줌마. 다른 것도 똑같다면, 일이 그만큼 잘 풀린다는 거니까."

리처드가 이마로 흘러내린 머리칼을 뒤로 가볍게 넘기면서 덧붙였어요.

"그래, 나도 그 정도면 만족해. 어차피 임시로 하는 일이잖아, 소송 판결이 나오면…… 깜빡했군. 소송 얘기를 하면 안 되는데. 금기 사항! 아, 그래, 그 이야기는 이걸로 충분하니 다른 얘기를 하자."

에이다는 궁금증이 완벽하게 풀렸다 확신하고 기꺼이 따를 생각이었어요. 하지만 저는 이대로 중단하면 아무 소용이 없겠다 판단하고 다시 시작했어요.

"아니야, 리처드, 그리고 귀여운 에이다! 이 일이 너희 두 사람한테 얼마나 중요한지, 너 리처드가 숨기는 것 없이 솔직하게 털어놓는 게 에이다한테 얼마나 중요한지 생각하라고. 나는 우리가 문제를 솔직하게 얘기해야 한다고 봐, 에이다. 너무 늦기 전에 말이야."

"그래! 문제를 얘기해야 하는 건 맞아! 하지만 리처드 말도 맞는 것 같아."

에이다가 말했어요. 에이다가 그렇게 예쁜데, 그렇게 매력적인데, 리처드를 그렇게 좋아하는데, 제가 정신 차리라는 표정으로 쳐다본다고 한들 무슨 소용이 있겠어요!

"배저 부부가 어제 방문하셨어, 리처드. 그런데 두 분은 네가 의술 분야를 많이 좋아하는 건 아니라고 생각하는 경향이 있으셔."

제가 말하자, 리처드가 대답했어요.

"두 분이 그랬어? 아! 으음, 그럼 얘기가 달라지는군. 나는 그렇게 생각하는 걸 몰라서 두 분을 실망하게 하거나 불편하게 하면 안 된다고 생각했거든. 그래, 사실대로 말해서, 나는 의술 분야에 관심이 없어. 하지만, 아, 그건 아무래도 괜찮아! 다른 것도 똑같을 테니까!"

"너도 똑똑히 들었지, 에이다!"

제가 말하고, 리처드는 반은 신중하고 반은 장난치듯 이어갔어요.

"사실대로 말해서 이 분야는 나랑 맞는 게 없어. 이 길을 갈 순 없다고. 게다가 배저 부인은 첫 번째와 두 번째 남편 얘기를 너무 많이 하거든!"

"맞아, 맞아, 그 말이 맞아! 우리도 어제 그렇게 말했잖아, 에스더!"

에이다가 소리치며 기뻐하고, 리처드는 다시 말했어요.

"게다가 너무나 단조로워. 오늘은 어제와 똑같고 내일은 오늘과 똑같고."

"그 말은 열심히 노력하는 건 무어든 싫다는 뜻이잖아, 살아가는 자체도, 아주 특이할 때만 빼고."

제가 반박하자, 리처드가 여전히 생각하는 표정으로 물었어요.

"그렇게 생각해? 어쩌면!"

그러다 갑자기 쾌활하게 덧붙였어요.

"하하! 그렇다면 우리가 한 바퀴 빙글 돌아서 처음으로 돌아온 거군. 다른 것도 다 똑같다! 그래, 이걸로 된 거야! 이제 다른 얘기나 하자."

하지만 에이다조차, 사랑하는 얼굴로 – 잊지 못할 11월 안개 속에서 처음 본 얼굴이 남을 의심할 줄 모르는 순수한 얼굴이라면, 진짜 남을 의심할 줄 모르는 순수한 성격이란 사실을 아는 지금은 훨씬 더 그렇게 보일 수밖에 없는 얼굴로 – 심각한 표정으로 고개를 저었어요. 그래서 저는 좋은 기회로 여기고, 리처드에게 가끔은 자신한테 약간 소홀할지언정 에이다한테 소홀하고픈 마음은 없을 거라고, 두 사람 미래에 중요한 부분을 가볍게 여기지 않는 게 바로 에이다를 사랑하며 배려하는 거라고 말했어요. 이 말을 듣고서 리처드는 표정이 꽤 진지해졌어요. 그러다 말했어요.

"친애하는 허버드 아줌마, 바로 그거야! 나도 비슷한 생각을 여러 번 했어. 그래서 솔직하게 말하려고 무척 애쓰고 나한테도 화가 났지만, - 왠지 모르게 - 잘 안 됐어. 왜 그런지 모르겠어. 나한테 뭔가 부족한 것 같아. 아무리 너라도 내가 에이다를 얼마나 사랑하는지 (에이다, 사랑해, 세상 무엇보다도!) 모를 거야. 하지만 다른 것에는 끝까지 집중할 수 없어. 정말 힘들어, 시간도 오래 걸리고!"

정말 괴로운 어투에, 제가 암시했어요.

"그건 스스로 선택한 분야가 마음에 안 들기 때문일 거야."

그런데 에이다는 이렇게 한탄했어요.

"불쌍한 리처드! 그러는 것도 당연해!"

제가 정신을 차리라는 표정으로 아무리 쳐다보아도 소용이 없었어요. 에이다는 리처드 어깨를 두 손으로 꼭 잡고 리처드는 다정하고 파란 에이다 눈을 바라보는데, 두 사람이 서로를 그렇게 바라보는데, 제가 어떻게 그럴 수 있겠어요, 아니, 제가 그런다 해서 무슨 소용이 있겠어요!

리처드가 에이다 금발 머릿결에 한 손을 찔러서 쓰다듬으며 말했어요.

"너도 알겠지만, 소중한 여인이여, 내가 약간 성급했던 것 같아. 내가 내 취향을 제대로 몰랐을 수도 있고. 어쨌든 내 취향은 그쪽이 아닌 것 같아. 겪어보기 전까지는 모르는 거잖아. 문제는 여태껏 해온 것을 포기할 가치가 있느냐는 거야. 특별할 게 조금도 없는 일에 호들갑 떠는 것 같거든."

"친애하는 리처드, 특별할 게 조금도 없다는 말을 어떻게 할 수 있니?"

제가 말하자, 리처드가 대답했어요.

"내 말은 그런 뜻이 아니야. 내가 그 일을 원치 않기 때문에 특별할 게 조금도 없다는 뜻이야."

여기에 대한 대답으로 에이다와 저는 여태껏 해온 것을 모두 포기할 가치가 있는 건 확실하니, 당연히 모두 포기해야 한다고 주장했어요. 그러고 나서 저는 마음에 들만한 분야를 생각해보았는지 묻고, 리처드는 대답했어요.

"바로 그거야, 쉬프턴 아줌마, 바로 그게 본질이야. 그래, 맞아. 법률이야말로 딱 맞는 분야라는 생각이 들었어."

"법률!"

에이다가 깜짝 놀라며 소리쳤어요. 단어 자체를 두려워하는 것 같았어요.

"켄지 변호사 사무실에 들어간다면, 그 밑에서 도제를 한다면 – 으흠! 금기 사항에 – 집중할 수 있을 것 같아. 열심히 공부해서 법률에 통달하면, 우리 소송을 질질 끌지 않고 제대로 해결하도록 만들 수 있을 것 같아. 그래서 에이다한테 바람직한 판결과 나한테 바람직한 판결이 (어차피 똑같지만!) 나오도록 할 수 있을 것 같아. 블랙스톤 같은 전설적인 법률가로 성장하려고 열심히 노력할 수도 있을 것 같아."

저는 확신할 수 없었어요. 오랫동안 질질 끌어온 희망에 기대면서 막연한 목표를 동경하는 순간, 에이다 얼굴에 어리는 그늘도 보았어요. 하지만 어떤 분야든 줄기차게 노력하도록 격려하는 게 최선이라는 생각도 들었어요. 그래서 마음을 충분히 다졌는지 확실히 살펴보라는 충고만 했어요. 리처드는 이렇게 대답했고요.

"친애하는 지의 여신 미네르바여, 나도 그대 못지않게 성실하다고.

이번에는 실수했어. 사람은 누구나 실수하잖아. 앞으로는 실수하지 않겠어. 그래서 흔히 볼 수 없는 법률가가 되겠다고."

하지만 리처드 자신도 의심스러운지, 이렇게 덧붙였어요.

"특별할 것 전혀 없는 일에 호들갑 떨만한 가치가 그 분야에 실제로 있다면!"

그래서 우리는 지금까지 한 말을 진지하게 다시 검토하고 똑같은 결론에 도달했습니다. 우리는 조금도 미루지 말고 잔다이스 아저씨에게 솔직하게 털어놓도록 강력하게 충고하고, 리처드 역시 무얼 숨기는 성격이 아니니 잔다이스 아저씨를 당장 찾아가서 (우리까지 데리고 가서) 모든 걸 털어놓았어요. 그러자 잔다이스 아저씨는 열심히 들은 다음에 말했답니다.

"리처드, 우리는 명예롭게 퇴각할 수 있어. 그러니 퇴각하는 거야. 하지만 사랑하는 에이다를 위해서, 리처드, 사랑하는 에이다를 위해서 이런 실수는 두 번 다시 않도록 우리 모두 조심해야 돼. 그러니 법률 분야로 마음을 정하기 전에 충분히 검토하자꾸나. 오랫동안 충분히 검토하고 나서 결정하는 거야."

혈기왕성한 리처드로서는 지금 당장 켄지 변호사 사무실로 달려가서 도제 계약을 맺고 싶어 안달이 났지만, 이번에 겪은 일도 있고 우리가 당부한 말도 있는 터라, 꾹 참은 채 가벼운 마음으로 우리와 함께 앉아선 어릴 적부터 다양한 목표를 세웠지만 지금 이 순간처럼 확고한 적은 없다고 말하는 것으로 만족했어요. 잔다이스 아저씨는 리처드를 다정하고 친절하게 대했지만, 너무 엄숙한 나머지, 리처드가 먼저 떠나고 우리 역시 위층으로 올라갈 즈음에 에이다는 "잔다이스 아저씨, 리처드를 나쁘게 생각하는 건 아니겠지요?"라고 물을 수밖에 없었어요.

"당연하지, 내 사랑."

"이토록 어려운 일에 리처드가 실수하는 건 너무나 당연하잖아요. 보기 드문 사례가 아니잖아요."

"그럼, 그럼, 내 사랑. 슬퍼하지 말렴."

잔다이스 아저씨가 말하자, 에이다는 잘 자라는 인사를 하려고 올린 손을 어깨에 그대로 놔둔 채 쾌활하게 웃으며 답했어요.

"아, 저는 슬프지 않아요, 잔다이스 아저씨! 하지만 아저씨가 리처드를 조금이라도 나쁘게 생각한다면 약간 슬플 거예요."

"얘야, 내가 리처드를 안 좋게 생각한다면, 그건 리처드 때문에 네가 조금이라도 슬퍼할 때란다. 그렇다 해도 불쌍한 리처드보다는 나 자신을 더 나무라겠지. 너희 둘을 만나게 한 게 나니까. 하지만, 쯧쯧, 이번 일은 아무것도 아니야! 리처드 앞에는 무궁무진한 시간이 있고, 열심히 달려갈 목표가 있어. 내가 리처드를 나쁘게 생각한다고? 아니란다, 사랑하는 에이다! 너도 아닐 테고!"

"그럼요, 당연하지요, 아저씨. 온 세상이 리처드를 나쁘게 생각해도 저는 아니에요. 그런 생각은 할 수도 없고, 하지도 않으니까요. 저는 리처드를 더없이 좋게 생각할 수 있고, 실제로 그렇게 생각하니까요!"

에이다는 아저씨 어깨에 손을 - 이제 두 손을 모두 - 올린 채, 진실의 상징처럼 차분하고 솔직하게 말하면서 아저씨 얼굴을 물끄러미 쳐다보았어요!

아저씨는 그런 에이다를 사려 깊게 바라보며 대답했어요.

"어머니의 선행 역시 아버지의 악행과 마찬가지로 자녀에게 간다는 글을 어디에선가 본 것 같아. 잘 자렴, 우리 장미꽃. 잘 자렴, 꼬마 아줌마. 편히 자면서 좋은 꿈 꾸렴!"

잔다이스 아저씨가 자애로운 표정에 그늘이 깔린 눈으로 에이다를 배웅하는 모습을 본 건 그때가 처음이었어요. 에이다가 벽난로 불빛을 받으며 노래할 때 잔다이스 아저씨가 에이다와 리처드를 찬찬히 바라보던 표정이 떠올랐어요. 얼마 뒤에 에이다와 리처드가 햇살이 환하게 비추는 실내를 걸어가다 그늘 속으로 사라지는 모습을 지켜보던 표정도 떠올랐고요. 하지만 눈빛은 완전히 달랐어요. 신뢰하는 표정으로 저를 바라보는 시선에도 예전과 같은 희망찬 기운과 평온한 느낌은 안 보였어요.

에이다는 그날 밤에 저에게 리처드를 평소보다 많이 칭찬했어요. 그리곤 리처드가 선물한 조그만 팔찌를 팔에 끼운 채 잠들었어요. 저는 한 시간 뒤에 평온히 행복하게 잠든 모습을 보고 그 볼에 뽀뽀하면서, 에이다가 꿈에서 리처드를 만나나 보다 상상했어요.

그날 밤에는 잠자리에 들고 싶은 마음이 안 들어 의자에 앉아서 일했어요. 굳이 언급할 가치는 없겠지만 잠도 안 오고 기분도 울적했거든요. 지금 생각하면 왜 그랬는지 모르겠어요. 아니, 그 이유를 안다는 생각은 안 들어요. 아니, 이유는 안다 해도 그게 문제라는 생각은 안 들어요.

어쨌든 열심히 일해서 기분이 울적할 틈을 주지 말자고 다짐했어요. "에스더! 네가 어떻게 울적할 수 있니. 네가!"라는 말도 자연스럽게 나왔어요. 아니, 호되게 야단쳐야 할 것 같았어요. 왜냐하면…… 그래요, 거울에 비친 모습이 당장에 울 것 같았기 때문이에요. 그래서 "모든 게 행복한 게 아니라 뭔가 슬픈 일이라도 있는 것 같구나, 배은망덕한 것 같으니!"라고 또다시 나무랐어요.

잠자리에 들 수 있다면 당장 그랬겠지만, 그럴 수 없어, 저는 우리 집을 (제 말은 황폐한 집을) 장식하려고 놓던 자수를 바구니에서 꺼내고 의자에 앉아서 작업에 열중하려 했어요. 뜸 하나하나를 세면서 수를 놓아야 하는 터라, 계속 일하다 눈을 도저히 뜰 수 없을 때 잠자리에 들겠다고 마음먹은 거예요.

저는 작업에 금방 빠져들었어요. 하지만 아래층 임시 속풀이 비밀방 재봉틀 서랍에 비단을 놓고 온 터라, 그게 필요한 작업에서 중단하고는 촛불을 들고 비단을 가지러 조용히 내려갔어요. 비밀방에 들어서니, 놀랍게도 아저씨가 여전히 그곳에 앉아서 벽난로 깜부기불을 보고 계시는 거예요. 깊은 생각에 빠져들어, 읽던 책은 옆에 그대로 펼쳐놓은 상태고, 은빛 백발은 혼란스럽게 헝클어져서 이마까지 내려온 걸 보면 깊이 생각하다 손으로 헝클어뜨린 것 같고, 얼굴은 피곤한 표정이었어요. 예기치 않은 아저씨 모습에 행여나 방해될까 겁나서 가만히 있다 물러나려는데, 아저씨가 손으로 머리칼을 다시 헝클어뜨리다 나를 보고 깜짝 놀라며 소리쳤어요.

"에스더!"

저는 필요한 물건을 가지러 왔다고 말했어요.

"얘야, 이렇게 늦도록 일하니?"

"오늘 밤에는 잠을 이룰 수 없어서 늦도록 일하다 지쳐서 잠들려고요. 그런데 친애하는 아저씨도 늦도록 안 주무시네요, 피곤해 보이시는데. 걱정거리가 있어서 잠을 못 이루시는 건 아니겠죠?"

"네가 쉽게 이해할 걱정거리는 없단다, 꼬마 아줌마."

아저씨가 그렇게 후회하는 어투로 말하는 건 처음 들었어요. 그래서 속으로 '내가 쉽게 이해할 걱정거리!'라고 그대로 읊었어요, 그러면 그 의미를 파악하는데 도움이라도 될 것처럼.

"잠시 머물다 가렴, 에스더. 네 생각을 하는 중이었단다."

"제가 걱정거리는 아니겠지요, 아저씨?"

아저씨는 손을 살짝 흔들다 평소 모습으로 돌아왔어요. 변화가 놀라운 데다 엄청난 자제력을 발휘한 터라 저는 '내가 쉽게 이해할 걱정거리!'라고 속으로 다시 중얼거리는 자신을 발견했어요.

"꼬마 아줌마, 네 뿌리에 대해 내가 아는 전부를 알려줘야 한다는 생각을 했단다. 여기에 앉아서 계속 그 생각을 했어. 내가 아는 건 거의 없으면서도. 아니, 전혀 없는 것에 가까우면서도."

"친애하는 아저씨, 예전에 말씀하실 때는……"

제가 말하는데, 무슨 말이 나올 줄 예상하고 아저씨가 진지하게 가로막았어요.

"하지만 네가 나한테 물을 게 있는 것과 내가 너한테 말할 게 있는 건 완전히 다른 문제라는 생각을 했단다, 에스더. 얼마 안 되는 내용이나마 내가 아는 전부를 알려주는 게 도리일 것 같아."

"아저씨가 그렇게 생각하신다면, 그 말씀이 맞겠지요."

제가 말하자, 아저씨는 아주 점잖고 다정하면서도 매우 또렷하게 말했어요.

"그래, 그렇게 생각한단다. 얘야, 지금은 그렇게 생각해. 생각할 가치가 있는 일부 인물이 마음속으로 너를 나쁘게 여기더라도, 최소한 너는 그것을 막연하게 확대해서 받아들이는 일이 결코 없어야 하거든."

저는 의자에 앉아서 당연히 제가 취해야 할 차분한 자세를 유지하려고 살짝 애쓰며 대답했어요.

"아주 어릴 적 기억 가운데 하나는, 아저씨, 대모님이 이렇게 말한 거예요. '네 엄마는, 에스더, 너한테 불명예고, 너는 네 엄마한테 불명예야. 네가 모든 걸 파악해서 여자가 아니면 그 누구도 느낄 수 없는 불명예를 깨달을 때가 올 거다.'"

이 말을 하는 사이에 저는 두 손으로 얼굴을 감쌌지만, 이러면 안 된다는 생각이 들어서 두 손을 떼어낸 다음, 제가 어릴 적부터 그 순간까지 결코 누릴 수 없던 은총을 아저씨 덕분에 누린다고 말했어요.

아저씨는 내 말을 막으려는 듯 한 손을 들고, 저는 아저씨에게 고맙다고 말하면 안 된다는 사실을 아는 터라 입을 다물었어요. 아저씨는 잠시 곰곰이 생각하다 입을 열고요.

"9년이란 세월이 흘렀구나, 은둔 생활을 하던 여인한테 편지 한 통을 받은 날도. 다른 편지와 달리 냉혹한 열정으로 과감하게 써내려간 편지였단다. 편지를 나한테 보낸 이유는 (장황한 편지에 적은 대로) 나를 믿은 여인의 독특한 사고방식 때문일 수도 있고, 그걸 당연하게 받아들인 나의 독특한 사고방식 때문일 수도 있어. 편지는 한 여자애에 대해, 당시 열두 살이던 고아 여자애에 대해, 네가 기억하는 내용처럼 잔인하게 설명하더구나. 네가 태어난 직후부터 은밀하게 기른다고, 너라는 존재의 흔적을 모조리 지운다고, 그래서 여자애가 어른이 되기 전에 자신이 죽으면, 여자애는 친지도 없고 부모도 모른 채 완벽한 무명인으로 남을 거라고 하더구나. 그러더니, 자신이 죽으면 자신이 시작한 일을 내가 마무리할 수 있겠느냐고 묻더구나."

저는 가만히 들으면서 아저씨를 열심히 바라보았어요.

"어릴 적 기억이 그렇다면, 얘야, 그 여인이 모든 걸 예견하고 쓴 우울한 편지를, 아무 죄도 없는 여자애를 속죄양으로 삼으려고 애쓰던 일그러진 신념을 너도 충분히 짐작하겠구나. 나는 여자애가 어둡게 살아갈 게 안타까워서 답장을 보냈단다."

저는 아저씨 손을 움켜잡고 그 손에 뽀뽀했어요.

"편지에는 만나자는 제안을 절대 하지 말라고, 자신은 오래전에 속세와 인연을 끊었다고, 하지만 내가 믿을만한 대리인을 지정하면 만나겠다고 쓰였더구나. 나는 켄지 변호사를 대리인으로 지명했어. 그래서 켄지가 찾아갔는데 묻기도 전에 여인이 스스로, 자기 이름은 가명이라고 했다더구나. 굳이 혈육이 있다면 자신은 여자애 백모라고. 인간적으로 아무리 사정하더라도 그 이상은 절대 말할 수 없다고. (켄지 역시 여인이 확고하게 결심한 걸 충분히 깨달았다더구나.) 얘야, 내가 아는 건 이게 전부란다."

저는 아저씨 손을 여전히 꼭 움켜잡고, 아저씨는 분위기를 바꾸면서 쾌활하게 말했어요.

"나는 그 여자애가 나를 보는 것보다 그 여자애를 훨씬 많이 보면서, 정말 사랑스럽고 유익하고 행복하게 지낸다는 걸 늘 깨닫는단다. 여자애는 내가 해주는 것보다 이만 배 이상을, 아니 그 스무 배를, 매일 매시간 나한테 갚아준단다!"

"그 여자애는 아버지 같은 아저씨한테 하느님 은총이 가득하길 언제나 기도한답니다!"

아버지라는 말에, 아저씨 얼굴에 조금 전과 똑같은 걱정거리가 어리는 게 보였어요. 재빨리 억누르는 바람에 순식간에 사라졌지만, 제가 말하는 순간에 그런 기색이 나타난 건 확실해서 그 말이 아저씨에게 충격을 주었다는 인상을 받았어요. 그래서 속으로 의아하게 여기며 '내가 쉽게 이해할 걱정거리는 없다. 내가 쉽게 이해할 걱정거리는 없다!'는 말만 되뇌었어요. 옳은 말이었어요. 저는 이해를 못 했으니까요. 아주 오랫동안.

"아버지처럼 하는 밤 인사를 받으렴!"

아저씨가 말하면서 이마에 뽀뽀하더니, 이렇게 덧붙였어요.

"그리고 편히 잠자렴. 일하면서 생각하기에는 시간이 너무 늦었어. 우리를 위해서 온종일 그러잖니, 꼬마 가정주부!"

저는 그날 밤에 더 생각하지도 더 일하지도 않았어요. 관심과 은총을 베풀어주시는 하느님께 감사하는 마음을 가득 품고 곤하게 잤답니다.

다음 날에 손님이 찾아왔어요. 앨런 우드코트 선생이에요. 예전에 약속한 대로 작별인사를 하러 온 거예요. 여객선에 의사로 취업해서 중국도 가고 인도도 갈 예정이었어요. 오랫동안, 아주 오랫동안 멀리 떠날 예정이었어요.

우드코트 선생은 부자가 아니었다고 저는 믿어요. 아니, 그렇게 알고 있어요. 홀어머니가 모은 돈은 의사 면허증을 따는 데 전부 들어갔거든요. 런던에서 영향력 없는 개업의는 돈벌이도 안 되고요. 그래서 놀라운 실력으로 가난한 사람을 밤낮으로 수없이 치료하는데도 수입은 거의 없었어요. 나이는 저보다 일곱 살 많았어요. 아무 상관도 없는 이야길 괜히 한 것 같네요.

우드코트 선생은 삼사 년을 개업의로 일했는데, 앞으로 삼사 년 더 그렇게 일할 수 있다면 여객선에 올라타지 않았을 거예요. 본인이 그렇게 말했어요. 하지만 자신도 없고 수입도 부족한 터라 멀리 떠나기로 한 거예요. 우리 모두 그분을 여러 차례 만났어요. 그래서 멀리 떠나는 걸 아쉬워했어요. 실력이 탁월한 의사 가운데서도 돋보이는 데다, 그 분야에서 성공한 훌륭한 의사 몇몇 분 역시 그분을 높이 평가했거든요.

우드코트 선생은 우리에게 작별인사를 하러 오면서 처음으로 어머니도 데려왔어요. 아름다운 노부인으로 까만 눈이 반짝이는데, 자부심이 대단하셨어요. 웨일스 출신으로, 오래전에 "김레트"처럼 들리는 곳에 "모건 앞-케리그"라는 이름을 가진 유명한 조상이 있었는데, 기존에 알려진 어떤 인물보다 탁월하며 그 형제는 하나같이 왕족 비슷했대요. 그런데 그 조상은 산속으로 들어가서 툭하면 싸움질만 하며 사는 것 같은데, "크룸링왈린워"처럼 들리는 이름을 가진 서정시인이 "뮤린윌 인워드" 비슷하게 들리는 시를 써서 그분을 찬양했대요.

우드코트 노부인은 조상의 위대한 명성을 자세히 설명하고선, 자기 아들 앨런은 어디를 가든 가문의 혈통을 기억할 거라고, 그보다 떨어지는 가문과 결혼하는 일은 결코 없을 거라고 장담했어요. 인도에 가면 그곳에 투자하러 간 어여쁜 영국 숙녀가 많고, 그 가운데는 굉장한 부자도 있을 거라고, 하지만 훌륭한 혈통을 타고난 후손은 얼굴이나 재산이 아니라 그 혈통을 제일 먼저 고려해야 한다는 말도 아들에게 했어요. 이 말을 듣고서 저는 순간적으로 고통스러운 상상에 빠져들었어요. 하지만 노부인이 제 혈통을 생각하거나 관심을 기울이리라 생각하는 자체야말로 터무니없는 망상이 아닐 수 없었어요!

우드코트 선생은 어머니의 장광설에 약간 지친 것 같지만, 넓은 마음으로 꾹 참다 화제를 교묘하게 돌려서 잔다이스 아저씨에게 그동안 베풀어주신 환대에, 그리고 우리와 함께 지낸 더없이 즐거운 시간에 – 더없이 즐거운 시간이라니! – 감사드린다고 했어요. 자신이 어디를 가든 그 추억을 떠올리며 소중하게 여길 거라는 말도 했어요. 우리 모두 그분에게 손을 내밀었어요, 차례대로 한 명씩. 저도 내밀었어요. 그분은 에이다 손에 입술을 대고 제 손에도 입술을 댔어요. 그리고 머나먼 항해를 떠났어요!

저는 하인에게 지시하는 글도 쓰고, 잔다이스 아저씨 편지도 대필하고, 잔다이스 아저씨 책과 서류에 묻은 먼지도 털어내고, 열쇠꾸러미를 쨍강대며 돌아다니는 등, 온종일 숨 가쁘게 지냈어요. 해가 떨어질 때도 창가에서 흥얼대며 여전히 바쁘게 일하는데, 뜻밖에도 캐디가 불쑥 들어오는 거예요!

"맙소사, 캐디, 꽃이 정말 예쁘다!"

정말 예쁘고 앙증맞은 꽃다발을 캐디가 한 손에 들었거든요.

"나도 그렇게 생각해, 에스더 언니. 이렇게 사랑스러운 꽃은 처음 봐."

캐디가 하는 말에, 제가 조그맣게 속삭였어요.

"프린스야?"

"아니야, 프린스는."

캐디가 머리를 절레절레 흔들면서 냄새를 맡으라며 꽃다발을 내밀었어요.

"맙소사, 캐디! 애인이 또 있구나!"

"맙소사! 이 꽃다발이 그런 종류로 보여?"

"이 꽃다발이 그런 종류로 보이냐고?"

제가 그대로 되물으며 캐디 뺨을 꼬집었어요.

캐디는 그냥 웃기만 했어요. 그리고 딱 삼십 분만 있다 갈 거라더니, 그러면 프린스가 모서리에서 기다릴 거라더니, 에이다와 저와 창가에 앉아서 수다를 떨었어요. 그러는 사이에도 꽃다발을 저한테 건네거나 제 머리에 갖다 댔어요. 그러다 떠날 시간이 되자, 저를 제 방으로 데려가서 제 옷에 꽃을 꽂았어요. 당연히 저는 깜짝 놀라며 물었지요.

"나한테 주는 거야?"

캐디가 뽀뽀하며 대답했어요.

"그래, 언니한테 주는 거야. 어떤 사람이 놓고 갔거든."

"놓고 가?"

"불쌍한 플라이트 할머니네 집에. 플라이트 할머니한테 아주 잘하던 사람이 한 시간 전에 여객선을 타려고 급히 떠나면서 이 꽃다발을 놓고 갔거든. 아니야, 아니야! 떼어내지 마. 예쁜 꽃을 그냥 두라고."

캐디가 말하면서 조심스럽게 매만지더니, 이렇게 덧붙였어요.

"나도 그 자리에 있었거든, 그래서 어떤 사람이 이 꽃다발을 일부러 놓고 간 이유를 잘 알거든!"

에이다가 뒤로 다가와서 웃으며 제 허리춤을 꼭 껴안고 흥겹게 말했어요.

"이 꽃다발이 그런 종류로 보이냐고? 당연히 그런 종류로 보이지, 더든 아줌마! 꼭 그런 종류로 보여. 정말이라고, 사랑하는 에스더!"

CHAPTER XVIII

데드록 귀부인

리처드가 켄지 변호사 사무실에서 새롭게 도전하는 일은 얼핏 보기에 쉬울 것 같았으나, 실제로는 아니었어요. 리처드 자신이 제일 큰 걸림돌이었어요. 배저 선생 곁을 언제든 떠날 수 있게 되는 순간, 리처드는 과연 자신이 그곳을 떠나길 정말로 바라는지 의심하기 시작했어요. 이런 말까지 했어요. 자신이 진심으로 그러길 바라는지 모르겠다. 자신이 이 분야를 싫어한다고 단언할 순 없다. 다른 분야를 좋아하는 만큼은 이 분야를 좋아할지도 모른다. 그러니 다시 도전해보는 것도 좋을 것 같다! 그러더니 몇 주일 동안 의학서적과 뼈 표본에 빠져들어 상당한 지식을 쌓는 것 같았습니다. 하지만 열정은 한 달 만에 식기 시작하고, 완전히 식는 순간에 다시 타올랐습니다. 법률과 의학 사이에서 한참 갈등하느라, 리처드가 마침내 배저 선생 곁을 떠나서 켄지와 카보이 변호사 사무실에 시험 삼아 들어간 건 한여름이 된 다음이었습니다. 이렇게 심한 변덕을 부리면서도 "이번만큼은" 제대로 해보겠다고 다짐할 정도로 자신만만했습니다. 또, 심하게 흔들리는 기간에도 기분은 항상 쾌활하고 에이다를 좋아해, 우리 역시 리처드와 즐겁게 지내지 않을 수 없었습니다.

이 기간에 동풍이 끊임없이 몰아닥친 "잔다이스 아저씨에 대해" 리처드는 저에게 "그분은 세상에서 가장 훌륭한 분이셔, 에스더! 그분을 위해서라도 이번만큼은 특별히 신경 써서 멋지게 마무리하겠어"라는 다짐까지 했습니다.

리처드가 웃는 얼굴과 경솔한 자세로, 모든 것을 잡을 순 있어도 지킬 순 없다는 환상을 지닌 채, 이번만큼은 제대로 하겠다고 주장하는 게 저는 이상하기만 했습니다. 하지만 리처드는 머리가 하얗게 셀까 걱정스러울 정도로 열심히 공부한다고 우리에게 짬짬이 말했습니다. 리처드가 할 일을 정상적으로 마무리한 것은 (앞에서 말한 대로) 법률이 마음에 드는지 알아보려고 한여름에 켄지 변호사 사무실로 간 것이었습니다.

이러는 동안에도 리처드가 돈을 바라보는 시각은 앞에서 설명한 그대로였습니다. 씀씀이가 헤프고 경솔하면서도, 자신은 신중하게 계산해서 돈을 쓴다고 확신했습니다. 한번은 리처드가 있는 앞에서 에이다에게, 리처드가 켄지 변호사 사무실로 간 다음에도 돈을 마음대로 쓰려면 '포르투나투스의 지갑'[114]이 있어야 하겠다고 농담 반 진담 반으로 말한 적이 있습니다. 그러자 리처드는 에이다에게 이렇게 말하더군요.

"보석처럼 소중한 에이다, 꼬마 아줌마가 한 말을 들었어? 꼬마 아줌마가 왜 그렇게 말할까? 내가 며칠 전에 단추까지 달린 멋진 조끼를 8파운드 남짓으로 샀기 때문이야. 내가 지금까지 배저 선생 밑에 있었

114) 포르투나투스는 중세 유럽 전설에 나오는 거지로, 운명의 여신에게 영원히 안 비는 지갑을 받지만, 결국엔 그것 때문에 파멸한다.

다면 따분한 강의를 들으려고 한 번에 12파운드를 내야 했다고. 그렇다면 이번 거래로 4파운드를 가볍게 벌어들인 거잖아!"

리처드가 시험 삼아 법률에 도전하는 동안 런던에서 지낼 채비를 하는 것도 잔다이스 아저씨가 리처드와 수없이 토론한 주제였습니다. 우리 모두 황폐한 집으로 예전에 돌아왔는데, 런던과 너무 멀어서 리처드로서는 일주일에 한 번 이상 오가기 힘들었기 때문입니다. 잔다이스 아저씨는 리처드가 켄지 변호사 사무실에서 자리를 잡는다면 아파트나 단독주택을 마련해서 우리도 가끔 며칠씩 머물자고 저에게 말하더니, 머리를 의미심장하게 긁으면서 "하지만 꼬마 아줌마, 리처드가 아직은 그곳에서 자리를 잡은 게 아니야!"라고 덧붙였습니다. 그래서 퀸스 광장 근처 조용한 주택가에 아담하고 깨끗한 하숙방을 월세로 구해서 리처드가 묵는 것으로 토론은 마무리되었습니다. 그와 동시에 리처드는 이상한 장식품과 사치품을 사서 자신이 묵을 하숙방을 꾸미느라 가진 돈을 모두 쓰기 시작했습니다. 그럴 때마다 에이다와 저는 쓸모도 없고 비싸기만 한 물건을 사지 말라며 설득하고, 리처드는 어떤 물건의 가격을 알아보고 그 물건보다 싼 걸 사면 차액만큼 버는 셈이라는 궤변을 늘어놓았습니다.

이러한 문제를 다 해결할 때까지, 우리는 보이손 선생 댁을 방문하는 걸 미루었습니다. 그러다 마침내 리처드 하숙방을 구하고, 우리가 떠나지 못할 문제는 모두 사라졌습니다. 아직은 여유가 있어서 리처드도 함께 떠날 수 있지만, 새로운 도전에 푹 빠져든 데다 치명적인 소송의 미스터리를 풀고픈 마음이 강력했습니다. 그래서 우리는 리처드를 뺀 채 떠나고, 사랑하는 에이다는 리처드가 바쁜 걸 칭찬하며 마냥 좋아했습니다.

우리는 역마차를 타고 링컨셔로 흥겹게 떠나고, 스킴폴 선생은 즐거운 동반자로 동참했습니다. 눈이 파란 딸 생일에 쳐들어와서 점거한 사람이 가구를 몽땅 빼냈는데, 스킴폴 선생은 그걸 오히려 다행스럽게 여기는 것 같았습니다. 이렇게 말할 정도였습니다. 의자와 식탁에 싫증 났다. 표현의 다양성이 없어서 하나같이 단조로워, 그것들은 사람을 겸연쩍게 바라보고 사람은 그것들을 겸연쩍게 바라보았다. 그러다 특정 의자와 식탁에 얽매이지 않고 임시로 빌린 가구 사이를 나비처럼 돌아다니고, 장미 나무에서 마호가니로, 마호가니에서 호두나무로, 이 모양에서 저 모양으로 마음대로 바꾸니, 얼마나 즐거운지 모르겠다! 그리고는 정말 우스꽝스럽다면서 덧붙였어요.

"무엇보다 이상한 건, 우리가 의자와 식탁값을 치르지 않았는데도 집주인이 모두 침착하게 들고 나갔다는 거야. 정말 우습더군! 이상하잖아. 의자와 식탁 장사꾼은 집주인한테 월세를 내겠다고 약속한 적이 없는데 말이야. 그런데도 우리 집주인이 그 장사꾼과 다툴 이유가 도대체 뭐냐고? 집주인이 유난히 보기 싫은 뾰루지가 내 콧잔등에 났다면, 내 콧잔등을 할퀴어야지 의자와 식탁 장사꾼 콧잔등을 할퀼 필요는 없잖아. 거기에는 뾰루지가 없으니까. 집주인 논리에 결함이 있는 것 같아!"

"그렇다면 의자와 식탁을 가지고 간 사람이 그 값을 내야 하겠군."

잔다이스 아저씨가 유쾌하게 말하자, 스킴폴 선생이 대답했어요.

"맞아! 바로 그게 이번 사례에서 최고로 불합리한 점이야! 내가 집주인한테 이랬거든. '주인 양반, 당신이 무지막지하게 쓸어간 물건값을 잔다이스라는 훌륭한 친구가 결국엔 모두 치를 거라는 사실을 당신은 모르는군요. 그렇다면 그 친구 소유물이라는 걸 고려해야 하지 않겠소?' 그런데 집주인은 조금도 고려하지 않았어."

"그래서 모든 제안을 거절당했군."

"모든 제안을 거절당했지. 나는 사업가처럼 제안했어. 내 방으로 데려와서 이랬거든. '당신은 사업가가 맞지요?' '그렇소.' '좋습니다, 그렇다면 이제 사무적으로 처리합시다. 여기에 잉크스탠드가 있고, 펜과 종이가 있고, 봉투도 있소. 무얼 원하시오? 나는 당신 집에서 상당한 기간을 지냈으며, 지금처럼 불편한 오해가 일어나기 전까지는 상호 만족했다고 믿으니, 이제라도 우호적이고 사무적으로 처리합시다. 무얼 원하시오?' 그러자 집주인은 내 돈이 무슨 색깔인지 한 번도 본 적이 없다는 - 동부 출신 느낌이 나는 - 상징적인 표현으로 대답했어. 그래서 내가 말했지. '상냥한 친구여, 나는 돈이 있었던 적이 없소. 나는 돈이라는 걸 모르오.' 그러니까 이러더군. '으음, 선생, 내가 시간을 주면 어떻게 하겠소?' '좋은 친구여, 나는 시간이 무언지 모르지만, 그래도 사업가답게 말하는구려. 선생이 펜과 잉크와 종이로 - 그리고 봉투로 - 사무적으로 무엇을 원하든, 나는 그대로 할 준비가 되었소. 다른 사람을 희생시킨 대가로 돈을 받아내지 말고 (그건 멍청한 짓이오) 사업가답게 처리하시오!' 하지만 집주인은 그러지 않았고, 따라서 그걸로 끝났지."

스킴폴 선생이 어린애 같아서 불편을 겪는다면, 그것 때문에 생기는 이익도 분명히 있었어요. 역마차를 타고 가는 동안 (온실에서 기른 상등품 복숭아 한 바구니를 포함해) 신선한 먹거리를 마음껏 즐겼지만, 돈 낼 생각은 한 번도 안 했거든요. 역마차 마부가 요금을 받으러 왔을 때도, 요금이 얼마면 적당하다 생각하느냐고, 넉넉하게 부르라고 기분 좋게 말하더니, 승객 한 명당 반 크라운이라는 대답이 나오자, 모든 걸 고려할 때 그 정도면 싼값이라 말하곤 잔다이스 아저씨가 비용을 낼 때까지 가만히 있었거든요.

날씨는 정말 좋았어요. 산들산들 흔들리는 곡식 줄기는 더없이 아름답고, 종달새는 기쁘게 노래하고, 산울타리마다 야생화가 가득하고, 나무마다 잎사귀가 무성하고, 콩밭 너머로 산들바람이 향긋한 내음을 한가득 퍼트렸어요! 늦은 오후에는 시장이 서는 도시에 들어가, 우리 모두 마차에서 내렸어요. 한적하고 조그만 도시로, 교회 첨탑이 있고 장터가 있고 장터 십자가가 있고 햇살이 환한 거리는 널찍하고, 연못에는 늙은 말 한 필이 다리를 담근 채 더위를 식히고, 조그만 그늘 주변마다 얼마 안 되는 사람이 누워서 잠자거나 일어나 있었어요. 잎사귀가 부스럭거리고 곡식 줄기가 파도치는 길을 따라서 한참을 달려온 뒤라, 날씨는 덥고 주변은 조용하고 한적해, 영국 특유의 조그만 도시 느낌을 그대로 즐길 수 있었어요.

여인숙으로 들어서니, 말 등에 올라탄 보이손 선생이 무개 마차를 옆에 둔 채 우리를 몇 킬로미터 떨어진 집으로 데려갈 채비를 하고 기다리다, 우리를 보고 기뻐하며 말 등에서 날렵하게 내렸어요. 그리곤 우리 모두하고 정중한 인사를 나눈 다음에 말했어요.

"맙소사! 수치스러운 역마차로군. 이토록 극악무도한 역마차는 지상에 없어. 극악무도하기 짝이 없는 역마차야. 도착 예정시간이 25분이나 지났어. 마부를 사형시켜야 마땅해!"

그러자 눈길이 우연히 마주친 스킴폴 선생이 물었어요.

"마부가 정말 그렇게 늦었어요? 나는 그런 걸 모르잖아요."

보이손 선생이 시계를 쳐다보며 대답했어요.

"25분! 아니, 26분! 숙녀가 두 분이나 탔는데, 저 악당은 일부러 26분이나 늦게 도착했다고. 일부러! 우연일 수 없어! 하기야 저 악당 아버지도 - 삼촌도 - 마부석에 앉은 극심한 난봉꾼이었지."

보이손 선생은 잔뜩 화난 어투로 말하면서도 우리가 조그만 마차에 올라타도록 점잖게 손을 잡아주며 환하게 웃었어요. 그래서 떠날 준비를 마치자 마차 문 옆에서 모자를 벗으며 말했어요.

"미안하구려, 숙녀분들. 길을 3㎞나 돌아가야 해서 말이오. 곧장 가려면 레스터네 공원을 지나야 하는데, 나는 숨이 붙어있는 동안 그놈과 소송을 벌이는 땅에 내 발은 물론 말발굽조차 안 들이겠다고 단단히 맹세했다오!"

여기까지 말하다 잔다이스 아저씨와 눈이 마주치자, 갑자기 엄청난 웃음을 터트리는 바람에 한적한 시골이 전부 흔들리는 것 같았어요.

우리는 마차를 타고 보이손 선생은 도로 옆 녹색 풀밭으로 말을 몰며 갈 때, 잔다이스 아저씨가 물었어요.

"데드록 부부는 지금 여기에 있나요, 선배?"

"오만한 멍텅구리 경께서 여기에 계신다네. 하하하! 오만한 경께서 계시긴 하는데, 다행히도 방에 갇혀서 누운 채 꼼짝을 못 하신다네. 우리 귀부인이……"

보이손 선생은 이 호칭을 말할 때 언제나 그런 것처럼 정중한 자세를 취하는 게, 이번 다툼에서 귀부인만큼은 특별히 예외로 하는 것 같았어요.

"……오기만 매일 기다리겠지. 하지만 우리 귀부인이 최대한 미루다 나타난다 해도 나는 안 놀라겠네. 그렇게 훌륭한 여인이 준남작이라는 간판밖에 없는 덜떨어진 사내와 결혼했다는 사실이야말로 인간적으로 아무리 생각해도 풀 수 없는 미스터리거든. 하하하하!"

"우리가 머무는 동안 그 공원에 발을 들여놓아도 되겠지요? 선배 맹세가 우리까지 적용되는 건 아닐 테니까?"

잔다이스 아저씨가 물으면서 웃자, 보이손 선생은 예의 바른 미소를 우아하게 머금은 얼굴로 에이다와 저에게 허리를 숙였어요.

"손님한테 적용하면 안 되지, 여기를 당장 떠나겠다고 하지만 않는다면. 체스니 대저택으로 직접 안내하는 행복을 누릴 수 없다는 사실이 안타까울 뿐이야, 정말 아름다운 곳이거든! 하지만 여름철 햇살을 두고 맹세하는데, 잔다이스, 자네가 우리 집에 머무는 동안 대저택 주인을 직접 찾아간다 해도 냉대를 받을 일은 없을 거야. 그 작자는 여드레 시계[115]처럼 움직이거든. 조금도 안 움직이는 화려한 상자 안에서 꿈틀대는 여드레 시계처럼 말이야. 하하하! 이웃에 사는 보이손이라는 친구의 친구들한테, 내가 장담하는데, 아주 뻣뻣하게 굴긴 하겠지만!"

"내가 그 사람을 시험하는 일은 없을 거예요. 그 사람이 나를 만나는 영광에 무관심한 것처럼, 나 역시 그 사람을 만나는 영광에 무관심하니까. 일반 관광객처럼 저택과 주변 풍경만 볼 수 있는 거로 충분히 만족해요."

잔다이스 아저씨가 말하자, 보이손 선생이 대답했어요.

"으음! 그렇다면 다행이군. 지금은 감시가 철저하거든. 근방에서는 나를 번개에 도전하는 또 다른 아약스[116]로 여긴다네. 하하하하! 일요일에 조그만 마을 교회에 들어가면, 얼마 없는 신자 대부분은 내가 데드록 성질을 건드린 것 때문에 벼락에 맞아서 온몸이 쪼그라든 채 바닥에 쓰러질 거라고 쑥덕대거든. 하하하하! 데드록 역시 내가 벼락에 안 맞아서 깜짝 놀란 게 분명하고. 하늘을 두고 맹세하는데, 그놈은 누구보다 천박하고 얄팍한 채 멋만 부리는, 머리에 똥만 가득한 놈이거든!"

꾸준히 올라가던 언덕 정상에 이르자, 보이손 선생은 체스니 대저택을 가리키느라 그 주인에 관한 관심에서 벗어났어요.

고풍스러운 대저택은 그림 한 폭 같고, 멋진 공원은 나무가 울창했어

115) 8일에 한 번씩 태엽을 감는 시계.
116) 그리스 영웅으로, 트로이 전쟁 때 자신은 벼락에 맞아도 괜찮다고 자랑하다 미네르바 여신이 던진 벼락에 맞아서 죽는다.

요. 나무 사이로, 저택과 멀지 않은 조그만 교회 첨탑을 가리키는데, 보이손 선생이 말하던 마을 교회였어요. 아, 장엄한 숲 위로 햇살과 그림자가 빠르게 흘러가는 모양은 하늘에서 천사들이 좋은 일을 하려고 여름 공기를 헤치며 돌아다니는 것 같고, 경사면은 부드럽고 푸르르며, 강물은 반짝이고, 다양한 꽃이 조화롭게 무리를 이룬 정원은 화려한 색상이 넘쳐흘러 더없이 아름다웠어요! 대저택은 박공널과 굴뚝, 큰 탑, 조그만 탑, 어두운 입구, 걷기 좋게 널찍한 테라스, 화분에서 자라난 장미꽃이 테라스 난간을 온통 휘감은 풍경과 장엄하면서도 고요한 정적에 휩싸인 평화로운 분위기는 세상 풍경 같지 않았어요. 모든 게 에이다와 저에게 크나큰 감동으로 다가왔어요. 저택, 정원, 테라스, 푸르른 경사면, 강물, 쭉쭉 올라간 참나무, 양치류, 이끼, 또다시 펼쳐지는 숲, 저 멀리 흐드러지게 피어난 보라색 꽃 등, 모든 게 평화 그 자체였어요.

조그만 마을로 들어서서 '데드록 술집'이라는 간판을 정면에 달아놓은 조그만 여인숙을 지날 때는 보이손 선생이 여인숙 입구 앞 벤치에 앉아있는 젊은 신사와 인사를 주고받는데, 젊은 신사 옆에는 낚시도구가 있었답니다.

"저 젊은이는 라운스웰 부인이라는 하녀장 손자인데, 저택에서 일하는 예쁜 소녀와 사랑에 빠졌지. 데드록 귀부인이 예쁜 소녀를 좋아해서 옆에 두고 시중들게 하는데, 젊은 친구는 그 같은 영광을 조금도 반기지 않는다네. 하지만 아직은 결혼할 수 없어, 어여쁜 소녀 역시 마음이 있더라도. 그러니 젊은이로서는 최선을 다할 수밖에 없지. 툭하면 찾아와서 하루 이틀씩 머물곤 한다네……낚시하면서. 하하하하!"

"두 사람이 약혼했나요, 보이손 선생님?"

에이다가 묻자, 보이손 선생이 대답했어요.

"친애하는 에이다 양, 두 사람이 서로에 대한 마음을 알고는 있는 것 같아. 하지만 내가 장담하는데, 이제 곧 두 사람을 만날 테니 그 부분은 내가 자네한테 듣는 게 좋겠네…… 자네가 나한테 듣는 게 아니라."

에이다는 얼굴을 붉히고, 보이손 선생은 예쁜 회색 말을 몰고 앞으로 달리다 주택 입구에 내려서 모자를 벗고, 우리가 다가가는 순간에 우리를 맞이하며 손을 빌려줄 준비를 하고 기다렸어요.

보이손 선생이 사는 집은 아름다웠어요. 예전에 사제관으로 사용하던 곳인데, 앞에는 잔디가 있고 옆에는 화사한 꽃밭이 있고 뒤에는 잘 기른 과수원과 채소밭이 있어서 담을 멋지게 둘러쳤는데, 담 자체도 빨갛고 고풍스러운 모습이 보기 좋았어요. 하지만, 정말이지, 주변 모든 게 풍성하고 성숙했어요. 오래된 보리수나무가 늘어선 진입로는 녹색 회랑 같고, 앵두나무와 사과나무는 그늘 속에 열매가 묵직하고, 구스베리 덤불은 열매가 하도 많이 달려서 가지가 휘어 땅바닥에 걸치고, 딸기와 산딸기는 가득하고, 복숭아는 담장에 수백 개 달려서 햇살을 받았어요. 펼쳐놓은 그물과 햇살을 반짝이며 윙크하는 유리 온실 사이에는 축 늘어진 콩과 오이와 호박이 가득한 게, 땅바닥 곳곳이 채소를 쌓아놓는 보물창고 같고, (건초를 옮기는 주변 목초지는 말할 것도 없이) 허브를 비롯해 몸에 좋은 온갖 식물이 내뿜는 향긋한 내음은 주변 공기를 거대한 꽃다발처럼 만들었어요. 고풍스럽게 둘러싼 빨간 담장 안쪽은 날아드는 새를 쫓으려고 꽃 줄에 달아놓은 깃털조차 꼼짝을 안 할 정도로 고요하며 평화롭고요. 담장 자체도 숙성시키는 힘이 있어, 높은 담장 여기저기에 박힌 채 쓸모없이 매달린 못과 천 조각[117] 조차 세월이 변하면서 숙성할 거라는, 누구나 적용되는 운명대로 녹슬

117) 식물 줄기를 잡아주려고 벽에 박았던 못과 천 조각.

어 문드러질 거라는 사실을 쉽게 떠올릴 수 있었어요.

주택 내부는 정원과 비교하면 약간 어수선하지만, 바닥에 벽돌을 깐 주방이 있고 커다란 굴뚝 안에는 편한 의자가 있고[118] 천장에는 굵직한 대들보가 가로지르는 진짜 오래된 집이었어요. 건물 한쪽은 분쟁이 일어난 끔찍한 땅 조각에 걸쳐, 보이손 선생이 밤이고 낮이고 작업복 차림으로 보초를 세워놓는데, 임무는 적이 침략할 경우에 커다란 종을 재빨리 울리고 개집에 넣어둔 불도그 연합군을 풀어준 다음, 함께 힘을 합쳐서 적을 깨끗하게 말살하는 것 같았어요. 이러한 예방조치로도 만족할 수 없어, 보이손 선생은 그쪽에 기둥을 세워놓고 페인트를 칠한 판자로 엄숙하게 경고하면서 자기 이름을 커다랗게 적었어요. '불도그를 조심하라. 정말 사납다. 로렌스 보이손.' '나팔총에 산탄을 장전했다. 로렌스 보이손.' '인간을 잡는 올가미와 용수철 총을 밤낮으로 설치한다. 로렌스 보이손.' '조심하라. 이 땅을 철면피처럼 침범하는 자는 누구든 매질을 당하고, 법의 가혹한 처벌을 받으리라. 로렌스 보이손.' 보이손 선생은 새가 머리에 올라타서 돌아다니는 동안, 거실 창문에서 손으로 일일이 가리키며 경고판을 보여주다 "하하하하! 하하하하!" 하고 커다랗게 웃어, 저는 보이손 선생이 몸에 병이나 나지 않을까 걱정스러웠어요.

"하지만 이러면 문제만 일으킬 거예요, 무척 진지하지 않으면."

스킴폴 선생이 가벼운 어투로 말하자, 보이손 선생이 말할 수 없이 흥분하며 대답했어요.

"진지하지 않으면! 불도그가 아니라 사자를 구할 수 있다면 사자를 조련해서 우리 땅으로 겁도 없이 침입하는 사악한 도적놈한테 달려들도록 했을 거라고. 레스터 데드록 경이 일대일로 결투하는데 동의한다

---

118) 벽난로 주변을 굴뚝으로 감싸, 추위가 매서울 때 안에서 몸을 따듯하게 데우는 구조다.

면, 지금까지 알려진 어떤 무기라도 들고 맞서 싸울 거고. 나는 그만큼 진지하다고. 더할 나위 없이!"

그 집에 도착한 건 토요일이었어요. 그래서 일요일 아침에 우리 모두 공원에 있는 조그만 마을 교회로 걸어가기로 했어요. 분쟁이 일어난 땅 바로 옆 공원에 들어서서 우리는 녹색이 짙은 잔디와 아름다운 나무 사이로 굽이치는 오솔길을 상쾌하게 따라가다, 마침내 교회 입구로 들어섰어요.

신자는 조금이고 차림새는 소박했어요. 대저택에서 온 하인만 예외로, 일부는 벌써 자리에 앉고 일부는 안으로 들어오는 중이었어요. 제복을 당당하게 차려입은 하인도 있고, 늙은 마부도 있는데, 지금까지 마차에 올라탄 채 사치와 허영에 들뜬 사람 전부를 공식적으로 완벽하게 대변하는 모습이었어요. 어여쁜 젊은 여자도 여럿인데, 그중에서 늙고 잘생긴 얼굴에 당당하면서도 단정한 풍채가 유난히 눈에 띄는 하녀장도 있었어요. 보이손 선생이 말한 예쁜 소녀는 바로 그 옆에 있는데, 어여쁜 모습을 보니, 멀지 않은 곳에서 젊은 낚시꾼이 바라보는 시선을 의식하고 빨갛게 달아오른 얼굴이 아니더라도 한눈에 알아볼 수 있었어요. 잘생기긴 했어도 마음에 안 드는 얼굴도 있는데, 예쁜 소녀는 물론 그곳에 있는 모든 사람과 모든 풍경을 사악하게 노려보는 표정이었어요. 프랑스 여자였어요.

종은 여전히 울리고 중요한 인물은 나타나기 전이라 교회를 느긋하게 둘러보니, 무덤처럼 흙냄새가 나는, 어둡고 오래되고 엄숙하고 조그만 교회라는 생각이 절로 들었어요. 창문마다 나무가 무성한 그늘을 드리워서 부드러운 햇빛만 들어와, 사람들 얼굴이 창백하게 보이고 바닥에 있는 오래된 황동 명판과 습기 머금은 기념비는 어둡게 보이는 반면에 조그만 입구로 들어오는 햇살은 그만큼 더 눈부시게 보이는데,

종 치는 사람이 그곳에서 종을 마냥 단조롭게 울려댔어요. 하지만 그쪽 방향이 술렁이면서 소박한 시골 사람들 얼굴에 감탄하는 표정이 공손하게 어리는 데다, 이제 막 나타난 사람의 존재를 단호하게 무시하려는 표정이 보이손 선생 얼굴에 모질면서도 덤덤하게 떠오르는 걸 보고, 저는 중요한 인물이 나타났으니 미사를 금방 시작하겠다고 생각했답니다.

"가엾은 종을 재판에 부치지 말아 주소서, 살아있는 사람치고……"[119)]

자리에서 일어나다 우연히 마주친 얼굴을 보는 순간에 심장이 마구 쿵쾅거린 걸 어떻게 잊을까요! 권태로움이 가득한 표정에서 일어난 것처럼 잘생기고 자부심 가득한 눈초리로 저를 쳐다보던 시선을 과연 어떻게 잊을까요? 저는 성서로 눈길을 재빨리 떨어뜨렸지만, 찰나의 순간에 아름다운 얼굴을 속속들이 파악했답니다.

정말 이상한 점은 대모님 집에서 지내던 외로운 시절이 갑자기 가슴 속에서 마구 솟구쳤다는 사실이에요. 인형에게 옷을 입힌 뒤에 조그만 거울 앞에서 옷을 입으려고 제가 까치발로 일어서던 시절까지요. 귀부인 얼굴을 처음 보는데도 이 모든 광경이 너무나 생생하게, 완벽하고 확실하게 떠올랐어요.

커다란 가족석을 차지한 또 다른 인물이, 통풍에 시달리는 백발의 딱딱한 신사가 레스터 데드록 경이란 사실은, 그렇다면 그 여인이 데드록 귀부인이라는 사실은 쉽게 파악했어요. 그런데 그 얼굴을 보는 순간, 어릴 적 추억이 깨진 유리 조각처럼 산발적으로 떠오르는 이유는, 그 시선을 우연히 마주치는 순간에 (지금까지) 심장이 뛰면서 힘든 이유는 도무지 파악할 수 없었어요.

저는 제 마음이 괜히 허전하기 때문이라 판단하고 성서 읽는 소리에

119) 시편 143편 2절.

집중해서 이겨내려고 했어요. 그런데, 더더욱 이상한 것은, 그 소리가 성서를 읽는 사람 목소리가 아니라 아직도 또렷하게 기억나는 대모님 목소리로 들린다는 사실이었어요. 그래서 저는 혹시 데드록 귀부인 얼굴이 우연하게도 대모님 얼굴과 닮아서 그런 것 아닌가 하고 생각했어요. 물론, 약간 닮은 것 같기는 했어요. 하지만 표정이 완전히 달랐어요. 대모님 얼굴에 가득한 엄숙하고 단호한 표정은 깃털로 바위라도 뚫을 것 같았는데 눈앞에 있는 귀부인 얼굴에는 그런 표정이 없으니, 제가 그토록 커다란 충격을 받은 건 얼굴이 비슷하기 때문일 수 없었어요. 게다가 데드록 귀부인 얼굴에 가득한 거만함과 오만함 역시 누구에게도 본 적이 없었어요. 그런데도 제가, 더없이 외롭게 살던, 생일조차 기뻐할 수 없던 어릴 적 에스더가, 생생하게 보이는 것 같았어요. 지금까지 만날 꿈조차 꾼 적 없는 화려한 귀부인을 보는 순간에 과거의 묘한 기운이 이끄는 것 같았어요. 이제 막 처음 본 귀부인을 완벽하게 안다는 느낌이었어요.

그래서 심장은 물론 몸까지 덜덜 떨리다 보니, 프랑스 하녀가 쳐다보는 눈길까지 신경이 쓰였어요. 그 여자는 교회에 들어오는 순간부터 모든 곳을 감시하는 눈초리로 여기저기 쳐다본다는 걸 알면서도요. 하지만 낯선 감정을 천천히 조금씩 이겨냈어요. 그래서 상당한 시간이 지난 다음에 데드록 귀부인을 다시 쳐다보았어요. 설교하기 전에 성가를 부르려고 준비할 때였어요. 귀부인은 저에게 아무런 관심도 없고, 저는 두근거리던 심장이 완전히 가라앉았어요. 귀부인이 안경 너머로 에이다나 저를 한두 차례 쳐다볼 때 말고는 두 번 다시 두근거리지 않았어요.

미사가 끝나자, 레스터 데드록 경은 – 묵직한 지팡이를 짚으며 걸어야 하는데도 – 데드록 귀부인에게 팔을 당당하고 세련되게 내밀어서

두 사람이 타고 온 마차가 기다리는 교회 바깥으로 에스코트했어요. 그와 동시에 하인들은 흩어지고 신자들도 흩어지는데, 그 모습을 레스터 데드록 경은 (스킴폴 선생이 보이손 선생에게 말해서 한없이 기쁘게 한) 천국의 대지주 같은 표정으로 물끄러미 바라보았어요.

"저놈은 진짜 그렇게 믿어! 확고하게. 저놈 아버지도, 저놈 할아버지도, 저놈 증조할아버지도 그렇게 믿었고!"

보이손 선생이 악담하자, 스킴폴 선생이 불쑥 말했어요.

"선배도 알다시피 나는 저런 유형과 만나는 걸 좋아한답니다."

"정말!"

보이손 선생이 한탄하고, 스킴폴 선생은 계속 말했어요.

"저 사람이 나를 후원하길 바란다고 해보자고요. 그럼 나는 대환영이에요! 조금도 반대하지 않아요."

"내가 반대하네."

보이손 선생이 강하게 말하고, 스킴폴 선생은 아무렇지 않게 대답했어요.

"정말요? 하지만 그러면 문제만 일어날 거예요. 그런데 무엇 때문에 문제가 일어나게 하는 거죠? 나를 보세요. 나는 어린애라서 무어든 흘러가는 대로 놔둔다고요. 문제를 일으키지 않아요! 가령, 여기에 내려온 김에 위대한 영주를 찾아가서 충성을 맹세하는 거예요. 멋있잖아요! '위대한 영주여, 내 충성을 받으소서! 충성하는 마음은 억누르는 편보다 바치는 편이 편하나이다. 자, 받으소서. 저한테 무어든 바람직한 성품을 보여주신다면 기쁘게 여기겠나이다. 저한테 무어든 바람직한 성품을 하사하신다면 기쁘게 받겠나이다.' 그러면 위대한 영주는 대답하겠지요. '참으로 사리를 아는 자로다. 내 마음에 쏙 드는구나. 이 자가 있다면 내가 고슴도치처럼 바늘을 곧추세운 채 굴러다닐 필요는 없겠도다. 나는 마음을 열고 세력을 확대해서 희망찬 미래를 펼칠 테니, 너와 나의 복이로다.' 이러면 나는 정말 좋겠어요, 어린애처럼 말해서!"

"그렇다면 자네가 내일 다른 곳에 갔는데, 그곳에서 저 인물을 반대하는 사람을, 혹은 나를 만났다고 치세. 그럼 어떻게 하겠나?"

보이손 선생이 묻자, 스킴폴 선생이 단순하고 솔직하게 대답했어요.

"그럼 어떻게 하겠느냐고요? 똑같이 하지요! 이러는 거예요. 선배를 그 사람이라 치고, '존경하는 보이손 나리, 귀하는 위대한 영주를 반대하시나요? 좋습니다. 저도 반대합니다. 저는 사회제도를 바람직하게 만들려고 노력합니다. 모든 사람이 노력해서 사회제도를 바람직하게 만들어야 한다고 생각합니다. 한마디로, 조화로운 제도를요. 따라서 귀하가 반대하신다면, 저도 반대합니다. 그러니 존경하는 보이손 나리, 이제 밥이나 먹으러 갑시다!'"

"하지만 존경하는 보이손 나리께서 말씀하시길, 내가……"

보이손 선생이 잔뜩 빨갛게 달아오른 얼굴로 대답하는데, 스킴폴 선생이 재빨리 막았어요.

"나도 알아요. 당연히 그러겠지요."

그러자 보이손 선생이 금방이라도 폭발할 것처럼 지팡이로 땅바닥을 내려치며 소리쳤어요.

"……내가 밥이나 먹으러 갈 거라면! 그 사람은 이렇게 말할 걸세. '자네한테 원칙이라는 게 있나, 해럴드 스킴폴?'"

스킴폴 선생은 순진한 미소를 머금으며 명랑하게 대답했어요.

"그 해럴드 스킴폴은 당연히 이렇게 말하겠지요. '나는 지금까지 그걸 조금도 모르고 살았다오! 귀하가 그렇게 부르는 것이 무엇이며 어디에 있으며 누가 가졌는지도 모른다오. 귀하가 그걸 가져서 편안하다면,

마냥 기뻐하며 진심으로 축하하겠소. 하지만 나는 그게 무언지 모른다오. 어린애에 불과해서 그런 게 있다는 주장도 안 하고 바라지도 않으니 말이오!' 그러니 존경하는 보이손 나리와 나는 결국 밥이나 먹으러 가는 겁니다!"

이것은 두 분이 늘 대화하던 주제 가운데 하나로, 행여나 바람직하지 않은 사태로, 우리를 초대한 주인이 심하게 폭발하는 사태로 나아가지 않을까 저는 초조했답니다. 하지만 보이손 선생은 우리를 대접해야 한다는 의식이 강하고, 잔다이스 아저씨는 스킴폴 선생이 온종일 비눗방울을 불어대다 터트리는 아이라도 되는 것처럼 진심으로 웃어 재끼니, 아찔한 사태로 나아가는 일은 없었답니다. 스킴폴 선생은 자신이 아슬아슬하게 몰아간다는 사실을 모른 채, 공원에 들어가서 절대 마무리하지 않을 스케치를 하거나, 피아노로 곡조를 일부만 치거나, 노래 몇 가락을 부르거나, 나무 밑에 벌러덩 누워서 하늘을 바라보며, 직접 말한 바에 따르면, 자신이 한 말을 떠올리곤 했답니다. 스킴폴 선생에게 딱 맞는 방식이지요. 그래서 (벌러덩 누운 채) 우리에게 말하곤 했답니다.

"나는 진취적인 기상과 노력을 좋아해. 진정한 국제주의자처럼. 진취적인 기상과 노력에 깊이 공감하거든. 그늘에 누워서도, 북극에 가고 열대 우림 한가운데를 꿰뚫으며 탐험하는 정신[120]을 진짜 좋게 여긴다고. 돈만 중시하는 사람은 '북극에 가는 게 무슨 소용이야? 무슨 도움이나 되냐?'고 묻는데, 나는 대답할 수 없어. 하지만 이런 말은 분명히 할 수 있어. 그 사람이 탐험하는 건, 자신은 모를 수 있지만, 내가 여기에 누워서 생각하도록 하려는 목적일 수 있다고. 극단적인

120) 북극은 존 프랭클린 경이 탐험하다 1847년에 사망했으며, 아프리카 탐험가로 가장 유명한 인물은 데이비스 리빙스톤으로, 1841년에 아프리카 탐험을 시작했다.

사례를 들어보자고. 미국 농장에서 일하는 노예를 생각하는 거야. 아마도 그들은 굉장히 힘들게 일하고, 아마도 그들은 그렇게 일하는 걸 완전히 싫어할 거야. 아마도 그렇게 일하는 건 전체적으로 불쾌한 경험일 거야. 하지만 그들은 내가 그 풍경을 보고 시적 감흥을 떠올리도록 하는 게, 아마도 바로 그게 그들이 존재하는 이유 가운데 하나일 수 있어. 진짜 그렇다면 나는 정말 감동할 거야, 진짜 그럴까 하는 의심은 조금도 안 하고!"

저는 이럴 때면 스킴폴 선생이 부인과 자녀 생각은 하는지, 이들이 국제주의자 마음에 어떻게 나타나는지 궁금했어요. 제가 이해하는 한 부인과 자녀 생각은 어떤 식으로도 안 했거든요.

교회에서 심장이 두근거리고 일주일이 지나서 토요일이 다시 찾아왔어요. 하루하루가 햇살은 쨍쨍하고 하늘은 새파래, 숲으로 들어가서 돌아다니면 아름답게 반짝이는 햇살은 투명한 잎사귀 사이로 내리쬐거나 나무 그늘을 꿰뚫고, 새들은 노래를 쏟아내고 윙윙대는 벌레 소리는 한가롭기 그지없었어요. 숲에 깊숙이 들어가면 작년에 떨어진 낙엽과 이끼가 무성한, 우리가 제일 좋아하는 곳이 있는데, 바닥에 쓰러져서 껍질이 모두 벗겨진 나무도 몇 그루 있었어요. 그 나무 사이에 앉아서 기둥이 수천 개 자연스럽게 솟구쳐오른 녹색 풍경과 하얗게 변한 나무줄기 너머로 먼 풍경을 바라보면, 우리가 앉은 그늘과 달리 나무 사이로 한없이 밝게 빛나며 무지개처럼 휜 전망은 천국이라도 바라보는 느낌이었어요. 이날 토요일에도 잔다이스 아저씨와 에이다와 저는 거기에 앉았는데, 갑자기 멀리서 천둥소리가 일더니 나뭇잎 사이로 굵직한 빗방울이 떨어지는 거예요.

날씨가 일주일 내내 후덥지근하긴 했지만, 나무 그늘에 있던 우리에게는 비바람이 너무나 갑자기 불어닥쳐, 숲을 벗어나기도 전에 천둥과 번개가 일고 나뭇잎 사이로 떨어지는 빗방울은 커다란 납 구슬처럼 변했어요. 나무 사이에 있으면 안 되는 터라, 우리는 마구 달려서 숲을 빠져나와, 널찍한 판자 사다리 같은 걸 두 줄로 기다랗게 이어서 농장 울타리를 가로지른 이끼 가득한 계단을 오르내려, 근처에 있던 관리인 오두막으로 다가갔어요. 나무 사이로 짙게 깔리는 노을을 배경으로 까맣게 자리한 풍경이 아름다워서 자주 구경하던 오두막이었어요. 담쟁이덩굴이 휘감은 모습도 아름답고, 근처에 가파른 구멍이 있는데, 한번은 관리인 강아지가 물웅덩이라도 되는 듯 그 속에서 피어난 양치류로 달려드는 광경도 보았답니다.

하늘에 먹구름이 가득해서 오두막 역시 어두컴컴한 터라, 확실히 보인 건 그곳 처마에서 비를 피할 때 관리인이 나와서 에이다와 제가 앉도록 의자 두 개를 갖다 놓는 광경이 전부였어요. 격자 창문마다 활짝 열어젖혀, 우리는 처마 바로 안쪽에 앉아서 비바람을 구경했어요. 바람이 불어닥쳐서 나무를 휘고 비를 연기구름처럼 몰아가는 광경도, 천둥이 장엄하게 울리고 번갯불이 번쩍이는 광경도 웅장했어요. 거대한 자연이 하찮은 우리 삶을 에워쌌다는, 잔뜩 화내며 퍼부어대는 빗줄기가 사실은 더없이 은혜롭다는, 그 빗줄기 때문에 제일 조그만 꽃과 잎사귀까지 새롭게 피어난다는 생각이, 모든 걸 새롭게 창조한다는 생각이 저절로 일어났어요.

"빗방울이 튀는 곳에 앉으면 위험하지 않겠어?"

"아니야, 괜찮아, 에스더!"

에이다가 차분하게 대답했어요.

에이다는 저에게 대답했지만 제가 물은 말은 아니었어요.

심장이 다시 두근거렸어요. 예전에 그 얼굴을 본 적이 없는 것처럼 그 목소리를 들은 적도 없지만, 저에게 이상한 영향을 미치는 건 똑같았어요. 순간적으로 어릴 적 생각이 또다시 파편처럼 떠올랐어요.

우리가 도착하기 전에 데드록 귀부인이 오두막에 들어가서 비를 피하다 어두운 내부에서 밖으로 나온 거예요. 그리고 제 뒤에서 의자에 한 손을 올린 거예요. 고개를 돌리니, 제 어깨 바로 옆에 손을 얹은 귀부인이 보였어요.

"나 때문에 놀랐니?"

귀부인이 말했어요.

아닙니다. 놀라지 않았습니다. 제가 왜 놀라겠어요!

"잔다이스 선생님 같군요."

데드록 귀부인이 말하자, 잔다이스 아저씨가 대답했어요.

"저를 기억하시다니, 영광입니다, 데드록 귀부인."

"일요일에 교회에서 알아보았답니다. 레스터 데드록 경이 겪는 분쟁 때문에 - 하지만 데드록 경이 일으킨 분쟁은 아닌듯한데 - 아는 척한다는 게 이상하게 어렵더군요."

귀부인이 말하자, 잔다이스 아저씨가 미소를 머금으며 대답했어요.

"저도 상황을 아니, 충분히 이해합니다."

귀부인이 습관이기라도 한 듯 무심하게 손을 내밀며 무심하게 말하는데, 목소리는 정말 상쾌했어요. 아름다운 만큼 우아하고 완벽하게 냉정한 게, 마음만 먹는다면 누구라도 홀딱 빠져들게 할 것 같았어요. 관리인은 벌써 의자를 가져와서 우리 한가운데에 놓고 귀부인은 거기에 앉았어요. 그러더니 어깨너머로 잔다이스 아저씨께 말했어요.

"선생께서 데드록 경한테 편지로 부탁했지만, 안타깝게도 데드록 경에게 도울 힘이 없던 젊은이는 자리를 잡았는지요?"

"그랬길 바랍니다."

잔다이스 아저씨가 대답했어요.

귀부인은 잔다이스 아저씨를 존경하는 것 같았어요. 환심을 사려는 마음조차 있는 것 같았어요. 거만한 태도에는 사람을 끌어당기는 뭔가가 있는 데다, 어깨너머로 말하는 사이에 익숙한 느낌마저 들었어요. 편안한 느낌이라는 표현을 사용하려고 했지만, 그 정도까지는 아닌 것 같았어요.

"이 아가씨가 법정 피후견인 에이다 양인가요?"

잔다이스 아저씨는 에이다를 정식으로 소개하고, 귀부인은 어깨너머로 다시 말했어요.

"이렇게 아름다운 아가씨를 후원만 한다면, 선생께서도 정의로운 돈키호테 같은 특징을 잃겠군요. 그런데……"

귀부인이 고개를 돌려서 저를 정면으로 바라보며 덧붙였어요.

"이 아가씨도 소개하시죠!"

"에스더야말로 진정한 피후견인이라고 할 수 있지요. 대법관이 명령한 게 아니니까요."

"에스더 아가씨는 부모를 모두 잃었나요?"

"그렇습니다."

"후견인이 생겨서 다행이겠군."

귀부인이 쳐다보면서 물어, 저 역시 쳐다보며 그렇다고 대답했습니다. 그러자 귀부인이 갑자기 불쾌하거나 혐오스러운 듯한 표정을 떠올리며 고개를 돌리더니 어깨너머로 다시 말했어요.

"예전에는 자주 만났는데, 세월이 많이 지났지요, 잔다이스 선생?"

"네, 세월이 많이 지났지요. 최소한, 지난 일요일에 뵙기 전까지는, 저도 참 오랜 세월이라고 생각했습니다."

"맙소사! 선생조차 아부하시는군요. 그러실 필요가 있나요? 저한테 그런 평판이 생겼나 보군요."

귀부인이 경멸스럽다는 어투로 말하자, 잔다이스 아저씨가 대답했어요.

"그동안 많은 걸 이루었으니 대가를 조금은 치러야겠지요. 하지만 저는 이룬 게 없답니다."

"많은 걸 이루었다! 그래요!"

귀부인이 살짝 웃었어요.

우월하고 세력도 있고 매력도 있는 터라, 에이다와 저를 어린애 정도로 여기는 것 같았어요. 그래서 살짝 웃을 때도, 가만히 앉아서 빗방울을 쳐다볼 때도, 주변에 아무도 없는 것처럼 자유롭고 냉정하게 자기 생각 속으로 빠져드는 것 같았어요. 그러다 어깨너머로 다시 쳐다보며 물었어요.

"지금 생각하면 우리가 해외에 있을 때 선생께서는 저보다 우리 언니와 친하게 지내신 것 같은데요?"

"맞습니다, 훨씬 자주 만났지요."

"저와 언니는 서로 다른 길을 갔어요. 헤어지기 전부터 공통점이라곤 거의 없었지요. 지금 생각하면 참 안타깝지만, 다른 방법은 없었을 것 같아요."

귀부인이 말하곤 빗방울을 다시 쳐다보았어요. 비바람은 금방 지나가기 시작했어요. 소낙비는 많이 줄고, 번개는 사라지고, 천둥은 산 너머 멀리서 울리고, 태양은 떨어지는 빗방울과 축축한 잎사귀를 다시 반짝였어요. 우리 모두 말없이 앉아있는데, 조그만 마차 한 대가 흥겹게 다가왔어요.

"심부름간 사람이 마차를 가지고 돌아오는군요, 마님."

관리인이 말했어요.

마차가 다가오자 안에 탄 두 사람이 보였어요. 그러더니 처음에는 교회에서 본 프랑스 하녀가, 나중에는 예쁜 소녀가 망토와 가운을 들고서 내리는데, 프랑스 하녀는 은근히 호전적으로 쳐다보고, 예쁜 소녀는 당황한 표정으로 머뭇거렸어요.

"왜 이제 와? 둘이서!"

"마님 몸종은 저니까요. 전갈은 하녀를 찾고요."

프랑스 하녀가 말하자, 예쁜 소녀가 덧붙였어요.

"저는 마님께서 저를 부르시는 건 아닐까 생각했습니다."

"맞아, 너를 불렀어. 숄을 내 몸에 걸쳐다오."

귀부인이 차분하게 말하더니 숄을 걸치도록 어깨를 살짝 숙이고, 예쁜 소녀는 숄을 제대로 씌워주었어요. 프랑스 하녀는 아무런 시선도 못 받고 물끄러미 서서 입술을 꾹 깨문 채 바라보고요. 그런 가운데 데드록 귀부인이 잔다이스 아저씨에게 말했어요.

"안타깝게도 예전 친분을 새롭게 되살리긴 어렵겠군요. 마차를 돌려보낼 테니 두 피후견인을 태워주세요. 금방 돌아올 겁니다."

하지만 잔다이스 아저씨는 제안을 절대로 안 받아들이고, 귀부인은 에이다와 우아하게 인사하고 - 나는 모른 척한 채 - 잔다이스 아저씨가 내민 팔에 손을 올리고 마차에 올라탔어요. 조그맣고 나지막한 모양에 천을 씌운 사냥용 마차였어요.

"올라타렴, 아가. 네가 같이 가는 게 좋겠구나."

귀부인은 예쁜 소녀에게 말하고, 마차는 "출발!"이라는 소리와 함께 굴러가고, 프랑스 하녀는 가져온 숄을 팔에 걸친 채 자신이 내린 곳에 그대로 있었어요.

자존심은 또 다른 자존심을 못 견디니, 프랑스 하녀는 교만한 태도 때문에 벌을 받는 것 같아요. 프랑스 하녀는 저로서는 상상도 못 할 정도로 독특하게 복수하고요. 마차가 널찍한 도로로 접어들 때까지 꼼짝을 않더니, 당황한 기색도 없이 신발을 벗어다 땅바닥에 놓고, 풀이 유난히 축축한 곳으로 일부러 들어가서 마차가 사라진 방향으로 걸어간 거예요.

"젊은 여자가 미쳤나?"

잔다이스 아저씨가 말하자, 관리인은 부인이랑 같이 지켜보다가 설명했어요.

"아닙니다, 나리! 오르탕스는 미친 여자가 아닙니다. 머리가 누구보다 좋거든요. 하지만 몹시 오만하고 신경질적이랍니다. 몹시 오만하고 신경질적이요. 몸종 일을 못 하게 한 데다 다른 여자애한테 역할을 빼앗기니 신경이 곤두선 거랍니다."

"그런데 신발을 벗은 채 일부러 물이 고인 곳을 걸어가는 이유는 무어랍니까?"

"그거야, 나리, 당연히 열기를 식히려는 거지요!"

관리인이 말하자, 옆에서 부인이 거들었어요.

"저걸 새빨간 피라고 여길 수도 있고요. 자기 피가 솟구치니, 어디든 못 걷겠습니까!"

몇 분 뒤에 우리는 대저택에서 멀지 않은 곳을 지났어요. 처음 볼 때도 평화로웠는데 지금은 더욱 평화롭게 보였어요. 건물 전체가 다이아몬드처럼 반짝이고 산들바람이 불고 새들이 더는 침묵하지 않아 힘차게 노래하고 조금 전 비로 모든 게 새롭게 보이고 현관 앞에서 반짝이는 조그만 마차는 은으로 만든 요정 나라 마차 같았거든요. 그 건물로 꾸준하면서도 조용히 다가가는 오르탕스조차 축축한 풀밭을 신발 없이 맨발로 걷는 모습이 한 폭의 풍경화처럼 평화롭게 보였어요.

CHAPTER XIX

계속 움직여라

대법정 거리는 기나긴 휴정기다. 티크 나무로 선체를 올리고 바닥에 구리를 깔고 쇠로 단단히 고정하고 놋쇠를 입혔으나, 빠르게 항해하는 쾌속선은 결코 아닌, 법과 형평법이라는 훌륭한 배는 고장 나서 바닥에 철퍼덕 주저앉았다. '하늘을 나는 네덜란드 배'[121]는, 유령 같은 고객을 만날 때마다 서류를 제대로 읽으라고 간청하며, 누구도 모르는 곳을 오랫동안 표류한다. 법정은 문을 모두 닫고, 관청은 하나같이 더위에 시달리며 잠잔다. 웨스트민스터는 나이팅게일이 노래할 만큼 고독한 그늘로 변하니, 사랑에 빠진 연인이[122] 평소보다 자주 깃든다.

템플, 대법정 거리, 법학 예비원, 링컨 법학원은 물론 광장까지 물 빠진 항구 같고, 재판은 하나같이 사라지고, 사무실마다 닻을 내리고, 걸상에 비스듬히 앉아서 빈둥대는 게으른 직원은 '법정 개정기'라는

121) Flying Dutchman: 선장이 신성모독으로 영원히 항해하도록 저주받았다는, 전설에 나오는 배.

122) 연인은 'suitor'로, '소송을 제기하는 사람'이란 뜻도 있다.

물살이 들어올 때까지 기나긴 휴정기라는 갯벌에 무기력하게 처박힌 선박 같다. 수많은 판사 집무실은 하나같이 문을 닫고, 경비실은 소포와 편지가 산더미처럼 쌓인다. 링컨 대회당 앞뜰은 포장한 돌 사이로 잡초가 자라지만, 면허증을 가진 짐꾼들은 할 일이 없어서 파리를 쫓으려고 머리에 하얀 천을 두른 채 그늘에 앉아, 잡초를 잡아 뜯어 질겅질겅 씹으며 깊은 생각에 잠긴다.

런던에는 판사가 한 명밖에 없다. 그 판사조차 일주일에 두 번만 집무실에 나온다. 판사가 순회 재판하던 마을 사람들이 지금 그 모습을 본다면! 풍성한 가발도 없고 빨간 페티코트도 없고 모피도 없고 호위 창병도 없고 하얀 지팡이도 없으니, 면도를 말끔히 하고 하얀 바지에 하얀 모자를 쓴, 햇볕에 그을려서 콧잔등이 살짝 까진, 출근하는 도중에 조개 요릿집에 들러서 흑맥주를 시원하게 들이켜는 신사에 불과하다!

영국 법조계는 전 세계로 흩어졌다. 영국이 법조계 없이 - 곤경에 처한 사람이 합법적으로 피신하고, 성공한 사람이 합법적으로 유일하게 승리하는 법조계 없이 - 4개월이라는 기나긴 여름철을 어떻게 버티느냐 하는 것은 문제가 안 된다. 대영제국이 지금은 자신을 상징하는 투구와 창과 방패로 무장하지 않은 게 확실하니 말이다. 고객이 감정을 상할 만큼 전례 없는 상대의 불법 행위에 늘 분노하느라 평정심을 결코 회복하지 못할 것 같던 박학다식한 신사는 스위스에서 상상 이상으로 흥겨운 시간을 보낸다. 상대를 끔찍하게 빈정대서 콧대를 꺾고 희망을 말살하던 박학다식한 신사는 프랑스 해변에서 더없이 흥겹다. 상대가 조금만 도발해도 눈물을 펑펑 쏟던 박학다식한 신사는 지난 6주 동안 눈물을 한 방울도 안 흘렸다. 불같이 뜨거운 성미를 헌법이라는 풀장과 분수대에 시원하게 식히며 개정 기간 내내 복잡한 논쟁을 벌여서 위대한 실력을 발휘하던 지극히 박학다식한 신사는 초보자는 물론이고 그 분야에 정통한 사람조차 이해할 수 없는 법률 "찌꺼기"를 늘어놓아서 법정 모두가 꾸벅꾸벅 졸게 하더니, 지금은 콘스탄티노플 주변을 거닐며 무미건조한 먼지를 펄펄 날리는 독특한 즐거움을 만끽한다. 헌법을 지키는 위대한 수호자의 또 다른 파편은 베네치아 운하에서도, 세계에서 두 번째로 크다는 나일강 폭포에서도, 독일 온천에서도, 영국 해안 전역에 반짝이는 모래사장에서도 보인다. 하지만 황폐한 대법정 거리 주변에서는 거의 안 보인다. 행여나 홀로 남은 법조계 인사가 황무지를 걷다, 걱정과 불안만 가득한 현장을 떠날 수 없어서 주변을 어슬렁대던 소송인과 마주치면, 서로 겁에 질린 채 다른 그늘 속으로 도망칠 뿐이다.

올해는 몇 년 만에 찾아오는 후덥지근하고 기나긴 휴정기다. 젊은 직원은 하나같이 사랑에 빠져드니, 사랑하는 정도에 따라서 마게이트 해수욕장이나 램즈게이트 해수욕장이나 템스 강변에 접한 그레이브젠드에서 사랑하는 사람과 황홀한 시간을 보내길 꿈꾼다. 중년 직원은 하나같이 식구가 너무 많다고 생각한다. 주인 없는 개는 하나같이 법학원에서 어슬렁대다 계단을 비롯해 물이 하나도 없는 곳을 헐떡거리며 물을 찾다 목이 너무 말라서 짧게 짖어댄다. 시각장애인 안내견은 하나같이 주인이 거리를 걷다 펌프에 부닥치거나 물동이를 걷어차게 한다. 차양을 설치하고 도로에 물을 뿌리고 금붕어와 은붕어가 노니는 어항이 창가에 있는 상점은 피난처다. 템플 바는 주전자 물을 데우려고 넣는 뜨거운 돌처럼 달아올라, 인근 스트랜드와 플리트 거리를 밤새도록 지글지글 끓게 한다.

시원함을 한산함이란 가격으로 살 수 있다면, 법학원 주변에는 더위를 식힐 변호사 사무실이 많지만, 세상과 동떨어진 건물 밖 도로는 뜨겁게 타오른다. 크룩이 사는 동네는 너무나 더워서 건물 안과 바깥이 뒤바뀌어, 사람들이 의자를 하나같이 건물 바깥에 내놓고 앉아있다. 크룩도 그 가운데 하나로, (더위라곤 모르는) 고양이를 옆에 앉혀놓고 공부에 몰두한다. 술집 2층에서 일주일에 두 번씩 열리던 음악회는 여름이라 중단되고, 만담가 '꼬마 술찌끼'는 강변에 있는 '전원 가든'과 계약해, (광고전단에 의하면) 가장 까다로운 사람이 들어도 괜찮고 어린애가 들어도 괜찮도록 손본 민요를 재미나게 부르고 순진무구한 만담을 펼친다.

법조계 마을 전체는 기나긴 휴정기 동안, 못 쓰는 거대한 천막이나 거대한 거미줄처럼 불경기가 늘쩍지근하게 달라붙는다. 영장발행 거리 법률 전문 문방구점 주인 스낙스비는 인정 많고 깊이 명상하는 사내로도 그 영향을 마음속 깊이 느끼고, 앞에서 말한 문구점 주인으로도 마음속 깊이 느낀다. 기나긴 휴정 기간에는 느긋한 명상을 법학 예비원이나 기록보관소 안뜰에서 다른 계절보다 많이 즐긴다. 이토록 뜨거운 날씨에 파도가 끊임없이 몰아치는 섬에 산다고 생각하면 정말 즐겁다는 말까지 두 도제에게 할 정도다.

기나긴 휴정기가 계속되는 오늘 오후에 구스터는 조그만 거실에서 바삐 일하고, 스낙스비 부부는 손님을 맞이할 생각에 빠져든다. 찾아올 손님은 많은 숫자가 아니라 선별된 소수, 즉, 차드밴드[123] 부부가 전부다. 차드밴드는 입으로도 말로도 자신을 성서에서 말하는 '선박'이라고 수없이 소개해, 잘 모르는 사람은 선박과 관련된 일을 하는 사람으로 착각하지만, 그가 직접 말한 바에 따르면 그 선박은 "성직에 몸담고" 있다는 뜻이다. 차드밴드 목사는 특정 교단에 속하지 않으며, 양심에 따라 스스로 모든 비용을 대면서 자원봉사한다고 주장하는 반면, 그를

123) 차드밴드(Chadband)는 '말 잘하는 위선자'란 뜻이다.

핍박하는 사람들은 모든 게 새까만 거짓말이라고 주장한다. 그래도 차드밴드 목사에게는 추종자가 있으니, 스낙스비 부인이 그 가운데 하나다. 최근에 차드밴드라는 선박을 타고 하늘나라까지 다녀왔으니, 뜨거운 날씨가 한껏 달아오른 지금, 최고급 선박에 관심이 쏠리는 건 너무나 당연하다. 스낙스비가 법학 예비원 참새들에게 "우리 마누라는 아주 격렬한 종교를 좋아하는 것 같다!"고 말할 정도다.

구스터는 자신이 잠시나마 차드밴드의 몸종 역할을 한다는 사실에 크게 감동한 데다, 그가 말을 한번 시작하면 네 시간 연속으로 안 멈추는 재능을 가졌다는 사실까지 아는 터라, 조그만 응접실에서 다과를 정성껏 준비한다. 모든 가구를 흔들어서 먼지를 털어내고 스낙스비 부부 초상화는 천에 물을 묻혀서 깨끗이 닦았으며, 가장 좋은 찻그릇을 꺼내고, 갓 구운 맛있는 빵, 비비 꼬아서 껍질이 바삭바삭한 빵, 차갑고 신선한 버터, 얇은 햄 슬라이스, 혓바닥 고기, 독일 소시지, 파슬리로 싸서 섬세하게 배열한 멸치젓, 이제 막 낳은 걸 냅킨으로 싸서 따뜻하게 준비한 달걀, 버터를 발라 구워서 따뜻한 토스트 등 훌륭한 먹거리를 준비했다. 차드밴드는 먹성 좋은 선박이라 – 핍박하는 사람들은 게걸스럽게 먹는 선박이라 비판하는데 – 나이프와 포크 같은 육신의 무기를 놀라울 정도로 잘 휘두르기 때문이다.

스낙스비는 제일 좋은 옷을 입고, 이제 모두 끝난 준비를 살피고 손으로 입을 가린 채 얌전하게 헛기침하며 스낙스비 부인에게 묻는다.

"차드밴드 부부가 몇 시에 온다고 했나요, 내 사랑?"

"여섯 시."

스낙스비 부인이 대답하자, 스낙스비는 아무렇지 않다는 어투로 "그 시간은 지났는데"라고 상냥하게 말한다. 그러자 스낙스비 부인은 "두 분이 오시지도 않았는데 먼저 먹고 싶은가 보지?"라며 나무란다.

스낙스비는 그래도 된다면 좋겠다는 표정이지만, 입으로는 얌전하게 헛기침하며 대답한다.

"아니에요, 여보, 아니야. 시간을 말한 것뿐이에요."

"영원에 비하면 이 정도 시간은 별거 아니라고!"

"맞아요, 여보. 하지만 사람이 다과를 준비하면 – 아마도 – 시간을 더 보는 것 같아. 그러니 다과 시간을 정했으면 그 시간에 나타나는 게 좋다고요."

남편 말을 부인이 무섭게 되씹으며 말한다.

"그 시간에 나타나는 게 좋다! 그 시간에 나타나! 차드밴드 목사님이 권투선수인 것처럼!"

"그런 뜻이 아니잖아요, 여보."

바로 이때 침실 창문 밖을 내다보던 구스터가 조그만 계단을 유명한 유령처럼 바스락대며 내려오다 응접실로 갑자기 들어와서 차드밴드 부부가 온다고 선언한다. 그와 동시에 통로 안쪽 초인종이 따르릉 울리고, 스낙스비 부인은 구스터에게 손님이 오셨다고 예의 바르게 선포하라고, 안 그러면 수호성인에게 곧바로 돌려보내겠다고 협박한다. (그렇지 않아도 마음의 준비를 단단히 하던) 구스터는 협박을 당하는 순간에 신경이 무너져서 겁에 질린 채 "치즈밍 부부께서, 비슷한 이름께서, 마침내 왔습니다!"라고 선포하고는 양심의 가책에 시달리다 물러난다.

차드밴드 목사는 피부가 노랗고 몸집이 거대하고 미소가 느끼하다. 온몸에 고래 기름이 가득한 것처럼 보인다. 차드밴드 부인은 입을 꾹 다문 표정이 엄숙하고 가혹해 보인다. 차드밴드 목사는 조심스러우면서도 어색하게 움직이는 게 똑바로 걷는 법을 배운 곰처럼 보이는데, 두 팔이 특히 이상하게 거추장스러워서 치워버리고 싶은 것 같고, 머리에는 땀이 비 오듯 흐르고, 말할 때는 널찍한 손부터 올리는 게, 본격적으로 설교하겠다는 신호라도 하는 것 같다.

"친구 여러분, 이 집에 평화가 가득하길! 이 집 주인에게도, 이 집 안주인에게도, 젊은 아가씨에게도, 젊은 청년에게도! 친구 여러분, 내가 평화를 왜 갈망하겠습니까? 평화가 무엇입니까? 전쟁입니까? 아닙니다. 투쟁입니까? 아닙니다. 사랑스럽고 온화하고 아름답고 즐겁고 화사하고 기쁜 겁니까? 아, 그렇습니다! 그러니 친구 여러분, 여러분에게 그리고 여러분 가정에 평화를 기원합니다."

스낙스비 부인이 깊이 감동한 표정을 떠올리는 순간, 스낙스비는 아멘이라고 하는 게 전체적으로 좋겠다 판단하고 실천해서 좋은 반응을 얻고, 차드밴드 목사는 계속 말한다.

"자, 친구 여러분, 어차피 이 주제가 나왔으니……"

바로 이때 구스터가 다시 나타나고, 스낙스비 부인은 차드밴드 목사만 열심히 쳐다보는 가운데 유령처럼 나지막하면서 섬뜩할 정도로 또렷하게 "저리 가!"라 말하고, 차드밴드 목사는 다시 말한다.

"자, 친구 여러분, 어차피 이 주제가 나왔으니, 내가 낮은 자세로 연구한 바에 따르면……"

그래도 구스터가 "천 칠백 팔십 이"라고 웅얼대는 소리는 이상하게 일어나고, 유령 같은 목소리는 다시 엄숙하게 "저리 가!"라 말하고, 차드밴드 목사는 다시 말한다.

"자, 친구 여러분, 사랑하는 마음으로 묻겠으니……"

그런데도 구스터는 "천 칠백 팔십 이"라고 이상하게 웅얼댄다.

차드밴드 목사는 핍박에 익숙한 사내답게 얼른 포기하고 입을 다물더니, 삼중 턱을 접어서 느끼한 미소를 머금으며 말한다.

"아가씨가 하는 말을 들어봅시다! 말하도록, 아가씨!"

"천 칠백 팔십 이[124]랍니다, 목사님. 실링 요강을 묻습니다."

구스터가 숨을 헐떡이며 말하자, 차드밴드 부인이 되묻는다.

"뭐라고? 요금 말이군!"

구스터가 "지금 당장 팔 펜스를 안 내놓을 거면 모두 불러오라고 하네요"라고 대답하자, 스낙스비 부인과 차드밴드 부인이 화나서 목소리를 높이는 순간, 차드밴드 목사가 한 손을 들어서 소동을 가라앉히며 말한다.

"친구 여러분, 어제 다하지 못한 의무가 떠오르는군요. 인과응보입니다. 불평하면 안 됩니다. 여보, 팔 펜스를 내주구려!"

스낙스비 부인이 숨을 들이마시며 남편을 잔뜩 노려보는 게 마치 '목사님 말씀을 당신도 들었지!'라 말하는 것 같고, 차드밴드 목사는 겸손한 자세로 고래 기름을 마음껏 내뿜는 사이에 차드밴드 부인이 요금을 낸다. 차드밴드 목사는 이런 유형의 채무 계정을 아무리 조그만 액수라도 모른 척하다 사소한 순간에 공개하는 습관이 있으니, 이거야말로 차드밴드 목사가 주장하는 핵심이 아닐 수 없다.

"친구 여러분, 팔 펜스는 큰돈이 아닙니다. 일 실링 사 펜스일 수도 있고 반 크라운일 수도 있으니까요. 자, 모두 기뻐합시다, 기뻐해요! 자, 모두 기뻐합시다!"

운율로 보아 시에서 뽑아냈음 직한 말을 하더니, 차드밴드 목사는 식탁으로 성큼성큼 걸어가서 의자에 앉기 전에 설교하는 손부터 올린다.

"친구 여러분, 지금 우리 눈앞에 펼쳐놓은 게 다 무엇입니까? 다과입니다. 그렇다면 우리는 다과가 필요할까요, 친구 여러분? 필요합니다. 그렇다면 우리는 다과가 왜 필요할까요, 친구 여러분? 유한한 존재로

124) 영업용 마차 허가번호.

죄악 속에 살고, 지상에 얽매이고, 천국에 있는 게 아니기 때문입니다. 우리가 하늘을 날 수 있을까요, 친구 여러분? 아닙니다. 그렇다면 왜 하늘을 날 수 없을까요, 친구 여러분?"

스낙스비는 조금 전에 성공한 걸 떠올리고, 잘 안다는 어투로 "날개가 없으니까요"라고 선뜻 대답하는 모험을 감행한다. 하지만 그 즉시 스낙스비 부인이 찌푸리는 눈살에 압도당하고, 차드밴드 목사는 스낙스비가 한 말을 못 들은 척 무시한다.

"나는 말합니다, 친구 여러분, 왜 우리는 하늘을 날 수 없나요? 걸어 다니도록 만들어졌기 때문일까요? 그렇습니다. 그렇다면 친구 여러분, 힘이 없으면 우리가 걸을 수 있을까요? 아닙니다. 힘이 없으면 우리는 어떻게 될까요? 다리는 체중을 거부할 것이고 무릎은 접힐 것이며 발목은 꺾일 테니, 그러면 우리는 바닥에 쓰러질 수밖에 없습니다. 그렇다면 친구 여러분, 인간적인 관점에서 우리는 몸을 움직이는 데 필요한 힘을 어디에서 얻을까요?"

차드밴드 목사가 식탁을 훑어보며 이어간다.

"모양이 다양한 빵에서, 젖소가 내준 우유를 휘저어 만든 버터에서, 닭이 낳은 달걀에서, 햄에서, 혓바닥 고기에서, 소시지에서, 그런 음식에서 얻는 거 아닌가요? 맞습니다. 그러니 우리 앞에 차려놓은 훌륭한 음식을 우리 모두 함께 나눕시다!"

그를 핍박하는 사람들은 차드밴드 목사가 계단을 한 칸씩 오르듯 이렇게 설교하는 방식에 별다른 재능이 안 보인다고 주장한다. 하지만 이것 역시 그들이 핍박한다는 증거에 불과하다. 차드밴드처럼 연설하는 걸 많은 사람이 받아들이고 숭배하는 사례는 사방에 널렸으니 말이다.

어쨌든 차드밴드 목사는 말을 끝내고 스낙스비네 식탁에 앉아서 열심히 먹어댄다. 영양분이 앞에서 말한 기름으로 변하는 과정은 훌륭한 선박이 먹고 마시는 습성과 떼어낼 수 없으니, 기름을 대규모로 생산하는 일종의 정유공장이나 커다란 공장이라고 할 만한 정도다. 그러니 기나긴 휴정기가 계속되는 초저녁에 영장발행 거리 법률 전문 문방구점에서 차드밴드 목사는 온 힘을 다해 솜씨를 발휘하니, 작업을 마칠 즈음에는 기름 창고가 가득하지 않을 수 없다.

이렇게 다과를 한창 즐기는데, 구스터가 첫 번째로 실패한 충격을 회복도 못 했으면서 – 차드밴드 목사 머리 위로 접시를 들고 군악대 연주를 하다 나중에는 그 머리에 머핀 빵을 왕관처럼 올려놓는 등 – 되든 안 되든 문구점 주인과 자신에게 흉이 될만한 행동을 다 하면서 스낙스비에게 사람이 찾아왔다고 속삭인다. 그래서 스낙스비가 일어나며 말한다.

"굳이 언급할 필요는 없지만…… 가게를 찾아온 사람이 있다니…… 잠시 실례하는 걸 용서하시기 바랍니다."

스낙스비가 가게로 내려가니, 도제 두 명은 경찰관을 열심히 바라보고, 경찰관은 누더기 아이 팔을 잡고 있다.

"맙소사, 무슨 일입니까!"

스낙스비가 묻자, 경찰관이 대답한다.

"계속 말하는데도 이 아이가 움직일 생각을 않아서……"

아이는 때 묻은 얼굴로 흘러내리는 눈물을 팔로 훔치며 울부짖는다.

"나는 늘 움직인다고요, 나리. 세상에 태어나자마자 끊임없이 이리 가고 저리 간다고요. 그런데 도대체 어디로 가라는 거예요, 이제 더 갈 곳도 없는데!"

경찰관이 목을 살짝 흔들어서 뻣뻣한 목깃이 제자리를 잡도록 하며 차분하게 말한다.

"이놈이 움직이려 하질 않는군요. 계속 경고하는데도 말이에요. 유치장으로 끌고 가야겠어요. 이렇게 고집스러운 좀도둑은 처음이에요. 도대체 움직이려 하질 않아요."

"맙소사! 어디로 움직이라는 거예요!"

아이가 울부짖으며 머리카락을 절망적으로 쥐어뜯고 맨발로 바닥을 쿵쾅거리자, 경찰관이 아이를 흔들며 냉정하게 말한다.

"까불지 마, 말을 안 들으면 혼쭐날 테니까! 내가 너한테 지시하는 건 다른 데로 가라는 거야. 오백 번은 말했잖아."

"도대체 어디로요?"

아이가 울부짖자, 스낙스비는 이해할 수 없다는 표정으로 생각에 잠긴 채 손으로 입을 가리고 헛기침하다 말한다.

"으음! 정말이지, 경찰관, 정말이지 그게 문제로군요. 어디로 가라는 건가요?"

"나는 그것까지 지시하지 않습니다. 내가 지시하는 건 이 꼬마한테 계속 움직이라는 겁니다."

들리니, 조? 의회에서 위대한 양반들이 네가 계속 움직여야 하는 문제를 몇 년 동안 해결조차 못 한 건 아무런 문제도 안 돼. 너한테 남은 유일한 해결책은, 심오한 철학 규범은, 지상에서 너라는 이상한 존재에게 가장 중요한 건, 계속 움직이는 거야! 절대로 멈추면 안 돼, 조, 위대한 양반들이 충분히 동감할 수 없거든. 계속 움직여!

스낙스비는 이런 취지로 말하지 않고, 실제로 아무 말 없이, 어떤 방향으로 가야 좋을지 모르겠다는 표정으로 쓸쓸하게 헛기침만 한다. 차드밴드 부부와 스낙스비 부인은 시끌벅적한 소리를 듣고 어느새 계단 꼭대기에 나타나고, 구스터는 통로 끝을 떠난 적이 없으니, 그곳에 있는 사람이 전부 모인 셈이다.

"문제는 간단합니다, 선생. 선생이 이 아이를 아느냐 모르느냐. 이 아이는 선생을 안다고 하니까요."

경찰관이 말하자, 그 즉시 계단 꼭대기에서 스낙스비 부인이 소리친다.

"아니에요, 몰라요!"

스낙스비가 계단 꼭대기를 올려다보며 만류한다.

"여보! 내가 말할게! 당신은 잠시만 참아, 여보. 이 아이를 아는 건 맞는데, 내가 아는 한 이 아이는 나쁜 아이가 아닙니다. 아마 그 반대일 겁니다, 경찰관."

스낙스비는 반 크라운 이야기만 쏙 뺀 채, 자신이 아는 조에 대해서 모두 말하고, 경찰관은 대답한다.

"으음! 지금까지는 꼬마 말에 근거가 있는 것 같군요. 홀본에서 잡았을 때, 꼬마가 선생을 안다더군요. 당시에 구경꾼 가운데서 젊은이 한 명이 나와, 자신 역시 선생을 안다, 선생은 가정을 지키는 훌륭한 인물이다, 필요하다면 조사할 때 증인으로 나서겠다는 말까지 했답니다. 하지만 자기 입으로 한 말을 안 지킬 것 같은데…… 아! 젊은이가 왔군요!"

거피가 들어와서 스낙스비에게 고개를 끄덕이고, 계단 꼭대기에 있는 두 여성에게 모자에 손을 대며 상냥하게 인사한다. 그리고 문구점 주인에게 말한다.

"조금 전에 사무실에서 나오다 소동을 보았는데, 선생님 이름이 나오는 걸 듣고서 자세히 알아봐야겠다는 생각을 했습니다."

"잘하셨소, 선생. 정말 고맙소."

스낙스비가 말하더니, 자신이 경험한 아이를 또다시 설명하는데, 이번 역시 반 크라운 이야기는 쏙 뺀다.

"이제 네가 사는 곳은 알겠군. 톰 올 얼론스. 참 훌륭하고 깨끗한 동네야, 그치?"

경찰관이 말하자, 조가 대답한다.

"더 좋은 곳에서는 못 사니까요, 나리. 깨끗하고 훌륭한 동네에 가면 아무도 상대하지 않으니까요. 나 같은 거지한테 누가 깨끗하고 훌륭한 방을 내주겠어요!"

"너는 매우 가난해, 그치?"

경찰관 말에 조가 대답한다.

"네, 가난해요, 나리, 지독하게 가난해요."

"이제 여러분 판단에 맡기겠습니다! 꼬마를 뒤지니까 주머니에서 반 크라운 동전이 두 개나 나왔거든요."

경찰관이 말하며 동전 두 개를 꺼내서 일행에게 보여준다. 그러자 조가 말한다.

"스낙스비 나리, 저건 베일을 쓴 여자가, 하녀라고 말한 여자가 준 금화를 쓰고 남은 돈이에요. 하루는 밤에 제가 청소하는 사거리로 그 여자가 찾아와서, '죽은 사람을 아느냐? 네가 재판 때 증인을 했다는 아이냐?' 물어서, '그렇다'고 했더니, '이 가게를 아느냐, 그 사람한테 대서를 맡긴 사람을 아느냐, 그 사람이 묻힌 곳을 아느냐?' 묻더니, 내가 '다 안다'고 하니까, '그곳을 모두 알려주면 돈을 주겠다'고 했어요. 그래서 모두 알려주니까 그 여자가 금화 하나를 주고 사라졌어요. 그런데 지금은 금화가 얼마 안 남았어요."

조가 더러운 눈물을 글썽이며 이어간다.

"톰 올 얼론스에 가서 5실링을 냈는데, 사람들이 거스름돈을 제대로 안 줬거든요. 그리고 내가 잠자는 사이에 어떤 어른이 5실링을 훔쳐가고, 또 다른 아이가 9펜스를 훔쳐가고, 집주인 역시 돈을 또다시 빨아대고."

"믿으라는 말은 아니겠지, 하녀가 금화를 주었다는 이야기, 그치?"

경찰관이 말하면서 경멸하는 눈초리로 쳐다보자, 조가 대답한다.

"나는 그런 거 몰라요, 나리. 그런 거 하나도 몰라요, 나리. 하지만 진짜예요, 나리."

경찰관이 구경꾼을 둘러보며 말한다.

"이놈이 이런 놈입니다! 스낙스비 선생, 내가 이놈을 이번에 유치장에 안 가둔다면, 선생이 이놈을 다른 데로 가게 하겠소?"

"안 돼요!"

스낙스비 부인이 계단 꼭대기에서 소리치고, 남편은 사정한다.

"여보! 경찰관, 이 아이는 분명히 다른 데로 갈 것이오. 그렇지, 꼬마야?"

"어디로든 가겠어요, 나리."

불쌍한 조가 대답하자, 경찰관이 경고한다.

"그럼 그렇게 해. 어떻게 해야 하는지 잘 알 거야. 당장 다른 데로 가! 다음에는 쉽게 풀려나지 않으리란 사실을 명심하고. 자, 돈을 받아. 그만 가도록! 너 같은 놈이 십 리를 벗어나면 이곳 사람한테 그만큼 좋으니까."

경찰관은 작별을 암시하고 해가 지는 쪽을 아이가 사라질 장소로 가리키더니, 구경꾼에게 모두 잘 가라 인사한 다음, 쇠테로 둘러친 모자를 바람이 조금이라도 통하도록 한 손에 들고, 법률 전문 문방구점에 리드미컬한 메아리를 울리며 그늘진 곳으로 천천히 걸어간다.

이제 조가 말한 거짓말 같은 이야기에, 여인이 금화를 주었다는 이야기에, 저마다 차이가 나긴 해도 모두 호기심을 느낀다. 거피는 증거를 캐는 걸 좋아하는 성격이며 기나긴 휴정기가 심각하게 따분한 터라,

새로운 사건에 흥미를 느끼고 이것저것 질문하니, 두 부인 역시 흥미를 느끼면서 스낙스비 부인은 다과를 들던 중이라 식탁이 지저분한 걸 양해한다면 2층으로 올라와서 함께 다과를 들겠느냐며 거피를 초대한다. 거피는 기꺼이 동의하고, 조에게 응접실 입구로 따라오도록 하더니 그 손을 잡고 계단을 올라, 버터를 만드는 사람처럼 이 모양 저 모양 또 다른 모양으로 조를 톡톡 건들며 어떤 모양으로 만드는 게 가장 좋을까 고민한다. 하지만 이번 심문 역시 무엇도 못 끌어내고 시간만 질질 끈다는 점에서 다른 심문과 다르지 않다. 거피는 자기 능력을 알고, 스낙스비 부인은 호기심 많은 성격을 충족시키는 것과 법조계에서 남편의 위치를 끌어올리는 것에만 관심이 있기 때문이다. 그래서 묘한 만남을 계속하는 사이에 차드밴드 선박은 기름 채우는 일에 열중할 뿐이다.

"으음! 이놈이 조개처럼 입을 안 여는 걸 보면 우리 '켄지와 카보이' 변호사 사무실에 들어온 묘한 사건과 관련이 있을 수도 있겠군요."

거피가 말하자, 차드밴드 부인이 스낙스비 부인에게 속삭여서 깜짝 놀라게 한다.

"말도 안 돼요!"

"아주 오래됐답니다!"

차드밴드 부인이 대답하자, 스낙스비 부인이 거피에게 의기양양하게 설명한다.

"차드밴드 사모님께서, 차드밴드 목사님 사모님께서 '켄지와 카보이' 변호사 사무실을 예전부터 알았대요!"

"정말요!"

거피가 감탄하자, 차드밴드 부인이 말한다.

"현 남편과 결혼하기 전에요."

거피가 심문 상대를 바꾸며 묻는다.

“무슨 소송에 참여하셨나요, 사모님?”

“아니요.”

“어떤 소송에도 참여하지 않았나요, 사모님?”

거피가 다시 묻자 차드밴드 부인이 머리를 절레절레 흔들고, 거피는 과학 수사 원칙에 따라서 대화하는 걸 즐기며 다시 묻는다.

“그렇다면 소송에 참여한 사람하고 아는 사이였나요, 사모님?”

“꼭 그런 것도 아니랍니다.”

차드밴드 부인이 역겹게 웃으며 익살을 떨자, 거피는 다시 묻는다.

“꼭 그런 것도 아니다! 좋습니다. 그렇다면 사모님, ‘켄지와 카보이’ 변호사 사무실과 거래한 사람이 (당장은 어떤 거래라고 말하지 않겠지만) 숙녀였습니까? 아니면 신사였습니까? 천천히 대답하세요, 사모님. 곧 정답이 나올 테니까요. 신사였습니까, 숙녀였습니까, 사모님?”

“어느 쪽도 아니랍니다.”

차드밴드 부인은 조금 전처럼 대답하고, 거피는 감탄하는 스낙스비 부인을 전문가가 법정 배심원을 쳐다보는 특유의 날카로운 눈으로 쳐다보며 말한다.

“아! 어린애군요! 그렇다면 사모님, 어떤 어린애인지 우리한테 알려주시는 친절을 베푸시겠습니까?”

차드밴드 부인이 또 다른 역겨운 미소를 머금으며 대답한다.

“드디어 맞추셨군요, 선생. 으음, 선생 겉모습으로 판단하건대, 그건 선생이 들어오기 전일 거예요. 나는 에스더라는 여자애를 맡고 있었답니다, 그 책임이 ‘켄지와 카보이’로 넘어간 아이요.”

“에스더 아가씨요, 사모님!”

거피가 깜짝 놀라며 소리친다.

"나는 에스더라고 부른답니다. 그 애한테 아가씨란 호칭은 안 붙여요. 그냥 에스더였어요. '에스더, 이걸 해! 에스더, 저걸 해!' 그러면 그 애는 시키는 대로 할 수밖에 없었지요."

차드밴드 부인이 가혹한 어투로 대답하자, 거피는 좁은 응접실에서 바싹 다가가며 말한다.

"친애하는 사모님! 사모님께서 암시하신 시설에서 에스더 양이 런던으로 처음 올 때 마중 나간 사람이 바로 저랍니다. 그 귀하신 손을 붙잡아보는 영광을 허락해주세요."

차드밴드 목사는 기회를 노리다 마침내 한 손을 들고 김이 펄펄 나는 머리를 들어서 손수건으로 닦고, 스낙스비 부인은 "쉿!" 하고 속삭인다. 이윽고 차드밴드 목사는 지금까지 나온 이야기에 아무런 관심도 없는 게 분명한 어투로 입을 연다.

"친구 여러분, 우리는 지금까지 우리에게 제공된 다과에 적당히 참여했습니다. 이 가정이 풍요롭게 번창하길, 이 땅에 곡식과 포도주가 풍성하길, 이 가정이 한껏 번창하길, 이 가정이 부자가 되길, 이 가정이 앞으로 나아가길, 이 가정이 힘차게 전진하길! 하지만 친구 여러분, 우리가 다른 것에도 참여했습니까? 참여했습니다. 친구 여러분, 그렇다면 무엇에 참여했습니까? 영적인 이익? 맞습니다. 그렇다면 영적인 이익을 우리는 어디에서 끌어냈습니까? 어린 친구, 앞으로 나오세요!"

갑작스러운 말에, 조는 몸을 뒤로 흔들고 앞으로 흔들고 양쪽 모두로 흔들다, 무슨 의도인지 의심스러운 눈치로, 끊임없이 설교하는 차드밴드 앞에 선다.

"어린 친구, 그대는 우리에게 진주며, 그대는 우리에게 다이아몬드며, 그대는 우리에게 보석이며, 그대는 우리에게 보옥이로다. 왜 그런지 아는가, 어린 친구?"

"몰라요. 하나도 몰라요."

조가 대답하자, 차드밴드가 다시 말한다.

"어린 친구여, 그건 네가 우리에게 보석이며 보옥이란 사실을 하나도 모르기 때문이다. 그대는 무엇인가, 어린 친구여? 그대는 들짐승인가? 아니다. 공중을 나는 새인가? 아니다. 강이나 바다에 사는 물고기인가? 아니다. 그대는 인간 어린애다. 아, 영광스러운 인간 어린애! 그렇다면 왜 영광스러운가, 어린 친구? 지금 내가 알려주는 지혜를 받아들일 수 있기 때문이며, 내 설교를 통해 이익을 챙길 수 있으며, 그대는 막대기나 지팡이나 그루터기나 돌덩이나 기둥이나 말뚝이 아니기 때문이다.

아, 높이 치솟는 인간 어린애가 되려고
눈부신 기쁨으로 내달리는 개울이여!

그런데 그대는 지금 개울물에 몸을 시원하게 담그는가, 어린 친구여? 아니다. 지금 개울물에 시원하게 몸을 담그지 않는 이유가 무언가? 그건 지금 그대가 어둠에 얽매인 상태며, 무지에 얽매인 상태며, 죄악에 얽매인 상태며, 굴레에 얽매인 상태기 때문이다. 어린 친구여, 굴레란 무엇인가? 사랑하는 마음으로 우리 모두 물어보자꾸나."

설교가 위험한 단계로 치닫는 동안, 조는 조금씩 지루하게 느끼더니 오른팔로 얼굴을 가리고 끔찍하게 하품한다. 스낙스비 부인은 꼬마가 사탄의 앞잡이라는 믿음을 즉시 드러내고, 차드밴드 목사는 핍박받는 삼중 턱으로 느끼한 미소를 다시 머금고 좌중을 둘러보며 말한다.

"친구 여러분, 내가 겸손해야 한다는 건 옳습니다. 내가 핍박을 받아야 한다는 건 옳습니다. 내가 고행을 해야 한다는 건 옳습니다. 내가 시련을 겪어야 한다는 건 옳습니다. 나는 지난 안식일에 세 시간 설교하고 자부심을 느끼다 넘어졌습니다. 계산이 바람직한 균형을 이룬 겁니다. 채권자이신 주님께서 화해 신청을 받아주셨으니까요. 아, 우리 모두 찬양합시다, 찬양합시다! 아, 우리 모두 찬양합시다!"

스낙스비 부인은 크게 감동하고, 차드밴드 목사는 주변을 둘러보며 (정말 민첩한 젖소처럼) 결론을 내린다.

"친구 여러분, 나는 어린 친구에게 더 설교하지 않겠습니다. 어린 친구, 내일 다시 찾아와서 착하신 부인한테 내가 너한테 설교할 곳이 어디인지 물어보렴, 그래서 다음 날에 목마른 제비처럼 찾아오고, 그다음 날에도 찾아오고 그 다음다음 날에도 찾아오고 수많은 나날을 찾아와서 설교를 들으렴!"

조는 어떤 식으로든 자리를 벗어나는 게 목적이라 바로 고개를 끄덕인다. 그러자 거피는 동전 하나를 던져주고, 스낙스비 부인은 구스터에게 조를 밖으로 내보내라고 지시한다. 하지만 조가 계단을 내려가기 전에 스낙스비가 식탁에서 먹다 남은 고기를 싸주니, 조는 그것을 품에 꼭 안고 떠난다.

차드밴드 목사는 – 설교를 몇 시간이고 하는 것도 놀랍지만, 시작한 설교를 한순간에 뻔뻔하게 중단하는 건 더더욱 놀랍다고 박해자들이 비판하는 당사자는 – 그 즉시 자기 집으로 물러나, 저녁 식사라는 자본을 투자해서 기름 생산에 몰두한다. 조는 기나긴 휴정기가 지배하는 거리를 계속 움직이며 '블랙프라이어스'[125] 다리까지 간 다음에 비로소 따듯한 돌 모서리에 앉아서 고기를 먹는다.

조는 거기에 앉아서 우적우적 씹어먹고 갉아먹으면서 빨간빛이 감도는 매연 구름 위로 '세인트 폴 대성당' 꼭대기에 달린 커다란 십자가를

125) 블랙프라이어스(Blackfriars)는 까만 수도복을 입고 다니는 도미니크 수사회를 뜻한다.

올려다본다. 그 얼굴에, 그 눈에 어린 신성한 상징이 복잡하고 거대한 도시의 혼돈을 상징하는 것 같기도 하고, 황금빛 상징이 너무 화려하고 너무 높고 너무 멀게만 느껴지는 것 같기도 하다. 거기에 가만히 앉아있는 사이에 해는 떨어지고 강물은 빠르게 내달리고 인파는 양쪽으로 흐른다. 모든 게 나름대로 목적을 가지고 똑같은 결과로 나아간다. 조도 "계속 움직여라"는 소리를 듣고 일어난다.

1권 끝